Gallmeister

TOUT CE QUI EST SECRET

Ted Flanagan

TOUT CE QUI EST SECRET

Roman

Traduit de l'américain
par Alexis Nolent

Gallmeister

FICTION

Ouvrage publié sous la direction de François Guérif

Titre original: EVERY HIDDEN THING

Original publishers: Crooked Lane books, New York

ISBN 978-2-35178-306-1
ISSN 1956-0982

Photo de l'auteur © Tom Godfrey
Illustration de couverture © Aurélie Bert
Conception graphique: Aurélie Bert

À tous ceux qui pointent au boulot,
à la recherche de leur place en Amérique.

Dieu fera venir toute œuvre en jugement
Sur tout ce qu'elle recèle de bon ou de mauvais.

L'ECCLÉSIASTE, 12:14

I

Le bébé arriva par une nuit de janvier. Il faisait bon, en ville, pour la saison. Tout le monde était en bras de chemise. Comme un répit entre les inévitables blizzards. Noyées dans un brouillard de neige, les voitures parcouraient les rues humides, bordées d'amoncellements noirâtres et voilées de gel ; la glace se formait sous l'asphalte et le fendait, puis elle fondait et l'eau suivait des fissures souterraines jusqu'au Blackstone Canal, creusé deux siècles plus tôt par des ouvriers irlandais, une horde d'hommes en colère avec un accent à couper au couteau. Sur les vieilles photos, ils étaient regroupés devant des tentes et des cabanes, sur les collines boueuses qui entourent Worcester, comme une armée faisant un siège. Le canal était leur plus grande fierté, mais il était un peu court, et lorsque les trains se mirent à relier Worcester à Providence et au-delà à un vaste monde qui n'en avait strictement rien à foutre de lui, on l'abandonna. Les habitants l'enterrèrent dans les années 1970 à la suite d'un plan de rénovation urbaine dans lequel il n'y avait pas de place pour un ouvrage qui leur rappelait que le progrès les avait complètement laissés tomber. Sous les rues et les briqueteries, sous la ville qui avait prospéré et périclité, le canal continuait de s'écouler. Hors de vue.

Thomas Archer était assis sur le siège passager de l'ambulance, vitres baissées, les manches de son uniforme remontées jusqu'aux coudes. Il profitait de l'interlude. La nuit avait été calme. Avec Julio Tavares, son coéquipier, ils s'étaient occupés d'une poignée d'appels, rien qui nécessite davantage qu'un sourire et une course en taxi pour quelques-uns de leurs habitués.

Même ça, c'était comme un cadeau.

La période des fêtes de Noël avait commencé plus de deux semaines plus tôt avec un arrêt cardiaque sous un sapin décoré. Les enfants du défunt suppliaient leur père de ne pas mourir, mais Archer et Julio savaient que c'était peine perdue, dès le début du massage cardiaque. Il y avait eu pas mal de grabuge, depuis. Deux coups de feu fatals. Un meurtre suivi d'un suicide sur Trenton Street le jour de l'An et, deux nuits plus tôt, Archer avait sorti Leon "Sunny" Matos, le champion de boxe de la ville, d'une Toyota Corolla qu'il avait envoyée à cent vingt à l'heure contre un mur de briques.

Ce soir, c'était autre chose. Une promenade de santé. La belle vie. Ils avaient dîné en prenant leur temps, assez pour sentir le goût de ce qu'ils mangeaient, dans leur box préféré, au Bully, puis ils étaient allés au pied de la colline et avaient flirté avec des infirmières à University Hospital. Les flics qui étaient au Bean Machine sur Highland rigolaient encore de Mickey P., le responsable de la nuit, qui avait dû se débrouiller pour permettre à un certain élu de l'État de sortir d'un certain cimetière où il s'était – encore – laissé enfermer par accident avec une femme qui n'était pas son épouse légitime. Archer avait éclaté de rire, convaincu qu'il n'existait pas de meilleurs raconteurs d'histoires que les flics de Worcester et, autour de minuit, il s'était mis à penser au mot. Celui qui commençait par un t. C'était peut-être pour cette nuit, s'était-il dit. Peut-être que cette nuit serait Tranquille.

Et puis, Kansas Street, près des voies ferrées, trois heures du matin, et un appel réclamant une ambulance. Une femme en plein accouchement.

Lorsqu'il écouta les enregistrements du central, plus tard, Archer entendit la voix d'un homme paniqué, sur la ligne des urgences, qui chuchotait pour ne pas être entendu. Le bébé était là, disait-il. Des mois de mauvaise organisation, d'impréparation, et voilà. Il disait qu'il était inanimé et gris, qu'il mouillait le matelas. Que quelqu'un avait essayé de le faire naître sur place.

Archer les avait trouvés, le bébé et la maman, sur un matelas posé par terre, dans une chambre, au deuxième étage. Des locomotives et des wagons se heurtaient nuit après nuit à l'extérieur, soulevant de la poussière et arrachant des morceaux de plâtre des murs. Le matelas flottait sur une mer de talc et de copeaux. Par endroits, des lattes et du crin de cheval gris sortaient des murs centenaires troués et piquetés de moisissure noire.

La femme, les jambes croisées, allongée sur le matelas, soufflait par la bouche. Sa peau couleur café luisait. Ses pupilles étaient des têtes d'épingle. Elle grimaçait et respirait avec difficulté. Du sang et de l'eau imbibaient le matelas. Le bébé était immobile et silencieux. L'espace d'un instant, Archer crut la voir comme sur un autel, son bébé offert en sacrifice.

Un homme était debout à gauche du matelas, les bras derrière le dos, les yeux écarquillés, fixant le fond de la pièce, évitant le bébé et la femme. Il semblait aussi noir que la nuit et, lorsque Archer s'attarda à le regarder un peu plus longtemps, il pensa qu'une partie de lui se perdait dans le mur noir, où la lumière de l'ampoule se dissolvait dans l'ombre.

Julio posa un genou au pied du matelas, toucha le ventre du bébé, mit le bout de ses doigts devant sa bouche, puis contre l'intérieur d'un biceps.

— Merde, dit Julio, puis il plaça un masque à oxygène et pompa de l'air dans ses poumons.

Quelqu'un avait déjà clampé et coupé le cordon ombilical. Le placenta était dans un plat en verre, par terre, relié aux draps froissés par une traînée de sang.

Archer sentit dans le poignet de la femme son pouls qui s'emballait, un métronome faible et irrégulier.

— Vous parlez anglais ? demanda-t-il.

Elle fit signe que oui.

— Je travaille à la mairie, dit-elle, la voix épaisse, dans un état second.

Elle haleta. Les gouttes de sueur sur son front brillèrent à la faible lumière jaunâtre de l'ampoule au-dessus d'elle, comme de petites planètes qui orbitaient dans ses sourcils épais. L'homme sur sa gauche desserra ses mains et fit un pas pour donner des papiers à Archer.

Des décharges hospitalières.

D'hier matin.

Daisy Fontana, enceinte de trente-six semaines, diagnostic d'éclampsie et de diabète gestationnel.

Son dossier mentionnait des problèmes psy, une addiction à l'héroïne, et de l'asthme. Typique de la ville.

— Vous n'avez pas besoin de ça, dit un homme derrière Archer.

L'estomac d'Archer se contracta, son cœur cogna tel celui d'un sprinter pendant un cent mètres. Il se demanda l'espace d'un instant si on pouvait rêver une voix, car la voix derrière lui ne pouvait pas être dans la pièce. La voix qu'il croyait avoir entendue était dans une prison, quelque part. Pas ici. Pas maintenant.

Où est la police ? pensa Archer.

— Les papiers, dit l'homme. Ce n'est pas la peine.

Archer se tourna vers lui. Les cheveux blonds, presque blancs, peignés en arrière, il portait un costume noir et mordillait l'intérieur de sa joue creuse et grêlée. L'ombre de son nez de boxeur s'approfondit lorsqu'il passa sous le faisceau de la lumière pâle. C'était un visage qu'Archer n'était pas censé revoir avant une bonne dizaine d'années. Eamon Conroy, un meurtrier, qui n'avait cependant écopé que d'une peine de prison pour entrave à la justice et non pas pour le crime qu'il avait réellement commis.

Archer grimaça de sa propre négligence. Il avait oublié le premier réflexe des parameds*: ne jamais entrer dans une pièce dont on n'est pas sûr de pouvoir ressortir.

— Tout est sous contrôle, dit Conroy. (Il montra du doigt l'homme à côté du lit de Daisy.) Rigo a paniqué. Il devait y avoir une sage-femme.

* Paramed: terme utilisé dans le jargon médical, équivalent du terme américain *paramedic*, qui sert à désigner ceux qui ne sont pas des médecins urgentistes à proprement parler (ambulanciers, infirmiers, sage-femmes, etc.) mais qui accomplissent les actes de premier secours afin de stabiliser et transporter les malades et les blessés à l'hôpital. (Toutes les notes sont du traducteur.)

— Une sage-femme ? demanda Archer.

— Mme Fontana, ici présente, voulait bénéficier d'un accouchement naturel à domicile, dit Conroy. Quand Rigo a paniqué, elle a été secouée, c'est compréhensible. Mais tout va bien.

— On aurait dû aller à l'hôpital, siffla Rigo. Y a jamais eu de putain de sage-femme.

Conroy leva les mains en signe de reddition.

— Je t'ai dit qu'on s'occupait de tout, Rigo, dit-il. Je croyais que j'avais été clair au sujet de la discrétion. Tu sais qu'on va s'occuper de tout.

Les yeux de l'homme étaient comme des trous. Ils ne reflétaient rien. Archer savait une chose au sujet d'Eamon Conroy, et c'était une vérité première. Il y avait deux sortes de dangers : les imaginaires et les authentiques. Et il n'y avai pas plus authentique que Conroy.

– On aurait dû aller à l'hôpital, chuchota Rigo.

— Le bébé est arrivé trop vite, dit Conroy. Je t'ai expliqué. Peut-être que si elle avait laissé tomber l'autre truc, on aurait eu quelques semaines de plus.

Archer se retourna vers la femme. Il n'avait pas envie de regarder Conroy. Il n'avait pas envie de penser à Conroy. Au fait que Conroy était de retour. À ce que cela signifiait.

— Quand est-ce que le bébé est né ? demanda Archer.

Il parlait à Rigo.

— Le bébé va très bien, dit Conroy. Il fait juste une petite sieste.

— Le bébé ne va pas bien du tout, dit Archer. C'est vous qui avez fait ça, pas vrai ?

— Je suis arrivé après vous, dit Conroy. C'est la version de l'histoire à laquelle je me tiendrai, en tout cas. Et c'est ce que toutes les personnes intelligentes ici présentes diront.

La femme bougea les lèvres. Ses yeux glissèrent vers Conroy. Archer suivit son regard et remarqua les poignets de sa chemise tachés de rose qui dépassaient de son manteau.

— Le rythme cardiaque augmente, dit Julio. Il ne respire toujours pas bien.

— En avance, dit Rigo. Le bébé est arrivé en avance.

Archer regarda le sang, l'eau, le bébé mou sur le lit. Il vit des points marron sur le front de Conroy.

— Qu'avez-vous fait ? demanda Archer.

Pas de réponse.

— La police arrive ? demanda Archer à Julio.

— J'ai entendu la sirène de la voiture de patrouille, dit Julio.

— J'ai annulé l'appel, dit Conroy. (Il montra un téléphone portable et sourit à Archer.) La police a mieux à faire que de se déplacer pour une urgence médicale. Y a personne d'autre que nous, les gars.

— On devrait y aller, dit Julio.

Archer acquiesça. Conroy lui attrapa l'épaule, le fit se retourner lentement, et tendit une main. Sa veste de costume s'écarta, et Archer vit sous le bras gauche de Conroy le métal sombre et luisant d'une arme de poing dans un holster en cuir marron clair.

— J'ai besoin de ces papiers, dit Conroy. Après je m'en irai d'ici.

La femme hurla et se plia en deux sur le matelas. Rigo secoua la tête et fixa un point sur le sol. Du pied, Julio rapprocha les sacs de matériel. Archer dévisagea Conroy, et prit sa décision. Il attrapa la lourde lampe-torche noire qui pendait à un mousqueton sur sa hanche droite et la tint au-dessus de sa tête, une hache prête à s'abattre.

— Vous savez qu'on emmène le bébé, dit-il. Et la maman. Et les papiers. Même vous, vous devez savoir que nous devons le faire. C'est inévitable. Ce sera nous ou quelqu'un d'autre. Je ne sais pas ce que vous aviez l'intention de faire, mais c'est trop tard.

Conroy sourit. Il claqua des doigts, de sa main tendue.

— J'ai la même lampe-torche, dit-il. C'est pas donné. Je ne pensais pas que vous vous faisiez autant de fric. Il y a des trucs que vous devez piger. Tu dois être un génie, en fait.

— Moi, je suis plutôt con, dit Archer.

Son estomac se serra, et il sentit dans sa gorge le goût de la peur qui déferlait comme une vague acide.

— Vous savez ce qui va se passer si ça tourne mal avec le bébé, dit Julio. Ça ne fait pas si longtemps que vous avez quitté votre boulot. Les autorités vont remuer ciel et terre. Personne ne pourra arrêter ça, une fois que tout sera enclenché. On a encore une petite marge de manœuvre. On peut être un peu souples. Qui était là, qui n'était pas là, ce qui est arrivé, tout ça. On pourrait aussi être en train de faire n'importe quoi d'autre à l'heure actuelle. Mais il faut qu'on foute le camp pour que ça tienne. Faut qu'on se tire, mec. C'est l'heure de bouger.

Conroy réfléchit à ce que Julio lui avait dit, puis haussa les épaules et fit un pas en arrière.

— On aura le temps de régler tout ça plus tard, dit-il. (Puis il montra Rigo du doigt.) Souviens-toi de ce qu'on s'est dit. Discrétion. Te goure pas de version.

Conroy ajusta son manteau, retira une peluche de sa cravate, puis disparut dans la cuisine. Julio souffla. Archer baissa la tête et prit une profonde inspiration.

— Tu savais que ce taré était sorti de taule ? demanda Julio. Quelqu'un aurait pu nous communiquer cette petite information, quand même.

Archer haussa les épaules.

— J'en savais rien. (Il regarda les papiers puis se pencha vers la femme.) On va à l'hôpital, maintenant, Daisy, dit-il. Votre bébé va mieux, mais il est très malade. Vous comprenez ?

Daisy opina.

— Je peux venir aussi ? demanda Rigo.

— Qui a appelé le 911 ? demanda Archer.

— Moi, dit Rigo.

— Ce type a essayé de vous en empêcher ?

Rigo approuva.

— La sage-femme, c'était du pipeau, non ? demanda Archer.

Nouvelle approbation.

— Ils avaient dit qu'il y en aurait une. Tout ça, c'est complètement merd…

— Rigo, non, dit Daisy entre deux halètements.

Rigo fit non de la tête à la manière d'un lanceur qui refuse un signe*.

Sur le chemin de l'hôpital, Archer observa le bébé. Il reprenait des couleurs, sa respiration s'améliorait, mais il restait immobile, sans réaction. Ça n'annonçait rien de bon,

* Référence au base-ball, où le joueur qui lance la balle répond de la tête aux signes que lui fait son coéquipier qui se trouve derrière le batteur, afin de lui indiquer quel lancer effectuer.

Archer le savait. Comme un abandon. Le silence étouffait tout sentiment de joie que Daisy aurait pu éprouver, pensa-t-il, même s'il se doutait bien que la joie n'était pas monnaie courante dans cette partie-là de la ville. À l'avant, Rigo mangeait un sandwich d'un air absent.

Ils passèrent devant le Pigtown Deli sur Shaw Street. Le comptable dans le bureau du dessus s'était fait une spécialité de trouver de grosses déductions fiscales pour les flics, les pompiers et les médecins de la ville. Le resto lui-même était une façade pour une secte religieuse vietnamienne qui recrutait parmi les clients qui venaient chercher des plats à emporter, en diffusant en boucle, pendant qu'ils attendaient, des vidéos de colombes flottant dans des cieux ensoleillés. Les bagels et soupes végétariennes étaient suffisamment bons pour que ce soit un prix acceptable à payer, se disait Archer.

Le bébé restait sans réaction, même quand Archer lui chatouillait la plante des pieds. Daisy esquissa une grimace lorsque Archer posa l'intraveineuse. Elle fixait le visage du bébé d'un regard qu'Archer ne sut interpréter. Était-ce du bonheur ? Était-ce de l'amour ? De la douleur ?

Archer essaya de remplir les deux formulaires – un pour Daisy, l'autre pour le bébé – mais s'arrêta. Son esprit divagua. Revoir Conroy lui remémorait tout.

Freeland Street. Archer n'avait que deux ans de métier. Un appartement au quatrième étage d'un immeuble couvert de graffitis, sans rien à part une table ronde et un réfrigérateur dans la cuisine. Le salon était doté d'une grande télévision, aucun meuble. Le partenaire d'Archer à l'époque,

Arnold Moonandowski – Moonie –, un ancien infirmier, avait tout de suite compris de quoi il s'agissait.

— C'est un frigo, avait-il dit, tandis qu'ils attendaient dans la cuisine.

— Un frigo ? avait demandé Archer.

— Un endroit où les flics peuvent parler avec les gens sans les mettre dans les voitures de patrouille, ou alors ceux qui ne peuvent pas se permettre d'être vus au poste de police, avait dit Moonie.

Il avait chuchoté. C'était la première fois qu'Archer voyait son collègue, pourtant expérimenté, avoir peur. La porte d'une chambre au bout d'un petit couloir qui partait de la cuisine était fermée, mais ils distinguaient une bande lumineuse jaune en dessous, et les ombres de pieds qui passaient et repassaient.

Ils ne savaient pas grand-chose. Le central leur avait indiqué cette adresse pour une personne malade. Aucun détail. Quand ils avaient sonné, un flic en civil leur avait ouvert. Il ne portait pas de manteau, ses manches étaient relevées, son badge était épinglé à une bretelle de son holster de poitrine.

— Vous nous donnez une minute, les gars ? avait-il dit.

— Vous voulez qu'on s'en aille, Eamon ? avait demandé Moonie.

Archer avait été surpris que Moonie appelle le flic par son nom. Et il s'était inquiété, parce que Moonie, qui était toujours affable, s'était soudain raidi et avait pris un ton très professionnel.

— Non, pas du tout. C'est juste que certains des hommes qui se trouvent ici doivent s'en aller, mais on ne peut pas se permettre que quelqu'un voie leurs visages. Des trucs super secrets. Alors si vous pouviez nous rendre service et vous retourner, ce serait génial.

Archer avait regardé Moonie, Moonie avait montré du doigt le réfrigérateur, et un petit groupe de personnes s'étaient précipitées pour franchir la porte derrière eux. Archer avait entendu des voix masculines, quelques mots échangés en espagnol. Il avait coulé un regard de côté aux quatre hommes qui passaient. Ils étaient âgés. Il avait cru en reconnaître deux – un était chauffeur de taxi, chez Blue Cab ; l'autre possédait une bodega sur Woodland. Ils avaient quelque chose, un charisme, une présence. Le chauffeur avait croisé le regard d'Archer, qui avait voulu sortir de cet appartement, s'éloigner autant que possible de ces hommes.

— On a un problème, avait dit Conroy, une fois seuls. Je peux vous faire confiance, les gars, hein ? On a un type, dans la pièce du fond, une vraie raclure, une pourriture pas possible. Dealer. Voleur. Une merde. On lui pose quelques questions, mais il ne se montre pas très coopératif. Merde, non, en fait, pas du tout coopératif.

Moonie et Archer avaient hoché la tête comme s'ils avaient su exactement où Conroy voulait en venir.

— Et ce qui est emmerdant, c'est que je crois qu'on lui a peut-être fait mal, et je ne sais pas trop quoi faire, avait dit Conroy. Alors un des gars a dit, Hé, on n'a qu'à appeler une ambulance. Bon, en général, je préfère ne pas vous emmerder avec les petits bobos de notre clientèle, mais il y a un truc au sujet de ce gars-là.

Conroy s'était penché. Il avait pris Moonie et Archer dans ses bras, les avait attirés à lui, comme des joueurs de football américain qui se regroupent avant de jouer une action décisive.

— Le truc, c'est que je ne suis pas sûr qu'il respire encore.

Ils l'avaient trouvé avachi en travers d'une chaise en métal, au milieu de la pièce. Jeune. La vingtaine. Peut-être moins. Torse nu, attaché à la chaise avec des menottes. Une flaque d'eau en dessous. Et de pisse. Il y avait un morceau de tuyau d'arrosage de cinquante centimètres de long par terre, à proximité, son extrémité couverte de sang séché. Même de l'autre bout de la pièce, Archer voyait que l'homme ne bougeait plus. Sa poitrine, un enchevêtrement de brûlures et de griffures et de bandes rouges furieuses, était parfaitement immobile, l'absence de tout mouvement ascendant et descendant encore plus facile à voir que s'il respirait. Ses yeux étaient gonflés et fermés.

Moonie avait réagi le premier, ordonné à Conroy d'enlever les menottes. Ils avaient allongé l'homme sur le sol et s'étaient mis au travail. Archer avait regardé Conroy parcourir la pièce, ranger les outils, le tuyau et une petite règle, dans un sac, essuyer le bar et une table avec une serviette, avant de jeter un coup d'œil par-dessus l'épaule de Moonie pour voir ce qu'ils faisaient, puis sortir sans un mot de l'appartement, dans la nuit.

Plus tard, ils s'étaient assis sur la rampe en face de l'hôpital pour manger des sandwichs du traiteur portugais. Archer avait essayé de ne pas penser à leur patient, maintenant à la morgue d'University.

— C'était quoi tout ça ? Archer avait fini par demander.

— Ce que c'était ? Des trucs au sujet desquels il faut que tu apprennes à ne pas poser de questions, avait répondu Moonie.

— Ce flic, tu le connais ?

Moonie avait acquiescé.

— Il s'appelle Conroy. Un type effrayant. Je sais bien qu'on passe beaucoup de temps à raconter aux petits nouveaux à quel point on bosse main dans la main avec la police, et c'est vrai. Les flics de cette ville, on fait l'impossible pour eux. Ils sont toujours là pour nous. Mais Conroy? C'est une exception. Même les autres flics gardent leurs distances. Il est cinglé. Je l'ai vu une fois qui filait des baffes à une junkie enceinte, au refuge New Star, parce qu'elle l'avait traité de petite bite.

— Tu l'as dénoncé ?

Moonie avait fini son sandwich, fait une boule du papier d'emballage et l'avait lancée dans une poubelle à proximité. La ville s'était assombrie alors que le soleil plongeait derrière les collines environnantes. L'éclairage public sur le pont au-dessus du fleuve s'était allumé.

— Ça ne marche pas comme ça, avait dit Moonie. Les flics lavent leur linge sale en famille. Tout le monde sait à quoi s'en tenir avec Conroy.

— Ce type n'était pas un indic. Je veux dire, ils lui ont électrocuté les couilles. Ils l'ont tué. Il faut qu'on dise…

— Tu n'as pas besoin de dire quoi que ce soit à qui que ce soit, avait affirmé Moonie. Conroy est… un franc-tireur. Il a sa propre équipe. Officieuse. Ils l'auront. Les gens savent ce qu'il fait. Mais ce n'est pas ton problème. Rends-toi service, fais profil bas et tiens-toi à l'écart.

Archer finit de remplir le formulaire et le confia à l'infirmière de Daisy. Son bébé était à l'étage au-dessus, dans le service des urgences néonatales. Il jeta un coup d'œil dans la salle d'observation où Daisy dormait, une intraveineuse dans un bras, une transfusion sanguine dans l'autre. Rigo n'était nulle part.

Il pensa à Eamon Conroy, à comment il n'avait pas tenu compte du conseil de Moonie, à l'époque. Pour les collègues de Conroy, l'affaire de Freeland Street, c'était la goutte d'eau qui faisait déborder le vase. Ils l'avaient fermée pendant des années, ils avaient fait semblant d'ignorer ses méthodes, mais torturer et tuer un homme ? Personne ne pouvait accepter ça. Lorsque les enquêteurs étaient venus poser des questions, Archer avait tout déballé. Tout.

Plus tard, au tribunal, Conroy avait fait un clin d'œil à Archer, quand il avait quitté la barre des témoins. Ils avaient mis Conroy en prison, et Archer avait repris sa vie, pensant ne jamais revoir cet individu.

Et cette nuit. Conroy. Qui s'était matérialisé au milieu de ce lieu improbable, un cauchemar qui revenait, bien vivant, au milieu d'une pièce sombre couverte de poussière de plâtre.

Daisy s'étira, ouvrit les yeux, vit Archer près du rideau. Une pensée lui vint à l'esprit. C'était comme le très bref moment entre l'instant où on pose le pied sur une mine et celui où elle explose : on sait que c'est trop tard mais on ne peut plus rien y faire. Daisy secoua lentement la tête. *Je suis en travers de la route*, comprit-il. *Je suis en travers de la route d'un homme dangereux.*

2

Lu McCarthy reçut le coup de fil juste après la Saint-Valentin. Kittredge était sympa et chaleureux, ce qu'il n'était jamais, sauf quand il voulait quelque chose.

— Viens dans mon bureau, avait-il dit.

Elle avait résisté, mais pas très longtemps. Elle savait que quelque chose se préparait, et n'avait pas trop aimé la manière dont son patron avait refusé de lui dire de quoi il s'agissait.

— C'est juste des trucs dont il faut qu'on parle, avait dit Kittredge.

Dans le labyrinthe de couloirs oubliés de cette partie reculée et aveugle de l'immense immeuble du journal, ses murs couverts de plaques de métal suintant à cause de la vapeur qui s'échappait des vieilles chaudières dans le froid de l'hiver, Lu essayait de deviner à quel Kittredge elle allait se trouver confrontée. Son patron avait joué plusieurs rôles, au fil des années, tel un caméléon dont les écailles changeaient continuellement de couleur, pour lui permettre de s'élever toujours un peu plus haut – même si, finalement, ces mues n'étaient parvenues qu'à le hisser à un poste intermédiaire, dans un quotidien de taille moyenne qui faisait penser à du raisin en train de mourir sur pied.

Il y avait Gabe Kittredge le bon pote, le type qui mettait des tapes dans le dos, qui payait toujours la dernière tournée quand ils bouclaient, les soirs d'élections. C'était le Vieux Kittredge, le collègue de Lu, à l'époque où ils partageaient un bureau dans un petit centre commercial à Emporia, s'occupaient des chiens crevés et couvraient les visites dans les écoles de représentants de l'État, qui étaient accueillis et fêtés comme des grands seigneurs. Kittredge était plus décontracté, alors. Il montait, mais c'était un bon gars, et la bouteille de scotch dans le tiroir de son bureau n'était pas là pour faire joli. C'était vraiment un outil de travail.

Et puis il y avait Gabriel l'Impérial, le noble gardien de la flamme journalistique, le protecteur du quatrième pouvoir. Cette version était apparue lorsque Kittredge était passé à la rubrique vie de la cité, dix ans plus tôt. Il s'était mis à bouffer dans un salon privé. À chier dans des toilettes réservées. Ce Kittredge-là prenait la parole aux repas organisés par la mairie, recevait des politiciens, surtout les années d'élections, comme s'il était le pape. Et puisqu'il était l'éminence grise derrière les pages d'éditoriaux et l'arbitre en chef pour tout ce qui touchait au budget, il n'y avait guère que le patron du journal, H. Robert Galloway, qui avait davantage d'influence que lui sur l'opinion publique locale. Lu ne voulait pas avoir affaire à cette version-là aujourd'hui. Ce Kittredge-là, pensait-elle, était un sale connard.

Elle n'arrivait pas à comprendre comment un homme aussi assoiffé de pouvoir avait fini par atterrir dans un bureau sans fenêtre, perdu au fond d'un dédale de salles de conférences vides remplies de mobilier dépareillé, de vieux fax, de meubles à tiroirs auxquels il manquait un pied, et de tables basses en verre autrefois convoitées par des cadres morts depuis longtemps, le tout recouvert d'une couche de vieille poussière grise épaisse d'un bon centimètre.

C'était à l'écart, loin de la salle de la rédaction, et encore plus loin des grandioses locaux de Galloway et de ses sbires. C'était minable, sale, vieux. Lu se dit que ça devait avoir quelque chose à voir avec le pouvoir et la pratique du pouvoir. Kittredge aimait se mouvoir dans des cercles invisibles, un cycle perpétuel d'informations fragmentaires avec au bout du compte une seule personne qui sait tout. C'était aussi le seul bureau de l'immeuble disposant d'une sortie privée, qui menait à une ruelle attenante à la mairie.

À la grande époque du journal, le bureau de Kittredge était le studio d'une station de radio d'informations qui appartenait au quotidien. C'était tellement bien insonorisé qu'on pouvait entendre ses propres battements de cœur, ou même le sang circuler dans ses veines. Si elle avait eu le boulot de Kittredge et qu'elle avait dû rester dans ce donjon, aussi loin des gens, du monde et du soleil, enfermée là comme un tigre sans griffes, ça l'aurait rendue cinglée.

Cette partie de l'immeuble était bien trop tranquille. Les presses qui avaient jadis régné sur les entrailles des sous-sols, qui étaient le cœur et l'âme du journal, leurs trépidations faisant vibrer chaque coin de l'immeuble, tout cela n'existait plus. Le cœur battant avait été remplacé par les câbles de fibre optique, les cliquetis des claviers et les chaussures molles sur la moquette et, pire que tout, le silence. *Sans âme*, pensa Lu. *Comme mort.*

La radio coula au début des années 1990. Le studio fut reconverti en entrepôt, puis, l'année dernière, lorsque la moitié du siège du *Courier* de Telegraph Street fut vendue à une compagnie d'assurances qui cherchait à s'agrandir dans le centre-ville, l'ancien studio fut à nouveau reconverti et Kittredge s'y installa. Lu évitait l'endroit autant que possible.

Elle frappa à la porte, et Kittredge, le téléphone coincé contre son épaule, pivota sur son siège, leva un doigt, puis le pointa vers un fauteuil vide en face de son bureau.

— Il y a d'autres facteurs en jeu que vous ne semblez pas apprécier à leur juste valeur, qui se mesurent sur une autre échelle, disait Kittredge. Vous devez comprendre que, au-dessus de dix mille mètres d'altitude, au bout du compte, on n'est pas dans le domaine du facilement accessible. Et vous comparez des pommes et des enjoliveurs.

Lu grimaça. Quand est-ce que les gens du métier avaient arrêté de s'exprimer comme des êtres humains ? *Avant, on se foutait de la gueule des gens qui parlaient comme ça. Maintenant, on est pareils.*

Kittredge mâchouillait sa lèvre inférieure comme si c'était du chewing-gum et hochait la tête, tout en écoutant. Lu savait ce que cela voulait dire : Kittredge anticipait ce que vous alliez dire, n'avait pas envie d'attendre, avait déjà sa réponse, et bouillonnait d'impatience que vous en ayez terminé pour que ce soit son tour de parler.

— Écris ce que tu veux, Phil, dit Kittredge. Mais la position officielle du *Courier*, c'est que nous réaffectons nos ressources pour être plus efficaces, plus réactifs et plus souples, et passer au numérique est le moyen d'y parvenir.

Kittredge mit l'index contre sa tempe comme si c'était le canon d'une arme à feu et fit semblant d'appuyer sur la détente.

— On a vu ça avec l'effondrement des revenus de la publicité, mais c'était, quoi, il y a une dizaine d'années ? dit-il. Ça aurait aussi bien pu être il y a un putain de siècle. Maintenant, on parle de "disruption". La technologie remplace les traditions. C'est complètement différent. On ne s'effondre pas, on grandit. C'est juste que pour le moment, ça ne rapporte pas d'argent.

Lu se posa dans le fauteuil en tissu rouge et attendit que Kittredge termine de pontifier. Elle sentait le sang qui circulait dans ses veines et les capillaires de son crâne, des battements atténués, comme la rumeur de l'eau qui circule dans un vieux radiateur. Chacune de ses respirations raclait comme un soufflet, son cœur tambourinait. Elle ne parvenait pas à comprendre comment Kittredge faisait pour survivre en venant ici tous les jours.

— Je vais raccrocher maintenant, dit Kittredge. Parce que tu deviens pédant, Phil. Il est évident pour moi que vous avez des intentions cachées. Mais la vérité, c'est que ce journal vivra bien plus longtemps que votre putain de site Internet !

Kittredge écrasa le téléphone sur son socle, se passa la main dans les cheveux, sur ses tempes grisonnantes et son long crâne étroit. Des cernes noirs sous de grandes orbites lui donnaient des airs de boxeur après un combat sans casque.

— Ça avait l'air sympa, dit-elle.

— Putain de Phil Bracken.

— Bien sûr. "mortauxjournauxpapier.com". Je préfère "necrojournaux.com".

Kittredge étendit un bras sur le bureau et enfouit son front dans le creux de son coude.

— Au moins, ces gars-là ont en général l'air un peu triste de tout ce merdier. Bracken, lui, ça le rend carrément priapique.

— Il y en a que ça rend amers, de se faire virer en public.

Kittredge releva la tête, une expression peinée sur le visage.

— On ne l'a pas viré. Le putain d'*Herald* l'a viré. On ne peut pas écrire des articles sur les zones de guerre caché dans le sous-sol chez sa mère.

— Ça, c'était pas réglo.

— Pas du tout.

— Alors. Vous m'avez appelée, monsieur ?

Kittredge ramassa un pot en plastique rempli de trombones. Une poignée d'entre eux restaient accrochés au bord magnétique. Kittredge se mordit la lèvre et attrapa un trombone, le déplia, le transformant en un petit fil de fer.

— Le journal fait face à de grosses difficultés, ainsi que tu le sais, commença-t-il.

Il regarda ses mains, qui replièrent le trombone en quelque chose d'autre, une approximation de ce qu'il avait été, mais avec des courbures opposées.

— On a essayé d'endiguer la marée. On a étendu notre couverture géographique aux districts voisins, on a rendu notre site Internet payant, on a développé et diversifié l'imprimerie, tout ça…

— Sans parler de liquider les fonds de pension, de virer la plupart des employés des bureaux de ces districts, de sucrer une semaine de cotisation de retraite par trimestre, sans compensation financière.

— Exact. On a fait tout ça, et plein d'autres trucs que tu ignores. Des trucs très moches. Crois-moi, le couteau a tranché dans le vif, la publicité, la diffusion et les cadres supérieurs. La rédaction n'a pas été la seule touchée. Malheureusement, ça n'a pas suffi.

Une lumière s'alluma. Pas vraiment d'un coup, plutôt comme un modulateur qu'on augmente lentement. Ou comme le moment juste avant un accident de voiture, cet instant suspendu, lorsque la collision est inévitable mais qu'on s'accroche au volant, debout sur les freins. Futile, mais c'est ce qu'on fait, quand on prend brutalement conscience que notre vie est parfaite et qu'elle est sur le point d'être foutue en l'air, que tout est en fait déjà foutu, si ce n'est que la physique n'a pas encore terminé son œuvre. La rumeur dans ses oreilles devint un vacarme. Kittredge cassa le malheureux trombone en deux.

— Il faut qu'on fasse d'autres coupes, dit-il. Des coupes profondes. Trancher dans le vif.

Le regard de Kittredge croisa celui de Lu. Elle se prépara pour le coup fatal.

— Il faut qu'on se sépare de toi, Lu. Je suis désolé. Tu es notre reporter la mieux payée, et tu suis les affaires de la police. Personne de ton âge ne bosse sur les flics.

Elle s'essuya les mains sur ses genoux. Oscilla d'avant en arrière. S'éclaircit la gorge.

— Je ne peux pas dire que je sois tellement surprise. Bon Dieu. Trente ans.

Kittredge plongea la main dans un tiroir de son bureau, sortit une boîte de mouchoirs, la fit glisser vers elle. Lu montra la boîte du doigt. Ricana.

— Tu t'attends à ce que je pleure ? Quand est-ce que tu m'as vue pleurer ? Est-ce que je t'ai déjà donné l'impression d'être une pleureuse ?

— Désolé. C'est un réflexe. J'ai fait ça très souvent ces derniers temps. Ça a beaucoup pleuré, ici. (Il rangea la boîte de mouchoirs dans le tiroir.) On a vraiment assuré. Tu es une vraie pro. Mais il faut qu'on regarde la vérité en face. Les gens comme nous, Lu, on devient obsolètes – merde, on est déjà obsolètes. Maintenant, il n'est plus question que de *data mining*, de travail assisté par ordinateur, de sortir des gamins de Worcester State qui acceptent de bosser deux fois plus pour gagner moitié moins, qui filment eux-mêmes, qui bricolent tout eux-mêmes. Avant, on était des croisés, maintenant, c'est… Ce n'est pas que les faits ne soient pas importants, c'est juste qu'ils doivent être au service de plus que la simple vérité. L'information est devenue un produit. Les widgets* fabriqués dans des usines virtuelles, qui s'affichent sur un écran. Zéro papier. Le contenu est la clé du truc, pour le meilleur et pour le pire. Être le premier est la nouvelle priorité. La vérité est secondaire. Le gnosticisme est parti en vrille.

— Le gnosticisme ?

— Les intérêts cachés et les ordres secrets, et tout le monde déteste les experts, ce qui est ironique si on considère que tout le monde est un expert de ses propres théories à la con, sur la vie et le pouvoir, et sur la presse. Surtout la presse. Il y a une prise de conscience, Lu, quelque chose de vil, d'obscur, et on n'y peut strictement rien. On vit à une époque où tout ce qui est caché est à la fois vérité et mensonge. Fait ou fiction, cela revient au même, tant que vous

* Widget : mot imitant "gadget" et qui sert à désigner les applications interactives préinstallées (par opposition aux applications à télécharger) sur les smartphones et permettant l'affichage automatique de diverses informations (météo, etc.).

hurlez “votre” vérité suffisamment fort. Je crois que c’est Mussolini qui a dit ça.

— Je ne crois pas.

— Bon, peut-être pas. Bref. Du moment que je dis avec conviction qu’il l’a dit, ça devient vrai. Pas tout à fait vrai, mais suffisamment vrai, et c’est tout ce qui compte, de nos jours.

Lu observait Kittredge se faire dévorer par la tech. En lui parlant, il faisait défiler de son pouce ses e-mails sur son smartphone. Puis il passait sur son ordinateur portable et scrollait des messages, dans un déluge d’informations et d’opinions, progression inexorable vers la fin de l’objectivité, des faits, de tous ceux qui gardent leur opinion pour eux. Il assénait le coup de grâce à Lu, et continuait. C’était ça, le boulot, maintenant. Nourrir le flux.

— Le dernier gamin qui a postulé ici ? dit Kittredge. Il n’a pas dit un mot de son expérience au sein du journal de son université. Il m’a parlé de sa “plateforme”. Sa plateforme, Lu. C’est ça qu’on leur apprend dans les écoles de journalisme, de nos jours. Le contenu compte moins que le contenant. Plus personne n’en a rien à foutre du message, pourvu qu’on soit les premiers et qu’on le délivre de cent manières différentes. Tu peux te planter, mais tu ne peux pas être lent. Tout s’est joué le jour où la façon de transmettre le message est devenue plus important que le message lui-même. On a perdu notre boulot il y a quinze ans, et le dernier clou dans notre putain de cercueil était un codeur dans un petit bureau de merde, je ne sais où. Mort par HTML.

Lu n’entendait plus son sang circuler. Le bureau était devenu un nouvel espace vide et silencieux dans un immeuble qui en générait un peu plus chaque jour.

— J'ai combien de temps ?

Kittredge grimaça.

— La fin de l'été. C'est le mieux que j'aie pu obtenir. Tu continues à bosser sur les flics jusqu'au 4 Juillet, dans le meilleur des cas jusqu'à la fête du Travail*, si je parviens à tirer un peu, et après on peut te payer six semaines d'indemnités, mais c'est tout.

— Le dernier plan social, ils leur ont donné six mois de salaire.

— Et je t'ai obtenu six mois de boulot, dit Kittredge. Écoute, Galloway voulait que je te dégage avec deux semaines et une poignée de mains. C'est un bon compromis.

— Mon ex a des années de retard sur la pension alimentaire. Danny Junior est à BC**, je gagne déjà des clopinettes ici. Comment je vais gagner ma vie ?

— Dan Senior n'aide pas ?

Lu éclata de rire.

— Il aiderait peut-être, si je pouvais lui mettre la main dessus. Mais non. Il n'aide pas. J'ai essayé.

— Ça me navre pour toi, Lu, tu le sais bien, mais qui t'a encouragée à accepter le dernier plan social ? Moi. Tu te souviens ? Tu n'as rien voulu entendre. Le boulot est trop important pour toi. Merde, on aurait pu te dire *sayonara* sans rien te donner, mais je me suis battu pour toi, Lu. Vraiment. J'ai dit à Galloway que tu étais une légende, que tu méritais quelque chose. Le 4 Juillet. Peut-être la fête du

* La fête du Travail aux États-Unis est célébrée le premier lundi de septembre.

** Abréviation pour University of British Columbia, un des meilleurs "colleges" d'Amérique.

Travail. C'est le mieux que je pouvais obtenir, et tu devrais être contente.

— Je t'en supplie, pas de prêche.

— Tout ce que je dis, c'est que tu aurais dû m'écouter.

Lu crut qu'elle allait vomir. La pièce tanguait. Elle avait un besoin urgent d'aller au Ding Wa pour s'enfiler des manhattans et papoter avec Mae, sa barmaid favorite, qui savait comment verser juste ce qu'il fallait de Southern Comfort pour que la chaleur continue d'irradier sa poitrine longtemps après le dernier verre.

— Tu aurais dû m'écouter, à l'époque, dit Kittredge. Et tu devrais m'écouter maintenant.

Il se leva et marcha jusqu'à la porte, jeta un coup d'œil à gauche et à droite dans le couloir, puis la ferma et s'assit sur un coin de son bureau. Il se pencha vers Lu et parla à voix basse.

— J'ai peut-être quelque chose pour toi, dit Kittredge. Mais ce n'est pas très… conventionnel.

— Je ne suis pas en position d'être à cheval sur les conventions.

— Je veux dire, vraiment pas. Et ça pourrait être un peu difficile pour toi. Déplaisant, même. Mais ça pourrait rapporter un paquet. De quoi changer les choses. Laisse-moi te faire l'article, et tu me diras ce que tu en penses. Si ça ne te plaît pas, *vaya con Dios*, et on se quitte bons amis.

— Qu'est-ce que je peux faire d'autre ? Je viens de me faire lourder.

Kittredge déverrouilla un tiroir du bas de son bureau et sortit un dossier d'une chemise cartonnée marron.

— L'exécuteur des basses œuvres de John O'Toole, cet ancien flic dont tu te souviens peut-être, Eamon Conroy…

Lu leva les mains.

— Tu peux t'arrêter là. Quoi que ce soit qui touche à ce taré de psychopathe, oublie-moi. J'ai couvert l'affaire, quand il a pris de la taule, j'ai suivi le cortège de cadavres que lui et son gang d'anciens de l'École des Amériques* ont laissé derrière eux. Ce mec devrait toujours être en prison, si tu veux mon avis. En passant, il y a pas mal de questions autour de la manière dont il a réussi à être libéré. La temporalité est assez étrange, avec les émeutes et tout.

— Je croyais t'avoir demandé de m'écouter.

— Je dis ça comme ça.

— J'essaie de t'aider, Lu.

Kittredge attendit. Elle baissa les mains.

— Conroy et moi, on est en contact. C'est bien d'avoir accès à quelqu'un d'aussi proche d'un type comme O'Toole. Donc, on buvait des coups au Dinger l'autre soir, et il me demande ce que je penserais de bosser un peu pour eux, sous le manteau, vraiment secrètement, pour un projet qu'ils ont en amont de la très probable candidature d'O'Toole au poste de gouverneur.

— Bien sûr qu'il va être candidat. Merde, j'ai même entendu dire qu'il avait loué un entrepôt sur St James pour y mettre les affiches qu'il a déjà imprimées.

— On parle de ce truc dont ils ont besoin, et tout de suite, ton nom est venu dans la conversation.

* École des Amériques (Western Hemisphere Institute for Security Cooperation ou WHINSEC, ou School of the Americas) : centre créé en 1946 par le Département de la Défense, d'abord situé à Panama City au Panama, puis à Fort Benning aux États-Unis, pour former des militaires latino-américains aux techniques de contre-insurrection anticommuniste, incluant le recours à la torture. Plusieurs "anciens" de cette "école" ont par la suite pris le pouvoir et mis en place des juntes militaires soutenues par les États-Unis.

— Je ne fais pas ce genre de trucs. J'ai mon intégrité, laisse-moi au moins ça.

— J'ai compris que si tu t'en sortais bien, si tu leur obtiens ce qu'ils veulent, tu pourrais avoir un boulot à la mairie, genre stable. À court terme, Conroy dit qu'ils paieront. Cinquante mille, sous la table.

Kittredge laissa le chiffre flotter dans l'air.

Lu feignit l'indifférence, mais elle était sidérée. Presque un an de salaire. Pour quoi ? *Impossible*, pensa-t-elle. *Bosser pour un tueur psychopathe ? Mais comment refuser ? Est-ce que j'en ai vraiment envie ? Qui va dire à Danny Junior qu'il ne pourra pas retourner à la fac à la rentrée ?*

— Je sais pertinemment que ce n'est pas ton genre de trucs, Lu, mais ça n'est jamais mauvais que le futur gouverneur te doive un renvoi d'ascenseur. Et l'argent. Une vraie rente. Une vie après le *Courier*.

Lu bougea dans son fauteuil, se gratta l'arrière du crâne. En trois décennies, elle n'avait jamais écrit une histoire dont elle n'était pas fière. Et qu'est-ce que ça lui avait rapporté ? Rien d'autre que de se retrouver le cul par terre avec un mois et demi de salaire d'avance. Comment allait-elle rembourser son crédit immobilier ?

Lu s'emberlificota dans ses pensées. Elle entendait à nouveau le sang qui bouillonnait dans ses oreilles.

— C'est quoi, l'histoire ? demanda-t-elle.

Kittredge sortit une liasse de papiers du dossier. Un rapport de police, reconnut Lu, même s'il manquait l'en-tête habituel du service. Ça devait être un de ces documents confidentiels qu'elle avait vus quelquefois au cours de sa carrière, un de ceux qui n'étaient pas destinés à être consultés par quiconque en dehors de la Citadelle, alias le quartier général de la police. Lu avait déjà vu ces dossiers grâce à des sources parmi les flics, dans le passé. Ces rapports confidentiels étaient en général remplis de vérités non pasteurisées, ou du moins des approximations très proches de la vérité. Pas des mensonges, pas exactement, mais la broyeuse de faits qui permet de malaxer une sorte de vérité. L'histoire est toujours écrite par les vainqueurs, pensa-t-elle, et ça, c'était leur matière première.

— Il y a un bébé, qui est né dans une cité, un de ces taudis sur Kansas Street, dit Kittredge. Cet enfant a une, hmm, ascendance compliquée. Très compliquée. En tout cas, le gamin a été accouché par des parameds, dans l'appartement, et ça s'est mal passé. Le bébé a manqué d'oxygène, une merde du genre, les médecins parlent de séquelles cérébrales. Infirmités permanentes. Aide médicale indispensable, à vie. Ça coûte un paquet. Ça pourrait éclabousser John O'Toole et nuire à ses ambitions politiques pour trois raisons. Une, la mère, Daisy Fontana, travaille à la mairie, au secrétariat. Petit problème d'héroïne. Des liens avec des durs parmi les *hombres* du quartier. Deux, John O'Toole baise à couilles rabattues avec Mme Fontana depuis plus de deux ans, jusqu'à récemment, et le bébé est très certainement le sien.

— Et la troisième ?

— La troisième, c'est le pompon. Les parameds n'ont en fait pas pratiqué l'accouchement. C'est Eamon Conroy qui l'a fait. Il s'est dit, comme un con, que laisser Daisy Fontana accoucher au Memorial Hospital ou à Saint B attirerait l'attention, susciterait trop de questions. Alors il a promis à Daisy qu'elle accoucherait chez elle avec l'aide d'une sage-femme, qu'il s'occuperait de tout, il l'a couverte de toutes sortes de choses – appareils électroménagers, meubles – et lui a promis bien plus encore. Mais le bébé est arrivé en avance, la sage-femme qu'ils avaient pensé faire venir était quelque part du côté de Cape, à essayer d'assécher un penchant pour le Wild Turkey, et Conroy s'est retrouvé à jouer les receveurs*, façon de parler.

— Une sacrée merde.

Kittredge opina.

— C'est exactement ça : de la merde, dit-il. Mais il n'y a rien de sacré là-dedans. Conroy a déconné. Il a presque tué le bébé et Mme Fontana. Son petit ami, Rigo Mejia – tu te souviens peut-être de certains procès de la bande des cités, la Posse –, n'a pas supporté et a fini par appeler le 911. Et depuis, le désastre mijote. Un des parameds qui a répondu à l'appel, Thomas Archer, a fait du bruit. Il a déposé plusieurs plaintes. Conroy veut étouffer tout ça. Il pense que la meilleure façon d'y arriver est que ce paramed disparaisse.

— Merde. Merde. Merde.

— Déjà dit.

— Pas ça. Tout le monde sait qu'O'Toole est incapable de la garder dans son caleçon. Ce paramed dont ils veulent que je m'occupe, Thomas Archer, il n'était pas ivre la nuit où c'est arrivé, par hasard ?

Kittredge haussa les épaules.

— Si tu le connais, et qu'il a un problème avec la bouteille, ça serait un très bon angle d'attaque.

— Je suis surprise que Conroy ne se soit pas occupé de ça lui-même.

* Au football, le joueur qui court selon la route déterminée et à qui le quarterback envoie le ballon.

— C'est une année importante pour ces mecs-là. Ils essaient d'être discrets.

— Archer et moi, on se connaît.

— Je sais que tu as déjà écrit sur lui. À l'époque où son collègue et lui avaient témoigné au procès de Conroy, cette affaire au civil à laquelle il était mêlé. Et alors ? Ça sera plus ou moins la même chose.

Elle secoua la tête.

— Il y a un peu plus que ça. C'est assez douloureux. On a grandi dans le même quartier. Sa mère et mon père ont eu, euh, une brève liaison. Ça s'est mal terminé pour nos deux familles.

Kittredge sourit, ouvrit grand les bras.

— Alors c'est parfait. Peut-être que le moment est venu pour toi de régler de vieux comptes. Je comprends ta douleur. Et je serai avec toi, là-dedans. Je m'occuperai personnellement de tes articles, pour qu'on soit sûrs qu'ils seront publiés exactement comme nous le voulons.

Lu avait du mal à réfléchir. Le bruit du sang qui affluait dans ses oreilles l'assourdissait.

— Pourquoi est-ce que tu me fais confiance, là-dessus ? Je pourrais aller voir Galloway maintenant et lui raconter ce que tu prépares. Peut-être que je me retrouverais à ta place.

— Parce que je te connais, Lu. Tu es une pragmatique. Tu n'es pas une croisée. Tu as passé combien de temps dans les tribunaux, à parler aux flics, ou à casser la croûte avec des voyous et des mafieux ? Je ne parlerais pas de ça à une idéaliste. Toi, tu vis dans le vrai monde. Moi aussi.

Kittredge ramassa le dossier, l'agita devant elle.

— Je ne m'inquiète pas que tu ailles chez Galloway, ou que tu essaies de me faire virer. Je m'inquiète que tu refuses et que tu te retrouves nulle part, chère collègue. Tu veux essayer de gagner ta vie en tant que pigiste ? Bonne chance. Amuse-toi bien à remplir les sacs au supermarché* pour payer ton essence, ou à expliquer à Dan Junior que BC, c'est fini, que c'est l'heure de rentrer à la maison, de prendre des cours du soir dans un centre pour adultes et d'entamer une longue carrière de jardinier.

Lu essaya de relier des points qu'elle ne voyait pas, comme s'ils étaient peints à l'encre invisible sur un chemin qui menait au bras droit du maire. Le lien était ténu. Un cheveu. Jusqu'à ce qu'elle comprenne, comme un flash de lumière blanche.

— Qu'est-ce que tu y gagnes, toi ?

À la manière dont il haussa les épaules et s'enfonça dans son fauteuil, Lu comprit que c'était du lourd, et probablement plus que ce qu'elle y gagnait, elle.

— Moi, ça se fera autrement. En plus, tu ne seras pas la seule à avoir un boulot quand tout ça sera fini, mais le mien devrait être à Boston, sous le dôme doré**. Ce n'est pas parce que c'est bon pour moi que ça ne peut pas aussi être bon pour toi.

Elle pensa à Archer, son quasi-frère, même si elle avait foutu le camp à l'instant où son père avait laissé la mère d'Archer emménager, pendant le divorce. Proches, mais pas proches. Partenaires dans la destruction familiale mutuelle et assurée. Archer, le raté. Instable, comme son paternel,

* Aux États-Unis, dans les supermarchés, aux caisses, des employés mettent les courses dans des sacs.

** Le "Golden Dome" est le surnom de la Massachusetts State House à Boston, qui est le Capitole de l'État, où siège le gouvernement de l'État et qui abrite notamment les bureaux du gouverneur.

qui était resté célèbre à cause de ce qu'il avait fait à la Thunderbird des McCarthy, des années plus tôt.

Mais était-ce vraiment une surprise ? La mère d'Archer – Lu ne pouvait pas penser à elle comme à sa belle-mère, même après que son père l'avait épousée – n'avait pas perdu les pédales avant que Lu rentre de l'université, et qu'elle ne décroche son premier boulot au *Courier*. Elle passait ses journées sur le canapé du salon, à boire du vin bon marché, à dormir et pleurer et parler toute seule. Lu gardait ses distances avec cette femme qu'elle connaissait à peine, et qu'elle ne voulait pas connaître. Elle voyait Archer pendant les vacances, quand elle ne pouvait pas faire autrement, et le silence entre eux était tellement fort qu'il en était assourdissant.

Elle savait qu'Archer, qui était encore au lycée, se payait à manger et s'achetait ses vêtements lui-même, tenait des semaines avec quelques centaines de dollars jetés sur la table de la cuisine une fois par mois par son père à elle, qui disparaissait ensuite plusieurs jours d'affilée.

Mais Archer était un adulte, maintenant, et il avait commis ses propres erreurs. Lu se disait qu'il était assez vieux pour savoir comment se comporter. Elle avait aussi entendu parler du fils d'Archer et de sa tumeur au cerveau par son père, et elle s'était demandé si c'était ça qui lui avait fait perdre les pédales.

— J'aurai besoin de rencontrer Conroy. Avant de promettre quoi que ce soit.

Kittredge sourit.

— C'est exactement ce qu'Eamon pensait que tu dirais.

3

De fins nuages s'étiraient dans le ciel bleu au-dessus de la mairie, et les drapeaux qui flottaient au sommet des mâts sur la façade claquaient dans la brise chaude de juillet qui sentait le béton humide et l'essence. Une grande demi-lune de marches en marbre partait de Main Street jusqu'à l'entrée principale du bâtiment vieillissant, le palais des grâces municipales. C'était un grand jour pour cette ville entourée de collines du centre du Massachusetts. Même les food trucks avaient fermé pour la matinée.

Le maire John O'Toole observait la scène depuis son bureau du quatrième étage et essayait d'apprécier la vue. Ils étaient là pour lui, après tout. Mais les mots qui s'étaient affichés sur son téléphone une heure plus tôt lui gâchaient le spectacle.

Il relut le message de Daisy : "Pas assez d'argent. Miguel trop malade. Tu ne me réponds jamais. Qu'est-ce que je suis censée faire ?"

Une question taraudait O'Toole : qu'aurait fait son père ?

Dans une ville aussi petite que Worcester, il était difficile d'être de la même famille qu'une légende comme le premier maire O'Toole – le regretté, le grand Eddie O'Toole. John O'Toole avait voulu creuser son propre sillon, mais cela s'était avéré difficile. C'était toute l'ambivalence des ombres : génial pour se cacher, pas du tout génial pour vivre.

Eddie O'Toole avait adoré cette ville. Il avait appris à l'aimer en creusant des tranchées de canalisation pour la Commonwealth Gas à l'époque où son propre père, Orion O'Toole, en était le président. Eddie O'Toole aimait dire à son fils qu'il avait vu la ville sous toutes ses coutures. L'argent qu'il avait gagné en travaillant avait permis de payer sa scolarité au Salve Mater College, dont les bâtiments en brique rouge luisaient d'une nuance orangée dans le soleil du matin, sur le collier de collines qui s'élevaient au-dessus du centre-ville. John O'Toole y était allé aussi, sa classe était l'une des dernières dans lesquelles les frères franciscains enseignaient encore presque toutes les matières.

John avait appris des leçons importantes de son père – la manière dont ils s'asseyaient sur une rangée du milieu à la messe dominicale de Mount Carmel, pour ne pas se la jouer, ou le panier qu'ils envoyaient à l'orphelinat de Mattson Street à Thanksgiving et à Pâques. Le jeune John O'Toole pensait appartenir à la plus grande famille du monde ; les gens, dans la rue, chez le boucher, au Riverside, partout, saluaient son père comme un parent éloigné. Quelques-uns criaient ou soulevaient leur chapeau, en passant en tramway. Tous ceux-là aussi étaient morts depuis longtemps. Tout comme l'agile mémoire de son père – John O'Toole s'était toujours émerveillé de la façon dont Eddie O'Toole connaissait le nom de chacun, s'enquérait des mères malades et des petites sœurs et des pères et des frères, comme s'il passait ses journées à mémoriser leurs noms et les histoires personnelles de tous les habitants.

Certaines des leçons que John O'Toole avait apprises l'avaient été sans que son père réalise qu'il les lui avait enseignées. Le pouvoir était quelque chose de formidable, d'important, à condition de savoir s'en servir. L'aîné des O'Toole l'exerçait inefficacement, pensait John. Il n'était que gants de velours et mots doux. Quand Eddie O'Toole avait une chance d'achever un adversaire, il n'allait jamais jusqu'au bout.

Une fois, quand John avait onze ans, un conseiller municipal avait interpellé publiquement son père pour avoir fermé une piscine à Morningdale. Ce quartier avait autrefois été un havre pour ouvriers québécois de Montréal, qui avaient maintenu en vie l'usine d'optique de Southside Street à travers la Grande Dépression, deux guerres mondiales et jusque dans les années 1960. Avec la mort de l'usine, les ouvriers étaient partis, le vaste ensemble d'immeubles où ils avaient vécu avait été transformé en logements sociaux pour les nouveaux arrivants en provenance de Porto Rico et de la République dominicaine.

La piscine de Morningdale tombait en ruine. Eddie O'Toole avait voulu la fermer pour obtenir un financement fédéral et la faire reconstruire, au même endroit. Il avait manœuvré, à l'écart des regards, pendant des mois, pour obtenir les fonds, sachant très bien que le meilleur moyen de faire fuir les gens de la rénovation urbaine et leurs financements était de parler ouvertement de leur travail, de révéler la manière dont l'argent coulait à flots sur la ville, comme un torrent saumâtre. Leur réticence constituait une opportunité pour les opposants d'O'Toole, qui eurent vent du plan de fermeture de la piscine et traitèrent le maire de raciste dans les colonnes du *Courier*. Le conseiller municipal qui avait interpellé Eddie O'Toole savait très bien tout cela, mais il avait aussi l'intention de se présenter aux prochaines élections, pour briguer le mandat de maire.

Le matin où l'article était paru dans le journal, John O'Toole mangeait ses céréales et regardait son père le lire, un fin sourire aux lèvres. La femme du maire resservait du café à son mari, en posant une main sur son épaule.

— Ce n'est pas juste, avait-elle dit.

— Ne t'en fais pas pour ça, Bridgit, lui avait répondu Eddie O'Toole. Le Seigneur exige que je prenne des coups, de temps en temps. Williamson n'est pas un mauvais bougre. C'est juste qu'il veut un peu trop ma place. (Eddie avait fait un clin d'œil à son fils.) Peut-être bien que je devrais la lui laisser.

Eddie O'Toole ne cherchait jamais à se venger de ses ennemis ; il s'occupait de tout le monde, mais pas des siens. Ni de lui-même. John O'Toole avait fait très attention de ne pas commettre la même erreur. Il avait bien assimilé les règles de base, se rappelait les noms de tous les gens dans le besoin qui venaient le voir quotidiennement avec des requêtes – réparer des nids-de-poule, trouver un boulot à un fils en train de mal tourner, installer des feux de circulation – ce million de petits fragments de plomb qui subissaient une transformation alchimique le premier mardi de novembre, tous les quatre ans, broyés en poudre, non par un mortier et un pilon, mais par la force gravitationnelle des services qu'il fallait rendre, pour être transformés en quelque chose de bien mieux que de l'or, en la chose qu'un homme comme lui convoitait plus que n'importe quoi : des bulletins de vote, bien sûr.

O'Toole le jeune tenait les comptes, et pas seulement de ceux qui lui devaient quelque chose, mais aussi de ceux à qui il devait quelque chose, ceux qui avaient voté contre lui lors d'un conseil municipal, bloqué des fonds ou retardé des projets importants à ses yeux ; il notait les noms de ceux qui auraient dû être suffisamment malins pour savoir qu'il était mauvais de ne pas apparaître sur la liste des donateurs de sa campagne électorale. Même le père de John O'Toole, dans toute sa bienveillance, avait compris que la mansuétude avait certes sa place dans les travées de Mount Carmel le dimanche matin, mais pas à la mairie.

Le maire actuel savait qu'il avait les outils nécessaires, il en avait même certains que son père n'avait pas eus. Un menton fort, avec une fossette, que les mercenaires qui dirigeaient ses campagnes électorales adoraient faire figurer sur les affiches dont l'impact local était encore bien supérieur à celui d'Internet. Des épaules carrées. Une épaisse chevelure noire avec juste ce qu'il faut de gris sur les tempes. Des yeux bleus qui enveloppaient les cibles de son attention. C'était un baratineur-né. Son souhait le plus cher, dans la vie, c'était qu'on vote pour lui. Après tout, c'était l'entreprise familiale.

Ce matin, il se tenait face à la grande baie vitrée de son bureau et regardait les camions des chaînes de télévision et le troupeau de journalistes, en bas, s'amusant de leur inconfort à cause des mendiants qui importunaient la foule. Eddie O'Toole aurait envoyé quelqu'un pour les faire circuler. Il aimait la presse. John O'Toole, lui, n'aimait que ce que la presse pouvait faire pour lui.

John entendit une porte s'ouvrir derrière lui.

— On est quasi prêts, dit une voix d'homme.

Eamon Conroy laissa tomber le *Courier* du matin sur le bureau du maire et commença à peler une orange. O'Toole montra du doigt l'attroupement, en bas.

— Elle m'a envoyé un autre texto, ce matin, dit O'Toole.

Deux poivrots du parc avaient découvert un des camions. Une journaliste blonde – *comment s'appelait-elle, déjà ?* se demanda O'Toole ; *il faut que je pense à lui accorder la première question* – faisait semblant de beaucoup s'intéresser à la foule devant elle, ce qui lui permettait de jeter des coups d'œil par-dessus les têtes sans croiser le regard de personne. Les deux clodos se tenaient autour d'elle, comme s'ils attendaient de se faire interviewer.

— Combien, cette semaine ? demanda Conroy.

— Vingt. Sans parler des messages vocaux. Vous êtes censé vous occuper de ça.

— Les meubles vont arriver aujourd'hui. Rien que du haut de gamme. Le tout avec le fric du comité. Sous le manteau. Personne n'en saura jamais rien.

— Une chose que mon père n'aurait jamais faite. Coucher avec une junkie.

Conroy haussa les épaules.

— Comment vous pouviez savoir ? C'est une vraie beauté.

— Quarante ans dans ce bureau, une légende, un défenseur du peuple… Toute cette merde, et pourtant, mon père n'a jamais attiré une foule aussi nombreuse, dit O'Toole.

— Il ne s'est jamais présenté comme gouverneur, dit Conroy. Ça suscite une tout autre ferveur.

O'Toole ajusta sa cravate.

— Vous savez ce que deviennent les gouverneurs ? dit-il. (Il jeta un coup d'œil à la porte pour s'assurer qu'elle était bien fermée.) Ils deviennent président. C'est pour ça qu'il y a autant de monde. C'est la première fois que les courtisans sentent l'odeur du sang.

John O'Toole, trop occupé à éclipser son père, savait qu'il était au pied d'une longue ascension qui pouvait le mener, eh bien, n'importe où. Il avait rendu nombre de services, avait fait sortir Eamon Conroy de prison, lui avait fait passer deux ans à tout nettoyer.

Certains de ces problèmes avaient quitté à pied des rades du centre-ville comme Hoagies ou le Cash Club et étaient réapparus sous forme de cadavres au bord de l'Interstate 495, à Marlboro, au fond de la Douglas State Forest, ou avaient tout bonnement disparu. Ils étaient sortis fumer une cigarette un samedi soir, étaient allés promener leur chien dans un des quartiers qui surplombaient la Great Brook Valley, et n'étaient jamais revenus, emportant avec eux les secrets de John O'Toole.

L'argent sale avait été blanchi. L'argent blanchi avait été envoyé très loin, pour revenir encore plus propre. Les PAC et super PAC* et les comités secrets au sein de comités secrets. L'argent coulait à flots pour la campagne électorale, comme un fleuve dans une forêt perdue, un fleuve auquel le maire étanchait sa soif. Assez d'argent pour résoudre n'importe quel problème. Ou presque.

— Au sujet du dernier truc ? dit O'Toole. Notre ami ambulancier ? J'ai adoré les citations que McCarthy m'a mises dans la bouche dans ses derniers articles, mais je ne crois pas qu'on y soit encore tout à fait.

Conroy haussa les épaules.

* Organisations de soutien politique destinées à lever des fonds pour soutenir la campagne électorale d'un candidat.

— On s'en occupe, dit-il. Je lui en parlerai ce soir. Ce dossier devrait être bouclé avant la fin de l'été. McCarthy est motivée. Elle a un gosse à BC. Le mari a vidé leur compte en banque et s'est tiré avec sa secrétaire. Elle va avoir besoin d'argent très bientôt.

— C'est ce que vous dites depuis le début, dit O'Toole. (Il s'assit dans le fauteuil en cuir rouge près de la baie, se massa les tempes, les yeux toujours fixés sur la journaliste en bas.) J'imaginais que l'ambulancier aurait compris le message, mais sa plainte est toujours enregistrée auprès de la ville. Dieu seul sait à qui d'autre il a fait appel. Le *Courier* ne publiera jamais cette histoire, mais il se pourrait qu'on ait à s'occuper des canards de Boston, des idiots de la télé, des putains de blogueurs. Eux n'hésiteront pas. Vous êtes sûr qu'on ne peut pas simplement payer ce type pour qu'il endosse la responsabilité ?

— On en a déjà parlé, dit Conroy. Je connais ce mec, d'avant. Il faut des couilles pour accepter un pot-de-vin, et il n'en a pas. Vous n'êtes pas exposé, tant que Daisy la ferme, et pour ça, il suffit de l'abreuver de fric, de tout, et de came. Aucun problème. Rigo joue le jeu. Il croit que nous aurons une dette envers sa bande, la Posse, après ça. Il voudra un renvoi d'ascenseur, un de ces quatre, mais ça n'est pas un problème dans l'immédiat.

— Il faudra peut-être qu'on ré-envisage votre idée de départ… plus tard, dit O'Toole.

Il pointa un flingue imaginaire vers sa tête, et appuya sur la détente.

— Tuer Archer ? Ça n'est plus possible. Il est passé dans les journaux. Il est en train de devenir quelqu'un pour les connards du coin qui ont envie de faire chier. Si Archer claque, les gens vont poser des questions. Ceux qui ne croquent pas. Ceux qui pourraient nous causer des ennuis.

O'Toole acquiesça. Quelqu'un frappa à la porte. Sa secrétaire passa une tête.

— Ils vous attendent, en bas, monsieur le maire.

— Merci, Nancy.

— Les gens du parti voudraient vous voir un moment avant que vous n'y alliez, dit-elle. Ils sont dans l'entrée.

— Je leur parlerai, merci.

O'Toole marcha le long des couloirs en marbre et descendit les escaliers comme s'il faisait un tour d'honneur. Des employés de la mairie sortaient de leurs tanières pour lui serrer la main, pour lui dire à quel point son père aurait été fier.

Daisy Fontana émergea du bureau des secrétaires de mairie avec les autres, les mains croisées derrière le dos. Tout en marchant, O'Toole regardait les fronts. C'était un vieux truc. Contact visuel sans contact réel. Mais il ne parvint pas à se retenir lorsqu'il arriva au niveau de Daisy. Il la regarda dans les yeux. Elle fixa son menton, et l'instant d'après, il avait disparu.

Dans l'entrée, O'Toole fit la bise à Shona Eclair, la présidente de la section de l'État du parti, et ils parlèrent des grands espoirs qu'ils nourrissaient pour sa candidature. O'Toole continua et sortit dans le soleil, sous le ciel bleu lumineux; les odeurs de la ville lui montèrent aux narines, et il pensa instantanément que cette ville était la sienne. Il ne l'avait jamais aimée autant que son père, mais ce jour-là il était submergé par une vague de magnanimité.

La ville avait été un fardeau pour John O'Toole, une charge dont il avait hérité de droit divin. Jusqu'à maintenant. En entendant les hélicoptères de la télé, et en voyant la cohue et ces visages au-dessous qui le regardaient, d'un air douloureux, avec amour même. Il fut gagné par l'émotion. Ses yeux le piquaient, comme avec l'eau de la piscine, mais il savait que c'était parce que pour la première fois, il ressentait un peu ce que son père avait éprouvé pour cette espèce de vestige cabossé de ville, un cadavre industriel qui attendait depuis tellement longtemps d'être ramené à la vie.

Il s'avança jusqu'au micro et chassa toute pensée de son père. C'était un jour nouveau. Il incarnait le changement. Gouverneur O'Toole. Ça sonnait bien, pensa-t-il, et il se dit qu'il était prêt à faire tout un tas de choses pour y arriver.

O'Toole ouvrit la bouche pour parler. Il échangea un regard avec la journaliste blonde. Il se passa quelque chose. Il décida de lui accorder un peu plus que seulement la première question. Il s'apprêtait à parler quand une salve d'applaudissements crépita, en même temps que des cris et des voix qui scandaient son nom.

Il leva une main. Le bruit enfla. Il agita derechef la main. Une femme sur la gauche montra ses seins. Les poivrots applaudirent. Même les mendiants arrêtèrent de faire la manche. C'était une foule pleine d'amour. Ils le suivraient, ils voulaient ce qu'il voulait.

— Merci, s'il vous plaît, merci, c'est vraiment formidable, dit O'Toole. Merci à tous, du fond du cœur. Je ne peux pas… Ce n'est pas facile… c'est vraiment super, comme accueil.

La foule cria encore plus fort. O'Toole regarda la journaliste blonde, lui fit un clin d'œil, et regarda droit vers la caméra de sa chaîne.

— Je m'appelle John O'Toole, dit-il, et je veux être votre gouverneur.

4

Il ne pouvait pas supporter de tuer les chiens.

C'étaient avant tout ceux de Charlotte, mais il les aimait plus qu'il pourrait jamais aimer aucun humain. Lorsque Knak posa le canon du pistolet sur la tête de Deirdre, elle s'enfuit. Giggles le regarda avec désintérêt. Ces deux réactions annihilèrent le peu de volonté qu'il avait. Alors, à la place, il les entassa dans la Corolla et conduisit sous le soleil de la fin de la matinée jusqu'à Drumbeck Park, où il leur rendit leur liberté. Il espérait que le temps qu'ils se fassent ramasser et que les gens aient reconstitué le puzzle, il aurait terminé ce qu'il devait faire ce jour-là et que quelqu'un les aurait recueillis.

Ce n'était pas un plan très brillant, mais c'était le problème, avec les plans. Le temps est une denrée rare qui vaut plus que l'argent et, jusqu'à la visite de ce matin, Knak croyait qu'il en avait beaucoup devant lui. L'organisation savait qu'il y avait un plan, et que Knak était prêt à agir. Il avait voulu les prévenir. Il savait que lorsqu'il passerait à l'action, le groupe pourrait être exposé. Ils auraient besoin de temps pour se préparer, s'enfoncer plus loin dans les bois, mais le temps avait expiré.

Il avait été prudent au sujet des autres choses. Cela faisait plusieurs jours qu'il ne s'était pas servi de son fusil. Il avait pris ses précautions et avait fait profil bas. Peut-être ses voisins s'étaient-ils posé des questions au sujet des coups de feu dans les bois derrière chez eux, mais c'était Monticello. Il y avait souvent des coups de feu dans les bois, et c'était à peine plus bruyant que le ronflement des climatiseurs.

Au bout du compte, c'était sa faute. Il avait été imprudent, en plantant la pancarte sur la pelouse devant chez lui, au bord de la route. Il n'aurait pas dû s'étonner qu'ils débarquent, il s'y attendait. La vraie surprise, c'était la lenteur de leur réaction.

Un vrai panneau publicitaire, avec un éclairage jaune éclatant, la nuit, et deux messages très simples, de trois et quatre mots :

MERDE AU FISC

PAYEZ PAS VOS IMPÔTS

Le panneau lui avait semblé être une bonne idée. À trois heures du matin, après avoir sifflé un pack de bières, Knak l'avait sorti de son garage à l'aide d'un diable, avait branché une rallonge et illuminé ses mots pour que le monde les voie. Charlotte aurait été d'accord.

Knak avait en lui un vide grand comme Dieu lui-même, mais Charlotte l'avait comblé. C'était elle qui lui avait parlé des Juifs et de la Réserve fédérale, de comment ils avaient bidonné l'Holocauste et payé pour les chemtrails dans le ciel que le gouvernement utilisait pour nous empoisonner, sur les expérimentations à la télévision pour prendre le contrôle de nos cerveaux, et comment l'ouragan Katrina était une expérience avec une affreuse machine, une manipulation du climat pour en faire une arme de guerre, pour l'amour de Dieu. C'était Charlotte qui s'était porté garante de lui auprès de son père, Avis Locke. Et c'était Avis Locke qui l'avait mis sur le chemin qui l'avait amené à maintenant. Aux chiens. À ce qu'il était sur le point de faire de sa vie.

Quand Charlotte avait parlé à Knak des hélicoptères noirs et qu'un Blackhawk de la Garde nationale était passé par hasard à deux mille pieds au-dessus d'eux, il avait pensé que le gouvernement devait avoir des mouchards jusqu'à l'intérieur de leurs crânes.

Les flics du coin étaient venus en premier, mais ils connaissaient Gerry Knak depuis longtemps. Il avait toujours été un gosse à problèmes. Il fumait, buvait, se droguait. Il avait tout essayé avant les autres gamins de son âge. Il y avait eu les poursuites en voiture l'été autour de Bronze Lake, avec son pick-up Ford rouillé auquel il manquait la porte cargo, à l'arrière, l'unique voiture de patrouille de la police locale – une Chevy Malibu asthmatique – sur les talons. Ça ne servait à rien. Tout le monde se connaissait à Monticello. Les flics balançaient la bière de Knak quand ils le chopaient, et le menaçaient de tout dire à sa mère.

Kopeck, le chef de la police, avait arrêté Knak pour la première fois dans la Monticello State Forest des années plus tôt, quand il n'était encore lui-même qu'un bleu et que Knak fabriquait des bombes artisanales et descendait des packs d'Old Milwaukee volés au supermarché A&P, où il rangeait les courses des clients dans des sacs. Knak hurlait à la lune et allumait des bûchers tellement énormes que la cime des arbres en feu était visible depuis la mairie.

Kopeck et les flics plus âgés avaient eu Knak à l'œil tout au long de sa jeunesse alcoolisée et rebelle, puis pendant les années qu'il avait passées à diriger une boîte d'installation de piscines, et ils surveillaient le misanthrope furieux qu'il était devenu depuis la mort de sa femme.

Ils étaient au courant de la nouvelle lubie de Knak, qui datait de deux ou trois ans et qui consistait à déposer des dizaines de plaintes au civil, engorgeant les cours fédérales et celles du district de Worcester pour d'illusoires gains. Les employés des mairies partout dans le centre du Massachusetts avaient signalé un type agressif portant un costume marron trop large qui demandait à consulter les registres du cadastre, les grilles tarifaires et les plans d'occupation des sols. Une logique était apparue. Quiconque faisait des affaires avec le gouvernement fédéral dans le centre du Massachusetts pouvait s'attendre à se faire attaquer par Gerry Knak. Et lorsqu'il se mit à déposer des plaintes bidon contre les actes de propriété des maisons de parfaits étrangers, il attira sérieusement l'attention.

Les anciens s'accordaient à dire que c'était la pire version de Knak. Comme un enfant avec un flingue. Il avait les clefs des tribunaux, et pouvait ainsi espionner ses voisins, ou n'importe qui faisait des affaires entrant dans le champ des lois garantissant la transparence.

"Qui tam*", c'est tout ce qu'il disait lorsqu'un employé sceptique lui posait des questions.

* En droit américain, une action "qui tam" est une action par laquelle un particulier peut porter plainte pour le compte du gouvernement, par exemple contre quelqu'un ou contre une organisation qui aurait escroqué l'État, dans l'espoir de toucher 30 % des dommages et intérêts que le jugement pourrait accorder.

Après que le panneau avait fait son apparition, les flics de Monticello s'étaient mis à passer plus fréquemment devant chez Knak. Quand il allait faire ses courses, une voiture de patrouille montrait inévitablement le bout de son capot. L'inquiétude était palpable. Knak les rendait nerveux. Il se foutait complètement de cette surveillance. Il connaissait les flics de la ville depuis toujours, il était allé à l'école avec les parents des petits nouveaux. C'était amusant. Comme une diversion.

Quand le fisc débarqua, Knak arrêta de se marrer.

Ils frappèrent à sa porte très tôt un matin. Deux hommes dans la quarantaine, mal coiffés, un grand et mince, le second de taille moyenne, un peu épais. Ils portaient des costumes bleu marine assortis, mais Knak pensa qu'ils n'étaient pas des comptables, à cause de la bosse qu'ils avaient tous les deux sous leurs vestes, du côté gauche. Une voiture de police de la ville était arrêtée au bout de l'allée. Au cas où, se dit Knak.

— Gerald Knak ? demanda le plus petit.

Il brandit un étui avec une carte d'identification du gouvernement et une plaque dorée d'agent du Trésor. Knak les étudia toutes les deux, vit que le petit s'appelait Murdock. Son collègue se tenait en retrait et ne montra aucun document d'identification.

— J'ai le premier amendement, dit Knak.

— Je suis l'agent Murdock, dit le petit, et voici mon collègue, le superviseur Colfax. On veut simplement discuter avec vous. Rien d'officiel, rien de sérieux. Mais nous apprécierions que vous nous accordiez un petit peu de votre temps.

Colfax opina, puis cracha sur la pelouse devant la maison de Knak.

— Au sujet de la pancarte, ce n'est pas illégal, dit Knak.

— Seulement quelques minutes. Informel, dit Murdock.

Knak hocha à son tour la tête et guida les deux agents derrière sa maison, jusqu'à un petit abri de piscine vitré qui lui servait de bureau. Il s'assit à une table de jardin en verre sur laquelle se trouvait un pack de Busch et un pistolet, un Kimber .45 modèle Les Baer. Coûteux. Pas très différent de ce que les deux agents avaient probablement eux-mêmes. Murdock s'assit à table, sur une des chaises, déboutonna sa veste et croisa les jambes. Colfax entra, vit l'arme et recula.

— Est-ce que cette arme est chargée ? demanda Colfax.

Knak vit sa main droite se diriger sur sa gauche, le bout de ses doigts s'arrêtant juste à l'intérieur de sa veste. Il apprécia la manière dont la pièce se remplit de tension. C'était exactement pour ça qu'il avait mis le pistolet là. Pour les visites impromptues. Knak aimait bien prendre les gens à contre-pied, pour qu'ils aient quelque chose en commun. Il était tout le temps à la recherche d'une stabilité qu'il n'avait jamais vraiment trouvée.

— Chez moi, ça ne suffit pas de faire comme si toute arme était chargée. Trop banal, trop convenu. Si vous voulez moins saigner au combat, il faut transpirer plus à l'entraînement, vous comprenez ?

— Donc, l'arme…, dit Colfax.

— Bon Dieu, bien sûr qu'elle est chargée.

Murdock parla tandis que Colfax ramassa l'arme, éjecta le chargeur et fit jouer la culasse. Une balle jaillit de la chambre et roula par terre. Les agents échangèrent un regard.

— Est-ce que ça vous semble être raisonnable ? demanda Murdock. De laisser traîner des armes chargées ?

— Absolument. Jamais eu le moindre problème. Mais mon voisin l'a appris, et il ne veut plus que ses petits-enfants viennent sonner à ma porte pour chercher des bonbons à Halloween. Il a essayé de me dénoncer à la police, mais ça n'a rien donné. Ce pistolet que vous voyez là est cent pour cent légal.

Knak proposa une canette aux agents, qui refusèrent. Il haussa les épaules, en ouvrit une et but une longue gorgée.

Murdock prit un ton officiel comme s'il récitait les mises en garde à la fin d'une publicité pour la loterie à la radio.

— Monsieur Knak, nous sommes effectivement ici au sujet de la pancarte, dit-il. Cet entretien est seulement informatif. Aucune charge n'est envisagée et aucune action en justice n'a été intentée. Vous ne faites pas l'objet d'une enquête et nous ne sommes pas ici dans le cadre d'une démarche officielle. C'est simplement une conversation informelle. Nous n'allons pas vous lire vos droits, et vous n'avez pas besoin d'un avocat, mais si vous en éprouviez le besoin, vous avez le droit de mettre fin à cet entretien quand bon vous semble, et nous nous en irions sur-le-champ. Nous avons, cependant, quelques motifs de préoccupation, à commencer par vos posts sur certains sites Internet, et en tout cas avec le message sur votre panneau, là, devant. Et comme vous n'avez pas estimé utile de remplir une seule déclaration d'impôts au cours des dix dernières années, j'espère que notre démarche de venir vous parler en personne vous montrera notre bonne volonté. Nous avons le sentiment que vous incitez les gens à enfreindre la loi.

Knak termina la première canette et l'écrasa par terre.

— Peut-être que certaines lois méritent de l'être, dit-il.

Colfax était debout dans l'encadrement de la porte, ouverte, un pied sur le petit patio de béton et sa main droite posée sur la boucle de sa ceinture. Murdock était assis en face de Knak, penché, et le fixant comme s'il cherchait dans les yeux d'un chat une trace quelconque d'une âme. Knak décapsula une deuxième canette de bière.

— Il n'y a pas que ça, dit Murdock. Les choses que vous proposez. Le vandalisme. Les bombes. Vous comprenez notre inquiétude.

— Je ne dis à personne d'enfreindre la loi, dit Knak. Mais je passe beaucoup de temps dans les tribunaux. Pas comme accusé, mais à mettre de l'ordre dans les affaires des gens. Il y en a qui volent le gouvernement tout le temps. Je veux dire, c'est quoi, un impôt sur le revenu ? C'est quoi, un impôt, quel qu'il soit ? Je n'ai rien contre le gouvernement, mais je crois que nous avons besoin de réfléchir à ce que nous faisons quand nous signons ces chèques. C'est *notre* argent que vous autres ne semblez pas capables d'empêcher les gens de voler.

— C'est un système imparfait, dit Murdock.

Il enleva une peluche du col de sa chemise, jeta des coups d'œil en biais sur le bureau, qui n'échappèrent pas à Knak.

— Vous étiez où, en 2008 ? demanda Knak.

— Topeka, dit Murdock. J'enquêtais sur les fraudes bancaires.

Colfax ne dit rien. Knak rayonnait.

— La fraude bancaire, dit-il. À Topeka ? Et combien de gens se sont retrouvés en prison, grâce à vous ?

— Vous avez raison, dit Murdock. Personne.

— Personne ! dit Knak. Et ça n'était pas qu'à Topeka. C'était partout. Toute l'économie a été fracassée par quelques trous du cul qui jouaient avec le système comme à une table de craps à Foxwood, et vous autres enfoirés n'avez pas pu – ou voulu – en mettre un seul en taule. Et pendant ce temps, que nous arrive-t-il, à nous ? On perd nos maisons, on perd nos boulots. Et qu'est-ce que vous avez fait ? Vous avez aggravé les choses ! Vous avez donné à ces débiles de banquiers des milliards de dollars, comme une tante qu'on n'a pas vue depuis des années et qui vous envoie une carte pour votre anniversaire avec un billet de vingt à l'intérieur. "Ne dépense pas tout d'un seul coup, mon chéri !" Alors ils ne l'ont pas fait. Ils n'ont pas dépensé un sou. Ils se sont juste partagé le butin entre eux. Ils ont craché au visage des travailleurs américains. On nous a pris tout cet argent des impôts, pour faire comme si c'était le gros lot à la loterie. Ça me dégoûte.

— C'était une époque difficile, mais ça ne justifie pas les insultes, dit Murdock. Vos posts sur tous ces sites. On les surveille, évidemment. Nous nous inquiétons que vous ayez à l'idée de vous lancer dans quelque chose d'un peu plus… radical… que la simple désobéissance civile.

— Il y a des gens qui vous diront que l'impôt sur le revenu lui-même est illégal, dit Knak. Mais là, vous voyez, je ne suis pas d'accord. Il faut bien que quelqu'un paie pour que le pays soit en sécurité, pour empêcher nos ennemis de venir prendre ce qui est à nous. Mais qu'est-ce qui se passe lorsque l'ennemi, c'est nous ? Que se passe-t-il lorsque tout le putain de truc devient une… quoi… une arnaque pyramidale ? Comme l'Albanie. Vous vous souvenez de ce qui s'est passé, là-bas ?

— J'ai bien peur que non, dit Murdock.

Colfax regardait alentour, à l'arrière de la maison, planifiant probablement le possible assaut, pensa Knak.

— L'économie tout entière était devenue une arnaque pyramidale. Je veux dire, le putain de truc tout entier, dit Knak. Tout le monde avait investi son argent les uns chez les autres dans des merdes qui n'avaient aucune valeur. Comme une loterie nationale. Et ça s'est écroulé d'un coup. Toute l'économie, paf, fini. Personne n'avait plus rien. Et vous savez pourquoi ?

Murdock secoua la tête.

— Parce que personne ne tenait la boutique. Le gouvernement albanais ne s'occupait pas de son argent jusqu'au moment où il n'y en a plus eu. Là, ils s'en sont souciés. Beaucoup, même. Et maintenant, c'est pareil ici. Vous devriez venir passer une journée au tribunal avec moi. Vous vous faites avoir sans arrêt.

— Nous comprenons, monsieur Knak, dit Murdock, mais vous voyez notre problème, n'est-ce pas ? Et si les gens se mettaient à suivre vos conseils ? Quand vous prônez la violence contre les locaux du fisc, quand vous postez des images des véhicules personnels des agents, ou divulguez leurs adresses privées ? Sommes-nous supposés nous contenter d'espérer et de prier que personne ne vous entende ? Je suis sûr que vous ne voulez pas avoir de sang sur les mains.

— Je suis un messager. Je ne suis pas le message. Je lis beaucoup de choses là-dessus. Sûrement plus que vous. Vous avez dû aller à l'université, non ? Pas moi. Autodidacte. Mais ce n'est pas si difficile. Tout est accessible. John Stuart Mill. Il a dit que j'ai le droit de dire tout ce que je veux, peu importe ce que c'est, tant que c'est, ben, ma conviction éthique. Si c'est ce que je fais, on ne peut rien me reprocher. J'ai compris ça.

— Ce n'est pas comme de crier au feu dans une salle de cinéma, dit Murdock. Nous avons le devoir de nous assurer que non seulement les lois sont respectées, mais aussi que nos collègues et nos locaux sont en sécurité.

— J'ai le droit à la désobéissance civile.

— Et moi j'ai des ordres, dit Murdock, puis il se mit debout. Donc bien que ceci ne soit pas une requête officielle, l'agent Colfax et moi souhaitons vous demander, respectueusement et officieusement, que vous revoyiez les messages que vous avez inscrits sur votre panneau, et nous insistons pour que vous cessiez immédiatement votre campagne sur Internet contre les services et leurs employés. Faites-moi confiance, c'est pour votre bien. Peut-être que ce serait mieux, et je vous dis ça comme ça, que vous retiriez carrément le panneau et, je ne sais pas, moi, que vous fermiez votre gueule et profitiez de la beauté du paysage qui vous entoure. Passez moins de temps sur Internet, sauf si vous tenez à ce qu'on revienne. Nous, ça ne nous dérange pas de venir de Boston, c'est magnifique, par ici, pas vrai, agent Colfax ?

— Absolument, dit Colfax.

— Absolument, répéta Murdock.

Knak but une gorgée de bière.

— J'y réfléchirai peut-être, dit-il.

— Ce serait super, dit Murdock. Parce que, et je vous dis ça officieusement, mais la prochaine fois… La prochaine fois, on ne frappera pas, on sera plus nombreux, et ça ne se passera pas bien pour vous. Vous pouvez me croire.

— Je vous ai dit que j'allais y réfléchir, mais je ne vous promets rien, dit Knak. Si vous enquêtiez sur la manière dont vos patrons à Washington dilapident l'argent que vous collectez, vous seriez peut-être un peu plus hésitants à payer votre obole aussi.

— Compris, dit Murdock. J'avais espéré que vous comprendriez.

— Je comprends plein de choses, dit Knak. Je comprends bien plus que vous ne le croyez.

Après leur départ, Knak fit les cent pas autour de la petite piscine ovale à l'arrière de sa maison. Était-il prêt ? Il avait fait des plans, il avait réfléchi à des solutions de secours extrêmes, pas tout à fait sûr qu'on en arriverait là un jour. Le pire scénario se présentait maintenant à lui. Alors, la question, c'était : est-ce qu'il en était capable ? Est-ce qu'il aimait assez Charlotte ? Les Feds allaient venir. Ils trouveraient les armes, les cartes, les différentes versions des plans et les documents de la milice, le tout écrit de sa petite écriture serrée.

Knak regagna l'abri, ouvrit un compartiment secret derrière la débroussailleuse et l'épuisette à long manche pour nettoyer la piscine, en sortit le sac de la Navy usé. Il vida le contenu par terre, vérifia les pistolets et le fusil, compta les balles, les rations de combat, le réchaud à gaz, le porc et les haricots séchés, ses préférés. Knak refit le sac et le cacha sous des bâches à l'arrière de son pick-up.

Il savait que le temps pressait. Il maudit son audace, son hostilité contre-productive, apparemment. Mais c'était peut-être un mal pour un bien. Le fisc et quiconque en voulait à Gerald Knak serait revenu le lendemain, le surlendemain ou la semaine d'après, en force, et avec des mandats. Il lui fallait passer rapidement à l'action. C'est ce que Charlotte aurait voulu. Agir vite. Avec détermination.

Knak rassembla ce dont il pensait avoir besoin dans la maison. *N'oublie rien*, se disait-il à lui-même, *parce qu'une fois que la porte de cette maison pourrie au milieu de nulle part sera refermée, tout sera perdu.* Une nouvelle vie commençait. Knak sentait confusément qu'elle ne durerait pas très longtemps. Mais il était au-delà de cela, maintenant, au-delà de s'en foutre, au-delà d'essayer de satisfaire autre chose que son désir de… quoi ? Vengeance ? Non. Pas seulement de vengeance. De justice ? Peut-être.

Il voulait surtout boucler la boucle, que Thomas Archer assume ses responsabilités, pour la façon dont il avait failli à Charlotte. Qu'il paie. Si le gouvernement fédéral lui forçait la main, tant pis. Knak n'avait pas peur des conséquences. Il avait peur de vivre un jour de plus comme ça, comme un moine des temps obscurs fomentant une vengeance qu'il ne mettrait jamais à exécution contre les Vikings qui avaient brûlé sa bibliothèque et saccagé sa chapelle.

Il voulait changer de peau. Il avait cinquante-huit ans. Il n'avait pas d'amis. Pas d'enfants. La seule personne avec qui il supportait de partager ne serait-ce qu'une journée, Charlotte, était morte. Il n'était pas solitaire. Il était bien au-delà de cette idée simpliste, parce que la solitude suggérait l'idée de perte, une émotion non désirée qu'on pouvait essayer de corriger. Jamais plus. Knak le savait. Il était seul, à présent. Lui, Gerry Knak.

Il fit des piles de vêtements, de papiers et de cochonneries dans chacune des pièces. Les photos de famille et la robe de mariée de Charlotte formaient un gros tas. Et deux paniers à chiens.

Une fois de plus, il se replia dans le salon, les meubles étaient entassés au milieu. Il avait arraché les rideaux des fenêtres et les avaient mis au sommet de la pile, ainsi que le tapis persan roulé que Charlotte avait insisté pour qu'ils l'achètent trois étés plus tôt au marché aux puces de Brimfield. Knak s'assit par terre, les jambes croisées, et étala le *Courier* devant lui. Il lut l'article pour la dernière fois, le cœur battant à l'idée d'accomplir sa mission. Knak reconnut la signature, Lu McCarthy, qui avait déjà écrit sur sa tentative ratée d'attaquer la ville au sujet de la mort de Charlotte. Il n'oublierait jamais le nom sur le badge de l'ambulancier qui s'était occupé d'elle. T. ARCHER. Knak ne pouvait pas dire avec exactitude ce qu'il lui avait fait, seulement que c'était lui qui l'avait fait, ou n'avait pas réussi à le faire. Le nom de McCarthy au bas de l'article était pour lui l'ultime preuve. Il était impossible que Charlotte ait été la seule personne avec qui Archer avait déconné, au cours des années.

> Les autorités continuent d'enquêter sur l'accouchement dramatique dans un appartement de South of Main l'hiver dernier, qui a laissé un petit garçon avec de graves lésions cérébrales, à cause du manque d'oxygène.

Chaque fois qu'il le lisait, le paragraphe d'ouverture lui faisait l'effet des premières notes d'un opéra wagnérien, un extrait du cycle du Ring des Nibelungen peut-être, le préféré de Charlotte. C'était une des raisons pour lesquelles il aimait Charlotte, la façon dont sa vie tournait comme une planète mélancolique dans une galaxie tellement épique que tout son être semblait être une affirmation existentielle. Charlotte était supérieure à la somme de ses différentes composantes. Tout ce qui avait à voir avec elle – avec eux – exigeait davantage, requérait une énergie cosmique qu'elle absorbait comme de l'asphalte noir tout neuf par un jour d'été.

Il se souvenait de la première fois où elle avait passé ce disque dans leur maison. Les globes jaunes du lustre dans la salle à manger diffusaient une lumière qui aspirait toutes les molécules de la pièce, faisait disparaître les yeux de Charlotte derrière l'opacité blanche des verres de ses lunettes, quand elle était assise, la tête tournée vers le lustre, vers cette lumière jaune, sans bouger un muscle des heures durant. Et son côté inaccessible était en lui-même à ses yeux d'une beauté renversante.

> Des sources, à la mairie, qui s'expriment anonymement parce qu'elles n'ont pas reçu l'autorisation de parler de ce sujet, semblent indiquer que les actions de l'ambulancier de nuit Thomas Archer, trente-neuf ans, tôt un matin d'hiver, ont causé des dommages irréversibles et invalidants à Miguel Fontana, le fils nouveau-né de Daisy Fontana, vingt-six ans, secrétaire administrative à la mairie. M. Archer a déposé une plainte auprès du comité de déontologie pour signaler des agissements problématiques sur les lieux avant son arrivée, mais les termes exacts de sa plainte sont tenus secrets par le comité de déontologie et les détails nous sont inconnus.

McCarthy avait beaucoup écrit au sujet de ce bébé, mais c'était seulement depuis deux semaines, lorsque ses articles avaient parlé d'Archer, que Knak y avait prêté attention. C'est en revoyant le nom dans le journal qu'il réalisa le but de tout ça, toutes ces heures d'entraînement, le stand de tir, camper seul dans le Maine au cœur de l'hiver, sans nourriture, sans eau, s'obligeant à se débrouiller tout seul, puisant dans l'adversité une discipline qu'il n'avait jamais connue.

En revoyant le nom THOMAS ARCHER, Knak avait compris que Locke avait raison depuis le début. L'objectif trouve parfois l'homme.

Les agents du fisc reviendraient, fouilleraient sa maison de fond en comble, découvriraient ses trucs. Il savait quoi faire. Il avait toujours su comment tout cela finirait, mais quand il avait vu le nom d'Archer dans le journal, il avait vraiment eu le déclic. Tellement de temps avait passé depuis la mort de Charlotte. C'était une femme d'action. Elle aurait voulu que quelque chose soit fait, qu'une brique soit envoyée dans la vitrine du système.

Le chemin était clair.

La destruction qu'elle exigeait commencerait par effacer la douleur de sa mort, puis il la vengerait et, en même temps, ferait progresser la cause.

Knak roula le journal et le lança sur la pile.

Dans la cabane, il attrapa un bidon d'essence et retourna dans la maison. Il aspergea les murs et les sols, éparpilla des tas de chiffons imbibés et des piles de journaux dans toutes les pièces, puis alla à la porte d'entrée, alluma un torchon avec un briquet, le jeta sur le plus gros tas, le regarda brûler et crépiter sur la robe de mariage, et referma la porte. Une boule de feu fit exploser la baie vitrée au moment où les roues arrière du pick-up de Knak projetèrent des gravillons et de la boue, en route vers le futur.

5

NOUVELLE nuit, éternelle question : où manger ? Le temps était toujours compté. C'était peut-être leur seule chance, et Julio n'avait pas envie de la laisser passer. Il militait pour le Bully. Selon lui, ça avait du caractère. Il aimait bien que les mafieux à la retraite mangent là, avec leurs bagues au petit doigt et leurs chemises en soie de couleurs primaires rentrées dans leurs pantalons de flanelle bien haut sur le ventre. Il adorait la manière dont ils se parlaient, toujours très près et la main sur la joue.

— J'en ai marre du Bully, dit Archer. Je suis fauché, en plus. Il me reste dans les dix dollars. Et je n'ai pas très faim, de toute façon.

— Allez, *hombre*. Qui lit encore les journaux, de nos jours ?

Archer haussa les épaules.

— Moi, dit-il. Et il n'y a rien de pire que de voir son nom dedans tous les matins.

— Tu sais que tu peux m'appeler à n'importe quelle heure, mec. Toujours.

— Je tiens le coup, je ne bois pas, dit Archer.

— Je disais ça comme ça. Tu n'es pas seul.

— Merci, mais ne t'inquiète pas. Je vais aux réunions.

La régulatrice les interrompit. Elle sonnait comme un méchant dans un James Bond, caché sous un glacier, armé d'un équipement radio à un million de dollars et d'un désir brûlant de détruire le monde, ou au moins de transformer une nuit tranquille en cauchemar. Une urgence au Fine Arts Cinema, dit-elle, sur Pleasant Street. Possible arrêt cardiaque.

Julio alluma le gyrophare et s'inséra dans la circulation dense du centre-ville. Archer mit la radio sur la station locale de salsa, haussa le volume. Il détestait ça, mais quand Julio conduisait, c'était la musique de Julio. Quand Archer prenait le volant, c'était du hair metal des années 1980. Il aimait bien la musique, et encore plus que ça rende Julio cinglé, même après dix ans passés ensemble.

— Fine Arts ? demanda Julio.

— C'est pas le petit cinéma qui jouxte le Mechanics Hall ? Il doit y avoir cinquante médecins de sortie. Il n'y a rien de mieux qu'un appel devant une bande de putains de dermatologues.

Julio écrasait l'accélérateur dans Main Street, ralentissait juste ce qu'il fallait, méfiant, aux intersections, puis reprenait de la vitesse, le turbo-diesel grognant en signe de protestation mécanique.

— Ce n'est pas toi qui t'es occupé de cet appel à un mariage à la Harwood House, l'été dernier ? demanda Julio en rigolant.

Il avait déjà entendu l'histoire des dizaines de fois, mais elle le faisait toujours rire, et il savait qu'elle faisait du bien à Archer, quelle que soit son humeur.

Tous ces articles avaient sapé le moral d'Archer pendant tout l'été. Il y en avait eu tellement. Le bébé de Kansas Street, l'ex-flic fou, l'enfant au cerveau foutu. Julio avait supplié Archer de ne pas faire de rapport. Il ne l'avait pas écouté. Peu après, ça avait commencé de sortir dans le *Courier*. Les premiers secours avaient déconné. Un, en particulier. Le maire était impliqué. Puis le nom de Thomas Archer était apparu. Maintenant il y était à chaque fois. Le pire, c'était que personne n'avait le droit de parler. Pas en public, en tout cas. Peu importaient les mensonges dans le journal, Archer et Julio devaient encaisser.

Aucun soignant n'aime se faire autant remarquer, en bien ou en mal. Et les articles avaient été très mauvais. Sans doute Julio pensait-il que ça ferait du bien à Archer de se mettre un peu en colère. Il ne croyait pas au fait de broyer du noir. Pour Julio, le travail était un moyen de mettre la douleur de côté, pas de se perdre dans un labyrinthe sinistre.

Archer aussi croyait en certaines choses. Mais ces derniers temps, ces vérités semblaient construites sur du sable. Il avait toujours cru qu'être bon à son travail suffirait. Que l'univers récompensait la compétence, la persévérance, un bon cœur. Mais maintenant, il savait : il s'était trompé sur à peu près toute la ligne.

— Les invités du mariage au grand complet, la famille, et probablement les jeunes filles d'honneur, tous étaient médecins, tous sortis de Mass General ou quelque chose comme ça, dit Archer. Tout le monde en smoking ou en robe de satin vert, à essayer de faire un massage cardiaque au chanteur du groupe. On aurait dit une bande de singes en train de niquer un ballon de football. Pourquoi est-ce qu'on ne peut jamais avoir un mariage plein de plombiers ou de financiers ?

Julio pila, faillit emboutir une Subaru au carrefour de Main et Front. Il déboîta sur la gauche et déclencha la sirène, accéléra à fond, dépassa la voiture et se remit sur la file de droite. Archer fit un doigt d'honneur au conducteur en passant – sans passion, sans haine, sans même regarder la voiture, comme pour dire : "Prends ça parce que je sais que tu sais que nous savons que tu conduis comme une merde."

— C'était une sorte de réunion d'anciens de la Harvard Medical School, continua Archer. Salut, je suis Biff McBiff, promo 1991. Vous avez pensé à l'adrénaline ? J'entre et paf, vingt connards qui nous disent de faire vingt trucs différents en même temps… (Coup de frein, zigzag, klaxon, doigt d'honneur.) Un cauchemar. J'ai cru que Knuckles allait tuer quelqu'un.

C'était le pire avec ce genre d'appels, pensa Archer. La bagarre pour parvenir jusqu'au malade. Tellement de gens voulaient aider, ou peut-être encore mieux, voulaient qu'il n'y ait jamais eu de maladie ou de malaise. Qu'ils soient médecins ou pas, parfois, les urgences touchaient les gens d'un peu trop près. Archer avait de l'empathie pour cet instinct, même s'il ne comprenait pas bien pourquoi, comme lors de la fusillade sur Prescott Street, la veille. Les gens qui vous hurlaient de s'occuper de leurs proches éprouvaient aussi souvent le besoin de donner des coups de poing, des coups de pied et de cracher. Ils voulaient se battre avec vous parce qu'il n'y avait que vous, en face d'eux, parce que vous étiez le seul exutoire à leur désespoir, dans les premiers instants de ce qui allait devenir, pour certains, une douleur éternelle.

Julio s'engagea dans Pleasant Street.

Il dit les numéros à haute voix en ralentissant.

— 55, 67, 81, 87.

Julio s'arrêta. La rue était abrupte, sombre et pleine de trous. Des allées s'alignaient des deux côtés, les murs de briques humides reflétaient les lumières stroboscopiques du gyrophare. Les trois lampadaires les plus proches étaient cassés, et cinq autres plus éloignés projetaient de pâles et faibles cônes jaunes sur des sections de revêtement mouillé et des petits tas d'ordures qui fumaient dans l'air humide. Ils observaient leur destination.

— C'est pas..., dit Julio. C'est pas vraiment le grand opéra.

Les lumières de l'ambulance scintillaient contre la façade vitrée du Fine Arts Cinema. Cette rue et ses immeubles avaient autrefois abrité de florissantes entreprises de confection, de marchands de laine ou des dépôts de marchandises – Archer plissa les yeux pour lire les lettres peintes à moitié effacées sur la plus proche devanture : WOODS & SONS INC. – LES MEILLEURS MAÇONS, DEPUIS 1906.

Les vitrines étaient couvertes de publicités écrites à la main au savon sec. Des prospectus sales collés aux briques de l'immeuble. La marquise au-dessus de l'étroite porte d'entrée du cinéma affichait les films au programme : *Le Bon, la Bite et le Truand* et *Pipe Fiction*. Un message vantait aussi le fait que le magasin avait en stock “la plus large sélection du Massachusetts de jouets pour adultes, d'accessoires et d'outils mécaniques”.

— Tu déconnes ? dit Archer.

— Outils mécaniques ? demanda Julio.

À travers le verre, les parameds distinguaient une poignée de policiers debout au milieu du magasin. Leur langage corporel – mains sur les hanches, surveillant les lieux, pivotant du torse, les pieds bien plantés quand ils se penchaient – disait tout. C'était n'importe quoi. Aucun cœur ne s'était arrêté de battre au Fine Arts Cinema, ce soir.

À l'intérieur, l'entrée n'était que sexe, ou simulacre de sexe, une orgie de chair et de cuir sur les écrans vidéo, des présentoirs de magazines et des silhouettes en carton grandeur nature. Julio prit un DVD sur un présentoir à proximité et le montra à Archer. Sur la pochette, cinq femmes au crâne rasé, en salopettes, étaient allongées sur des bottes de paille.

— Repose cette merde, chuchota Archer.

Julio en prit un autre, le montra à Archer en souriant. Trois formes humaines emmêlées, leurs corps couverts de la tête aux pieds de cuir noir. Une d'entre elles portait un couvre-chef d'infirmière et un stéthoscope. Archer secoua la tête, sourit et fit un doigt d'honneur à son partenaire.

Ils montèrent un escalier étroit caché dans le mur derrière un assortiment de colliers à clous et de DVD avec des titres allemands. En haut des marches, un muret qui arrivait à la poitrine surplombait une salle de cinéma à moitié enterrée, aux sièges occupés ici et là, avec des têtes qui bougeaient dans la lumière du projecteur.

Sur l'écran, deux femmes arborant des coiffures compliquées d'Indiennes et un homme habillé en cow-boy bavardaient. "Est-ce que vous êtes un vrai cow-boy ?" demanda une des femmes. Le cow-boy baissa son pantalon. Des tambours résonnèrent.

Le long du muret se tenaient une demi-douzaine de types qui essayaient de voir dans l'obscurité, étudiant les sièges en contrebas.

— Qui sont ces mecs ? demanda Julio.

— On s'assure que tout le monde se tient correctement, dit un des hommes.

— Est-ce que vous pouvez leur demander d'allumer la lumière ? demanda Archer.

— Pas dans ma description de poste, dit l'homme.

Ils franchirent une ouverture dans le mur et descendirent au niveau du troisième rang. Archer vit un amas de vêtements sur un siège au milieu de la rangée.

Il alluma sa lampe-torche. Un homme était assis, nu, fixant un point au-dessous de l'écran, sa tête dodelinant en réponse à une question que personne ne lui avait posée. Il avait un tatouage de Sam le pirate sur son bras gauche et des écritures alambiquées et illisibles dans le cou. Archer s'agenouilla pour vérifier son pouls et sentit un liquide chaud sur son genou.

— Hé, c'est du vomi, ça ? demanda Julio, en regardant par-dessus l'épaule d'Archer, sa propre petite lampe illuminant une épaisse flaque marron par terre.

— Merde, dit Archer.

Le pouls du mec à poil était fort et régulier. Ses narines remuèrent quand Archer lui mit le faisceau lumineux dans les yeux. La puanteur familière et sucrée de l'alcool gerbé s'enracina dans le nez d'Archer. Il y avait une flaque de dégueulis par terre, sur la poitrine musclée de l'homme, et une trace marron sur sa queue-de-cheval noire. Archer prit rapidement la tension et annonça son diagnostic.

— Premier poivrot de la nuit.

— Je le sens d'ici, répondit Julio.

— Hé, mon vieux, ça va ? demanda Archer, secouant le mec à poil, gentiment d'abord, puis plus fortement. Allez, ça va ?

L'ivrogne tourna la tête vers Archer, le regarda dans les yeux, et Archer lâcha son bras. Archer connaissait cette expression. Il était paramed depuis suffisamment longtemps pour savoir d'où elle venait.

— Il n'y aurait pas une carte de prison quelque part par là ? demanda Archer à Julio.

Julio farfouilla dans le pantalon du type et en sortit une liasse de papiers qu'il tendit à Archer. Maison d'arrêt du comté. Angelo Rinaldo. Dehors depuis moins de douze heures.

La bande-son martelante se mua en un mélange de disco et de tambours de guerre. Archer jeta un coup d'œil à l'écran et vit un pénis de la taille d'un bus scolaire pilonner de gauche à droite, entrant et sortant d'un vagin large comme un tunnel. Il reporta son attention vers son patient.

— Attrape le fauteuil roulant. Foutons le camp d'ici.

Julio était debout dans l'allée, les yeux fixés sur l'écran.

— Mec, tu sais à quoi ressemble un vagin quand il fait dix mètres de haut ? Flippant, papi.

Julio se battait avec le fauteuil pliable tandis qu'Archer promenait le faisceau de sa lampe sur les sièges voisins. Précaution supplémentaire. Un brin parano. Il savait bien que le type était simplement ivre mort, mais Archer voulait savoir ce que les témoins pouvaient raconter. Il craignait de rater quelque chose. Une peur qu'il éprouvait très souvent, ces derniers temps.

Il éclaira un couple de vieux, deux rangs derrière, leurs cheveux blancs clignotant sur leurs têtes dans le faisceau irrégulier du projecteur. L'homme portait une grosse montre en argent, et tous les deux avaient des polos identiques et des coupe-vents. Ils essayèrent de se cacher quand le rayon lumineux d'Archer les atteignit.

— Excusez-moi, messieurs-dames, avez-vous vu ce qui s'est passé, ici ?

Silence. Musique indienne entêtante, de plus en plus rapide.

— Messieurs-dames ?

Rien. Archer orienta sa lampe en plein sur le visage du type. Les tambours pulsaient, battant de plus en plus vite, si fort qu'Archer dut crier pour se faire entendre.

— Monsieur ! Avez-vous vu quelque chose ?

— On n'a rien vu du tout ! hurla le type, en mettant ses mains devant sa figure. (La femme se tourna et tira le col de son coupe-vent sur son visage.) Éteignez cette lumière !

Les tambours s'arrêtèrent. Archer éteignit sa lampe. La femme lâcha son col.

"Tu es un vrai cow-boy", ronronna une des Indiennes à l'écran.

Angelo se mit debout, les poings serrés.

— Il. Est. Vivant, dit Angelo.

— Vous êtes Angelo Rinaldo ? demanda Archer.

— Foutez-moi la paix. On peut pas dormir tranquille ?

— Vous ne pouvez pas dormir ici, Angelo.

— Je dors où je veux, putain.

Le générique défilait sur la poitrine nue d'Angelo et sur l'écran au-dessus de lui. Personne ne lui criait de s'asseoir. Angelo tanguait et vacillait, les poings toujours serrés, prêt à n'importe quoi.

Julio montra du doigt le fauteuil roulant dans l'allée.

— Angelo, asseyez-vous là.

— Pourquoi ?

— Parce que j'ai demandé gentiment.

— Et si j'ai pas envie ?

— Vous voulez vraiment retourner en prison si peu de temps après en être sorti ?

Angelo haussa les épaules, puis se laissa tomber dans le fauteuil. Archer lâcha un soupir, reconnaissant de ne pas avoir à se battre avec lui. Ils auraient été à deux contre un, mais il avait l'air coriace. Julio le recouvrit d'une couverture et l'attacha avec les deux lanières du fauteuil. Archer ramassa les vêtements éparpillés, les glissa sous la couverture, sur les genoux d'Angelo.

— Tiens ça, dit Archer.

Un autre film. Un décor de mafia avait remplacé le western, avec des violons et des accordéons à la place des percussions.

“Vous êtes un vrai parrain ? demanda une des femmes. Vous pourriez me défoncer ?” Le parrain de la mafia baissa son froc.

Les deux parameds soulevèrent le fauteuil, Archer à l'arrière et Julio aux pieds d'Angelo, face à face avec leur patient, et ils se préparèrent à descendre les marches.

— Hé, les connards, dit Angelo à la moitié de l'escalier, fixant Julio avec des yeux écarquillés. Écoutez-moi.

— Quoi ?

— Je vais gerber.

En regardant vers le bas, Archer vit que l'escalier était trop étroit. Il n'y avait pas la place de manœuvrer, et il était si abrupt qu'un mouvement rapide pourrait les envoyer tous par terre. Julio était coincé.

— Recule, on remonte, dit Archer.

Julio opina. Ils firent un pas.

Angelo sourit à Julio.

— Désolé, mec.

Il vomit d'épais jets d'un liquide marron parsemé de grumeaux de frites à moitié digérées, chacun d'entre eux atterrissant sur la tête et les épaules de Julio avec un bruit mou. Ils posèrent le fauteuil et Julio affronta la tempête. À chaque déluge, il jurait en anglais et en espagnol. Archer regardait, impuissant.

— Ton pote est furax, dit plus tard Angelo, une fois qu'Archer et lui furent seuls à l'arrière de l'ambulance, qui virait, zigzaguait et bondissait en direction de l'hôpital Saint B.

Julio s'était nettoyé du mieux qu'il avait pu avec une serviette et une bouteille d'eau oxygénée, et il avait mis sa chemise d'uniforme sale dans un sac pour produits toxiques avant de reprendre le volant.

— Ça se comprend.

— Je n'ai pas pu me retenir. Je suis sorti de taule ce matin, et la première chose que je voulais faire, c'était me saouler et voir des chattes.

— La première étape est toujours de visualiser son propre succès.

Angelo se pencha sur le brancard et regarda le badge avec son nom, qu'Archer regretta soudainement d'avoir mis.

— Ça pourrait être pire, Arrrr-cher, dit-il.

Le demi-sourire d'Angelo s'étirait sous deux pupilles qui allaient dans des directions opposées, se fixaient, puis revenaient au centre. Des valises sous les yeux, de vieilles cicatrices autour des lèvres, les cartilages des oreilles écrasés, et un creux au milieu du nez – un boxeur, pensa Archer, ou du moins, il l'avait été. Maintenant, ce n'était plus qu'un pugiliste blanc et paumé.

— Vous étiez dans quelle catégorie ? demanda Archer.

— Je pourrais être l'un d'entre vous. Ça, ça serait pire. Ce truc avec le bébé, qui était dans les journaux, là. Ça me fait de la peine pour ce mec-là. Lui, il est dans la merde jusqu'au cou.

La nausée submergea Archer comme une vague scélérate, invisible et subitement là, menaçant de faire chavirer son petit bateau qui flottait à la surface d'un vaste océan sans aucun rivage en vue.

— Pourquoi vous dites ça ? demanda Archer.

Angelo grogna.

— Cette femme dont le bébé a été tué ou blessé ou je ne sais plus quoi, par votre gars ? dit-il. Son frère est dans la Posse. Haut placé. Un chef. J'étais en taule avec lui. La Posse, ils ont son nom, et ils ont des ordres. Tout le gang est à sa recherche, à partir de ce soir. Ils croient qu'après tout le battage médiatique, votre gars va s'enfuir. Ils vont s'occuper de lui sans tarder, c'est sûr.

Le cœur d'Archer s'emballa. Il sentit quelque chose – l'angoisse ? Il avait vu des tas de patients avoir des crises d'angoisse. Était-ce ce qu'ils ressentaient ? La compréhension soudaine que le contrôle était une illusion. La sécurité aussi. C'était comme être pris au piège et livré aux loups en même temps. Il avait envie de fuir. Il n'avait pas envie de côtoyer Angelo. Il remarqua les cicatrices sur ses épaules et sur son cou. Des cicatrices tout en angles et en relief, avec d'épaisses boursouflures roses – des blessures par arme blanche. Il y avait aussi plusieurs renflements ronds de la taille d'un dollar en argent sur son ventre – des blessures par balle. Archer remarqua les avant-bras noueux et les toiles d'araignée tatouées sur ses coudes. Il était menaçant, et il était tout près.

— Vous croyez ? dit Archer.

— Merde, si je trouve qui c'est, je tenterai peut-être le coup moi-même, dit Angelo. Ne le prenez pas mal, les gars, mais il y a beaucoup à gagner à rendre service à la Posse. Et je n'ai pas peur de me salir les mains. Je n'ai pas peur de me mouiller.

Archer regarda le visage d'Angelo s'assombrir – de la pitié, presque, pour l'inconnu que les loups guettaient déjà. Il était content qu'Angelo soit trop ivre pour faire le rapprochement, pour extirper son nom des tréfonds de sa mémoire imbibée, pour voir qu'il serait si facile de rendre service à la Posse, ici et maintenant.

— Poids moyens, dit Angelo.

Archer regarda par les vitres arrière de l'ambulance, à la recherche de quelque chose ou de quelqu'un. Quand il avait des jours de congé, avant qu'il se marie, avant qu'il ait un fils, avant que son fils tombe malade, Archer avait souvent succombé à l'envie de voir du pays. Il conduisait pendant des heures, et la liberté était comme du miel sur un toast beurré. C'était la seule façon dont il pouvait la décrire, comme si conduire sur une route de campagne inconnue pouvait avoir un goût.

— Quoi ? dit-il.

Quand il conduisait, il se sentait comme un de ces aigles, dans le ciel, qui tournoyait au-dessus du lac, à l'époque où il pêchait. Il s'arrêtait au hasard dans des épiceries pour y acheter un soda et une barre chocolatée, et il avait envie de dire au caissier comme il était bon de se sentir vivant, au volant d'un vieux pick-up avec le réservoir à moitié plein.

— Je boxais en poids mi-moyens au Ionic, dit Angelo. Soixante-dix kilos tout ronds. J'arrivais toujours au poids.

Tout ce qu'on a à faire, c'est arrêter de manger pendant deux jours et boire des tas de cafés, et avaler toutes les pilules de caféine qu'on peut trouver. Pas dur.

Maintenant, la route faisait peur à Archer. L'asphalte craquelé, tacheté de plaques de goudron noir qui ressemblaient à des varices, ou à un plan qui menait à une fin qu'il ne pouvait pas deviner, et, pire, à une peur qu'il ne parvenait pas à nommer. C'était nouveau, annoncé par des tambours lointains. Ce qu'il suspectait lui arrivait. Saurait-il seulement le reconnaître le moment venu ? Non. Il était vulnérable. C'était un pays libre, et tout était bon à prendre.

6

2005

Knak avait rencontré Charlotte au nouveau tribunal, juste après son inauguration. Il était assis dans la cafétéria, à manger un poivron farci à l'ombre de la statue de dix tonnes de Salomon. Elle portait un gilet de laine blanc avec des dalmatiens, et un pince-nez au bout d'un collier en perles.

Elle posa son plateau sur la table. Écala un œuf dur. Il lui demanda de lui passer le sel.

— C'est mauvais pour votre hypertension, lui dit-elle.

— Qu'est-ce qui vous fait croire que j'ai de la tension ?

Charlotte sourit par-dessus la couverture d'un roman policier.

— J'ai l'impression que vous êtes un peu nerveux, dit-elle en lui tendant la salière.

Des cheveux noirs bouclés et des yeux verts qui le transpercèrent, qu'il n'eut pas envie d'ignorer. La messe était dite. Gerry Knak était amoureux.

Ils mangèrent en silence. Knak cherchait désespérément une raison de lui parler.

— Je vous connais, dit-elle, rompant le silence.

— Je suis passé dans le journal. Il y a des gens qui n'aiment pas ce que je fais.

— J'en sais plus que vous ne croyez. Et je connais des gens que vous devriez rencontrer. Ils voudraient vous rencontrer.

— Des gens ?

Charlotte se pencha par-dessus la table, lui fit signe du doigt. Il s'approcha, leurs nez se touchaient presque.

— Vous savez. Je sais que vous savez. Vous êtes dans ces salles d'audience tous les jours, à vous battre, et contre quoi ? Le gâchis. L'hypocrisie. Contre l'arrogance du système. Contre l'ouverture des frontières. Contre ceux qui abandonneraient ce pays à la moindre occasion parce qu'ils ne l'aiment pas autant que nous. Il y a des tas de gens qui sont d'accord avec vous, et qui essaient d'y faire quelque chose. Ils vous voient, aussi. Ils surveillent. Vous avez leur attention, et c'est une bonne chose. Il faut que vous veniez les rencontrer. Ça changera votre vie.

Après le déjeuner, ils se promenèrent dans le centre. Charlotte lui dit qu'elle était juriste pour un fonds de défense des enfants presbytériens de la ville, et qu'elle avait vu la façon dont Knak avait été traité au tribunal. Tellement de mépris. Elle parla des pauvres, de la manière dont la justice se servait d'eux comme d'un bouclier pour les riches.

— C'est une couverture, dit-elle. C'est une guerre larvée contre les gens comme nous. La classe moyenne.

— Je sais.

— Il faut que vous alliez dans le New Hampshire.

Ils sortirent ensemble pendant plusieurs mois, puis ils se marièrent devant un notaire, à la mairie. Ils allèrent en voiture à la Wright's Chicken Farm, juste de l'autre côté de la frontière du Rhode Island, et s'empiffrèrent de poulet et de frites, bras dessus bras dessous, Knak ayant pour la première fois l'impression de comprendre ce qu'était le bonheur.

Ils emménagèrent dans un appartement en ville, une ancienne usine de boulets de canon reconvertie en lofts de luxe. Knak continua de déposer autant de plaintes "qui tam" qu'il pouvait. Charlotte l'aidait avec la paperasse, lui simplifiait les démarches, et le détournait gentiment des échecs garantis. Charlotte avait foi en lui. Elle faisait de lui l'instrument de ses propres visions.

Le week-end, ils allaient souvent à la ferme du père de Charlotte, à une heure au nord. Avis Locke dirigeait un élevage industriel de poules pondeuses, avec plusieurs milliers de volatiles dans un hangar en métal caverneux. Leur alimentation, leurs soins, et le ramassage des œufs étaient gérés par ordinateur et un système de vidéosurveillance interne était diffusé dans chaque pièce du bâtiment principal.

Au début, Avis mettait Knak mal à l'aise. Il sentait le regard du vieil homme sur lui, qui guettait chacun de ses gestes, l'évaluant à la manière dont il tapait des pieds pour en chasser la terre avant d'entrer dans la maison, ou la couleur de sa voiture, ou la manière dont il disait "aréoport" au lieu d'"aéroport". Knak n'était pas trop sûr de ce qu'Avis Locke pensait de lui, jusqu'au jour où il avait vu le drapeau.

— J'aime bien le drapeau de Gadsden*, dit Knak un matin, tout en rapportant à la cuisine une douzaine d'œufs du gigantesque poulailler.

* Le drapeau de Gadsden, du nom du colonel Christopher Gadsden, qui l'a inventé avec Benjamin Franklin en 1775, pendant la guerre d'indépendance des États-Unis, sur lequel figure un serpent à sonnettes sur fond jaune et la devise

Le drapeau jaune était délavé par le soleil, et il manquait des morceaux du serpent enroulé sur lui-même. Mais la devise DONT TREAD ON ME était encore bien lisible.

— Celui au-dessous, c'est quoi ? demanda-t-il.

Locke regarda le drapeau qui claquait dans la brise légère. Il était blanc, avec la silhouette verte d'une montagne, et les lettres MMM en arc de cercle au-dessus. Locke sourit.

— Je suis impressionné que tu le connaisses, et encore plus que tu saches son nom, dit Locke. L'autre, c'est l'emblème de la Milice du Mont Marne.

— Jamais entendu parler, dit Knak.

— C'est l'idée. Pour le moment. Mais ça viendra.

— Donc, une milice ? Genre une milice comme Timothy McVeigh* ?

Locke grimaça, agita sa main comme pour chasser un insecte de son visage.

— Oh non ! McVeigh n'était pas un patriote. C'était une ordure de terroriste. Nous, nous sommes des patriotes. On aime ce pays. Et on déteste la façon dont il évolue.

Ils arrivèrent sous le porche, Knak tint la porte ouverte.

— Je comprends, dit-il. Dans ma partie, on finit par avoir pitié des pigeons qui se font plumer. Certains ont en permanence la main dans les poches du gouvernement. Et ils nous volent dans les grandes largeurs.

Locke hésita avant d'entrer dans la maison.

— Nous ne sommes pas tous prêts à nous laisser faire.

"Don't Tread On Me" (Ne me foule pas aux pieds), est devenu un symbole de ralliement des libertariens américains.

* Timothy McVeigh (1968-2001) : ancien militaire américain, devenu militant contre le gouvernement fédéral, auteur de l'attentat d'Oklahoma City qui fit 168 morts. McVeigh voulait initier une révolution. Il fut condamné à mort et exécuté.

Knak et Locke devinrent proches. Locke emmena Knak au bout de sa propriété, aux tas de graviers, et lui apprit à tirer – d'abord au .22, puis au fusil à canon scié. Ils passèrent ensuite aux pistolets et aux canons longs, puis au matériel militaire, d'abord l'AR-15, ensuite un fusil Remington modifié dont Locke lui dit qu'il était ce qui se rapprochait le plus d'un fusil de sniper qu'un civil pouvait détenir. Knak n'était pas très doué, avec aucun d'entre eux, mais Locke prenait plaisir à lui montrer et restait patient quand Knak pestait et ronchonnait chaque fois qu'il ratait un tir.

Et il y avait les réunions. Des hommes étranges arrivaient à la ferme, s'isolaient avec Avis dans les bureaux, à l'arrière. De nouvelles têtes au stand de tir, tous les week-ends. Knak était flatté qu'ils semblent tous savoir qui il était quand il leur était présenté. Comme s'ils l'avaient surveillé. Il se sentait tel l'élu dans un mythe aborigène ; tout le monde lui voyait un destin qu'il n'était pas lui-même en mesure d'imaginer.

Puis une nuit, alors qu'ils étaient mariés depuis trois ans, Charlotte se réveilla en hurlant, en se tenant la tête, les yeux écarquillés comme si une bombe avait explosé en elle. Elle cria "Gerry !" puis roula hors du lit, inconsciente, le corps tremblant et convulsant, dans ce que Knak savait maintenant être une crise. Deux ambulanciers arrivèrent. Knak sentit l'alcool. Knak ne buvait pas souvent, mais l'odeur lui rappelait sa jeunesse, sa mère. Le badge disait ARCHER, et Knak savait qu'Archer avait bu.

Elle mourut trois jours plus tard au service de neurologie. Sans avoir repris connaissance. Ils ne retirèrent jamais le tube qu'Archer lui avait mis dans la gorge quand elle était par terre, chez eux, l'empêchant de lui dire au revoir. À de rares moments, il admettait – même les docteurs l'avaient dit – que rien de ce qu'auraient pu faire les ambulanciers n'aurait changé l'issue, que ce qu'ils avaient fait, ce qu'Archer avait fait, était conforme aux procédures, et dans le cadre de ce qui était médicalement acceptable.

Mais Knak n'avait jamais pu accepter le fait que parfois on ne peut relier les événements à des causes qui les rendraient supportables. Knak se connaissait, et il savait qu'il avait besoin d'un coupable.

La mort de Charlotte clarifiait certaines choses pour Knak. La façon dont ils se plantaient systématiquement dans sa commande au drive. À quel point il était injuste de payer ses impôts et ses factures et de mener une belle vie et que cette vie vire au cauchemar en un clin d'œil. Bordel de merde, il n'en avait rien à foutre si personne d'autre ne pensait que cet ambulancier y était pour quelque chose. Ce connard était ivre, il n'était pas en possession de tous ses moyens, pas prêt, pas préparé pour l'épreuve que devait affronter sa femme. Gerry Knak savait, il le sentait au plus profond de ses os, il le savait aussi certainement que le Seigneur tout-puissant reviendrait un jour et se vengerait, peut-être pas du vivant de Knak, mais un jour, et si Knak devait déclencher un peu de feu divin et de foudre céleste lui-même en avance, eh bien, qu'il en soit ainsi.

Et alors qu'il pensait cela, des flammèches brûlantes de haine lui léchaient le cœur et l'enveloppaient comme les lianes étouffent un arbre dans les profondeurs de la jungle, sans donner de fruits, avec un pistil empoisonné qui pour lui avait le parfum entêtant d'une fleur.

7

L'été précédent

Locke doubla leur temps sur le stand de tir. Il s'agissait d'accélérer, il fallait que Knak affine sa technique. On était à moins d'un an du début des choses sérieuses, affirmait-il. Knak était toujours aussi nul dans à peu près tous les domaines, le sens du terrain, la surveillance, l'endoctrinement. Ça ne lui suffisait pas d'incarner la cause, il lui fallait aussi trouver un moyen de se rendre utile.

Malgré tout, Locke savait lui agiter une carotte sous le nez quand il le fallait.

— Tu t'améliores.

— Tu es un prof patient.

— Charlotte ne tirait pas si bien que ça non plus, en tout cas pas avant le lycée.

Locke éjecta le chargeur de son arme, le jeta sur le banc devant lui, en engagea un autre. Chargé et armé, quinze balles, tir rapide. La poussière se souleva derrière les cibles de papier blanc à l'autre bout du stand, sur les bottes de paille avec les portraits de Kierkegaard, Schopenhauer, John Wesley, Jean-Paul II, Eisenhower, et d'autres.

Le père de Charlotte avait le même patronyme qu'un philosophe célèbre, et passait son temps à réduire en bouillie des portraits de politiciens, de religieux et de philosophes qui l'avaient déçu. Locke plaça dix balles dans la poitrine de Jung, et canarda les autres. Quand il eut fini, il éjecta le chargeur, posa son arme, et commença à recharger.

Knak épaula, visa et pressa la détente. *Clic.* Enrayé. Il éjecta la balle qui était coincée. Fit glisser la culasse. Réarma. Tira. *Clic.*

— Tu es toujours aussi nul pour nettoyer ce truc, dit Locke.

Il but un peu de Super Oxygen Factor dans un mug en métal. Le liquide marron tacha sa moustache blanche et éclaboussa son menton de gouttes sépia.

— Les armes réclament du soin. Un simple grain de sable et tu auras ce genre d'accident.

Knak éjecta le chargeur et fit jouer la culasse, faisant sauter une balle. Il démonta son arme et frotta les parties en métal avec une brosse en acier et une petite bouteille d'huile de nettoyage. Il regarda Locke du coin de l'œil, retourna à son arme, puis jeta un autre coup d'œil à son beau-père.

— Je suis prêt, dit Knak.

Locke garnissait un chargeur de balles.

— Peut-être.

— Combien de temps je suis supposé attendre ? J'ai essayé d'y arriver par les tribunaux, et tu vois où ça m'a mené. Je te le dis, Avis, si j'attends plus longtemps, ce type va tomber pour autre chose. Je vais peut-être rater ma chance. Un jour ou l'autre, le fisc va se rendre compte que j'ai arrêté de payer mes impôts, et alors quoi ? Peut-être qu'ils saisiront ma maison ? Peut-être qu'ils me mettront en prison ? Charlotte mérite mieux.

— Elle était extraordinaire, déjà quand elle était petite. Je t'ai déjà raconté quand elle s'était fait virer de la compétition des 4-H* ? On avait élevé cette énorme génisse, et on l'aimait comme un membre de la famille. Un animal magnifique.

Knak avait déjà entendu l'histoire, mais sourit.

— On était à la fête agricole de Pemberton, convaincus qu'on allait gagner, dit Locke. Le concours commence et la juge, une vieille petite bonne femme avec des bottes de cow-boy et un haut-de-forme démodé qu'elle avait dû payer trois fois rien sur un marché aux puces, elle se pointe, plisse les yeux, s'arrête environ une minute, beaucoup moins longtemps que pour les trois autres génisses de notre catégorie.

Un peu plus loin, sur le stand de tir, des pistolets et des fusils se mirent à canarder. Knak se transporta dans une zone de guerre, imagina des conversations avec des obus d'artillerie explosant tout autour de lui. Il se souvint d'avoir dit à Charlotte qu'il aurait aimé aller à la guerre, qu'il n'aurait pas flanché, ne serait-ce qu'un instant. Mais sur le stand de tir, vu comment les armes à feu qui claquaient entamaient son courage, le faisaient sursauter, Knak savait qu'il n'aurait pas tenu le coup. C'était déprimant.

— La juge aligne les quatre génisses, et je suis immédiatement nerveux, parce que la nôtre est tout au bout sur la

* 4-H : réseau d'organisations pour la jeunesse créé aux États-Unis en 1927 afin de faire des jeunes des citoyens responsables et les aider à réussir du mieux possible dans la vie. Les 4 H pour : *head*, *heart*, *hands* et *health* (tête, cœur, mains et santé).

droite, et, de manière assez prévisible, elle montre du doigt chaque animal et se met à compter, “un, deux, trois”, et nous, on est la quatrième, en dernière position. Avant que je puisse l’arrêter, Charlotte, du haut de ses onze ou douze ans à l’époque, se précipite et se met à engueuler la bonne femme. Elle veut savoir comment on pouvait classer les trois autres devant ce superbe animal que nous avions amené, tu vois ? Alors la bonne femme lui répond un truc du genre, “Cette génisse aux taches noires et blanches a de meilleures pattes, et cette autre a une croupe plus carrée”, ce genre de trucs.

Locke arrêta de parler un instant, pendant qu’un tireur derrière eux passait en mode automatique, envoyant trente balles en trente secondes. Locke et Knak le regardèrent, mécontents. Les permis pour ces armes étaient difficiles à obtenir, et personne dans ce club n’en possédait. Un homme d’une vingtaine d’années portant un bouc s’excusa platement d’un geste de la main.

— Ça suffit, lui dit Locke. Tu crois qu’on a besoin d’attirer l’attention ? On est suffisamment surveillés comme ça.

L’homme secoua la tête et quitta le stand. Locke se retourna vers Knak.

— Où en étais-je ? Ah oui. Alors, Charlotte entend ça et pique une colère, se met à hurler après la bonne femme. Moi, j’essaie de descendre des gradins où ils parquaient les parents. Mais quand j’arrive, Charlotte est en train de dire à la bonne femme que c’est sa croupe à elle qui est carrée, et qu’elle aimerait bien lui briser les membres, que ça l’aiderait peut-être à lui redresser ses jambes à elle. (Locke ferma les yeux, sourit à ce souvenir.) Je ne l’avais jamais vue aussi en colère. Ils nous ont donné cinq minutes pour emporter notre génisse et quitter les lieux. Sur le chemin du retour on s'est arrêtés à un Friendly's, on a pris des milk-shakes au chocolat. Charlotte n'en a jamais reparlé, presque comme si, pour elle, ça n'était jamais arrivé.

Knak confirma d'un signe de tête.

— Elle savait oublier une dispute quasi immédiatement. Elle n'était pas du tout rancunière.

Knak se souvint d'un jour où ils avaient conduit vers le nord du New Hampshire, jusqu'à Rudolph's Rendezvous, un parc à thème non loin de la frontière canadienne. C'était un beau jour d'été sans nuage, et Charlotte avait supporté le voyage à l'arrière de la Harley de Knak parce qu'elle avait envie d'un de ces muffins au cidre pour lesquels cet endroit était renommé. Elle en parlait depuis un bon mois quand Knak avait cédé, et dit qu'il irait avec elle.

Ils s'arrêtèrent à un bar de bikers à Lincoln, à une heure de leur destination, et une bière en appelant une autre, le temps passa. Il était trop tard pour continuer jusqu'au parc. Knak leur prit une chambre dans un Motel 6. Charlotte refusa de lui adresser la parole, même lorsqu'il apporta un pack de six Long Trail et une pizza. Ils regardèrent un vieil épisode de *Honeymooners* en silence, mais Knak sentait qu'elle se détendait, à la façon dont elle posa sa tête sur son épaule. Après un moment, elle lui dit qu'elle était fatiguée, ils firent l'amour et s'endormirent, et lorsqu'ils quittèrent les lieux le lendemain matin, c'était comme si rien n'était arrivé, et Charlotte ne parla plus jamais de ce voyage raté. C'était une aptitude au pardon que Knak ne possédait pas.

— Elle me manque, dit Locke. Tous les jours.

Il but, se pourlécha la moustache. Avala une autre gorgée. Knak remonta son fusil, fit jouer la culasse plusieurs fois, admira la manière dont elle coulissait après avoir été correctement nettoyée. Locke restait silencieux, immobile, comme si le souvenir de sa fille l'avait vidé de toute énergie.

— Je suis prêt, dit Knak.

— Ils ne te laisseront jamais t'en tirer. Tu n'auras qu'une seule chance.

— Je sais. Je devrais te donner les chiens.

— J'aimerais bien, mais… allergique, dit Locke. Tu sais que une fois que tu auras commencé, tu ne t'en tireras pas vivant.

— Je n'ai pas peur.

— Si tu veux vraiment venger Charlotte, il faut que tu sois prêt à mourir, dit Locke. Ils feront tout leur possible pour te tuer avant. Cet ambulancier, Archer, il fait partie du système. Ce système qui laisse des voleurs voler des milliards de dollars au gouvernement, ce système qui laisse le gouvernement voler des milliards de milliards aux gens comme toi et moi.

Knak prit une gorgée au mug de Locke.

— Il y a de gros intérêts en jeu, dit Locke. Ils ne vont pas rester les bras croisés pendant que tu fous en l'air le système. Je vois ça tous les jours. Les immigrants qui franchissent en masse nos frontières, les terroristes qui arrivent par le Mexique, les maladies tropicales qui débarquent par avion depuis l'Afrique, les guerres et les bruits de guerre, tout ça surveillé par des légions d'hélicoptères silencieux et des flottes de drones. Le système ne va pas t'aimer, Gerry. Il ne va pas t'aimer du tout.

Knak décapsula une canette de Narragansett. Locke se laissa tomber sur un tabouret à proximité avec un grognement.

— Ces vieux genoux et ces vieilles hanches, dit Locke.

Knak lui offrit une bière. Locke refusa et attrapa son mug.

— De l'eau, dit Locke. La dynamique des fluides. Quand tu iras en ville et mettras ton plan à exécution, il faut que tu te souviennes que tout ne va pas se passer comme prévu.

— Je me suis bien préparé, dit Knak.

C'était vrai.

Knak dit à Locke qu'il avait suivi Archer pendant des mois. Il savait où il allait entre les appels. Il avait étudié les données et identifié les adresses où il se rendait le plus souvent. Il avait payé un type qui connaissait un type qui avait hacké le programme des ambulances. Il savait où le trouver pendant les six prochains mois.

— J'ai repéré des sites de tir préférentiels et alternatifs, et j'ai trouvé des alternatives aux alternatives, dit Knak. Je suis prêt à tout pour choper ce mec.

Locke leva un doigt.

— D'abord, la pression d'un fluide est toujours perpendiculaire à la surface contre laquelle il agit, quelle qu'elle soit, dit Locke.

Knak attendit. Il essayait de comprendre où Locke voulait en venir.

— Donc, quand tu es confronté à un problème, aller à droite ou à gauche ne va pas relâcher la pression. Tu feras aussi bien de continuer à suivre le plan défini. Ne sois pas tenté de laisser les obstacles te détourner de ton objectif. Tu ne ferais que remplacer une pression par une autre. Va de l'avant. Toujours de l'avant.

— Je serai comme un chien après un os.

—

Locke but une longue gorgée et essuya la sueur de son front du revers de la main.

— Autre règle : la quantité de pression en un point donné dans un fluide au repos s'exerce avec une intensité égale dans toutes les directions. Pas de précipitation. Se dépêcher et prendre la tangente est une perte de temps.

— Je suis concentré.

— Troisième règle : une pression extérieure appliquée à un liquide confiné se transmet sans perte d'énergie dans toutes les directions. En d'autres termes, ne te sens pas coincé. Les limites – la police qui se lance à tes trousses, ce qui ne devrait pas tarder –, c'est comme une pression appliquée sur toi, le liquide confiné. Accepte-la. Accueille-la.

— Qu'est-ce qu'ils peuvent mettre de plus, question pression ? Les enfoirés du fisc ? Dix ans de factures ? Merde, j'ai même pas le ticket du Denny's où j'ai mangé ce matin.

— Ils sont méthodiques.

Knak rigola.

— Je n'ai rien à leur donner. Ils pourront tout prendre – la maison, mon pick-up. Je leur dois des milliers de dollars. Des dizaines de milliers, même. Charlotte aurait réglé ça. Elle avait tout compris à ces connards depuis le début.

Locke remplit son mug et sortit son portefeuille de sa poche de pantalon. Compta les billets.

— Allons à ce restaurant de poulet frit sur le rond-point. Je t'invite.

Ils parcoururent le chemin défoncé dans le pick-up sale et cabossé de Knak. Ils passèrent le portail de Fort Devens, où plus personne ne montait la garde. La base était fermée depuis quinze ans et différentes entités se disputaient pour savoir quoi en faire. Pendant ce temps, l'endroit tombait en ruine, comme un bateau qui s'enfoncerait lentement dans la vase d'un port. Le délabrement était partout – dans les bâtiments vides, les parkings éventrés par de longues lignes de mauvaises herbes, les cahutes de gardes vides avec leurs plafonds écroulés et les panneaux de stop disparus.

L'herbe sur l'immense place d'armes arrivait au genou et était parsemée de pissenlits. Le champ était transformé en un océan émeraude pâle tacheté d'éclaboussures jaunes et de sections poussiéreuses où rien ne poussait. Knak passa devant l'imposant bâtiment en brique de trois étages du quartier général, vide et abandonné, les fenêtres murées avec des planches comme autant de dents manquantes sur la grande belle façade d'autrefois, avec la peinture blanche qui s'écaillait.

— J'aime passer par ici, dit Locke. J'aime la pourriture. Ça procure de l'humus pour de nouvelles croissances. Ça me rappelle de ne pas me faire trop de soucis au sujet des fédéraux. Rien de ce qu'ils font n'a tendance à durer.

— À part pour l'hôpital de la prison.

— Cet endroit était vraiment plein de vie pendant la première grande guerre. Tous ces jeunes gars du Kansas, d'Oklahoma et de Pennsylvanie. Arrivés ici dans des wagons à bestiaux, puis entassés sur des bateaux et envoyés à la "der des ders". Cent ans plus tard, on en est toujours à les préparer et à les envoyer quelque part pour se battre et mourir, et tout ça pour quoi ? La cupidité des entreprises, pour accomplir les rêves fiévreux des barons impérialistes du pétrole.

— Rien de nouveau sous le soleil.

Un frisson lui parcourut la nuque. Il sentit les milliers de soldats américains, morts aujourd'hui, des hommes comme son propre père, partis à la guerre dans des endroits aussi étrangers qu'il était possible de l'être. Il se demanda ce que des gamins de dix-huit ou dix-neuf ans du Midwest avaient pu penser du Massachusetts. Est-ce qu'ils avaient compris des endroits comme le bois Belleau, la Somme ou Paris ? Combien avaient marché le long de ces rues et n'étaient jamais revenus ? Combien étaient enterrés sous de petites croix blanches en France, ou en Belgique, quelque part si loin d'ici ?

— Bien sûr, cet endroit a eu le dernier mot, dit Locke.

— La grippe espagnole ?

— Pas seulement. La grippe tueuse. La pandémie. H1N1. Le truc qui a tué vingt ou peut-être cent millions de gens, probablement pas loin de trois pour cent de la population mondiale.

Knak connaissait lui aussi cette histoire. Il y pensait chaque fois qu'il conduisait entre le stand de tir et son resto préféré de poulet frit.

Un des pires désastres de l'histoire de l'humanité. Ça avait commencé ici, dans cette base, quand des soldats malades du Kansas étaient arrivés en 1918, pour se préparer à aller se battre en France. Mille soldats par jour déclaraient l'infection. D'abord, c'était une toux dans le mess pendant le petit déjeuner, et peut-être un peu de fièvre. Les bouffées délirantes arrivaient peu après. Les joues devenaient rouge foncé, presque comme de l'acajou, et de gros bubons sortaient. La peau virait alors au bleu foncé, d'abord au niveau des oreilles, puis sur tout le visage, à tel point que les médecins n'arrivaient plus à savoir lesquels étaient des Noirs et lesquels étaient des Blancs. La plupart de ceux qui en étaient là mouraient à la nuit tombée.

Knak passa devant les bâtiments et la place d'armes et suivit une route tortueuse qui les fit longer le cimetière de la base. Les pierres tombales étaient couvertes de mauvaises herbes. Aucun drapeau ne flottait en haut du mât appuyé contre le portail en fer forgé ouvert.

— Des morts sur des morts, Gerry, dit Locke. On empile des morts sur des morts. Ce qui veut dire ? Que c'est à nous-même de décider de la signification des choses. Il n'y a pas d'ordre naturel. Il n'y a que le désordre, ponctué d'interruptions dans le chaos, lorsque la nature pointe le bout de son nez et remet les compteurs à zéro.

Le pick-up franchit les portes à l'arrière de la base militaire désaffectée et poursuivit sa route le long d'une deux-voies étroite. Knak essuya la sueur sur son front du revers de la main.

— Est-ce que c'est ça, que tu attends de moi ? demanda Knak. Remettre les compteurs à zéro ?

— Pas seulement toi. Mais toi, tu vas lancer le mouvement.

Knak engagea le pick-up dans le parking du Frenchy's Fried Chicken. Locke regarda au loin, fixant une famille qui mangeait à une table de pique-nique devant le restaurant. La maman et le papa étaient assis chacun d'un côté, tandis qu'un petit garçon et une petite fille se poursuivaient en tournant autour d'eux. La maman attrapa le garçon, lui montra du doigt son assiette. Knak ne parvint pas à lire sur ses lèvres, mais il imaginait ce qu'elle devait dire.

— Je suis plutôt bon pour identifier les catégories de gens, dit Locke.

— Je suis de quelle catégorie ?

— Tu n'es pas très difficile à comprendre. Je reconnais toujours les gens qui peuvent faire face aux vérités cachées. Tout ça, c'est une arnaque basée sur un mensonge lui-même emballé dans du baratin. Les noms changent – démocratie, communisme, capitalisme, nazisme –, mais le système est le même. Les puissants du monde changent de forme selon les besoins. Le système a échoué à châtier l'homme qui a laissé ma Charlotte mourir. En le punissant, on punit le système. Et punir le système, c'est notre but.

— Je ne te décevrai pas, dit Knak.

— Je sais, dit-il avec un sourire. Mais ce n'est pas de moi dont tu dois t'inquiéter.

8

— Tu es trop loin, dit-elle.

Archer changea son téléphone de main. Il était sur la piste d'atterrissage pour hélicoptère devant les urgences de Saint Bonaventure. Julio était à l'intérieur, à la recherche d'une blouse d'infirmier pour remplacer sa chemise pleine de vomi.

— Il faut rembourser le crédit cette semaine, dit-il. Je n'avais pas le choix.

La lutte permanente. Michael, malade. Elaine qui avait arrêté de travailler pour s'occuper de lui, et la ville qui ne voulait plus donner à Archer le moindre jour de congé ou d'arrêt maladie. Tous les jours, le même dilemme. Aller au travail et maintenir les choses en l'état – la maison, les voitures, les chaînes du câble qu'il ne regardait plus – ou bien aller à l'hôpital, veiller Michael et perdre des jours de salaire. C'était un mode de vie, maintenant. Pas d'argent et pas de temps.

— Ça va mal, dit-elle.

— Pire que d'habitude ?

Un grattement parasite sur la ligne. Un bruissement, comme quelqu'un qui agiterait une liasse de papier. Une toux. Sa femme parla doucement à quelqu'un d'autre dans la pièce. Il entendit Michael. Pas un gémissement, mais pas des mots non plus. Une sorte de langage créé par la chimio, issu d'une douleur qui transcendait les sens. Comme un animal, une chose avec des dents, qui grognait.

Elle mettait à l'épreuve la capacité d'Archer de croire, cette agonie de Michael. Pour lui, croire était un luxe, un choix, vu comment la foi n'arrivait qu'aux gens qui ont le temps et l'espace de soupeser leurs options, de réfuter ce qu'ils voyaient et ce qu'ils ne voyaient pas. L'agonie de son fils constituait le centre de la galaxie d'Archer, c'était le soleil autour duquel il tournait, sauf que maintenant, une année comptait un nombre infini de jours et donnait l'impression de ne jamais se terminer. Archer ne parvenait plus à se souvenir quand elle avait commencé.

Il avait déjà vu des gens poussés à bout. En regardant son fils, Archer savait qu'il avait à peine effleuré la surface de ce que pouvait être vraiment la douleur. Pour la millième ou millionième fois depuis le diagnostic, Archer souhaita que la douleur fût sienne. Il aurait tout donné pour que ça soit possible. Pour lui, l'amour, ce n'est pas ce que nous sommes prêts à faire pour nos enfants, mais plutôt le peu que nous ne ferions pas pour eux.

— Elaine ?

— Oui. C'est pire que d'habitude.

Le huitième étage de l'hôpital de Boston était à moins de soixante-dix kilomètres. Le téléphone transporta Archer au beau milieu de la chambre de son fils, mais il ne s'en était jamais senti aussi éloigné. Non, pas éloigné, mais obligé d'avancer, comme un des membres de l'équipage de Cortés après qu'il avait brûlé leurs navires. Aucun retour possible, seulement aller plus loin, en terre inconnue. Archer aimait répéter qu'on en apprenait davantage sur les tumeurs au cerveau tous les jours, mais c'était comme être sur la planète Mars : toujours mystérieuse, malgré des découvertes quotidiennes.

La peau du petit garçon était devenue transparente. Archer suivait souvent les veines bleues sur le crâne de Michael tandis qu'il dormait contre sa poitrine, comme si elles dessinaient une carte qui lui permettrait de savoir ce qui se passait en dessous. C'était impossible. Lorsque Michael était bébé, Archer se penchait sur son berceau, la nuit, et s'inquiétait. Il ne pouvait pas nommer sa peur, pensait que cela faisait probablement partie de ce nouveau rôle de père, d'aimer cette chose, cette partie de soi, dont on ne comprenait pas encore le fonctionnement. Maintenant, Archer se demandait si c'était une intuition, la preuve d'une perception prémonitoire. Savait-il que Michael serait malade ? Ses inquiétudes étaient-elles d'une manière ou d'une autre responsables de la maladie ?

Les traitements avaient l'air de fonctionner, et c'était une course, maintenant. Essayer de tuer la tumeur avant que les médicaments ne tuent l'enfant. La foi était ce qui faisait tenir Archer, ces temps-ci, et il s'y raccrochait avec ténacité. Il ne pouvait être sûr de rien, et rien n'était visible à l'œil nu.

Les machines et les médecins lui disaient que Michael était malade. Les machines et les médecins lui disaient que Michael allait mieux. Michael n'avait pas du tout l'air d'aller bien, et les médecins lui disaient de ne pas se faire trop d'illusions. Il y avait encore beaucoup de risques que cela soit fragile. Mais on est en train de remporter la bataille, disaient-ils. Archer choisissait de les croire ; parce que, en vérité, quel autre choix avait-il ? Parfois, il doutait, et le doute lui faisait l'effet d'une trahison, et il savait que si Michael mourait, s'ils perdaient, Archer se le reprocherait.

— Il n'a pas encore eu ses piqûres ?

— Amy a dit qu'elle allait bientôt passer. Un autre de ses patients doit avoir des électrolytes. Elle est occupée avec lui.

— Ne les laisse pas trop traîner.

— Je sais.

Silence. Archer voulut dire à sa femme que ce qu'elle faisait était extraordinaire, qu'il ne pouvait pas imaginer être à sa place. Il voulut lui dire qu'il l'aimait depuis le jour où il l'avait rencontrée sur le parking de ce qui deviendrait leur restaurant préféré, Cactus Jack's, lorsqu'il avait fait redémarrer la batterie de son Impala avec ses câbles, puis avait eu la présence d'esprit de lui demander son numéro. Il voulut lui dire qu'ils faisaient face ensemble, comme il l'avait dit le jour où les médecins avaient appelé pour dire qu'ils avaient vu quelque chose sur le scanner de Michael, et qu'ils ne voulaient pas en parler au téléphone.

À la place, il dit :

— J'essaierai de venir à la première heure demain matin, si on n'est pas appelés. Tu devrais pouvoir dormir un peu demain.

— J'ai l'impression de ne pas avoir dormi depuis un mois. C'est impossible, mais c'est l'impression que j'ai. Ça fait plusieurs jours, en tout cas.

— Tu dois être épuisée.

— Épuisée, ce serait déjà bien. Je me sens juste… Je ne sais pas… Vidée. Essorée comme un vieux torchon. Si je pouvais, j'irais dormir une année entière sans jamais me réveiller. Et quand je me réveillerais, je serais quelqu'un d'autre. On serait à la maison, tous ensemble, et tout ça n'aurait été qu'un énorme cauchemar. Je me frotterais les yeux et je me dirais simplement, ouah, quel rêve affreux.

— Tu te souviens de Winnipesaukee, l'été où nous avions pris des sundaes dans ce restaurant où tout était à volonté, et on avait regardé la parade électrique sur le lac, avec le dragon bleu ?

Elaine rit.

— Mikey avait toute la glace étalée sur son visage.

— Et il en avait tartiné les sièges de mon pick-up tout neuf.

— C'était moche.

— C'était la fin du monde, à l'époque. Et en fait…

— En fait, tu donnerais n'importe quoi pour le laisser recommencer.

— C'est ça.

— Qu'est-ce qui t'a fait penser à ça ?

— Je suis prêt. Je suis prêt à retourner à une vie dans laquelle les petits problèmes sont les gros problèmes.

Elaine prit une profonde inspiration. Il entendit une porte se fermer, le cliquetis du loquet. Elle était dans la petite salle de bains, où ils allaient lorsqu'ils ne voulaient pas que Michael les entende.

— Tu es au courant, pour les Delaney ?

Tommy Delaney était le meilleur ami de Michael, à l'étage de neuro-oncologie. Il était malade comme Michael, il avait quatre ans comme Michael, il suivait le même protocole, mais avec des résultats différents. La mère de Tommy, Sheila, était proche de la femme d'Archer, un peu comme des camarades de tranchée. Tommy n'avait pas bien supporté la chimio. Défaillance rénale. Les deux garçons avaient passé l'après-midi ensemble deux jours plus tôt, à dessiner dans des cahiers de coloriage des Red Sox. Tommy avait l'air hagard la dernière fois qu'Archer l'avait vu. Sa peau était fine comme du parchemin, et toute jaune. Il haletait entre chaque mot.

— Ne me dis pas.

— Aujourd'hui. Après le déjeuner. La pièce était pleine de gens, et Sheila pleurait à l'extérieur, et ils l'ont laissée debout dans le couloir avec le pédiatre et l'aumônier. Pendant une heure, peut-être plus. Après, ça s'est calmé, et Sheila est dans la chambre depuis.

Archer était triste pour les Delaney et effrayé pour son fils, et la peur accroissait son sentiment de culpabilité. Le monde de l'hôpital était comme une toile d'araignée, dont chaque fil était d'une manière ou d'une autre relié à Michael. Une cassure dans la chambre des Delaney à l'autre bout du couloir ne faisait que rendre l'existence de Michael plus fragile, et Archer détestait penser ainsi, mais c'était comme ça qu'il voyait les choses, c'était plus fort que lui. Elaine expliqua que le Dr Monroe était passé après pour dire qu'ils envisageaient de changer le protocole de Michael, en raison de ce que ça avait donné avec Tommy.

— Il a dit qu'ils ne pouvaient pas assurer que ceux qui prennent le médicament vont vivre, mais ils savent qu'aucun de ceux qui souffrent de la même chose que Michael et qui n'ont pas reçu ce traitement – carboplatine, je crois – n'a survécu.

— Un putain de choix.

— Le Dr Monroe n'a pas voulu donner de détails, mais c'étaient sûrement les reins. Je voudrais qu'on teste Michael avant de décider.

— Et c'est ce dont ils discutent cette nuit ?

— Il respire mal. Très mal. Il voit des choses. Il a dit que des anges lui avaient rendu visite dans son lit ce matin. Les infirmières passent toutes les cinq minutes. Le Dr Monroe essaie de les tenir à distance, il dit qu'il a déjà vu bien pire, mais ça ne peut pas continuer comme ça très longtemps.

Archer frappa du poing la portière.

— Je ne devrais pas être ici.

— On pourrait perdre la maison.

— Mais j'ai besoin d'être là.

— On a tous besoin d'être ailleurs que là où on est.

— J'arrive.

— Non.

— Je suis à l'autre bout du monde.

— Je dois y aller.

— Attends.

— Les médecins arrivent.

— Reste en ligne.

— Je te rappelle. Je dois y aller. Ils me cherchent.

Archer entendit la radio, la régulatrice qui appelait son ambulance. La communication avec sa femme était rompue. Il était seul. Un explorateur de l'Arctique, pris dans la glace avec des mois devant lui et son bateau broyé par la pression. Il voyait sa vie défiler. Il pensa éteindre la radio, poser ses clefs sur le tableau de bord et s'en aller à pied. Au lieu de quoi il éteignit son téléphone et prit la radio, un peu comme s'il acceptait de se rendre.

9

L'AUBE. Les quartiers est de la ville se réveillèrent sous un soleil rouge et parfaitement circulaire. Angelo Rinaldo était depuis longtemps couché dans un lit des urgences psychiatriques de Saint Bonaventure. Le reste de la nuit avait été peuplé de gens tristes et modérément malades, et Archer, en se garant le long du trottoir, était reconnaissant d'en voir le bout sans qu'il ait eu à dispenser de vrais soins médicaux, ce qui, en plein week-end, était inespéré.

La maison de plain-pied à l'étroite façade néomoderne sur South Florence Avenue ne montrait pas grand-chose côté rue. Une clôture de vinyle blanc cachait une vaste propriété qui s'étendait jusqu'aux bois, à l'arrière, insoupçonnable. Archer trouvait que ça ressemblait à un McManoir aplati, qu'on aurait fait tourner comme de la pâte à pizza pour qu'elle se fonde avec la vieille parcelle de forêt qui l'entourait, un des derniers morceaux de vraie nature en ville.

Julio était recroquevillé sur le siège passager dans une position qui aurait fait l'admiration d'un chat, les chaussures sur le tableau de bord, une casquette de base-ball baissée sur les yeux.

— Salue Ann de ma part, dit-il.

Archer descendit de l'ambulance et respira un grand coup, profitant du bon air de ce côté de la ville. C'était une enclave tranquille et confortable, avec ses trottoirs ombragés, habitée par des fonctionnaires, des flics qui doublaient leur salaire avec des boulots payés à la journée, des pompiers qui bossaient aussi comme charpentiers et peintres en bâtiment ou chefs d'équipes dans des ateliers, tous mariés à des enseignantes, des responsables des ressources humaines ou des infirmières. Refusant de quitter la ville, ils travaillaient très dur pour continuer à en faire partie. Archer les enviait. Ils avaient compris très tôt dans la vie comment faire pour y arriver. Lui n'avait saisi le concept que récemment, et sentait qu'il lâchait déjà prise.

Des statues religieuses parsemaient la pelouse devant la maison – du marbre et des colonnes et des saints morts et une douzaine de versions différentes de la Sainte Vierge. Un crucifix en marbre taché de jaune dominait un petit jardin de galets. Jésus en extase et en souffrance surmontait une petite fontaine et un bassin dans lequel d'autres visiteurs avaient jeté de la petite monnaie.

La porte d'entrée s'ouvrit avant qu'Archer ait pu sonner. La femme sur le seuil portait une simple blouse boutonnée, une jupe noire constellée de peluches, et de grosses chaussures noires. Un pull gris parfaitement assorti aux quelques mèches grises de sa chevelure noire était posé sur ses épaules. Elle sourit. Il s'arrêta au pied du petit escalier en ciment et s'inclina légèrement.

— C'est une bonne chose que je ne dorme plus, dit-elle.

— Bonjour Ann. Il est trop tôt ?

— Il n'est jamais trop tôt et jamais trop tard, mais je m'inquiète pour vous. Toutes ces nuits blanches.

— Ça va, pour une visite ?

— Une rapide, alors. Evangeline ne va pas très bien aujourd'hui. Mais j'ai quelque chose pour vous.

Il avança dans l'entrée plongée dans l'obscurité et tendit à Ann un bouquet de roses emballées dans du cellophane, qu'il avait acheté au Teddy Mart pendant une pause, un peu plus tôt.

— Je les ai apportées pour Evangeline. Je ne voulais pas venir les mains vides, pas aujourd'hui, mais je ne sais jamais quoi apporter.

— C'est un jour terrible, et pourtant, un jour merveilleux.

— Huit ans.

— J'ai l'impression que c'était hier.

Le salon était un sanctuaire, rempli de statues et de répliques d'icônes russes et de peintures de la Vierge et ses cohortes de saints, une explosion d'extase religieuse et d'espoir, et, au milieu de tout cela, Evangeline. Son lit d'hôpital était installé devant la grande fenêtre qui ouvrait sur South Florence Street, un monde qu'elle avait cessé de comprendre près de dix ans plus tôt, Archer en était à peu près certain, mais dont sa mère était convaincue qu'elle était née pour le servir, née pour en supporter la douleur et pour le purifier.

Des décorations lumineuses blanches de Noël encadraient la baie vitrée et baignaient Evangeline, allongée, d'une douce lueur, adoucie encore par la lumière du jour qui naissait, avant qu'elle ne la reflète, sa peau si blanche sur les draps blancs et sa chemise de nuit blanche. Archer remarqua ses joues roses, les gouttes de sueur sur les lobes de ses oreilles, parce que c'étaient les seules choses qui n'étaient pas blanches, à part ses cheveux.

Archer et Ann prirent place auprès de la jeune fille. Elle avait de longs cheveux noirs mouillés et collés à son crâne, et sa peau était d'un gris blafard avec un peu de couleur sur les joues. Ses yeux étaient à moitié ouverts et sa bouche béait. Le tube dans son cou bougeait chaque fois que le respirateur derrière la tête de son lit envoyait une bouffée d'air dans ses poumons. La gaze qui recouvrait l'orifice de la trachéotomie était tachée en son milieu par du mucus jaune.

— Elle n'a pas l'air bien, dit Archer.

— Ils ne trouvent pas l'infection. C'est sa troisième cette année. Les antibiotiques n'ont pas l'air d'agir.

— Est-ce que vous voulez l'emmener à l'hôpital ?

Ann retira le pull de ses épaules et se laissa tomber dans un fauteuil à bascule. Dehors, un couple âgé s'approcha de la fenêtre, l'homme, grand et voûté, progressait difficilement sur la pelouse en s'aidant d'un déambulateur. La femme près de lui le tenait par le coude.

— Je n'ai pas envie, dit-elle. Pas aujourd'hui, en tout cas. Le Dr Marcus pense que la vancomycine va marcher. Il est optimiste. On vient juste de rentrer de Pennsylvanie et du nord de l'État de New York. On a vu près de cinquante mille personnes. C'était formidable, mais elle a dû attraper quelque chose, avec tous ces gens qui la touchaient. Ça devait arriver. Son don est aussi son fardeau.

Ann dit à Archer qu'elle avait quelque chose pour lui et disparut dans le couloir obscur. Il resta debout les mains derrière le dos et regarda le visage d'Evangeline, se demanda ce qu'elle pensait de tout cela, si elle pensait quelque chose. Tellement immobile, à l'exception de la machine qui pompait de l'oxygène, et la nature qui l'expulsait. À l'extérieur, la femme s'agenouilla sur un prie-Dieu devant la fenêtre, et sa bouche bougea pendant qu'elle égrenait un rosaire. L'homme resta debout, agrippé à son déambulateur de ses mains tremblantes. Après une minute, la femme se remit debout, et tous les deux entamèrent leur voyage de retour jusqu'à la rue. Ann revint et tendit à Archer un petit flacon de verre sombre avec un bouchon en plastique.

— Je priais pour vous hier, et Evangeline s'est mise à tousser, et le médecin a dû aspirer beaucoup de mucus, et j'étais en train de regarder une statue de Saint Adolphus, dans le coin là-bas, et du sang coulait de ses yeux et de ses stigmates, et il y avait tellement d'huile que j'ai dû aller chercher un flacon. J'ai pensé que vous pourriez le prendre avec vous. Quand vous rendrez visite à votre fils. Saint Adolphus était un guérisseur. Il protège tous les guérisseurs. C'est le saint patron des soignants. Et aussi des concierges, je crois.

Archer fit tourner le flacon sombre dans ses mains et le tint à la lumière. C'était comme de la mélasse, foncé et épais. Il fit rouler le flacon, et le liquide hésita avant de glisser le long des côtés du verre, dessinant une toile d'araignée. Archer pensa à du vin coûteux coulant d'un calice de cristal. Il rangea le flacon dans une poche intérieure de sa veste.

— Je ne sais pas trop ce que j'espérais en venant ici aujourd'hui, dit-il. C'est un jour important, mais c'est aussi un peu comme n'importe quel autre jour.

— Elle est tellement malade. Malgré tout, cela fait aussi partie de la félicité.

— Frère Pat ?

— Il dort dans sa chambre. L'autre aussi, de l'autre côté du couloir.

— Vous n'aimez pas les nouveaux, n'est-ce pas ?

— Ce n'est pas parce qu'ils sont nouveaux. C'est seulement qu'ils sont tellement sûrs d'eux. Moi, je n'ai pas été sûre de grand-chose depuis ces huit dernières années. Sauf de ce que je ressens pour vous et ce cher Julio. Notre miracle commence et se termine avec vous deux.

— Je me poserai toujours la question.

— Elle est restée trop longtemps dans la piscine.

Archer se pinça le front.

— Elle grandit.

— C'est vrai. De ce côté-là, ça va.

— Que dois-je faire avec l'huile ?

— Saint Adolphus était un grand guérisseur. Frère Pat m'a dit que vous devriez faire le signe de croix avec, sur le front de votre fils, tous les soirs avant qu'il dorme.

— Je travaille la nuit.

— Votre femme, alors.

— Elle le fera.

Archer s'approcha du lit d'Evangeline. Il lui prit la main et lui caressa le pouce. Il s'était souvent demandé quel genre de petite fille Evangeline avait été. Était-elle une enfant heureuse ? Regardait-elle la télévision ? Mangeait-elle bien ses légumes ? Était-elle, comme son fils, fan du *Muppet Show* ? Comment aurait-elle été maintenant, si elle n'était pas tombée dans cette piscine ? Serait-elle une fille bien ? Serait-elle normale ? Et qu'est-ce que ça voulait dire, en fait, normale ? Est-ce qu'Archer l'aurait trouvée le samedi soir sur les marches de l'Olympian, complètement défoncée, le nez plein de sang, dans la fosse tout près de la scène, en train de chialer sur l'épaule d'un ado à gueule de rat avec un T-shirt d'un groupe de death metal norvégien ? Impossible de le savoir, pensa Archer. Le respirateur cliqua et souffla, et

Archer écarta une boucle de cheveux de la joue fiévreuse d'Evangeline.

Ann lui tapa sur l'épaule et montra du doigt un fauteuil à bascule, à côté de la cheminée, à l'autre bout de la pièce. Il s'y assit, Ann pris place près de lui sur une ottomane fatiguée, les coudes sur les genoux. Ils restèrent silencieux un moment, puis Archer montra du doigt une statue de marbre sur le manteau de la cheminée, un homme drapé qui regardait vers le ciel, avec une longue barbe, son crâne chauve penché en arrière, comme s'il était en colère ou comme s'il souffrait. Ou peut-être était-ce de la joie.

— C'est lui, saint Adolphus ?

Ann sourit.

— Impressionnant, non ?

— Il a l'air d'un homme habité par une mission.

— C'était un grand homme. Une âme victime. Comme mon Evangeline.

Le respirateur eut un hoquet, une alarme sonna, et la poitrine d'Evangeline se souleva, puis se détendit. L'alarme cessa.

— Elle est agitée, quand elle est malade, dit Ann. Elle s'étouffe sur le tuyau et tousse, ce qui déclenche cette horrible chose à n'importe quelle heure de la nuit. Ça serait très énervant, si je dormais encore.

— Ça fait combien de temps ?

— Huit ans et un jour, depuis la nuit juste avant l'accident. C'est ma pénitence. "Je me réjouis dans mes souffrances pour vous, et ce qui manque aux souffrances du Christ." Mon verset préféré, c'est dans l'Épître aux Colossiens.

— Ça ne vous manque pas ? Je tiens trois, parfois quatre jours sans sommeil. Mais à la fin, je suis désespéré. J'ai envie de dormir comme certains ont envie de respirer. Et quand vient le moment de me coucher, je suis tellement fatigué, comme si j'étais saoul.

Ann secoua la tête.

— C'est un privilège. Et un fardeau, mais un fardeau que je porte avec joie. Notre famille a été choisie par Dieu pour endurer plus que notre part de souffrance, pour prendre à notre compte la douleur du monde en communion avec notre Sauveur. Nous remercions Dieu pour ce don.

Archer dit qu'il ne comprenait pas la nature de la souffrance. Il la voyait tous les jours. Au travail. Avec son fils, à l'hôpital. Tellement de douleur, supportée par si peu, et il voyait aussi tellement de gens qui traversaient la vie totalement épargnés par elle.

— C'est tellement injuste, dit-il.

Ann fit un nœud assez lâche avec les manches de son pull.

— Le père d'Evangeline avait peur de la justice. C'est pour ça qu'il est parti. C'est pour ça qu'il n'est pas ici et ne peut pas voir ces miracles dont nous sommes témoins tous les jours.

Archer tripota le bouton du volume de sa radio. Il regarda le lit d'Evangeline. La tête de la jeune fille était penchée vers la grande fenêtre. Dans la lumière naissante, l'ambulance d'Archer semblait presque être une sculpture de plus sur la pelouse.

Une vieille Chevrolet Malibu avec des pare-chocs foutus roulait sur South Florence Street, son pot d'échappement raclant contre le sol.

Archer n'avait pas envie d'être assimilé au père d'Evangeline, Reggie, qui avait quitté Ann peu après l'accident et qui, soi-disant, traînait dorénavant avec une bande de bikers dans le sud du New Hampshire.

— J'ai peur de l'injustice, dit Archer. J'ai peur de ça.

— La justice est bonne. C'est l'institution suprême. Et la punition fait partie de la justice, donc la punition est bonne.

— J'ai l'impression d'être puni tout le temps.

Ann posa une main sur le genou d'Archer.

— La société élève les gens dans la haine de toute punition. Mais c'est une erreur. Lorsque Dieu punit quelqu'un, on doit être du côté de Dieu. On ne doit pas agir contre. Il faut supporter ce que d'autres ont du mal à supporter. C'est plus chrétien, et c'est récompensé au Ciel. Les saints eux-mêmes, comme Adolphus, approuvent. Au lycée, à Notre-Dame, on a appris Thomas d'Aquin – "pour que les saints puissent pleinement profiter de leur béatitude et de la grâce de Dieu, une vue parfaite de la punition des damnés leur est accordée".

— Qu'a fait mon fils ? Qu'a fait Evangeline ? De quoi sont-ils punis ?

Ann tapota le genou d'Archer.

— C'est un monde imparfait, Thomas. Ne réfléchissez pas tant au pourquoi. Contentez-vous de vous réjouir et d'être heureux qu'il y ait des gens sur cette planète qui endureront votre douleur, qui souffriront pour des péchés connus et inconnus. Par Sa volonté, nous sommes guéris.

Archer n'en était pas sûr. Il attendait un traitement, et cependant, son fils allait de plus en plus mal, chaque jour, dans cet hôpital de Boston.

— Mettez de l'huile sur sa tête tous les soirs, dit Ann. J'ai touché le front d'Evangeline avec le flacon. C'est ce qu'il faut faire.

10

Trois ans plus tôt

KNAK et le Super Oxygen Factor. La première gorgée du liquide marron et épais descendit en trois spasmes. Knak éloigna le bidon en plastique recyclé de trois litres de ses lèvres et pensa vomir immédiatement sur le sol du Marlborough international trade center.

Mais un nuage de chaleur s'échappa de sous son sternum, s'enroula autour de son cœur comme une serviette chaude du Hibachi Grill, où il avait l'habitude d'emmener Charlotte, puis se faufila entre ses clavicules et au-delà, tourbillonna derrière ses oreilles avant de bouillonner si intensément au sommet de son crâne qu'il crut qu'il allait exploser.

— Tu t'en es bien sorti. Tout le monde ne supporte pas, la première fois, dit Avis Locke. C'est un camarade de la milice qui le fabrique. C'est bon pour l'âme.

Knak serra les lèvres et leva les yeux au ciel. Aux premiers temps de leur mariage, il avait confié à sa femme que le vieux Locke le mettait mal à l'aise. Elle lui avait suggéré qu'il accompagne Avis dans un de ses “salons”. Avis le rendait nerveux, comme s'il possédait la clef d'une énigme à son sujet que lui-même ne pouvait pas deviner. Soit Avis le détestait, soit il l'aimait comme un fils. Knak était prêt à croire les deux.

Le vaste hall était dépourvu de fenêtres et haut de plafond, les poutres du toit disparaissaient dans l'éclairage tamisé des nombreuses rangées d'ampoules fluorescentes. Un système d'aération bruyant essayait en vain de chasser la chaleur et les odeurs de moisi, de bois brûlé, de pop-corn frais et de paille.

Le SurvivoCon attirait un certain genre. Les survivalistes. Les *preppers*. Les gens prêts à foutre le camp et disparaître. Knak ne savait pas trop ce qu'il cherchait, mais il était de plus en plus sûr que c'était ici, parmi ces gens.

Les quelques fois où il était allé avec Charlotte et Avis à des sessions d'entraînement de la milice, il avait compris qu'il était là parmi les siens. Ils parlaient de flingues, de la Banque Mondiale, des Bohémiens et de la menace que représentaient les Juifs, les papistes, la Réserve fédérale. Dans leurs conversations au sujet des complots et des sociétés secrètes qui accumulent du pouvoir dans d'obscures retraites très loin des regards, Knak trouvait un refuge. Le monde était mystérieux et malveillant – son propre père, mort sur le rivage d'un lac coréen pendant la guerre, sacrifié au service des Nations unies. Knak se sentait comme un réfugié dans une grande ville, qui découvrirait un quartier où une tribu parlerait sa langue.

Au SurvivoCon, la fin du monde était en vente. Des tables et des tables surchargées de toutes sortes d'accessoires apocalyptiques, proposés par des pourvoyeurs méfiants. Des repas lyophilisés. Des générateurs qui fonctionnent à base de cellulose et de légumes pourris. Des couteaux, des haches et des abris anti-bombes sur plan, payables en dix mensualités. Knak était fasciné par le business de la fin des temps, par l'Armageddon transformé en publicité nocturne, pour vendre les derniers couteaux éplucheurs ou le désodorisant pour réfrigérateur.

Puis ils trouvèrent le stand à l'arrière, avec sa pyramide de bidons pleins d'une décoction marron. Locke eut un sourire éclatant, prit Knak par les épaules, et le présenta comme son gendre au manchot en pantalon de camouflage et veste en cuir qui tenait le stand. Knak lui serra la main en baissant la tête, afin d'éviter de croiser son regard.

Locke présenta l'homme comme M. Limber. Il portait une montre digitale noire bon marché à son poignet gauche et un semi-automatique Kimber sur sa hanche droite. Knak ne voyait pas trop comment il pouvait dégainer, puisqu'il lui manquait son avant-bras droit. Limber pivota sur ses pieds et, à chaque fois qu'il se tournait, Knak entendait le tintement de pièces de monnaie, de stylos, de boîtes de pellicule, et toutes ces choses qu'un type comme lui pouvait avoir dans ses poches, à n'importe quel moment. Les possibilités étaient infinies.

Knak n'avait pas prévu de boire. L'odeur était suffocante, mélange de menthe et de désinfectant, et la mousse orange, au-dessus, ne lui disait rien qui vaille. L'odeur franchissait l'étroite table pliante qui se trouvait entre eux et le tas de bidons fermés. Knak détectait également des touches de bacon et de pervenche, et peut-être un rien d'insecticide. Limber dit que boire un coup ferait sûrement du bien à Knak. Que ça aidait les gens comme lui.

— Et de quelle sorte de gens il s'agit ? demanda Knak.

— Dans le besoin. C'est arithmétique. Et il craqua le fin bouchon du bidon le plus proche de lui, qu'il tendit à Knak.

Knak hésita.

— Ça va, merci.

— Je peux voir à travers les types comme toi, dit Limber.

— Y a rien à voir, ici, dit Knak.

— Tu ne viens pas souvent à ce genre de manifestations.

— C'est la première fois ! dit Locke.

— Tu ne sais pas ce que tu cherches, dit Limber.

Knak haussa les épaules, fit semblant de s'intéresser aux dépliants posés sur la table. Ailleurs, quelqu'un mit en marche le système audio, tapa sur un micro pour voir si cela fonctionnait. Les bruits sourds cognèrent dans la poitrine de Knak. Puis une voix de femme annonça que l'exhibition de lancer de hache allait bientôt commencer. Limber fit signe à Knak d'approcher, regarda à droite et à gauche, et se pencha près de lui.

— Je crois que tu sais ce que tu cherches. Tu veux savoir ce qu'est l'ingrédient secret de ce truc ? Le Tabasco. Et une pincée de poudre à canon. Pas assez pour te rendre cinglé, bien sûr, mais ça donne la pêche.

Knak ne savait pas trop quoi penser de cette mixture. Il ne voulait pas décevoir Locke, mais il n'aimait pas des masses l'idée de boire de la poudre à canon. Cependant, il savait qu'il en boirait. Il ne voulait pas décevoir son beau-père.

Locke tendit la main derrière le siège de Limber et en sortit une bouteille de Macallan.

— Ce n'est pas pour critiquer la source de tes revenus, dit Locke à Limber, en montrant d'un geste de la tête la pyramide de bidons, mais je préfère ça, et de loin.

Il en versa deux doigts dans des verres en plastique, tendit les leurs à Knak et Limber, et but le sien. Knak pensa que les lèvres de Locke devenaient d'un rose encore plus pâle. De la salive s'accumulait aux coins de sa bouche.

Knak descendit le Macallan d'un coup, puis le fit passer avec un verre de la boisson marron malodorante que Limber avait posée sur la table entre eux. Sa poitrine explosa, en feu. Il avait des vertiges et la nausée, et simultanément, il exultait. Son cœur tapait fort dans sa poitrine, et il avait du mal à reprendre sa respiration. Et ensuite, c'était un peu comme s'il était un pilote d'avion de chasse qui franchissait le mur du son : tout semblait plus doux, les nuages volaient tellement vite qu'il pouvait voir la lumière se tordre et se décomposer de toutes les couleurs et aucune à la fois. La tête de Knak flottait, et il se dit que ça devait être ça, une expérience de hors-corps, quand on se voit soi-même de l'extérieur.

Ce fut de courte durée. Knak en voulait davantage. Il resta calme.

— Comment vous appelez ce truc ?

— Super Oxygen Factor. Ça donne un bon coup de pied au cul, hein ?

Ils discutèrent pendant une heure. Soudain bavards – Knak à cause du liquide marron puant, Limber et Locke à cause du Macallan. Le stand de Limber n'attirait pas grand-monde. Il ne vendait rien, mais n'avait pas l'air de s'en inquiéter. Locke dit que Limber avait un doctorat en anthropologie mais qu'il n'en avait jamais rien fait.

— Ça me guide, comme un flambeau au milieu du combat.

— C'est ça ! dit Knak. Le combat. Au moins, vous avez ça. Moi, je cherche quelque chose. Mais je ne sais pas exactement ce que c'est ni quand saisir ma chance. Je ne sais pas… comment faire… exactement. Et je ne sais pas si j'ai le courage.

Locke lui tapa sur l'épaule.

— Tu vas le trouver. Pas vrai, monsieur Limber ? Combien de temps après votre accident avez-vous eu l'idée de cette remarquable mixture que vous vendez ici ?

Limber s'essuya la bouche du revers de la main, ferma un œil et regarda le plafond.

— Voyons… le tracteur m'a roulé dessus en mars 1997, et j'ai commencé à brasser en 2000. Donc en enlevant le temps passé à l'hôpital, on va dire presque trois ans.

— La souffrance ne disparaît pas vite, dit Locke.

— Pas pour moi, en tout cas, dit Limber.

Knak rentra tard chez lui ce soir-là. Il étala une bâche de camouflage sur le sol de son salon et y disposa tout ce que Locke l'avait aidé à acheter. Après qu'ils avaient quitté la table de Limber, ils avaient pris des caramels chez un pentecôtiste de la fin du monde, deux stands plus loin, puis ils avaient parcouru les allées et Locke avait montré du doigt tout ce dont Knak allait avoir besoin.

Cinq mille dollars plus tard, de gauche à droite : un pistolet Kimber Les Baer calibre 45, le même que celui de Locke et probablement pas très différent de celui que le père de Knak devait porter en Corée. Quatre chargeurs de huit balles. Un holster de cuisse. Des jumelles. Deux sacs de nourriture de randonnée et des barres protéinées. Une boîte de lait de soja en poudre pour intolérants au lactose. Des lingettes. De l'imodium. En plus du poncho, une couverture. Un sac à dos, acheté au type du surplus militaire complètement défoncé assis à une table avec un savon fait maison attaché à une corde. Une machette. Une veste de pêche marron remplie de neuf chargeurs de trente balles, le meilleur achat de la journée. Un fusil calibre 223, de la Articulate Arms Co., un nouveau fabricant d'armes en plein essor, établi dans une usine d'aspirateurs du nord de l'État de New York et qui avait troqué les machines de nettoyage pour les armes à feu, où les marges sont bien meilleures et pour lesquelles la demande des consommateurs n'avait jamais été aussi forte.

Knak consulta les manuels d'utilisation du fusil et du pistolet, suivit laborieusement les instructions sur comment les démonter, les huiler, les remonter. Il enfila sa veste de pêche et essaya la lunette de visée électronique sur un mur dans la pièce de la chaudière, un sous-sol où l'obscurité était totale. Il vissa le silencieux au canon de son fusil, un dispositif issu du marché secondaire dont Locke lui avait assuré qu'il était légal. Presque.

Il était seul et la maison était calme. Knak rangea tout dans un gros sac de toile marron qu'il avait aussi acheté sur place, marcha jusqu'à la cabane derrière sa piscine et ouvrit un compartiment secret dans le mur du fond où il fourra le sac.

Ensuite, il s'assit dans un fauteuil inclinable et mit sa chaîne d'information préférée à la télévision, puis regarda un documentaire sur les pingouins mâles, qui montaient la garde près de leurs œufs, traversaient les glaces de l'Antarctique avec lesdits œufs en équilibre sur leurs nageoires et les protégeaient jusqu'à ce qu'ils éclosent. Knak se mordait la lèvre inférieure et se pinçait la peau au-dessus de son genou droit. De la douleur pour éviter la douleur. Classique.

Charlotte assistait à une conférence. Knak courut à son Ford Ranger, retira la bâche à l'arrière, attrapa un bidon de

Super Oxygen Factor – Avis lui avait fait comprendre que c'était dégueulasse, mais il avait adoré sa première expérience et avait acheté une douzaine de bidons de trois litres – et il en but un grand coup, dans l'allée, près de la voiture. Il ne voulait pas que l'excitation retombe, qu'elle disparaisse comme tous les autres élans qu'il avait pu avoir dans sa vie. De retour dans son fauteuil inclinable, il s'enfonça dans le cuir, somnolent, à la dérive dans un univers dont il se disait qu'il avait finalement peut-être un sens. Une femme qu'il aimait, une mission digne de lui, un guide comme Avis Locke.

Gerry Knak s'endormit, certain qu'il était au commencement de ce qu'il cherchait. Cela arrivait tardivement dans sa vie, mais mieux valait tard que jamais. Il était temps de faire en sorte que ça marche. Plus que temps.

11

Lu adorait son bureau. Proche de la cuisine attenante à la salle de rédaction, mais suffisamment loin pour que les collègues ne puissent lui rendre visite sans faire un détour, ce qui lui convenait très bien. De son vieux fauteuil en bois, Lu pouvait voir la rangée des bureaux vitrés de ses patrons, et être au courant de leurs allées et venues.

Elle était attachée à cet endroit, à ce lieu. Ils avaient essayé de la faire changer chaque fois qu'un nouveau rédacteur en chef était monté sur le trône et avait réorganisé les services en suivant les dernières modes de la philosophie managériale. Lu avait repoussé leurs assauts à chaque fois, ce qui expliquait ses séjours parmi les spécialistes des arts ou de la finance, sans parler de l'année interminable passée à écouter les deux chroniqueurs des affaires de la ville discuter à longueur de temps des plus insignifiants détails de la politique politicienne et des luttes de pouvoir.

Lu avait tout encaissé. Ce bureau, après tout, avait par le passé été celui de Joe Randone.

La salle de la rédaction était vide à cette heure, le samedi soir. Dans un coin opposé de la pièce, des pigistes à la peau blafarde grattaient les derniers restes de bols en plastique dont le fond était déjà bien griffé, ou bien arrosaient leurs philodendrons bigarrés, tout en parcourant la dernière édition de la veille. La moitié des néons accrochés au faux plafond étaient éteints, les bureaux étant inoccupés. Le scanner de la police bavardait et grésillait sur le bureau voisin de celui de Lu. Elle en entendit suffisamment pour savoir qu'il ne se passait rien d'extraordinaire.

Le lendemain était un grand jour, et pas seulement à cause de ce qui tracassait Lu : le matin suivant, personne ne viendrait s'asseoir à son bureau, pour la première fois depuis plus de soixante ans. Son temps au *Courier* était révolu, Kittredge était à bout de solutions pour justifier qu'elle reste davantage. Elle avait vu le nouveau plan : personne n'attendait après son poste.

Elle avait occupé ce bureau pendant trente ans. Avant elle, Randone pendant trente-trois. Joe Randone incarnait ce que le *Courier* était autrefois, lorsque le journal local était une institution. Il avait grandi dans cette ville, y était allé à l'école, avait commencé à la rubrique nécrologique, puis était devenu secrétaire de rédaction. Lorsque la Seconde Guerre mondiale éclata, il se retrouva en Afrique du Nord et en Sicile, largué à Omaha Beach et envoyé au-delà. Il n'était pas encore entré en Allemagne lorsqu'un obus de mortier lui arracha la main gauche, au fond d'une forêt sombre et paumée de Belgique.

Lu avait fait ses débuts au journal le lundi de la dernière semaine de Randone. Elle était terrifiée de rencontrer cette légende vivante. Surtout quand on lui avait dit que Randone prenait sa retraite et qu'elle le remplaçait. Elle ne l'avait jamais vu et s'était attendue à quelque chose comme dans

*Spéciale Première** : un vieux reporter qui buvait son whiskey sans glace, appelait les femmes des “poules”, se plaignait de Jimmy Carter et des jeunes, qu’il traitait de fainéants, et qui ne décolérait pas à cause du Vietnam. Elle redoutait ce qu’il dirait de devoir céder son bureau et son boulot à une femme.

Lorsqu’elle rencontra Randone, la première chose qu’elle remarqua, ce fut sa taille. Randone était tout petit. Ses bretelles étaient tendues au maximum par-dessus un bide qui menaçait de faire sauter les boutons de sa chemise marron, et sa large cravate à carreaux était tachée de café et d’encre. Des cheveux gris coupés court et des joues d’un rouge éclatant lui donnaient l’air de sortir tout juste d’un froid polaire.

— Alors c’est toi, la petite jeune dont ils ne nous ont absolument rien dit.

Il sourit, tendit le moignon de son avant-bras gauche comme pour une poignée de mains. Lu commença à tendre sa main gauche, se reprit, la tendit de nouveau, s’arrêta, puis, pour des raisons qu’elle-même avait du mal à comprendre, fit une révérence. Randone rigola et tendit sa main droite, qu’elle serra.

— Ça marche à tous les coups, la première fois. Joe Randone, bienvenue à bord.

— Lu McCarthy.

Randone se laissa tomber dans le fauteuil de son bureau, montra du doigt à Lu un autre fauteuil, tout près. Une machine à écrire IBM Selectric ronronnait sur son bureau.

* *The Front Page*, film de Billy Wilder de 1974 avec Jack Lemmon et Walter Matthau d’après une pièce de Ben Hecht et Charles MacArthur (remake d’un film de 1931 de Lewis Milestone avec Adolphe Menjou) dans lequel des journalistes à la recherche de scoops cachent un criminel.

— Nerveuse ?

— Un peu.

— Pas besoin. Ça n'a rien de sorcier, tu verras. Tu étais où, avant ?

— Le *Blackstone Valley Tribune*, ces deux dernières années. Et avant ça, j'étais à l'école, à Worcester State. J'ai grandi ici, à Morningdale.

Randone eut un grand sourire.

— Une locale ! J'adore. Vous n'êtes pas assez nombreux. Le *Trib* est un excellent journal. Des tas de gens ont commencé là-bas. Tu connais peut-être mon pote Davey Matheson.

Lu opina. Matheson était un vieux reporter du *Courier*, qui avait quitté le journal pour d'obscures raisons et avait fini dans un petit hebdomadaire spécialisé sur l'histoire de la région et les sports universitaires.

— C'était un type bien, reprit Randone. C'est juste qu'il a couvert la vie politique de la ville pendant trop longtemps. Ça a fini par l'atteindre. Tu veux un conseil ? Ne quitte jamais les faits divers. C'est la meilleure rubrique du journal, parce que quand tu as fini ta journée, tu laisses tout ça derrière toi.

Randone glissa un gant en caoutchouc noir sur son moignon : un crayon noir non taillé, à l'envers, était collé à la paume. Tout en parlant, Randone tapait à la machine, le crayon faisant office de main gauche.

— Travaille surtout la nuit, apprends où sont enterrés les cadavres, évite d'avoir affaire trop souvent aux communicants. C'est un super job. En plus, la plupart de tes articles, tu les écris et après, basta, on n'en parle plus. Pas question de ces conneries à rallonge, interminables.

Randone termina de taper, sortit la feuille de papier du rouleau, la tendit à Lu. Des noms et des numéros de téléphone.

— Je sais bien que vous autres, les jeunes reporters, vous avez tous envie d'être Woodward et Bernstein*, et c'est super, mais ici, il n'y a pas de grandes affaires de corruption à révéler. Ils ne se cachent pas. Tout le monde sait qui ça concerne et tout le monde s'en fout, du moment qu'on a nos parades de la Saint-Patrick et du Memorial Day, nos feux d'artifice du 4 Juillet, et que le parking reste abordable dans le centre. Flics, crime, tribunaux. C'est le meilleur boulot pour un malheureux scribe, dans cette ville. Aussitôt arrivé, aussitôt parti ; vite fait, bien fait.

Lu acquiesça.

— Je suis impatiente de m'y mettre. Mais vous n'allez pas être facile à remplacer.

— C'est pas compliqué. Respecte juste quelques règles simples.

Lu sortit un petit calepin de sa poche arrière.

— Règle numéro 1 : prends toujours bien tes notes. Tu vois ? Tu es déjà sur la bonne voie. 2 : si tu n'essaies pas de te choper un repas gratuit chaque jour que Dieu fait, c'est que tu ne bosses pas assez dur.

Lu sourit.

— Ce n'est pas une blague. Tu sais combien de conférences de presse et de tables rondes et je ne sais quelles autres aberrations du même genre ont lieu chaque jour dans

* Bob Woodward et Carl Bernstein, les deux journalistes du *Washington Post* qui ont fait éclater le scandale du Watergate, qui a abouti à la démission du président des États-Unis, Richard Nixon, en 1974.

cette ville, qui impliquent un buffet et un traiteur ? Ou au moins quelques friandises ?

Elle écrivit : REPAS GRATUITS.

— Souligne ça deux fois, dit Randone en montrant le calepin du doigt.

Lu souligna deux fois.

— Règle numéro 3, la plus importante. Tu as fait des études de journalisme ?

— Histoire de l'art.

— Parfait. Donc tu ne t'es pas fait retourner le cerveau par tous ces profs de sciences sociales qui essaient d'édicter les règles du journalisme comme s'ils s'occupaient de fission atomique ou observaient des gorilles dans la brume ou je ne sais quoi. Parce que la voilà, la règle la plus importante de tout le truc, le seul conseil que tu vas devoir suivre jusque dans ta tombe, c'est-à-dire si tu veux faire ce boulot correctement : tu ne dois jamais faire confiance.

Lu écrivit : NE JAMAIS FAIRE CONFIANCE.

— Souviens-toi de ce précepte, peut-être tatoue-le toi sur le front à l'envers pour que ce soit la première chose que tu voies le matin quand tu te lèves. Rappelle-toi ça : si ta mère te dit qu'elle t'aime, vérifie.

AMOUR MATERNEL, À VÉRIFIER, écrivit Lu.

Randone tapota le calepin de son moignon ganté, la gomme rose froissa le papier.

— Si tu ne dois retenir qu'un seul conseil, c'est celui-là. Dès que quelqu'un vient te voir avec une idée pour un article, ou un tuyau, c'est qu'il ou elle veut quelque chose, il ou elle essaie de se servir de toi, et le journal est le moyen d'y arriver. Ne te bats jamais contre des gens qui achètent l'encre au tonneau. Et tu veux une meilleure idée ? Fais en sorte que ces gens qui achètent toute cette encre fassent ce que tu veux qu'ils fassent sans savoir que c'est ce que tu veux.

C'était la première des nombreuses leçons qu'elle allait apprendre de Joe Randone, au cours de sa première semaine de boulot. Randone emmena Lu rencontrer tous les responsables de la police, les gradés en charge des équipes, jusqu'aux flics de terrain. Elle rencontra les pompiers et les adjoints des chefs et les commandants, les infirmières et les médecins des services des urgences des deux hôpitaux de la ville. Il lui expliqua la liste des numéros de téléphone.

— C'est une sorte d'avance pour ton Rolodex. J'emporte le mien avec moi. Tu vas devoir construire le tien. C'est la seule façon d'avoir la moindre crédibilité, avec ces gens. Je t'ai mis le pied à l'étrier, mais le reste dépend de toi.

Randone prit sa retraite à la fin de la semaine, mais il appela souvent Lu au cours des premières années, en général en pleine nuit, avec des rediffusions d'épisodes de *Bonanza* ou de *Ironside* en fond sonore. Il s'intéressait aux progrès de Lu, lui indiquait des directions qu'elle n'aurait pas trouvées toute seule, l'incitait à déterrer des articles des archives du journal, qui permettaient d'éclairer les affaires en cours. Randone, l'éternel prof, Lu, son élève préférée.

Jusqu'à une nuit. Lu trépignait en attendant le coup de fil de Randone. Un scoop – quelqu'un l'avait appelée, lui avait fait assez confiance pour lui donner un tuyau. Lu était euphorique. Elle faisait vraiment partie du truc, maintenant, elle entrevoyait les coulisses de cette grande pièce de théâtre, avec le rideau de la scène juste assez tiré pour qu'elle puisse voir les coulisses.

— Johnson, du conseil municipal. Il fraude le fisc, dit-elle cette nuit-là à Randone lorsqu'il appela enfin. Il va perdre une parcelle de terrain au carrefour de Gates et Summer, ça va être mis aux enchères par la ville.

Elle s'attendit à ce que Randone la félicite, la complimente. Elle entendait *Shane, l'homme des vallées perdues* en fond.

— Qui t'a refilé le tuyau ?

— Le fils du maire O'Toole, John, son attaché de presse.

Randone rigola.

— Quoi ?

— Eddie O'Toole. L'homme du peuple. Qu'est-ce que tu connais de lui et de Philly Johnson ? Tu as lu les dossiers du cadastre ?

— Non, dit-elle, commençant à se dire que le tuyau était peut-être un peu percé, finalement.

— Johnson était avec Ragosh Amarosian la dernière fois qu'Eddie O'Toole a été vraiment menacé pendant les primaires. C'est une vengeance.

— Il n'est quand même pas clair avec ses impôts, ce qui, en tant que conseiller municipal…

— Tu as vérifié toi-même les relevés du fisc ?

— J'ai parlé avec Johnson, et tout ce qu'il avait à dire, c'est "sans commentaire".

— Ce que tu as pris pour un aveu de… quoi, exactement ?

— S'il n'avait rien à cacher, il aurait démenti.

— Est-ce qu'il y a une date prévue pour la vente aux enchères ?

Elle marqua une pause.

— Je ne sais pas.

— Qu'est-ce que je t'ai dit, au sujet de ta mère ?

— Je vais vérifier.

Randone avait raison. Johnson n'avait aucun retard d'impôts et aucune vente aux enchères n'avait été programmée. Randone émit ultérieurement la théorie selon laquelle O'Toole – le fils, John – voulait se servir du journal pour obliger Johnson à vendre sa propriété à perte et probablement saboter son futur politique au passage. L'argent et le pouvoir, O'Toole voulait nuire à l'ennemi de son père sur les deux terrains. Rien de moins qu'une totale éradication. La terre brûlée, puis salée, afin que plus rien ne repousse. Pas à cet endroit-là, en tout cas.

— Si le journal salit Johnson en première page, puis publie une rétractation un mois plus tard en page 20, quelle impression va rester dans l'esprit du public, à ton avis ?

Cette nuit, trente ans après, Lu McCarthy entendit la voix de Joe Randone résonner dans sa tête. Il était mort depuis longtemps, il avait succombé quinze ans plus tôt à une crise cardiaque dans un bar en rase campagne, curieusement appelé le Yacht Club, celui-là même où Babe Ruth avait bu une bière en 1917 en rentrant de Sudbury. C'était le genre de choses dont les gens de la ville se souvenaient, ces rares petits clins d'œil de l'immortalité. Mais Lu entendait Randone comme s'il était assis à son bureau, en train de taper sur sa machine avec son gant en caoutchouc noir et son crayon.

John O'Toole était le maire, maintenant, comme son père avant lui. Il aspirait à devenir gouverneur, et avait des ambitions encore plus élevées, elle le savait. Tout le monde avait une idée derrière la tête, et Lu était dorénavant un instrument au service du jeune O'Toole. La dure vérité la rongeait. Elle n'avait pas bien fait son boulot. Elle avait été comme une feuille qui était tombée d'un arbre et qu'une rivière rapide et peu profonde emportait. Une feuille morte.

Lu n'avait absolument rien vérifié.

Elle s'était laissé aveugler par l'argent et ses besoins personnels.

Le besoin, plus que n'importe quel autre, de tout maintenir à flot. De survivre à tout, même sans la pension alimentaire, sans un sou pour son fils depuis que son mari s'était tiré avec sa secrétaire. Elle avait envie de gerber tellement c'était cliché, putain.

Le plus gros problème : que pouvait-elle faire, qui donnerait un sens à sa vie, après que tout cela sera terminé, après qu'elle aura quitté le bureau que Joe Randone lui avait légué comme un certificat de naissance et qu'elle n'aura été remplacée par personne, un rectangle nu de moquette industrielle, un peu plus clair là où il s'était trouvé ? Lu, tirant le diable par la queue, tandis qu'ils écrivaient sa rubrique nécrologique, certaine que le premier mot en serait "ratée".

Elle n'aurait pas pu nommer la force qui lui fit prendre son téléphone. La peur, la nostalgie, un sursaut de conscience professionnelle. C'était stupide et ça lui coûterait un sacré paquet de fric, et peut-être plus encore. Lorsque Dan était parti, la dernière chose qu'il lui avait dite avant de prendre la porte, c'était que Lu n'était pas une croisée. Que c'était trop confortable de tenir la chronique des bagarres des autres, toujours à bonne distance. Lu, puisque c'était effectivement sa marque de fabrique, n'avait pu qu'acquiescer, puis l'avait regardé s'éloigner dans leur Volvo.

Elle prit le téléphone et fixa le numéro que Conroy lui avait donné. Elle le composa. Une femme décrocha à la cinquième sonnerie.

— Allô ?

— Madame Fontana ?

Une pause.

— Oui.

— Je m'appelle Lu McCarthy. Je suis journaliste au *Courier*. Eamon Conroy m'a donné votre numéro, il m'a conseillé de vous appeler.

— Je vous attendais.

— Pouvons-nous nous rencontrer ?

— Pas cette nuit. Il y a une fête dans mon quartier. Des gens qui viennent de New York. Demain, ça serait mieux.

— J'ai vraiment besoin de vous parler ce soir.

— Ça pourrait être dangereux. Personne ne traîne dans le coin les soirs comme celui-ci.

— J'ai des délais extrêmement serrés.

Elle soupira.

— Je ne peux pas promettre que vous serez en sécurité.

— C'est la dernière chance que j'aurai de pouvoir raconter votre histoire. C'est mon dernier jour au journal, demain, et je ne peux pas laisser passer cette nuit sans vous parler.

12

La serveuse apporta des œufs brouillés au bacon.

— Vous savez pourquoi j'aime autant le petit déjeuner ? lui demanda Knack.

Elle était irlandaise. Ils étaient arrivés en masse à Cape Cod, ces deux derniers étés. Il reconnaissait son accent. Robuste et pleine de taches de rousseur, elle lui sourit et remplit sa tasse de café.

— Qui n'aime pas le petit déjeuner ? C'est le repas le plus important de la journée.

Knak acquiesça.

— Je l'aime parce que c'est un peu comme le soleil qui se lève le matin. Peu importe que vous ayez passé une nuit pourrie. Tout le monde prend un nouveau départ.

Il poivra ses œufs, les aspergea d'une grosse giclée de Ketchup et mélangea. Il mâchait la bouche ouverte en regardant au loin l'agitation estivale de Hyannis Harbor. L'eau noire sous le ciel d'un bleu limpide et sans nuages, comme une carte postale, le ferry à grande vitesse qui s'éloignait de son ponton, sa sirène déchirant le calme plat de l'étroite entrée du petit port.

Knak détestait le fait qu'il adorait ça. La sérénité. S'en délecter était ni plus ni moins qu'une faiblesse, mais il ne parvenait pas à s'en empêcher. Ce n'était pas la perfection, cependant. Tous ces putains de grandes gueules dans des 4x4 avec des plaques de New York, qui se trimbalaient en chaussures bateau et polos, les bonnes femmes avec leurs sacs à main à rayures fabriqués avec des chutes de voiles, les types avec des casquettes des Yankees et des Crocs. Il essaya de ne pas penser à sa maison calcinée et aux chiens.

Les yuppies ne mangeaient pas au Majestic Egg, Dieu merci. Des pêcheurs au filet, des infirmières du Cape Cod Hospital, des membres d'équipages de ferry. Pas de vacanciers. Des travailleurs. Knak lui aussi était un travailleur. À sa manière. C'était déjà ça. Chaque fois qu'il venait ici pour respirer l'air de l'océan et s'éloigner de la boue et des mauvaises herbes de Monticello, c'était son premier choix. Ça lui remettait les pieds sur terre. Les idées en place.

Il était arrivé la nuit dernière, avait planté sa tente dans un camping qui dominait le Cape Cod Canal. Knak s'était dit que les flics avaient additionné 2 et 2 avec l'incendie et les chiens, en partant du principe qu'ils les avaient déjà trouvés. Ils le chercheraient au nord, dans les collines du New Hampshire ou du Vermont, parmi les ermites professionnels et les vagabonds de toutes sortes qui avaient des raisons d'éviter la police. Au lieu de ça, Knak était parti plein sud. Caché, mais à la vue de tous. Ce n'était pas la première fois qu'il venait à Cape après qu'une maison avait brûlé.

La première fois, c'était avec sa mère, Gloria. L'année du bicentenaire. 1976. Une bouilloire défectueuse avait entièrement réduit leur maison en cendres. Ils avaient emménagé chez une sœur du petit ami de sa mère de l'époque et s'étaient mis à aller à une église non dénominationnelle qui se réunissait dans une vieille école sur la Route 68, le dernier bâtiment avant la frontière avec le New Hampshire. Le pasteur Lionel, qui était aussi le propriétaire de l'entreprise locale de carrelage, parlait de la fin du monde et prêchait qu'il fallait être prêt, avoir le cœur et l'esprit purs, parce que c'était imminent. Il n'y aurait pas d'année 1977, disait le pasteur Lionel, excepté pour celle qu'on vivrait dans la gloire éternelle.

Gloria et son petit copain, Glen, y allaient tous les soirs sauf le vendredi, qui était consacré à se saouler la gueule. Knak mangeait des plats surgelés dans des boîtes en aluminium, lisait sans arrêt des livres sur la Seconde Guerre mondiale, ou regardait parfois la télévision sur un petit poste en noir et blanc qui ne captait pas très bien une chaîne hertzienne d'Albany.

Knak pensait que plus sa mère restait avec Glen, plus son cas s'aggravait. Le vendredi, ils rentraient ivres morts, puis se disputaient tout le reste de la nuit, avant de se rabibocher pour assister au service du samedi midi. Le pasteur Lionel leur recommanda de faire des pauses. Knak et sa mère passèrent un week-end dans un bungalow, qui appartenait à un autre paroissien, à Wellfleet. Bientôt, cela devint une habitude. Et puis Glen ficha le camp. Ils déménagèrent de chez sa sœur, mais leurs voyages à Cape continuèrent. C'était devenu leur bouffée d'air frais, leur répit. D'abord de Glen. Puis de la vie. De la tournure qu'avait pris leur vie.

Charlotte avait bien identifié cela en lui. Ce besoin. Knak n'était jamais apaisé. Il culpabilisait quand il se laissait aller à la détente.

La serveuse remplit le mug de café de Knak pour la troisième fois. Posa le *Herald* sur sa table. Il parcourut le journal, sans s'attendre à y lire quoi que ce soit au sujet de sa maison incendiée, mais quand même déçu quand il constata qu'il avait raison.

Knak sortit son téléphone. Lut un nouveau texto.

> On dirait que je me suis enfui.

Deux minutes. Nouveau message.

> Tout est tranquille ici. Charlie Mike. Nous sommes avec toi.

Knak sourit. Avis Locke. *Charlie Mike*. Continuer la mission. Il finit son café, posa un billet de vingt sur la table, et sortit. Des mouettes criaient. Une cloche de bouée tintait. Une réplique de bateau pirate pleine de gamins bruyants et leurs parents épuisés, souriants, ravis, montrant tout du doigt, avançait au moteur à travers l'entrée du port puis dans la baie.

Cela faisait longtemps qu'il avait pensé tirer sa révérence un jour, laisser son empreinte sur le monde, puis disparaître, comme Élie. Knak se souvenait des chansons qu'on chantait à propos du prophète, ces chansons simples et joyeuses, qui ignoraient la réalité d'Élie, qui avait tranché la gorge à cinq cents prêtres de Baal parce que Baal n'était pas apparu lorsqu'il l'avait appelé. Vivre avec Charlotte n'avait pas du tout changé ses plans à cet égard. Il avait dû doubler ses préparatifs pour inclure sa femme, mais elle était d'accord avec lui. Le monde était condamné. Son père à elle le lui avait dit aussi, et elle l'avait écouté.

> Je vais attendre deux jours. Puis retour à Worcester, écrivit Knak.

Il fit ses exercices d'assouplissement à côté de son pick-up, sur le parking. Puis il s'enferma à l'intérieur et verrouilla les portes, et nettoya son fusil. Il compta ses munitions. S'assura que les réglages de sa lunette de visée n'avaient pas changé. Il humidifia des petits morceaux de coton avec de l'huile de nettoyage et frotta le canon, passa la culasse au coton-tige. Démonta le fusil, le remonta les yeux fermés. Son téléphone vibra.

> Préviens avant l'opération, s'il te plaît. Nous avons des gens qui devront passer clandestins. *Sic semper tyrannis.*

13

Deux ans plus tôt

CONROY avait effectué la première moitié de sa peine de dix ans de prison à l'isolement. Sa cellule faisait partie d'une douzaine, identiques, le long d'un couloir souterrain sans fenêtres, chacune abritant un incorrigible, un cinglé, ou un menacé. Et personne n'était plus menacé qu'un ex-flic avec une sale réputation.

Conroy passait vingt-trois heures sur vingt-quatre seul. L'heure qu'il pouvait passer dans la cour était programmée longtemps après que les autres détenus étaient enfermés à double tour dans leurs cellules. Il se douchait seul. Il pensait seul. Cela lui était égal que ses uniques contacts humains, en dehors des matons, soient avec les autres prisonniers à l'isolement, pour les repas et les services religieux. Conroy n'avait d'intérêt que pour la bouffe, mais il allait quand même à la messe. Il aimait bien l'odeur de l'encens.

Au bout de deux ans avait eu lieu sa première audience pour une remise en liberté anticipée. La commission rejeta sa demande comme un fruit pourri dans un supermarché.

L'entrave à la justice, estimèrent-ils, exigeait de passer davantage de temps derrière les barreaux. La rumeur et les on-dit donnaient clairement à comprendre qu'il allait devoir exécuter la totalité de sa peine. Pas de libération anticipée pour Eamon Conroy, en tout cas pas tant que l'actuel gouverneur détenait les clefs de l'empire.

Au cours de ses années à l'isolement, Conroy s'était peu à peu intégré à la vie sociale du groupe, ou ce qui en tenait lieu. Les prisonniers communiquaient avec des notes pliées très serré, en petits triangles, et en les propulsant sous la porte de leur cellule jusqu'à la cellule voisine. Conroy utilisait ce système pour jouer aux échecs avec deux autres détenus en particulier, Raymond Fiore et Patty Regan.

Fiore était l'ancien chef du syndicat des cheminots. Sa cellule était dans la diagonale opposée. Il purgeait une peine pour détournement de fonds. Petite cinquantaine, taciturne, taille moyenne, un corps adipeux, sans forme, et des cheveux d'un noir de jais qu'il essayait tant bien que mal de maintenir plaqués en arrière.

Regan était très sociable, avait de beaux cheveux, de belles dents, était le fils d'une famille irlandaise très riche et influente, politiquement connectée, généalogiquement parlant, qui comptait plusieurs membres du conseil du gouverneur, pas mal de représentants et de sénateurs, et au moins un contrôleur des finances.

Regan était le roi des ragots de la prison. Si quelque chose se passait dans l'établissement, il était au courant. Qui devait être libéré, la femme de quel détenu l'avait plaqué pour quel gardien, quels matons étaient réglos et lesquels avaient des pilules à vendre, quel prisonnier avait la meilleure gnôle. Le maire et lui étaient toujours proches.

O'Toole en personne venait le voir de temps en temps, souvent en dehors des heures de visite officielles.

— Il a intérêt, avait dit Regan à Conroy pendant le sermon, un dimanche, à la chapelle.

Conroy lui avait posé des questions sur ces visites. Regan faisait attention de ne pas prononcer le nom du maire, au cas où un garde aurait écouté. Hizzoner sait qu'il vaut mieux pour lui que je sois heureux. Il y a des tas d'informations qui se baladent dans ma tête.

Fiore, lui, se contentait de jouer aux échecs, et se tenait à l'écart des commérages. Il envoyait ses coups, jouait, et c'était tout. Pas de parlotte, rien de frivole. Juste les échecs. Un jour, Fiore arrêta de jouer. Sur le chemin de la cantine ce jour-là, Conroy remarqua que sa cellule était vide. Il n'était pas non plus dans la file des prisonniers à l'isolement en route vers la cafétéria. Au dîner, Regan s'assit en face de Conroy.

— Tu as remarqué que Fiore n'est plus là ? demanda Regan.

Conroy acquiesça. Il mit une cuillerée de purée de pomme de terre froide dans sa bouche. De vieux capteurs revinrent à la vie. Pour la première fois en cinq ans, il entendit à nouveau les coups et les cris qui étaient devenus la bande-son de sa vie en prison. Il savait que la plupart de ceux qui faisaient ces bruits lui trancheraient la gorge avec plaisir à la première occasion.

— Je savais que ça arriverait depuis un mois, dit Regan.

Il jeta un coup d'œil à droite et à gauche, puis vérifia derrière lui, pour être sûr qu'il n'y avait personne. Il n'est plus à l'isolement. Il sort ce week-end.

Conroy haussa les épaules.

— Tant mieux pour lui.

— Peut-être. Mais pas pour tout le monde. Tu sais pourquoi Fiore était ici, pas vrai ?

— Il a arnaqué le syndicat.

Regan opina. Il trempa une tranche de pain de mie mou dans les petites flaques de sauce sur son plateau. Il parla en mâchant.

— Dans les sept cent cinquante mille. Mais c'est pas ça l'important. Devine quelle campagne électorale a reçu la moitié de cet argent ?

Conroy était tout ouïe. Il savait que Regan ne disait rien de tout ça par hasard. Conroy avait initié beaucoup de conversations de ce genre lui-même. C'était toujours le fait de quelqu'un qui voulait quelque chose.

— Va droit au but et demande ce que tu as à demander.

Regan mit une main sur sa poitrine, comme s'il se sentait insulté.

— Je fais la conversation, c'est tout.

— Tu as une question à poser. Tu m'as déjà gâché mon repas, n'insulte pas mon intelligence, en plus.

Regan vérifia les alentours de nouveau, puis se pencha par-dessus la table.

— O'Toole dit que tu es un fils de pute très malin. OK. Donc voilà le truc. Est-ce que tu as vraiment envie de sortir d'ici ? Je veux dire, *pronto* ?

Conroy leva les mains.

— À ton avis ?

— Et si je te disais qu'on pourrait faire en sorte que ça arrive dans les trois jours ?

— Je dirais que ça a quelque chose à voir avec la libération de Fiore.

Regan enfourna un autre morceau de pain imbibé de sauce, vida son verre de limonade.

— Est-ce que ça te dirait de bosser pour le maire ? Il a besoin qu'on fasse quelque chose de risqué pour lui. Dangereux et absolument indispensable. Si ça se passe mal, tu pourrais être dans une merde noire.

— C'est quoi le "mais" ?

— Mais il est proche du gouverneur. Assez proche pour qu'il ait choisi Johnny pour le remplacer quand il prendra sa retraite et se mettra à donner des conférences grassement payées. Il n'aspire plus qu'à siéger dans des conseils d'administration et faire ce que font les mecs qui veulent convertir leur carrière dans le service public en fortune personnelle.

— De qui est-ce que je dépendrais ? Ça ne m'intéresse plus d'être en bas de l'échelle, et j'ai du mal avec l'autorité. Si tu me mets dans un organigramme à recevoir des ordres d'un connard avec une bague au petit doigt, ce n'est pas pour moi. Je préfère autant tirer les cinq ans qui me restent et sortir libre.

— Ce sera toi et le maire et c'est tout. Le salaire sera confortable, mais il arrivera en liquide dans des enveloppes en papier kraft, si tu vois ce que je veux dire. C'est pas IBM. Il n'y aura pas de déclarations d'impôts, pas de sécurité sociale et pas de mutuelle. Il sait qu'il y a deux ou trois trucs à… nettoyer… avant de se lancer vraiment dans la campagne. Tu ne deviens pas maire sans devoir te rouler un peu dans la merde. Et maintenant, il lui faut quelqu'un pour faire le ménage, et tu es la première personne à qui il a pensé.

— La première personne ? Je ne savais pas que j'étais si célèbre.

Regan sourit.

— Ton premier boulot, il est ici, dans cette taule. Tu t'en occupes, et le maire est prêt à faire en sorte que le gouverneur dégaine une grâce, qui est déjà prête. Il a juste besoin d'une signature et tu es dehors. Après ça, vous bossez ensemble sur ta description de poste. Mais mets-toi bien une chose dans le crâne : John O'Toole est la seule et unique raison pour laquelle tu pourras sortir d'ici. Sans lui, c'est cinq ans de plus à tirer.

Conroy se gratta une narine avec sa fourchette.

— Et toi ? Qu'est-ce que tu y gagnes ?

— Moi aussi, j'y gagne une grâce, rien que pour avoir eu cette conversation. Mais la mienne interviendra un peu plus tard. On a besoin d'agir vite.

— Parce que Fiore sort dimanche.

— Samedi. Et ça, il ne faut pas que ça arrive. Un gros paquet de ce que Fiore a piqué s'est retrouvé à aider le maire. Il a dit à sa femme qu'il avait beaucoup de remords, qu'il n'avait jamais voulu devenir un voleur, et tout ce baratin. Il a dit la même chose à des connards d'une commission de déontologie de Boston. Rien de très grave pour le moment, mais ça a ouvert des canaux qui pourraient potentiellement devenir très négatifs pour John O'Toole, futur gouverneur.

Tout était une question de timing. Sortir Conroy de l'isolement, c'était facile. Le directeur adjoint de la prison, Jameson, s'en était occupé personnellement. Le truc, Conroy le savait, c'était de rester vivant suffisamment longtemps pour faire le coup et être libéré. Vendredi matin. Il était devant le grillage autour des terrains de hand et observait Fiore, accroupi de l'autre côté de la cour, le dos contre le mur en béton. Il tournait la tête dans tous les sens, les yeux grands ouverts. Conroy consulta sa montre. 11 h 15. Dans cinq minutes, la diversion était censée commencer. Il avait envie que tout soit déjà fini. Plusieurs membres de la Posse, sur les bancs de muscu, étaient déjà en train de le mater, à essayer de se souvenir pourquoi sa tête leur disait quelque chose.

Il se mit à marcher. Le plan qu'il avait monté avec Regan était de s'arrêter près des tables de pique-nique, au bord de la piste d'athlétisme. Là, il attendrait un peu, mais dès le début de la diversion, il n'aurait qu'une poignée de secondes pour passer à l'action.

Conroy s'assura qu'il n'était pas surveillé par un des matons dans la cour, puis jeta un coup d'œil au gardien dans le mirador – il était de dos. Conroy trouva la longue lame en métal scotchée sous le banc. Il l'attrapa, puis la glissa rapidement dans la manche droite de sa veste. Fiore observait une petite altercation sur le terrain de hand. Conroy marcha lentement vers lui, s'arrêta à environ dix mètres, s'appuya contre le mur.

Fiore vit Conroy. Il se redressa, s'apprêta à dire quelque chose quand les sirènes d'alarme retentirent à cause d'une bagarre qui avait éclaté de l'autre côté de la cour. Dix Latinos et dix Blancs se foutaient sur la gueule. Des grenades lacrymogènes claquèrent. Les quatre matons dans la cour se précipitèrent. Celui du mirador tira un coup de feu en l'air, puis visa la foule. Des voix dans les haut-parleurs crièrent des ordres. Fiore se retourna pour regarder. Conroy empoigna son arme de sa main droite et couvrit la distance qui le séparait du dos de Fiore en quelques pas rapides. Il lui attrapa la tête de la main gauche, la tira en arrière et d'un geste rapide lui trancha la gorge d'une oreille à l'autre. Une gerbe de sang jaillit du cou de Fiore et éclaboussa le chemin en gravier tout proche. Conroy lâcha Fiore et s'éloigna lorsque quelqu'un l'attrapa par-derrière et le plaqua contre le mur.

Deux Latinos, qui lui disaient vaguement quelque chose. De taille moyenne, musclés. L'autre sortit un couteau.

— Tu te souviens de nous ? On est ici à cause de toi. On sait qui tu es. Tu vas morfler.

— Qui t'a appris à tenir un couteau ? demanda Conroy.

Il balança un coup de pied dans les couilles du premier, lui cassa le bras au niveau du coude en le frappant de l'avant-bras, puis le poussa contre son acolyte. Pendant qu'ils reprenaient leur équilibre, Conroy poignarda en plein visage celui qui tenait le couteau, se retourna, plongea sa lame dans la poitrine de celui qui l'avait poussé contre le mur, la ressortit, attrapa l'autre par les cheveux, lui tira la tête en arrière et l'égorgea.

Conroy essuya le sang de ses mains, tira le corps de Fiore près des deux autres, jeta son arme, puis marcha tranquillement vers la bagarre.

Cette nuit-là, les responsables de la prison étaient très affairés à reconstituer les événements des deux bagarres qui s'étaient soldées par la mort de trois détenus. Toute la prison était bouclée. Et au milieu de tout cela, un fax arriva, en provenance du bureau du gouverneur. Dix minutes plus tard, un gardien fit son apparition dans la cellule de Conroy.

— Ramasse tes merdes, dit-il.

— Où est-ce que je vais ?

— Chez toi. Le gouverneur t'a gracié. On est un peu débordés, en fait, donc magne-toi, ramasse tes merdes et en route. Il y a un taxi qui t'attend.

14

Julio prit à droite sur Franklin Street en venant de Main et ils le virent à cinquante mètres, sous la statue. Il coupa la sirène et les gyrophares et ils s'arrêtèrent contre le nouveau trottoir en granit que la ville avait fait construire le mois dernier. Archer posa son stéthoscope sur le tableau de bord.

— On n'a pas besoin de ça.

— Sacré duo. Turtle Boy* et LD. Il est complètement avachi. Il a dû téter toute la journée.

Archer tendit une paire de gants en caoutchouc gris à Julio, qui les tint en l'air avec un air interrogateur.

— Fais-moi confiance, dit Archer. J'ai fait LD trois fois jeudi, et à chaque fois, il s'était pissé dessus.

LD était une légende locale, un ivrogne sublime et mythique, et Archer sentit son odeur à l'instant où il mit le pied hors de l'ambulance. C'était l'odeur de la ville telle qu'Archer et Julio la connaissaient – vieux mégots de cigarettes, trottoirs en ciment sales, gaz d'échappement de bus,

* Turtle Boy, surnom que donnent les habitants de Worcester à la Burnside Fountain, dont le nom officiel est Boy With a Turtle, sculpture de Charles Harvey et Henry Bacon, représentant un garçon chevauchant une tortue de mer.

et saucisses du stand près de l'*Empire*, qui faisait cuire la pire choucroute au monde. LD faisait partie au premier chef de cette orgie olfactive, en y contribuant avec son urine et son pantalon de survêt sale.

LD était célèbre pour son ébriété partout de Worcester à Boston. Lorsque Archer avait débuté comme paramed, il y avait un jeu entre les différents équipages : celui qui serait le premier de la journée à le trouver ivre mort devait le mettre dans un train de banlieue avec un mot épinglé sur la poitrine qui disait : C'EST TOI LE LOUP ! À TOI ! Le but était de voir combien de voyages aller-retour LD pouvait faire entre Worcester et Boston avant de se réveiller ou qu'un flic sympa quelque part l'arrête et le colle en cellule de dégrisement. Le record était douze.

LD ne donnait jamais son âge. Archer penchait pour soixante-deux. Sans raison particulière. Il lui fallait simplement choisir. LD était grand et bedonnant, ce qu'Archer trouvait surprenant pour un homme qui vivait dans la rue et dont tous les repas étaient liquides. Il portait des polos, des pantalons beiges et des chaussures bateau. Il avait des cheveux blancs clairsemés et des favoris abondants qui dépassaient de son crâne déplumé.

Ses yeux noirs et ses sourcils proéminents lui conféraient un port assez majestueux, comme une espèce d'aristocrate déchu. Ou un banquier à la retraite, qui puerait la pisse et la sueur. Ou peut-être un golfeur du country club de Worcester qui aurait à peine survécu après s'être fait écraser par un bus de la compagnie de transports publics locale.

Quand il était saoul, LD pouvait être un sacré emmerdeur ; il se barrait du resto sans payer, faisait semblant d'avoir une crise cardiaque à l'église pendant le service du matin, ou tombait devant les bus de la ville pour essayer d'escroquer les assurances. Mais ce qui énervait le plus Archer et ses collègues, c'était la manie qu'avait LD d'appeler une ambulance, d'accepter le transport jusqu'à l'hôpital, pour ressortir aussitôt des urgences, et recommencer dix minutes plus tard.

Archer connaissait une autre version de LD. Un LD sobre ; un authentique gentleman. Il offrait des fleurs aux infirmières des urgences. Pendant des semaines d'affilée, ses vêtements restaient propres et il parlait distinctement. Il arrêtait les ambulanciers pour les remercier de s'occuper de lui. Il dirigeait un service de réparation de voitures à domicile qui était considéré comme le meilleur de la ville. À ces moments-là, quiconque voyait LD marchant dans la rue pouvait tout à fait le prendre pour un retraité qui s'apprêtait à aller gâter ses petits-enfants.

Mais en s'approchant, Archer et Julio déduisirent de la forme molle au pied de la statue que ce n'était pas LD le gentleman qui les attendait. Il ronflait. Ses vêtements étaient souillés et chiffonnés, ses bras écartés comme s'il s'était cassé la figure en tentant d'embrasser la statue. Sa sueur empestait l'alcool, et une bouteille de vodka à moitié vide gisait à proximité de sa main droite. Un sundae avec des M&M's était en train de fondre sur la base en marbre juste au-dessus de sa tête.

— Faut qu'on en parle, dit Julio.

Archer et Julio s'écartèrent du poivrot ronflant, suffisamment pour qu'il ne puisse pas entendre leur conversation.

— Je ne peux pas le faire, dit Julio.

— Quoi ?

— Je refuse. J'en ai vraiment ras le cul de ce mec, *Madre de Dios*.

Archer se retourna pour regarder LD, puis la statue.

— Tu devrais vraiment faire preuve de davantage de respect.

— Pour cet enfoiré ? J'ai plus de respect pour certaines des merdes que j'ai chiées récemment.

— Pour la statue. C'est quelqu'un d'assez célèbre.

— T'es dingue. Tu as vu ce que ce petit salaud fait à cette tortue ? C'est pas bien.

— Ils nagent. C'est de la mythologie grecque, mon pote. C'est de l'art, en droite ligne de l'idéal démocratique. Ce jeune homme est tout simplement en train de se payer une balade sur cette majestueuse créature aquatique.

— Il la chevauche, ça c'est sûr.

Archer secoua la tête. La statue était une source inépuisable de blagues, en ville. Archer rigola pendant que Julio crachait par terre.

— C'est le truc le plus moche que j'aie jamais vu, dit Julio.

— Tu sais qui l'a faite ? dit Archer, en montrant la statue du doigt. Le même mec qui a fait le Lincoln Memorial. C'est de l'art, du vrai, *amigo*. Pas un de ces matadors à paillettes que tu mettais sur tes murs, avant.

— Je ne sais rien de ce que Turtle Boy fait ou ne fait pas, mais laisse-moi te dire une chose, visage pâle, cette tortue a vraiment l'air très surprise. Et c'était Elvis. Pas un matador.

Les deux hommes éclatèrent de rire.

— Bon, mais sérieusement, dit Julio. Qu'est-ce qu'on va foutre de LD ? Si on le ramène à cette heure-ci en plein week-end, toutes les infirmières des urgences vont nous en vouloir. Et je ne le leur reprocherais pas.

— On appelle le panier à salade ? Tu crois que les flics voudront le mettre en dégrisement ? Il n'a pas l'air si saoul que ça, pour l'instant, non ? Peut-être qu'ils pourraient…

Julio trouvait l'idée géniale et Archer se pencha sur le micro accroché à son épaulette et appuya sur le bouton de la radio.

Sur le toit qui surplombait Franklin, de l'autre côté de Main, Gerry Knak vissa le silencieux sur le canon de son fusil, regarda par la lunette, vit les deux ambulanciers et le clodo inconscient. Le poids du silencieux artisanal faisait pencher le canon vers le bas, et Knak eut du mal à stabiliser sa visée, à cause de la gravité, qui faisait bouger l'arme contre son épaule.

Il vit Archer. Lui et son collègue tournaient le dos au clodo et semblaient discuter de quelque chose. L'angle n'était pas bon. Une poubelle, un arbre à l'agonie sur le trottoir : un tir très difficile, dans le meilleur des cas. Knak ne voulait pas tuer le poivrot mais savait qu'il n'aurait sans doute pas le choix pour que sa vraie cible soit à découvert. Il tuerait le clodo, et quand les ambulanciers voleraient à son secours, il aurait une ligne de tir bien dégagée sur Archer.

En tuer un pour avoir l'autre. Simple. Depuis des mois, Knak avait arpenté la ville, suivi les ambulances. Il savait comment ils travaillaient, où ils se rassemblaient. Lorsqu'il avait découvert la statue, le jeune garçon chevauchant la tortue de mer, et qu'il avait vu les clochards qui venaient se reposer contre son socle de marbre, jour après jour, cela avait été comme trouver un tas de pommes oublié au fond d'une forêt, pour attirer des biches.

Knak centra le point rouge de la visée électronique sur la poitrine du clochard. La tache rouge bougeait et formait un huit maladroit, au gré des battements de son cœur et de sa respiration. Il se récita les instructions du Dr Locke. *Respire. Détends-toi. Vise. Appuie doucement.*

Knak sentit le moment arriver et fut surpris par le recul du fusil. Les meilleurs tirs sont ceux qu'on exécute lorsqu'on ne s'attend pas à tirer, disait toujours le Dr Locke.

Le tir était parti.

Knak sentit qu'il contrôlait tout.

LD se réveilla. Il repéra la bouteille de vodka sur le sol à côté de lui, roula pour l'attraper. Ses doigts l'atteignirent quand elle explosa. Le verre vola comme du shrapnel, lui égratignant le visage. Ses yeux le piquaient à cause de la vodka qui l'avait éclaboussé et son visage était maintenant constellé d'alcool de pomme de terre bon marché et de filets de sang. LD roula en arrière, s'essuya les joues avec les pans de sa chemise, et se mit debout.

Lorsque LD s'avança près de Julio et Archer, tête baissée, dégoulinant d'alcool et de sa douzaine de coupures, ils sursautèrent de surprise.

— Où allez-vous ? lui demanda Archer. Votre voiture est en route. Qu'est-il arrivé à votre visage ?

LD s'arrêta et leur fit un doigt d'honneur.

— Allez vous faire foutre, vous et vos voitures. Je vais me chercher un café.

Knak recentra le point rouge, haletant. Ce qu'il voyait dans le viseur sautait et rebondissait à cause de son cœur qui battait à tout rompre. Il vit des jambes et un ventre, le visage du clodo, l'espace d'un instant. Il baissa son fusil, chercha Archer, qui était encore trop caché par le socle. Impossible de faire mouche.

Knak leva à nouveau son arme, visa la poitrine du clodo et appuya sur la détente. La cible disparut et le monde explosa dans un éclair orange, avant de disparaître dans l'obscurité. Les yeux fermés, il abaissa le fusil et posa la tête sur le béton froid.

Archer eut besoin d'un petit moment. Il s'était déjà retrouvé sur les lieux de douzaines de fusillades, mais jamais au moment même du tir. Il n'avait jamais vu la victime tournoyer comme une toupie et s'écrouler, les bras et les jambes hors de contrôle. LD avait encore son majeur en l'air et pointé en direction d'Archer lorsqu'une tache apparut sur son sweat-shirt gris sale. Les yeux écarquillés, un demi-tour rapide, et LD s'effondra.

Archer vit LD étendu, une flaque écarlate s'étalant lentement sous ses épaules. Il s'accroupit derrière le socle et arracha la radio de son épaule. Quand il parla, le marbre près de lui lui semblait aussi léger que l'air. Sans aucune consistance. Il n'arrivait pas à penser à autre chose. La balle qui avait perforé la poitrine de LD… Cette balle lui était destinée.

Knak jeta un coup d'œil par-dessus le muret en béton et vit le clodo, à terre, une tache rouge sur la poitrine, une flaque rouge qui grandissait sous son dos. Il ne voyait pas du tout Archer, supposa qu'il s'était caché derrière la statue. Le bruit des sirènes qui approchaient convainquit Knak qu'Archer avait appelé les flics. Pas le temps pour un troisième tir. Mauvais calcul. Knack démonta son fusil, le fourra dans son sac de toile et quitta rapidement le toit.

Les rues se remplirent de flics. Arme à la main, ils fouillèrent les toits et les entrées, donnèrent des coups de pied sous les bancs, secouèrent quelques camés dans les buissons, mais personne n'avait rien vu, et ils laissèrent Archer et Julio s'approcher de LD.

Il était sans vie, les yeux ouverts, pas de pouls, pas de respiration. Immobile. Lorsque Archer découpa sa chemise, ils trouvèrent un trou rond comme une pièce de dix cents, en plein centre, le cœur à quelques centimètres au-dessous de là où les doigts gantés d'Archer trempaient dans le sang frais. LD avait les bras raides, son ventre et sa poitrine se refroidissaient. Le sang s'accumulait derrière ses pectoraux dans un hématome en forme de rein, à l'arrière de ses cuisses, sur les côtés de son abdomen. Julio appela University par radio, confirma avec un médecin ce que les parameds avaient déjà décidé. LD était mort. Il ne serait pas transporté.

Archer et Julio observèrent les alentours des bâtiments, un malaise s'installant entre eux. Ils étaient arrivés sur de nombreuses fusillades, au cours des années, et suffisamment rapidement après l'incident pour sentir la cordite dans l'air, ou par une glaciale nuit d'hiver, pour voir un petit nuage de vapeur s'élevant des organes encore chauds, là où la balle était entrée.

Cette fois, c'était différent.

C'était le même sentiment qu'Archer avait éprouvé un peu plus tôt avec Angelo. La sensation d'être pourchassé, dans une ville où patrouillait une force invisible qui le traquait, lui et lui seul.

— Tu n'as pas l'impression que LD n'était pas vraiment celui à qui ces balles étaient destinées ? dit Archer.

— Et elles étaient destinées à qui, alors ?

— Je ne sais pas. Moi ? Nous ?

Julio balaya l'idée d'un revers de la main.

— Arrête les heures sup un moment, mec. Ça te rend parano.

Knak devait bouger. Sa voiture était garée trois blocs plus loin. Il savait qu'il resterait libre aussi longtemps qu'il serait mobile. Il avait repéré d'innombrables autres endroits en ville, et la nuit ne faisait que commencer. Il savait où Archer irait, *devrait* aller. Ce n'était pas la fin, simplement un mauvais premier pas. Il regarda de l'autre côté de la rue une dernière fois, puis descendit l'escalier de secours. Knak courut jusqu'à sa voiture et sortit une carte de la ville. Il aurait une autre occasion.

Il sourit. Trop facile. Il ne savait pas trop ce qu'il s'était attendu à ressentir. C'était son premier meurtre. On dit que la chose la plus dure dans l'entraînement des soldats est de leur faire appuyer sur la détente dans une fusillade. Il savait que ce n'était pas dans l'ADN des humains de se tuer les uns les autres. Mais il aimait l'histoire, et pour lui, l'histoire était un catalogue réunissant deux sortes d'individus : ceux qui étaient prêts à faire ce qu'il fallait faire au nom de principes supérieurs, et ceux qui refusaient.

Knak savait maintenant de quel bois il était fait. Tirer sur le clodo lui avait appris tout ce qu'il avait besoin de savoir. Quand il avait tenu Archer dans son viseur, il avait été capable de tirer. Et Charlotte pourrait être à nouveau vivante, ou presque, et un petit morceau d'elle lui serait rendu en s'acquittant de cette dette. Il savait aussi qu'elle l'aurait approuvé.

Les flics étaient toujours là, à rôder, balisant la scène de crime et traçant des trajectoires avec un rouleau mesureur. Ils avaient trouvé deux étuis de balles sur un toit à proximité. Le cadavre de LD était parti depuis longtemps, une silhouette à la peinture jaune marquant l'endroit où il était tombé. Julio était assis dans l'ambulance, encore au téléphone. Archer donnait des coups de pied dans un morceau de verre provenant de la bouteille de vodka cassée. Ne se sentant plus anonyme, gagné par l'impression d'être un homme à abattre.

— Ça fait une paie, Tommy, dit une femme.

Archer ne répondit pas, se contenta de fixer le vide, les yeux plissés. La femme s'arrêta à quelques mètres. Elle donna aussi un coup de pied dans un morceau de verre, observa les lieux. Une vieille Chevelle roulait tranquillement sur Main, vers le rond-point de Highland, en balade. Un groupe d'ados à skate-board passa entre eux et s'éloigna en direction de la place.

Archer se retourna.

— Je sais que tu m'en veux, en ce moment, dit Lu. Je ne te le reproche pas. Mais il faut vraiment qu'on parle.

— Après tout ce que tu as écrit sur moi ces derniers temps ? Non, merci. Et puis, je n'ai jamais eu besoin de parler avec toi, même avant tout ça.

— Cette fois-ci, tu devrais vraiment, crois-moi. C'est sérieux.

Archer fit face à Lu.

— Pourquoi tu ne vas pas à Boston, un de ces jours, si tu veux voir du sérieux ?

— Je sais. J'aurais dû y aller quand j'en ai entendu parler. Je ne l'ai pas fait. Je n'ai pas d'excuses.

— Je n'en attendais pas tant. Ça fait combien de temps ? Cinq ans ? Dix ? J'ai arrêté de compter.

Un pétard explosa dans une rue secondaire, au-dessus du centre. Les collines qui entouraient la ville résonnèrent de la déflagration. Les pigeons s'envolèrent du toit de la mairie. Archer regarda du côté des collines. Leurs sommets arrondis. Une illusion d'optique. Lorsqu'il y allait en voiture, il ne trouvait jamais le sommet. Des côtes dans toutes les directions, et puis aussitôt, des descentes, et on ne savait jamais quand on passait de l'une à l'autre.

— Ils m'ont virée, au journal. J'ai été prévenue en février. Dans deux semaines c'est fini. J'ai eu l'occasion de me faire un peu de fric. Ça t'intéresse de savoir comment ?

— Pas le moins du monde.

— Ça te concerne.

— Ça, j'avais remarqué. J'apparais un peu trop souvent dans tes articles, à mon goût.

— J'ai besoin d'argent. Mais peut-être que non. Ça dépend. J'aimerais l'entendre de ta bouche. Dis-moi que tout ça est pourri. Donne-moi quelque chose. Je veux bien faire. Quelqu'un qui vend son âme au diable a besoin de savoir, a besoin d'être sûr d'avoir bien creusé avant de lâcher la purée.

— Tu ne recevras pas de pardon de ma part. Tu as écrit tous ces articles, tu as fait de ma vie un véritable enfer depuis six mois. Démerde-toi. Je ne peux pas te donner ce que tu veux. Je n'étais même pas là pendant l'accouchement. Je suis un paramed. Peut-être pas un très bon. Peut-être que je suis cramé et que j'en ai ras-le-bol de ces conneries, mais j'aide les gens. Je ne leur fais pas de mal.

Lu regarda la silhouette jaune où s'était trouvé le corps de LD.

— Tu t'y es habitué ? Aux morts ?

Archer suivit son regard.

— Tu t'habitues à ne plus rien ressentir. Cet appel, ce type qui se fait tirer dessus et qui meurt, c'est juste le premier appel de la nuit. Ça ne sera pas le dernier. On vient, on essaie d'aider, on remballe et on continue notre service. C'est le boulot. On ne s'arrête pas, on ne fait pas de câlins, on ne pleure pas, on reprend le service, un point c'est tout. La ville a besoin d'un bon coup de serpillière, et c'est moi l'homme de ménage.

— Quelle que soit la vérité, j'ai besoin de la connaître. Sinon, je garde le paquet de fric qu'ils m'ont filé et j'écris l'histoire que j'ai et on ne se parle plus jamais, parce que, crois-moi, tu penses que tu es en colère maintenant, mais attends de voir ce que je suis en train d'écrire. Je ne pourrai plus revenir en arrière. Après ça, soit je me retrouve pompiste, soit je suis complètement dans leur camp. Mais dans un cas comme dans l'autre, on ne se parlera plus jamais.

Archer frotta la poussière du trottoir avec le bout de sa chaussure.

— Tu te souviens de ce pique-nique ? Avec nos parents ? Ça fait bien plus de six mois que c'est la merde entre nous. Pourquoi ça s'arrêterait maintenant ?

— Qu'est-ce qui s'est passé avec le bébé ?

— À force de voir des trucs horribles, un de plus ou de moins, ça ne change pas grand-chose. Des genoux un peu raides. Un mal de dos. Des cauchemars. En colère tout le temps. Rien qu'une petite douleur de plus.

— Je te connais. Je sais que tu as eu des problèmes, mais ce qu'ils disent… ça ne colle pas. Pourquoi ? Pourquoi toi ? Tu es tout seul. Ils arrivent et c'est moi qui les guide, et s'il y a la moindre raison de les arrêter, il faut que tu me le dises, sinon, on est foutus tous les deux.

Archer éparpilla des éclats de verre.

— Tu ne t'en es jamais inquiétée avant. Au moins ton père me donnait un peu d'argent.

— Il y a des choses dont il faut que nous nous inquiétions maintenant.

— Je le savais, plus ou moins. Quand même, ces petites piles de billets de vingt qui apparaissaient sur la table de la cuisine quand maman disparaissait ou partait en cure de désintoxication, c'était bien pratique. J'aurais eu faim, sinon. Mais tu n'as jamais appelé. J'aurais bien aimé avoir quelqu'un à qui parler, à part le chien.

— Je ne veux pas raconter de conneries. Je ne veux plus. Tu me dis ce qu'il en est et je fais un virage à 180°.

— Ça ne t'a pas gênée d'écrire tous ces articles, jusqu'à maintenant.

— C'est vrai. J'avais mes raisons, même si je n'ai pas franchement la conscience tranquille là-dessus. Je ne peux pas arrêter ce que j'ai commencé, mais je peux, au moins, je ne sais pas, le faire bien. Ça n'a peut-être aucun sens. Ça ne t'est jamais arrivé d'essayer de te racheter ?

— J'ai toute une liste.

— Quand tu as accouché ce bébé…

Archer cria, agita la main, comme pour chasser un moustique invisible.

— Toi et ce bébé ! O'Toole et ses putains de conférences de presse. J'ai déjà dit que je n'avais pas accouché ce bébé. Je n'ai pas accouché le bébé du maire.

Lu fit un pas en arrière.

— Alors, c'est vraiment le gosse d'O'Toole ?

Archer rigola.

— Tu es en train de me dire que la grande reporter de la ville ne sait pas qu'O'Toole se tape tout ce qui bouge à la mairie ? Tu ne parles jamais avec les gens de là-bas, ou quoi ? Les flics font des blagues là-dessus depuis des années.

— Donc tu n'as pas fait l'accouchement ?

Archer fit non de la tête.

— Le bébé était déjà sur le matelas quand je suis arrivé avec Julio. Il y avait ce bébé amorphe sur ce matelas dégueulasse par terre, avec le placenta dans un plat en verre, du sang partout et la mère malade à crever, et qui sort de la cuisine ? Ce putain d'Eamon Conroy, qui nous annonce qu'on ne va emmener personne nulle part. (Archer regarda l'ambulance. Julio était encore au téléphone.) Écris ce que tu veux. Ça n'a pas d'importance. Rien n'a d'importance. Tu dis que je suis foutu, ça doit être vrai. Et je crois que je m'en fous, en fait. Perdre mon boulot ? Ça serait peut-être une bénédiction.

Archer se dirigea vers l'ambulance.

— Il y a une question qui me travaille, dit-elle.

Archer continua de marcher.

— Pourquoi juste toi ?

Archer s'arrêta.

— Tu ne t'es jamais posé la question ? Vous étiez deux, sur cet appel. Vous êtes toujours deux. Pourquoi est-ce qu'ils n'ont pas aussi lâché les chiens sur ton collègue, là-bas ? Pourquoi est-ce qu'ils me paient cinquante mille dollars pour t'attaquer toi et seulement toi ? Je n'arrive pas à comprendre. Jusque-là, ça ne me tracassait pas, mais c'est comme une piqûre de moustique : plus tu grattes, plus ça démange.

— Julio est trop malin pour en parler. Moi ? Avec Eamon, on a un vieux compte à régler. Tu te rappelles comment il était, avant ? Rien n'a vraiment changé. Ce fils de pute a bousillé ce gamin à vie, mais rien de nouveau sous le soleil. J'en ai fait toute une histoire. J'ai fait une déclaration de maltraitance et d'abus auprès des services de l'enfance. Mystérieusement, il ne s'est jamais rien passé, en tout cas pas après que le bureau du maire y a mis son nez. Je suppose que le futur gouverneur s'inquiète des squelettes dans les placards.

Lu se gratta la nuque avec le bouchon de son stylo. Elle se souvint des étés à la plage, à chercher des dollars des sables sur le rivage, à tellement vouloir en trouver qu'elle finissait par en voir partout. Des mirages, en fait, et quand elle se baissait, elle n'attrapait que des poignées de sable. Sa mère disait que pour entrevoir la vérité, il fallait que les mains travaillent aussi dur que les yeux.

15

La nuit tomba. La ville s'apaisa. C'était souvent comme ça, le week-end. D'abord un feu d'artifice, puis un intermède. Parfois les nuits d'été explosaient de nouveau au petit matin, ou elles glissaient gentiment jusqu'au lendemain. Le soleil se levait sur le lac Quinsigamond, une parabole pourpre de chaleur, et les trottoirs humides fumaient dans l'aube grise.

Lu s'enfonça dans son fauteuil de la salle de rédaction, réfléchit aux déclarations d'Archer. Le bébé. Le bébé du maire. Mis au monde par un homme de main qui avait salement merdé. Un homme de main au passé sulfureux. Elle jura.

Terminé.

Elle mit la main sur de vieux articles, dans les archives numériques du *Courier*.

Eamon Conroy, fils d'une veuve bureaucrate de carrière à la ville. Entré dans la police sur le tard, à presque trente ans, après de très brillants états de service dans l'armée. Récipiendaire d'une Silver Star* après une fusillade à l'aéroport

* Décoration militaire américaine.

Omar Torrijos pendant l'invasion du Panama en 1989. Les premiers articles insistaient sur le côté bon garçon qui faisait honneur à la ville.

Quelques clics et il ne fallut pas longtemps à Lu pour trouver d'autres mentions nettement moins flatteuses. Le nom de Conroy apparaissait régulièrement quand il était question de violence policière.

Rapidement, Conroy avait cessé d'être le fils prodigue. Lu se souvint des flics qui gardaient leurs distances avec lui. Elle se souvint des histoires officieuses, des rumeurs, auxquelles elle n'avait pas cru. Puis Freeland Street. Il y avait eu un procès, Conroy avait été expédié en taule, supposément pour dix ans, mais ça faisait à peine cinq ans et il était de retour. Et il avait repris ses activités.

Lu éteignit l'ordinateur. Il était temps d'aller voir Daisy Fontana, au 33 bis, Kansas Street, en sachant que rien de bon ne venait jamais des numéros bis.

Elle était sur le point de sortir quand sa rédactrice en chef, Emily Daigneault, l'interpella. C'était une des collègues qu'elle appréciait le plus. Emily ne lui avait jamais bousillé un article, elle gérait le stress des retards avec aplomb, et semblait être née avec la conviction que le journal du jour finirait toujours par se faire.

— Lu ! Tu as une seconde ?

Lu s'approcha, tapa sur sa montre.

— Le temps, c'est de l'argent.

Emily posa son risotto de la veille et prit une feuille de papier sur un plateau.

— Tu pourrais faire un rapide topo sur le boulot pour demain ? Rien de spécial. Quelques pistes pour le matin, et l'équipe de jour prendra le relais.

— Je le ferai un peu plus tard, dit Lu. J'ai un rendez-vous.

— Tes sources n'ont pas prévu de partir en week-end ?

— Pas de répit pour les salauds.

Elle tapota sur le bureau d'Emily en souriant, puis traversa la salle de rédaction et sortit par la porte de derrière.

Kansas Street était une petite impasse adjacente aux voies ferrées. La rue avait autrefois été asphaltée, mais la plus grande partie du revêtement avait été rognée par le temps et le manque d'entretien, et c'était maintenant une succession de nids-de-poule de la taille de cratères de grenades. Lu rebondissait dans sa Saab fatiguée, ses amortisseurs et suspensions grognant de douleur à chaque cahot.

Il y avait trois bâtiments sur Kansas Street – de petits bureaux de l'entreprise de chemin de fer, un garage et un immeuble de deux étages au 33 bis. Des gens étaient agglutinés devant l'immeuble. De la salsa pulsait, quelqu'un avait rempli une piscine gonflable d'un liquide bleu phosphorescent. Lu vit des fêtards s'approcher de la piscine et y plonger des verres en plastique rouge, puis s'éloigner en buvant. Ça dansait. Des bouteilles étaient lancées par-dessus les bureaux.

Les femmes l'ignorèrent quand elle traversa l'attroupement. Les hommes la matèrent de bas en haut, d'une manière qu'elle connaissait très bien après quatre décennies passées dans ces quartiers. Lu savait reconnaître une foule sur le point d'exploser. Elle marcha lentement, sachant que bousculer la mauvaise personne, ou croiser trop longtemps un regard, ou que quelque chose d'aussi insignifiant qu'un mot murmuré, pouvait déclencher la violence.

Ce n'était pas très malin de se balader là seule en pleine nuit comme ça, elle le savait. Lu entendit un bruit, se retourna pour voir la vitre de la portière passager de sa Saab éclater. Deux ados partirent en courant et en criant, les mains en l'air.

Lu grimaça. Trop loin pour faire demi-tour. Elle se fraya un chemin jusqu'à la porte d'entrée. Plus elle s'en approchait, et plus les gens s'écartaient lentement. Les flammes du brasier s'élevèrent au-dessus d'un entrepôt abandonné, de l'autre côté de la rue. Elle pensa déplacer sa voiture, mais une partie d'elle voulait s'en débarrasser, comme d'un totem qui serait devenu maléfique. La vieille Saab avait une fuite d'huile et la transmission automatique changeait les vitesses si brutalement qu'elle était parfois contrainte de lâcher le volant.

Elle fit le tour jusqu'à la porte de derrière, trouva une boîte aux lettres rouillée clouée au mur. FONTANA, DEUXIÈME ÉTAGE, était écrit au feutre sur du scotch blanc. Lu frappa. Attendit. Frappa encore. Rien. Elle essaya la poignée. C'était ouvert. Lu entra dans le vestibule et gravit lentement les marches, deux par deux, en regardant tout le temps en haut.

Le sommet de l'escalier était plongé dans l'obscurité. L'ampoule était morte. La seule lumière provenait du palier du premier étage, et les ombres s'étiraient vers le plafond. Elle prit une grande inspiration, fit passer son poids d'un pied à l'autre pour essayer de chasser l'angoisse qu'elle éprouva soudain, au creux de son estomac. Elle toqua à la porte.

— Je ne viens pas à la fête, dit une femme de l'autre côté.

— Madame Fontana ?

Lu distingua les ombres de pieds et entendit quelqu'un s'appuyer contre le panneau, probablement pour regarder par le judas.

— Qui êtes-vous ?

— Je m'appelle Lu McCarthy. Je suis journaliste au *Courier*. On s'est parlé un peu plus tôt. J'aimerais que vous m'accordiez quelques minutes. Je sais qu'il est tard. Je m'excuse, mais je ne serais pas venue si ce n'était pas important.

Lu entendit le raclement d'une chaîne qui glissait, le raffut de deux verrous qu'on ouvrait. La porte s'entrebâilla. Une jeune femme hispanique en T-shirt bleu pâle et en pantalon de survêtement gris apparut. Lu remarqua qu'elle avait une batte de base-ball dans sa main gauche.

— Ce n'est pas le bon moment. Je vous avais prévenue. Il y a plein d'étrangers parmi cette foule, là, dehors. Ce n'est probablement pas sûr pour vous, ici, cette nuit.

— Je ne suis pas complètement certaine de réussir à rentrer, et il y a de grandes chances que ma voiture ne soit plus là à mon retour, mais c'est important. S'il vous plaît. Quelques minutes seulement.

Daisy la fit entrer.

Elles s'assirent sur le canapé de vinyle. Daisy appuya la batte de base-ball contre un fauteuil tout proche. La pièce était pleine de meubles immaculés qui sentaient le neuf, d'une propreté chimique, et en parfait état. Lu laissa son calepin dans la poche de son pantalon. Elle ne savait pas trop à quoi s'attendre, venant de Daisy Fontana. Elle pensait qu'elle serait brisée, atterrée, écrasée par le poids de la maladie de son bébé. Au lieu de quoi, elle fixait Lu d'un regard calme, sans aucune peur.

— M. Conroy a dit que je devrais parler avec vous.

— Je voudrais vous parler de votre bébé.

— C'est ce que M. Conroy m'a dit.

— Je sais qu'il est né ici, et que les choses ne se sont pas bien… eh bien, ça ne s'est pas bien…

— C'était horrible. Ce que l'urgentiste m'a fait. Ce qu'il a fait à Miguel. Ce qu'il essaie de faire au maire. Il devrait être en prison, pas dans les rues, dans une ambulance.

— Je ne veux pas rouvrir de blessures.

— C'est pour ça que vous êtes ici, non ? Pour rouvrir des blessures. M. Conroy a dit que vous écriviez sur ce qui s'est passé et que c'était la faute de cet urgentiste.

Lu hocha la tête. Elle remarqua l'écran plat de soixante pouces au mur, vit la box qui allait avec, posée par terre. Les coussins du canapé dodus et rebondis. La table basse toute neuve, le réfrigérateur en inox dernier modèle dans la cuisine, le film en plastique de protection encore en place sur les côtés.

— On a un vieux dicton, dans ma profession : "Réconforter les accablés, accabler les privilégiés", dit Lu. Ce qui est arrivé à votre bébé…

— Miguel.

— Ce qui est arrivé à Miguel, c'est terrible. Je veux en savoir plus là-dessus. Quand on vit dans cette ville, on doit pouvoir faire confiance aux gens qui viennent à notre aide, nos flics, nos pompiers et nos médecins.

Daisy se rendit à la cuisine. Elle prit un verre en plastique ébréché dans l'évier et le rinça.

— Vous voulez boire quelque chose ? J'ai de la limonade.

Lu accepta. Daisy sortit un second verre d'un placard. Derrière elle, Lu vit une chambre à coucher, et par la porte ouverte, un élégant lit king size avec un sommier en bois sombre, des tables de chevet neuves de part et d'autre. Le lit était posé sur un parquet assorti, couvert de ce qui semblait être des rayures de craie. La pièce fut secouée par un grand *boum*. De la poussière tomba du plafond, sur les lames de ce qui semblait être un ventilateur tout neuf.

— Les trains, dit Daisy avant que Lu ne demande. (Elle s'assit sur le canapé, tendit un verre à Lu.) Vingt-quatre heures sur vingt-quatre. Ça fait ce bruit-là quand ils accrochent les wagons. On s'y habitue, en vivant ici, mais quand j'ai emménagé, *Dios mio.*

Lu goûta la limonade.

— Mon mari, Rigo, m'a quittée juste après la naissance de Miguel. Il voulait que le bébé s'appelle James, sauf qu'il ne voulait pas le prononcer à l'américaine. Il voulait que ce soit "Ra-mez". Je lui ai dit que c'était ridicule. Rigo n'a jamais aimé Miguel.

— Le nom ?

— Rien du tout. Il n'aimait pas le nom. Miguel, c'était trop, pour lui. Trop de travail. Rigo menait une vie simple, et Miguel, ça n'allait pas être simple. Si seulement cet urgentiste n'avait pas si mal fait son boulot, Miguel serait un garçon normal et Rigo serait resté avec moi.

Lu regarda autour d'elle, remarqua qu'il n'y avait pas de jouets, ni d'affaires pour bébé, ni aucun autre signe indiquant la présence d'un enfant. Daisy pleurait, elle le vit bien, mais quelque chose clochait. Comme un accusé versant des larmes de crocodile en plein procès. Lu savait qu'on pouvait très bien faire semblant, sauf pour les yeux. Ceux de Daisy restaient durs, même lorsque le reste de son visage se tordait.

— Où est Miguel, ce soir ?

— Il ne vit pas avec moi. Je ne sais pas faire marcher les machines qui respirent à sa place. Il est à l'hôpital spécialisé de Lyme, où ils ont des infirmières qui s'occupent de lui jour et nuit.

Lu se gratta le menton.

— C'est bizarre. Un homme qui abandonne son fils comme ça, surtout après ce qui est arrivé à Miguel. Et à vous. Vous lui avez parlé, récemment ?

Daisy jouait avec un pendentif en forme de papillon sur une fine chaîne en or. Elle regarda Lu comme pour la deviner ; tel un sourcier à la recherche d'un puits sous la terre aride. Lu soutint son regard.

— Pas depuis la nuit où il est parti. Il est dans les parages, mais on ne se parle pas. Parfois, il me laisse de l'argent, ou des fleurs, sur le pas de la porte, mais il n'entre pas. Ne pensez pas de mal de Rigo. Tout ça, c'était trop pour lui, dès le début. Les gens. Les gens de John. Dès que ça s'est vu que j'étais enceinte, ils ont commencé à venir rôder, à demander si on avait besoin de quelque chose.

— John ?

Daisy sourit.

— Vous savez de qui je parle.

— Non.

— Alors vous êtes stupide. Vous devriez partir. Amusez-vous bien avec vos nouveaux amis, dehors.

Lu sortit son calepin, écrivit.

— Donc, John O'Toole. Pourquoi ça l'intéresse ?

Daisy sirota sa limonade, caressa son collier. Le stylo de Lu mourut. Elle griffonna en appuyant fort, mais il n'y avait plus d'encre. Daisy se pencha en avant, attrapa un bic bon marché sur la table, et le lui tendit.

— Le maire est très proche de ceux qui travaillent pour lui. Je suis secrétaire de mairie. Le maire s'est simplement préoccupé d'une de ses employées.

— La nuit où Miguel est né, comment vous a semblé l'urgentiste ?

— Semblé ?

— Comment se comportait-il ? Avait-il l'air normal ? Est-ce qu'il parlait bizarrement, est-ce qu'il titubait, ou quelque chose comme ça ?

Une bouteille s'écrasa contre le mur de l'appartement, près d'une fenêtre. Lu sursauta. Daisy ne bougea pas.

— Ils savent que vous êtes ici, et ils ont bu. Il y a des gens parmi eux, des amis de mon frère – la Posse. Ils sont saouls et assez en colère, en ce moment. Et pour l'urgentiste… Il avait l'air, je ne sais pas. Un peu à l'ouest. Comme s'il était absent. Comme s'il avait bu ou quelque chose. J'ai eu de la chance que Miguel soit vivant. Et merci Dieu pour l'autre. Julio Tavares. Sans lui, Miguel serait mort.

— Donc c'est Archer qui a accouché Miguel. Vous êtes sûre ?

Une autre bouteille. Daisy secoua la tête.

— On n'oublie pas quelque chose comme ça.

La foule en bas criait, chantait. Le brasier redoubla de force et Lu voyait le sommet des flammes par la fenêtre.

— Donc il n'y avait personne d'autre ici avant les urgentistes ?

— Je ne comprends pas de quoi vous parlez.

— Est-ce qu'il y avait quelqu'un avant eux ? Quelqu'un qui pourrait avoir accouché Miguel ? Personne ? Qu'est-ce que Rigo me dirait ?

— Ce ne sont pas les questions que M. Conroy m'a dit que vous poseriez. (Elle se leva et se mit à faire les cent pas dans la cuisine, en petits cercles, et en tripotant le papillon.) Il faut que vous laissiez Rigo en dehors de tout ça. C'est très dur pour lui.

— Ce sont les questions que j'ai besoin de poser.

— Vous n'auriez pas dû venir.

— Madame Fontana, nous n'avons pas beaucoup de temps.

Quelqu'un cogna contre la porte. Cria. Daisy s'approcha du canapé, attrapa Lu par le bras, la poussa dans la cuisine, puis à travers sa chambre à coucher, jusqu'à une petite porte à l'autre bout de l'appartement.

— Vous devez partir. Prenez l'escalier jusqu'à la cave, ça vous mènera aux voies ferrées. Dépêchez-vous.

— Quelqu'un d'autre a accouché Miguel, n'est-ce pas ? Eamon Conroy ? J'ai besoin de savoir. Je me fiche de ce qu'ils vous ont donné. J'ai besoin de savoir.

Daisy la poussa plus fort. Lu coinça son pied dans la porte, et attrapa Daisy par le poignet.

— Rigo n'est pas le père, n'est-ce pas ? (Des coups de poings contre la porte à l'autre bout de l'appartement se firent de nouveau entendre. Elle entendait le bois qui craquait à chaque coup.) Dites-moi juste la vérité. Dites-moi ce qui s'est passé.

— Je vous en supplie ! Allez-vous-en.

— Dites-moi.

— Ce n'est pas ce que M. Conroy m'a dit que vous demanderiez.

— C'était Conroy. Pour l'amour de Dieu, dites-le. C'est Conroy qui a accouché Miguel. Où est Rigo, vraiment ? Il n'est pas parti, n'est-ce pas ? Il a peur. Comme vous.

Daisy cessa de pousser un instant. Ses yeux se remplirent de larmes. Sincères, cette fois, vit Lu.

— Ce ne sont pas les bonnes questions, dit-elle, puis elle poussa Lu de l'autre côté de la porte et la verrouilla.

Lu dévala les deux étages et sortit par la petite porte des caves, qui ouvrait sur un jardin plein d'herbes folles et une vaste étendue parsemée de rails de chemin de fer. Elle courut aussi vite qu'elle le put et essaya de ne pas se retourner. Mais, comme la femme de Lot, elle le fit.

Une foule dansait autour de sa voiture en feu, leurs visages clignotant comme des personnages rouges de dessin animé saccadé dont les silhouettes se découpaient, tordues et chaudes comme les flammes, la voiture de Lu en buisson ardent, les gens attendant qu'elle leur parle. La fumée s'élevait dans le ciel vers les collines autour de la ville. Elle se souvint d'avoir appris, il y avait très longtemps, que le bûcher était un processus de transition, que la chaleur appliquée à un objet changeait l'objet en vapeur, et la vapeur brûlait non pas l'objet lui-même mais une nouvelle version de l'objet, transformée, le verbe en chair, l'eau en vin. De la cendre à la cendre, de la poussière à la poussière.

Lu se plia en deux, les mains sur les genoux, et rit. La voiture avait disparu. Une autre absence avec laquelle elle allait devoir apprendre à vivre, au moins pour un temps. Pas de voiture. Pas de boulot. Rien de rien. Elle se faisait à l'idée. Il y avait tant de choses qu'elle n'avait plus.

Lu prit une décision. Elle se débarrassa de la peur qu'elle avait ressentie en perdant son boulot, en perdant toutes les choses auxquelles elle avait consacré sa vie : sa famille et son travail. Elle comprit que, en acceptant son argent, elle était devenue l'égale de Conroy. Ils étaient identiques, elle et lui.

De toutes les choses qu'elle pouvait accepter, cela n'en faisait pas partie.

Dans l'obscurité qui se déployait en cercle autour des flammes, une Lu McCarthy sans voiture et perdue serra les dents et traversa les voies ferrées désertes, les mains le long du corps et les poings serrés. À chaque pas, elle se sentait de plus en plus seule, dans un pays qui séparait les solitaires de la meute, et les éliminait, un par un.

16

L'été précédent

Terrain de foot du Salve Mater College. Même de loin, surplombant la pelouse, Archer savait que c'était elle. Elle avait grandi, mais sans grandir. Ils avaient mis l'estrade au milieu, sur la ligne des cinquante yards. Evangeline Vacca était allongée sur un lit d'hôpital surmonté d'un baldaquin, recouvert de linge d'autel. Sa robe blanche brillait dans la lumière du soleil de la mi-journée, sous un ciel sans nuage. Une légère brise agitait les vêtements de l'homme d'église qui se tenait derrière son lit. L'évêque McInnis en personne officiait. Une infirmière s'occupait du respirateur et surveillait l'état d'Evangeline.

Depuis son poste d'observation surélevé, Archer examinait les gradins. Les organisateurs s'étaient attendus à ce que ce soit complet. C'était la première apparition d'Evangeline en ville depuis des mois. Les bus sur le parking venaient de New York et de Pennsylvanie, de Caroline du Nord et de Floride. Les sièges pliants installés sur l'herbe juste au-dessous de l'estrade étaient occupés par gens avec des cannes et des déambulateurs. Un périmètre sur le côté regroupait une phalange de suppliants en fauteuils roulants.

Il regarda Elaine. Elle tenait Michael contre sa poitrine. Il venait de rentrer à la maison, après sa première opération. La cicatrice sous son cou était rouge, mais évoluait bien. Les vomissements avaient pratiquement cessé. Il n'avait eu que quelques crises au cours de la dernière semaine. Archer tenait la main de son fils endormi et lui caressait le pouce.

— Merci d'être venue, dit-il.

Elaine caressa le dos de son fils.

— On a dit qu'on essaierait tout.

L'orgue retentit dans les haut-parleurs du stade. Une voix l'interrompit.

— Les audiences individuelles avec Evangeline vont commencer dans quinze minutes.

Archer vérifia son ticket. Ils faisaient partie du premier groupe.

— On devrait peut-être y aller.

Elaine regarda son fils endormi. Ils descendirent les marches du stade.

— Merci de faire ça avec moi, dit-il. Je sais que ça a l'air un peu… bizarre.

— Plus rien ne semble bizarre. Tout semble possible. Mauvais, bon, ça revient au même.

Archer s'était fait au diagnostic de son fils. Tumeur au cerveau. Au début, il avait essayé de se forcer à maintenir leur vie telle qu'elle était, avant. Comme s'il pouvait faire décroître le cancer de son fils. Ensuite, il avait essayé d'apprendre tout ce qu'il pouvait sur le sujet. C'était comme de dire qu'il allait apprendre tout ce qu'il y avait à savoir sur la planète Mars en un mois.

Il laissa tomber, décida de faire confiance à l'équipe de médecins et de spécialistes qui s'occupaient de Michael. C'était une leçon d'humilité terrifiante. Ne rien contrôler. L'impuissance. Il s'était senti honteux d'avoir craqué pendant le rendez-vous avec la neurochirurgienne, la nuit précédant sa première opération, quand il l'avait suppliée de se battre pour son fils. Ça ne lui ressemblait pas. Jamais il ne lui serait venu à l'idée de supplier des gens de faire leur travail, comme s'il y avait le moindre doute que les chirurgiens feraient de leur mieux. Mais il découvrait qu'il y avait des exceptions.

Ils descendirent et prirent place dans la longue file qui serpentait jusqu'à l'escalier qui menait à l'estrade d'Evangeline. Au bas des marches, la procession trébuchait et claudiquait jusque sur la scène, certains portant des enfants ou offrant leur bras à des pèlerins âgés. Un par un, ils gravissaient les marches, s'approchaient d'Evangeline, se signaient, parfois touchaient son bras avec de petits sacs ou d'autres objets, puis passaient de l'autre côté et redescendaient sur le terrain.

Archer en vit plusieurs, submergés soit par la chaleur, soit par l'émotion, ou peut-être par une puissance supérieure, s'écrouler dans l'herbe à l'autre bout. Des volontaires s'occupaient d'eux. Quelques-uns tremblaient, d'autres pleuraient.

— Pourquoi est-ce qu'ils la touchent avec des objets ? demanda Elaine.

— Ils croient que tout ce que touche Evangeline a des pouvoirs de guérison.

— Alors, les sacs ?

— En général, ils sont pleins de pièces, ou de boutons. Des trucs qu'ils peuvent donner.

— Et apporter à des gens malades ?

L'homme devant eux se retourna. La quarantaine, une barbe épaisse, émacié, portant un coupe-vent rouge et serrant dans ses mains aux phalanges blanches un chapelet.

— De la poussière d'étoile, dit-il.

— Pardon ? dit Archer.

Elaine fit un pas en arrière. Ce n'étaient pas tant ses yeux, pensa-t-elle, même s'ils déclenchaient des alarmes dans son esprit. C'était le chapelet. Elaine avait remarqué que beaucoup de gens en avaient, et récitaient des prières qu'elle n'avait jamais entendues à l'époque de son éducation méthodiste. Cet homme ne priait pas, bien qu'Elaine pensât qu'il tenait le chapelet avec la ferveur d'un croyant.

— Tout ça, ce sont des conneries, dit l'homme. Les statues qui pleurent des larmes d'huile. Les stigmates. Des conneries. Vous savez ce qu'ils ont trouvé quand ils ont analysé l'huile ? Extra vierge. Ouais, et je ne parle même pas de Marie. L'huile qui sortait des statues, c'était de l'huile d'olive.

Archer haussa les épaules.

— Où est-ce qu'il est précisé quelle sorte d'huile devrait pleurer une statue ?

L'homme rigola. La file avança d'un pas.

— Vous y croyez, à tout ça, vous ?

— J'ai déjà entendu des trucs plus dingues, alors peut-être, dit Archer. Ou peut-être pas. Je ne sais pas. Notre fils est très malade. Je sais qu'il s'est passé des choses autour d'Evangeline que personne ne peut vraiment expliquer. Je ne suis pas en position de faire le difficile. Et qu'est-ce que vous foutez ici, vous, alors ?

L'homme plissa les yeux en direction du terrain de foot. Il y avait dans son regard quelque chose qu'Archer avait souvent vu. La proximité de la mort. Peut-être la sienne, peut-être celle de quelqu'un qu'il aimait. Les gens comme lui, les témoins, ceux qui supportaient des fardeaux que la plupart ne pouvaient même pas imaginer, Archer le savait, étaient en général étonnamment calmes. Mais ce n'était pas la paix. Le calme provenait parfois de la pression, tout était écrasé.

— Cette alliance que vous portez, c'est de l'or ? demanda l'homme.

Archer acquiesça.

— Vous savez d'où vient l'or ? Des étoiles qui explosent. Cette bague à votre doigt ? L'or qui la compose est sûrement vieux de milliards d'années. C'est de là aussi que nous venons, nous-mêmes. D'étoiles mortes. Privées d'énergie, qui se désintègrent et explosent, saturant l'univers de carbone, d'hydrogène, d'oxygène, de nitrogène. Les trucs comme l'or et l'argent, ce pour quoi nous nous entretuons, tout ça, c'est de la poussière d'étoiles. Une bande de sacs de chair faits d'atomes provenant d'étoiles mortes depuis longtemps, qui font la queue pour être sauvés par une miraculeuse petite fille comateuse. Est-ce que vous voyez l'ironie cosmique, là ? Les conneries magiques ? On ferait aussi bien de croire au Père Noël.

Un autre suppliant, une femme, tomba par terre, prostrée, de l'autre côté de l'estrade. Deux bénévoles la firent rouler sur le dos, l'éventèrent. Une mouette rasa une table surchargée de bananes et de pâtisseries, de canettes de jus de fruit et de bouteilles d'eau, offertes par la cafétéria de l'université.

— Si vous ne croyez pas, pourquoi êtes-vous ici ? demanda Archer.

— Croire, ne pas croire… C'est quoi, croire ? Je veux dire, si je vous disais que je ne crois pas à l'incroyance ? Je suis peut-être un joueur et je tente ma chance. La maison gagne à tous les coups, pas vrai ? La maison gagne à tous les coups.

L'homme serra plus fort le chapelet, se balança sur ses pieds. Son tour était arrivé. Il se tourna, tendit le chapelet à Archer.

— Prenez-le.

— Gardez-le.

Ses yeux étaient rouges et humides. Il prit les deux mains d'Archer dans les siennes. Archer essaya de les retirer, mais l'homme le tenait fermement.

— Je vous en supplie, prenez-le. Nous sommes de la poussière d'étoiles, mais au cas où ce ne serait pas vrai, je ne veux pas de ça. Je ne veux rien du tout.

Plus tard, lorsque Archer et Elaine se tinrent à côté d'Evangeline, Archer toucha la main droite, crispée et tordue, d'Evangeline, avec le chapelet. Ses yeux aveugles fixaient le baldaquin inondé de lumière. Sa bouche béait. Une martyre moderne, pensa-t-il. Le respirateur soufflait. L'évêque fit un signe de tête solennel. Elaine pencha Michael. Sa main toucha le bras d'Evangeline l'espace d'un instant. Le monde continua de tourner, inchangé. *Croire, ne pas croire*, pensa Archer. *La maison gagne à tous les coups.*

17

Avril dernier.

Le jour des poissons d'avril.

Julio regardait le Cape, à Northborough, et réfléchit aux possibilités. La neige avait disparu, à part sous une tonnelle de vigne derrière la piscine, à l'arrière. L'herbe était verte, même maintenant. Courte. Entourée de forêt sur trois côtés.

La clôture blanche du jardin de devant, quelque chose qu'il faudrait peindre un de ces jours, peut-être apprendre à Jacob à le faire, quand il serait plus grand. L'école au bout de la rue, comme un temple. De la place pour respirer, contrairement à l'appartement où il vivait maintenant, sous les lignes à haute tension transportant l'électricité depuis le barrage des chutes du Niagara jusqu'au centre du Massachusetts, le long d'une route asphaltée étroite et craquelée, saturée de voitures, de bruit, d'odeurs de poubelle, de diesel, de sueur, et de fumée de cigarette.

Vivre, pensa-t-il. *C'est un endroit où on pourrait vivre.*

Il voulait quitter la ville. Il y était né, y avait grandi, et il en avait marre. Marre de la délinquance et de la crasse, du bruit constant, du fracas des trains le long des rails et sur le pont au-dessous de son immeuble, des changements de vitesses des énormes poids lourds à toutes les heures du jour et de la nuit sur l'autoroute à deux pas. Des voisins qui mettaient la musique à fond et hurlaient à la lune. Du verre cassé. Des graffitis qui réapparaissaient aussi vite qu'ils étaient effacés. Il voulait de l'herbe à tondre, une allée à déblayer, rentrer de son service de nuit et flotter dans la piscine, faire la planche sur une eau bleue cristalline, comme s'il planait au-dessus des motifs en forme de diamant du fond.

Maria et Jacob étaient à l'intérieur avec l'agent immobilier.

— Les écoles, répétait Maria chaque fois que Julio parlait du prix, qui était simplement au-dessus de leurs moyens.

Il avait tenté une dernière objection faiblarde quand ils s'étaient garés le long du trottoir, un peu plus tôt.

— Tu sens ça ? avait demandé Maria. C'est l'herbe. De l'herbe fraîchement tondue.

Il pensa aux écoles. Il pensa aussi aux coups de feu qu'il avait entendus sur le parking de son immeuble la nuit précédente. Il pensa au clodo qui sifflait Maria chaque fois qu'elle accompagnait Jacob au terrain de jeux. Il pensa aux aiguilles de seringues hypodermiques qu'elle avait trouvées sous la balançoire, la dernière fois où elle y était allée.

Désormais, Julio s'en foutait s'il n'en avait pas les moyens. Il se trouverait un deuxième boulot, peut-être dans une société privée d'ambulances, ou conduire une limousine à l'aéroport, au noir, avec des pourboires. Knuckles se faisait pas mal d'argent, comme ça. Peut-être qu'il prendrait toutes les heures supplémentaires qu'il pourrait, quitte à se tuer à la tâche avec les malades et les blessés de la ville. Il était prêt à ne presque plus être présent, s'il savait que Maria et Jacob seraient là pendant qu'il travaillait.

Julio était sur le trottoir, à faire des comptes dans sa tête, lorsque la Crown Vic s'arrêta. Il savait qui était au volant. Eamon Conroy avait laissé un mot dans sa boîte aux lettres la nuit précédente, quand Julio était au travail. Il l'avait trouvé ce matin, en rentrant chez lui. Il n'avait rien dit à Maria. Il ne connaissait pas ce type, il ne l'avait rencontré qu'une fois, sur Kansas Street. Cette unique rencontre avait suffi à le convaincre que Conroy n'était pas quelqu'un qu'il voulait avoir sur le dos.

— Ça, dit Eamon Conroy, en montrant la maison, c'est un endroit où dormir la nuit.

Il tendit la main à Julio. Julio ne bougea pas.

— Julio Tavares, c'est bien ça ? Allez, serrez-moi la main. Je ne mords pas.

Julio obtempéra, ignora la douceur moite de la main, regarda dans les iris gris et pensa à un requin en train de tourner autour de sa proie, sans émotion. Un prédateur, lisse et dangereux dans sa torpeur.

— Je sais que ça doit vous paraître bizarre. Vous vous demandez comment je savais que vous seriez ici, n'est-ce pas ? Et la dernière fois que nous nous sommes parlé, c'était vraiment le bordel, non ? Avec le bébé et tout ça.

Julio s'inquiéta de Maria, se demanda avec qui Conroy était venu. La ville lui sembla de nouveau bien trop proche. Évasion impossible.

— Eh bien, je suis payé pour savoir les choses. C'est mon boulot. Qu'est-ce que je peux dire ? Certains sont faits pour être golfeurs ou médecins ou je ne sais quoi. Moi, je suis très bon pour ça. Laissez-moi vous poser une question. Qu'est-ce qu'ils demandent, pour une maison comme celle-ci ?

Julio regarda des deux côtés de la rue. Pas d'autres voitures. La banlieue résidentielle. Des pelouses vertes et des arbres feuillus. L'alignement de maisons identiques luisant au soleil. L'asphalte des allées réfléchissait la chaleur comme des miroirs.

— Ne vous en faites pas, je ne cherche pas à acheter. (Il rit.) Moi, je suis cent pour cent citadin. En plus, j'ai déjà une résidence à Dennis Port. C'est sympa, par là-bas. Non, je suis juste curieux. Une maison comme ça. Ça va chercher dans les combien ?

— Je crois que c'est quatre cent vingt-cinq mille, dit Julio.

Conroy siffla.

— Ouah ! Ça fait beaucoup de trajets en ambulance, ça, non ? Vous autres, vous devez vous faire un joli paquet, pour avoir les moyens de vous payer une maison comme celle-là avec votre salaire. Et avec le gamin à la maison plutôt qu'à la crèche et Mme Tavares qui ne travaille pas… Ça doit être un peu juste, question finances.

La colère remplaça la frayeur initiale.

— Vous ne me faites pas peur. Je sais ce que vous voulez. Vous foutez peut-être la trouille à tout le monde, mais pas à moi. Jamais. Vous croyez que parce que vous avez trouvé deux ou trois choses sur ma vie – des choses que des milliers de gens savent – et que vous vous pointez ici comme une sorte de télépathe ou je ne sais quoi, je vais me mettre à avoir les genoux qui tremblent ? Vous vous trompez.

Conroy leva les mains.

— Eh, oh, là ! Doucement ! Je ne cherche pas à vous faire peur. Je sais qui vous êtes. Je sais qu'on ne vous effraie pas comme ça. Je parle, c'est tout. Vous ne devez pas rouler sur l'or. Je regarde cette maison et je me dis, il a du goût et des projets. Je respecte ça. Je veux que vous vous en sortiez, vraiment. Et je crois même que je devrais pouvoir aider.

Julio vit Maria et l'agent immobilier passer devant les fenêtres, à l'intérieur de la maison. Il ne voulait pas que Maria le voie parler avec Conroy. Il ne voulait pas de culpabilité par procuration. Il ne voulait pas avoir à expliquer une visite qu'il n'avait strictement aucune possibilité d'expliquer, quelle que soit la façon dont il essaierait d'entortiller les choses.

— Je crois que vous feriez mieux d'y aller. Je n'ai rien à vous dire.

— Quatre cent vingt-cinq mille, ça fait un paquet. Si je pouvais vous avoir cent mille, pour l'acompte ? Cadeau. Pas besoin de rembourser. Et tout ce que vous avez à faire, c'est signer quelque chose, et peut-être parler avec un avocat de la ville une vingtaine de minutes ? Faire une déclaration pour aider quelqu'un qui, ah, en passant, sera probablement le prochain gouverneur. Juste un petit coup de main.

Julio regarda la maison. À travers la grande baie vitrée, il vit Maria qui tenait Jacob par les bras et le faisait tourner. Le petit garçon riait. Maria rayonnait. Elle semblait légère et jeune, comme si elle avait perdu dix ans en une nuit. Presque vingt ans ensemble, et il l'aimait comme au premier jour, quand il l'avait rencontrée à la piscine MDC sur Gates Avenue. Il avait acheté des glaces à l'eau et ils avaient parlé de musique. Il voulait à tout prix lui offrir cette maison, cette vie.

— Je ne vois vraiment pas comment je pourrais vous être utile.

— Je crois que si. Votre collègue, Thomas Archer, a fait un rapport contre le maire au sujet de ce bébé sur Kansas Street, l'hiver dernier. Il a lancé tout un tas d'accusations dingues. Il faut que ce rapport disparaisse. Il y a des élections qui arrivent, et on ne peut pas se permettre que certaines choses soient rendues publiques.

— Je ne vais pas vous aider contre mon collègue. On ferait mieux d'arrêter d'en parler tout de suite.

— Une fois que l'enquête va démarrer, ils vont venir vous poser des questions. Qui était là. Ce qui s'est passé. Ce genre de choses. Bon, vous pouvez donner plusieurs versions. Vous pouvez donner la version d'Archer (Conroy montra la maison du doigt) et cette maison restera un doux rêve. Ou bien…

— Il n'y a pas d'autre version. Il n'y en a jamais eu. Il n'y en aura jamais.

— Ou alors vous nous donnez un tout petit coup de main… (Il écarta les bras pour embrasser le voisinage, comme pour lui prouver qu'il pouvait tout lui prendre ou lui donner d'un claquement de doigts.) et vous dites adieu au taudis merdique sur Coover Street et vous rentrez tous les jours dans votre jolie maison dans ce super quartier, pour jouer avec votre petit garçon dans cette superbe piscine là-bas. Vous êtes un réaliste. Je me suis renseigné. C'est une décision très simple. Archer a déjà pris la sienne et en paiera le prix. La seule question, c'est : est-ce que vous voulez le payer aussi ?

La pensée s'insinua comme un minuscule grain de sable.

Un embryon d'idée.

Un caillou dans sa chaussure.

Première étape – l'accepter.

Pourquoi est-ce que je protège Archer ? se demanda Julio. Il lui avait dit de ne pas faire ce rapport, qu'ils n'étaient pas là pour résoudre tous les problèmes du monde. Qu'est-ce qu'on en avait à foutre que ce soit le bébé du maire ? Qu'est-ce qu'on en avait à foutre qu'Eamon Conroy ou le maire ou Mickey Mouse ait essayé d'accoucher cet enfant ? Quand ils étaient arrivés, le pire avait déjà eu lieu. Aucun rapport et aucune accusation n'allaient pouvoir défaire ce qui avait déjà été fait.

Les parameds gardaient toujours la tête baissée. C'était comme ça qu'ils survivaient dans cette ville, se dit-il. Les flics, les médecins, les pompiers, les infirmières aux urgences de Saint B. Garder la tête baissée, faire son boulot, laisser les croisades aux croisés. Il avait supplié Archer, lui avait dit maintes et maintes fois que ce rapport était une très mauvaise idée. Mais c'était Archer. Il tirait d'abord, et il visait ensuite.

La grande question : pourquoi est-ce que Julio refuserait à sa famille cette maison, cette vie, pour défendre un type qui avait passé toute sa carrière à prendre de mauvaises décisions ?

Il prononça les mots avant de prendre conscience de ce que signifiait ce premier petit caillou : il avait déjà trahi Archer, et il ne pouvait plus reculer.

— Comment est-ce que ça marcherait ?

18

Plus que deux semaines. La fête du Travail à l'horizon. Lu s'étonnait.

Six mois, passés en un clin d'œil. À écrire ces articles sur Archer, à faire ressembler ce connard de maire à John F. Kennedy, à recevoir des ordres de Conroy – cela avait fini par ressembler à creuser sa propre tombe, et dorénavant, tout ce que Lu voulait, c'était ramper dans le trou et laisser le fossoyeur l'ensevelir.

Avec la fin si proche, Lu prit une fois de plus la direction du Ding Wa. La première fois, Conroy lui avait glissé une enveloppe en papier kraft sur le bar.

— La moitié tout de suite, avait-il dit. Le reste après le boulot.

La plus grosse partie de cet argent avait disparu pour payer l'université de Danny et acheter une autre Saab fatiguée.

Lu avait rendez-vous avec Conroy, ce soir. Une sorte de point à date. Le bar du Ding Wa les attendait, leur énergie négative camouflée dans une pièce pleine de ce qui était le vrai pouvoir dans cette ville.

Le Dinger lui-même avait beaucoup de charme. Un toit en chaume au-dessus de la salle à manger. Un long bar en bois sombre sur lequel se reflétait le carrelage en aluminium du plafond, sauf là où les traces d'eau ne s'effaçaient jamais vraiment. Au sol, des carreaux noirs et blancs, comme un échiquier. Le parquet de la petite piste de danse où Lu n'avait jamais vu personne danser. Un juke-box dans le coin. La machine à Keno au-dessus du bar, encadrée de lampes à lave orange. Une atmosphère entêtante alourdie de nuages d'eau de Cologne bon marché et du piquant douceâtre des nouilles frites *lo mein*.

À peine entrée, Lu vit son mécène à la grande table près de la fenêtre, là où les gros bonnets de la ville se retrouvaient très souvent le soir. John O'Toole était là, entouré d'une cour de lèche-bottes. Il fit signe à Lu et lui sourit avant de retourner à son scotch, après s'être penché pour chuchoter quelque chose à l'oreille d'Eamon Conroy, assis à sa gauche. Conroy suivit Lu du regard, tandis qu'elle traversait la pièce en direction du bar.

Un peu plus loin, elle vit Stony Forrester. Le chef de la police était en compagnie de quatre hommes corpulents aux visages rouges, dans la quarantaine, portant tous des costumes bon marché dont Lu imaginait qu'ils les avaient achetés à crédit chez Spag's. Les convives perdaient leurs cheveux et avaient des doubles mentons, leurs nez étaient comme des cartes de l'arrière-pays vinicole, surplombant des vêtements de mauvaise qualité deux tailles trop petits.

Elle pensa que c'étaient des flics, peut-être du fin fond de la banlieue, le genre qui aimaient venir en ville pour cultiver leurs relations avec Forrester et ses copains, ou peut-être des agents locaux du FBI, bannis de l'effervescence et du prestige de la lutte contre le crime à Boston. Leurs carrières agonisaient lentement, les jours se ressemblaient, à traquer des passeurs de chèques en bois et des escrocs à la petite semaine, ou des femmes au foyer qui finançaient leur addiction au jeu en ligne en piquant dans la caisse des associations de parents d'élèves.

— Alors je balance au mec, mon pote, de deux choses l'une, moi, je m'en tape complètement, dit l'homme le plus proche, plus grand que les autres, le menton rond et le visage exagérément rouge, les cheveux blonds plaqués en arrière d'une manière plus ostentatoire que les autres. Mais dans un cas comme dans l'autre, je te rends pas ta putain de poupée.

Le groupe explosa de rire. Ils se donnèrent de grandes claques dans le dos et tapèrent si fort sur la table que la vaisselle tinta, avant de se fracasser par terre – on aurait dit que quelqu'un raclait une boîte à chaussures pleine de verre pilé. Ils se balancèrent sur leurs sièges et essuyèrent avec leurs cravates les larmes de rire qui coulaient sur leurs joues. Stony Forrester resta les jambes croisées, immobile. Il riait sans faire de bruit, la gaieté lui causait visiblement plus de peine qu'autre chose.

Stony donnait l'impression d'un homme qui évaluait sans arrêt les possibilités, ou qui tamisait la boue dans l'espoir d'y trouver des paillettes d'or. Les conversations avec le chef de la police mettaient toujours Lu très mal à l'aise, comme si elle allait subitement avouer un péché secret, à cause de son regard pénétrant et de ses yeux gris – ou bien étaient-ils bleus ? Ou verts ? Peu importait la couleur. Impossible de ne pas les remarquer. Ses yeux n'étaient pas une fenêtre sur son âme. On ne pouvait rien deviner en les regardant. C'était plutôt comme s'ils n'étaient pas là, ou qu'ils étaient les portes de sécurité d'un fourneau d'usine, métalliques et froids, sans rien derrière.

La forme physique de Forrester était légendaire. Le chef avait dans son bureau un haltère de trente-cinq kilos qu'il faisait passer comme un rien d'une main à l'autre en parlant. On disait qu'il ne dormait pas, juste qu'on le branchait pour le recharger, la nuit. Ce soir, le poulet *kung pao* devant lui restait intact. Les yeux du chef suivaient Lu. Elle était certaine qu'il lui avait fait un petit signe de la tête.

Elle réprima un accès de tristesse en regardant la scène. C'était la dernière fois qu'elle venait au Dinger en tant que membre de la petite tribu dont c'était le repaire, qu'elle était accueillie à bras ouverts au sein du centre du pouvoir de la ville. Elle ne faisait pas partie de ceux qui tiraient les ficelles mais, en tant que journaliste, elle avait pu les influencer, et ses observations comptaient pour ces gens-là.

Travailler dans un quotidien ne représentait plus grand-chose en Amérique, de nos jours, mais ici, cela avait encore un certain poids. Les gens s'inquiétaient toujours de ce qu'on y disait d'eux, même quand ils affirmaient s'en foutre complètement. Elle ne savait pas combien de temps cela durerait, mais quelle importance ? Dans deux semaines, quand il n'y aurait plus rien à gagner à connaître Lu McCarthy, elle aurait disparu exactement comme si elle était morte.

C'était comme ça qu'ils l'évoqueraient. Disparue. Quelqu'un qui avait été là et qui s'était évaporé. Jimmy mettrait peut-être sa photo au mur derrière le bar, mais ce serait comme un de ces vieux daguerréotypes que les maisons de pompes funèbres faisaient autrefois, avec des morts qui avaient l'air vivants, ce qui les rendait encore plus morts.

Lu savait comment cela se passait. Elle avait assisté à ce genre de pot-hommage, certains soirs, au Dinger, quand tout le monde se saoulait et larmoyait et se donnait des tapes dans le dos et levait son verre à Fitzie ou Jonesie ou quelqu'un d'autre et trinquait en l'honneur du disparu, qui, s'il était chanceux et avait bien joué ses cartes, s'il avait été assez avisé aux bons moments pour prendre les bons zigs et zags pendant quelques décennies de boulot, était à cet instant précis quelque part sur Marco Island, à se la couler douce sous la légère brise de la côte de Floride, à se remémorer les bons moments.

Au bar, Lu leva deux doigts en l'air en direction de Mae, la meilleure barmaid du Dinger. Elle était là depuis une dizaine d'années, et ne parlait toujours quasi pas anglais, au-delà des noms des cocktails.

— Southern Comfort Manhattan, dit Mae. Sans glace, très sec, avec un zeste de citron, qu'elle prononçait "switrone".

Lu acquiesça. Elle n'arrivait pas à identifier son accent. Jimmy Minh, le gérant, était vietnamien, avait immigré quand il était encore enfant. Il avait été serveur au vieux El Jabbar, un peu plus loin dans la rue, où il avait ramassé, grappillé, économisé les pièces, et vendu ce qu'il fallait de came, seulement aux bonnes personnes, jusqu'à être capable de s'acheter le Ding Wa, à peu près au moment où Lu McCarthy avait décroché son boulot de journaliste au *Courier*, et où John O'Toole et une centaine de mecs comme lui avaient pris la succession de leurs paternels. Le temps avait passé si mécaniquement qu'aucun d'entre eux n'avait remarqué qu'ils étaient devenus leurs pères, et qu'ils occupaient le même tabouret au bar.

Le manhattan de Lu arriva. C'est le moment de se poser, de trouver l'équilibre, ou au moins une certaine stabilité, en vue du difficile travail qui se profilait à l'horizon. Bientôt tout serait différent. Elle allait jouer un tout autre rôle, dans un mois, dans un an, n'importe quand. Le temps que la greffe prenne. C'était sa première tentative. Mais avant qu'elle ne s'engage sur un nouveau chemin, une dernière promenade sur les bons vieux terrains connus était nécessaire.

Elle repensa aux anciens du *Courier* qui s'étaient fait virer, et qui étaient retombés sur leurs pieds. Sikes travaillait chez Tech, service de la communication et des relations publiques. Il avait doublé son salaire mais était malheureux comme les pierres, il s'emmerdait tellement au boulot qu'il en aurait chialé. Plusieurs autres étaient devenus pigistes. Lu ne se voyait rien faire de tout ça. Elle ne se voyait rien faire du tout.

Alors c'était ça qu'avaient vécu les fabricants de fouets pour chevaux lorsque Henry Ford avait fait son truc avec les bagnoles, pensa-t-elle. Des métiers qui disparaissaient du jour au lendemain.

Le Dinger était assez tranquille. Il était encore tôt. Jimmy, la soixantaine et un surpoids royal qui seyait bien à son allure, naviguait entre le poste du maître d'hôtel et les box derrière le bar. Il arborait des costumes de soie fine et des cheveux gominés en arrière en hommage à Humphrey Bogart. Le carrelage en échiquier donnait l'impression qu'il flottait. Jimmy s'arrêta et entoura de son bras une épaule de Lu, sans la toucher.

— Qu'est-ce que c'est que cette mauvaise nouvelle que j'ai entendue ?

— C'est une farce.

— C'est jamais une farce de perdre son boulot. Tss-tss. Quand tout sera fini, viens me voir et je m'occuperai de toi. J'ai toujours besoin de monde pour faire le service.

— Je pourrais tenir le bar.

Il éclata de rire.

— Je suis ton ami, mais je ne suis pas débile. Est-ce que tu as déjà tenu un bar ?

— Je parle anglais mieux que Mae.

— Et alors ? dit Mae à l'autre bout du bar, en lui faisant un doigt et un sourire. C'est pas aussi facile que ça en a l'air. Faut être à la hauteur pour avoir des pourboires.

— Je pourrais remplir les bouteilles de maraschino. Ou les bols de bretzels.

Jimmy lui tapota l'épaule.

— Je viens de réaliser que si j'embauchais tous ceux qui se font virer du journal, je ferais faillite.

Elle ne pouvait pas réfuter cette logique. Ils étaient nombreux, et il y en avait plein d'autres à venir. Probablement Gabe Kittredge lui-même, si ses grandes ambitions politiques foiraient. Elle aurait bien aimé le voir avec une serpillière.

— Je te pardonne, dit-elle au dos de Jimmy alors qu'il disparaissait en riant dans la foule agglutinée au bar.

Elle dégusta son manhattan, en commanda un autre. Conroy s'assit sur le tabouret à sa gauche. Lu résista à son envie de pivoter vers la droite. Il l'énervait, ce qui n'était pas tellement inhabituel : l'ancien inspecteur de police énervait à peu près tout le monde. Mais à la différence de la plupart des gens, Lu savait pourquoi il la mettait mal à l'aise.

Elle avait assisté à son procès, cinq ans plus tôt. Elle avait entendu parler de la manière dont il s'était fait la main, les histoires au sujet de son équipe personnelle. Elle avait vu les cadavres que personne n'était venu réclamer. Les photos des scènes de crimes, montrées au tribunal. Son style en matière de travail de police était… non conventionnel. Si l'existence même de Conroy avait entamé la foi de McCarthy dans les forces du maintien de l'ordre, le fait qu'il ait été excommunié et chassé de la police l'avait restaurée.

— Celui-là est pour le maire, et moi je prendrai une Guinness, dit-il à Mae.

Il se pencha vers elle, si près que leurs épaules se touchèrent.

— Je suis un buveur de bière. Guinness. Vous voyez le truc ? Un stéréotype complet. Un Irlandais avec sa Guinness. Mais j'adore ça. Obligé, d'aimer une bière que tu dois boire avec un couteau et une fourchette.

Lu fixa le miroir derrière le bar.

— Je travaille sur le grand final, dit-elle.

— Je vous crois.

— Des noms vont être cités.

— Et l'adresse de la femme ?

Lu opina.

— Elle était dans le rapport de police que vous m'avez envoyé.

— Vous lui avez parlé ?

— Oui.

— Et ?

Lu but une gorgée.

— Édifiant. Comme annoncé.

Elle finit son manhattan et demanda à Mae un verre d'eau.

— Malin, dit Conroy. C'est à ça que sont dues les gueules de bois. La déshydratation. C'est un truc marrant, ça, avec l'alcool : un liquide qui t'assèche plus tu en bois. Paradoxal. Inattendu.

— C'est un petit truc que mon père m'a donné. Il a appris ça à l'armée.

— Le corps, c'est aux trois quarts de l'eau.

— Un verre d'eau pour chaque verre d'alcool.

Conroy sourit.

— Une famille de militaires, alors ? Vous venez d'une lignée de patriotes ?

— Pas vraiment. Déchirure du ménisque peu après les classes. Il a été réformé pour raisons médicales.

Conroy décapita le trop-plein de mousse de sa bière avec un couteau à beurre, posa ses lèvres sur le bord de la pinte sans la lever du bar, et aspira. Lu pensa à un fourmilier enfonçant sa trompe dans la fourmilière, comme dans un documentaire qu'elle avait vu sur National Geographic. Conroy essuya la mousse de sa lèvre supérieure avec une serviette en papier, la roula en boule et la balança derrière le bar. Mae se pencha et la ramassa. Il la regarda, un sourcil baissé, et hocha la tête en matant son cul.

— Au sujet de la seconde moitié, dit Lu.

— Après le dernier article. Je vous trouverai.

— Quand parle-t-on de solutions à long terme ? Le boulot ?

— Ne vous dispersez pas, dit Conroy. Continuez de creuser, sur ce type, Archer. Le maire a un poste pour vous. On pensait que vous seriez super comme assistante personnelle pour la communication. Soixante-quinze mille par an. Retraite de la ville. Avantages en nature. Vous choisissez vos horaires et vous connaissez tous ceux dans cette ville qu'il est intéressant de connaître. Mais on a d'abord besoin que vous finissiez ça.

— D'accord.

— Mais mieux vaut ne pas en parler pour l'instant…

Il mit la main dans une poche intérieure de sa veste et en sortit un portable qui vibrait. Il lut un moment, rangea le téléphone.

— On dirait que je suis attendu à la table.

— Pourquoi ce n'est pas la peine d'en parler maintenant ?

— Continuez de bosser. Vous y êtes presque. Et quand tout ça sera terminé, tout ira bien. Même si votre frère adoptif se fait écraser en route.

Lu essaya de rester impassible mais échoua. Conroy la regarda droit dans les yeux, son sourire disparut un instant, et elle sentit ce que ça devait être que de se retrouver dans une salle d'interrogatoire lorsqu'il vous tenait et qu'il n'y avait plus rien à faire. Il arrivait à ses fins. Le sourire réapparut. Il lui tapa sur l'épaule.

— Les royaumes naissent et déclinent, mais l'église de Jésus demeure. Je sais ce que vous pensez, mais la réponse est non. C'est le maire qui décide. Notre ami commun Archer m'a coûté ma carrière, mais je ne veux pas me venger. Il s'est foutu dans la merde tout seul.

Et il partit.

Les mains de Lu tremblaient. Elle essuya son front en sueur avec des serviettes en papier. Mae lui apporta une carafe d'eau et un bol de bretzels.

Fat Larry s'assit sur le tabouret près du sien.

— C'était qui ce mec flippant ? demanda-t-il.

Larry Potemkin avait couvert les sports universitaires pour le journal depuis presque aussi longtemps que Lu y était. Petit, dans les cent cinquante kilos, avec des cheveux noirs en bataille, des favoris, une barbe, il portait le même uniforme tous les jours : pantalon noir, chemise blanche à manches courtes et cravate noire.

— Juste un gars de la mairie. Une source.

À la différence de Lu, Fat Larry avait de l'avenir au journal. Les sports avaient évité le couperet du budget parce que personne n'avait encore trouvé comment faire pour offrir gratuitement les comptes rendus des sports locaux sur Internet. Fat Larry savait que ses jours étaient comptés, mais personne n'avait encore enclenché le compte à rebours.

— C'est la fin d'une ère, Lu. Putain, je déteste ça.

Il attrapa une poignée de cacahuètes.

Elle fronça les sourcils.

— Tu n'es pas allergique ?

Il plongea la main dans sa poche et en sortit un flacon d'antihistaminiques et le secoua.

— Je suis paré. En plus, ce sont des conneries. Tout ça parce qu'une fois ma gorge s'est mise à me gratter un peu, maintenant ils me disent que je ne peux plus manger de cacahuètes. N'importe quoi. J'adore celles qui sont grillées au miel.

Lu se versa un autre verre d'eau. Larry continua de manger.

— Je sors du bureau de Kittredge, dit Larry. Il m'a dit qu'ils venaient de t'envoyer tes deux semaines de préavis. Est-ce qu'ils l'ont au moins un peu enrobé ?

— C'est correct. La même chose que ce qu'il m'avait dit en février.

— Mais comment ça se fait que cette enflure ait toujours son boulot ? À se la raconter sans arrêt sur toutes ces conneries de on-line et d'Internet alors qu'il ne sait même pas régler l'heure de son Range Rover.

— Ça avait l'air convaincant. Quelques clics, des plateformes et des applis, tout le baratin, bim boum badaboum, et la pub nous sauvera tous. Mais bien sûr pour sauver le village, il faut sacrifier quelques villageois.

Larry grogna.

— Ouais, et par "quelques", il faut comprendre tous, jusqu'au dernier.

— Ouaip.

Larry se tut, et Lu n'avait pas envie de calme, là, tout de suite. Elle avait envie d'entendre Potemkin se plaindre de quelque chose – l'état déplorable du sport dans les lycées, la durée des matchs de base-ball, ou les cris des joueuses de tennis.

Ce qu'elle ne voulait pas, c'était penser à Eamon Conroy et à son frigo. À Eamon Conroy et à ses hommes de main. L'année qui avait suivi le scandale déclenché par Archer et son collègue Moonie au sujet du suspect mort, toute la ville en parlait. Les gens avaient spéculé.

Les informateurs de Lu, de l'autre côté de la loi, les junkies, les dealers, les voleurs et les escrocs, tous connaissaient Conroy – du moins ceux qui parlaient avec lui. Ils connaissaient les planques et les frigos aux quatre coins de la ville. Les autres inspecteurs s'en servaient pour mettre leurs indics à l'abri, quand ils ne pouvaient pas être vus en train de parler à la police. Conroy en faisait un usage différent, et il avait son propre personnel.

Comme les autres flics évitaient Conroy, il employait des privés, d'anciens *agentes de policia* qui venaient d'Amérique du Sud ou centrale et parlaient espagnol. Ils avaient immigré et se languissaient de leur ancien boulot. En attendant, ils bossaient dans des débits de boissons, conduisaient des taxis, ou travaillaient à la journée. Conroy avait l'œil pour les repérer et il les payait sous le manteau avec de l'argent normalement destiné à rémunérer les informateurs secrets.

Des choses avaient lieu dans ces frigos. Le nombre d'arrestations de Conroy était stratosphérique, mais le pourcentage de condamnations était ridicule. C'était difficile de condamner un criminel quand la plupart des preuves étaient irrecevables, vu qu'elles venaient d'anciens de l'École des Amériques qui revivaient leurs jours de gloire, batte de base-ball à la main.

Lu se souvenait d'un indic, un voleur de voitures nommé Luis, qui avait passé une journée entière à être interrogé par Conroy et ses comparses. "Je crois qu'il s'en fout des accusations, avait dit Luis. Je crois qu'il aime faire mal aux gens. Ce dont je me souviens le plus, de quand j'étais là-dedans ? C'est à quel point ce mec avait l'air de s'amuser, à les voir me faire mal."

Un couinement étouffé sur le tabouret voisin interrompit les divagations de Lu. Larry se tenait la gorge, les yeux exorbités et les lèvres en train de bleuir. Il lui tapa sur l'épaule et s'effondra par terre.

Mae hurla dans le téléphone, suppliant qu'on envoie une ambulance. Un des hommes à la table de Stony Forrester passa une tête et se mit sur la pointe des pieds pour évaluer la situation.

Le jeune neveu de Jimmy sortit de la cuisine. Venu en Amérique pour imiter son oncle, il commençait comme serveur. Il portait le grand seau à serpillière de la cuisine. Il poussa Jimmy du coude et s'approcha de Larry. Il balança l'eau froide et sale sur l'homme en difficulté.

— Que… Quoi… Cékoiça ? cria Larry.

Jimmy et le serveur se hurlèrent dessus en vietnamien, tous les deux agitant les mains et crachant leurs mots en salves furieuses. Le serveur jeta le seau par terre, arracha son tablier blanc crasseux, et le jeta à la tête de Jimmy avant de quitter la salle. Jimmy le suivit et le duo hurleur disparut dans la cuisine.

L'ambulance arriva et les parameds firent une piqûre dans le bras de Larry. Lu resta aux premières loges et une petite foule de curieux s'agglutina autour de Larry.

Lu fit signe à Jimmy et se dirigea vers la porte. Sur le trottoir, dehors, une autre population, en smoking et robe de soirée, celle-là, entrait dans l'Odeon Theatre pour assister à un concert de l'orchestre de la ville. Une voiture de police patrouillait avec ses lumières bleues allumées. Quelques clodos et camés étaient vautrés sur les bancs en face du théâtre, alpaguant de temps en temps les gens pour leur demander de l'argent. Elle regarda de l'autre côté, vers le centre-ville, et commença à marcher. La nuit s'annonçait chargée.

19

Knak détestait les hot-dogs, ces morceaux de cochon broyés et enfermés dans un tube. C'était tout ce qu'il y avait aux entraînements de la milice. Il aimait les entraînements, mais il en avait plus qu'assez des hot-dogs. Ils lui rappelaient les pique-niques familiaux, avec sa mère qui fumait cigarette sur cigarette, des Winston, et les cendriers pleins de bière et de mégots, marron et humides comme une flottille de bûches sur le Yukon prêtes à être acheminées en ville.

Il était allongé à plat ventre sous un château d'eau, sur la colline en face de Ray's Hot Dogs, et il observait les lieux à travers sa lunette de visée Vortex Optics, montée sur son fusil Remington 700.

Après avoir abattu le clodo, un peu plus tôt, Knak avait envisagé différentes possibilités. S'approcher à pied d'Archer, dans un de ces endroits où les ambulanciers se retrouvaient entre les appels. Il y avait le Bean Machine, sur Highland, ou l'Exxon, sur Kelley Square. Il les écarta, car trop fréquentés, les échappatoires trop limitées à cause des voies rapides, des terrains vagues et des bars à la mode sûrement pleins de gens très chics.

Mais Knak ne voulait pas se contenter de pointer un pistolet sur le visage d'Archer et d'appuyer sur la détente. Ça, c'était la méthode préférée de Ron Edson. Edson dirigeait le magasin d'aliments pour animaux où Avis Locke se ravitaillait pour les poules de son exploitation, et il était aussi sergent-chef à la MMM. Il avait poussé Knak à faire de sa vengeance pour la mort de sa femme le premier coup officiel du groupe contre le système. Lors de la dernière réunion dans le hangar de Locke, après le vote de la motion et avant l'ordre du jour, l'opinion d'Edson avait été adoptée comme nouvelle doctrine. La mission de vengeance de Knak était devenue celle du groupe, et la mission du groupe était devenue celle de Knak.

Knak avait accepté, mais il n'était pas trop content de ce nouveau statut. D'abord, c'était inélégant. Il aimait la complexité, la manière dont même la feuille d'arbre la plus simple était striée de veines et de sillons ; il aimait la sève qui transformait la lumière en énergie, l'énergie en oxygène, l'oxygène libérant ses électrons, transformant les feuilles en la vie elle-même. La complexité était la mère des inventions, pensa Knak. Même la nature comprenait cela.

Il y avait de la complexité dans ses poursuites judiciaires. C'était l'une des raisons pour lesquelles il aimait porter plainte. Une vieille loi était simplement comme une mine inexploitée, et même si les juges et les autres membres éminents du barreau pouvaient objecter, lorsque Knak citait une vieille clause de la loi du Massachusetts qui remontait à l'époque des Puritains, il libérait une sorte d'énergie cinétique. Il ne gagnerait peut-être pas, mais il ne pouvait pas être ignoré.

La milice ne croyait pas en la complexité. En plus d'Edson, le président de la cellule, Rollie Underwood, et son vice-président, Mike Rolwes, voulaient de la simplicité. Ils voulaient de l'action.

— Si ce n'est pas toi, Gerry, alors qui ? avait demandé Rollie lors de leur dernier rassemblement. Nous avons attendu longtemps pour affronter l'ennemi, et l'ennemi t'a déjà coûté très cher. Porte notre combat. Fais de ta vengeance notre premier acte de gloire.

Knak ne savait pas s'il en était capable. Poser le froid canon de son pistolet contre la tête d'Archer, même s'il haïssait Archer de tout son cœur, même s'il se devait de le faire souffrir, Knak sentait au fond de lui qu'il n'avait pas les tripes de le faire. Mettre Archer en joue, oui, mais tirer, il ne pourrait jamais. C'était très différent de tirer à deux cents mètres. La lunette et la distance rendaient ça irréel, un peu comme un jeu vidéo. Depuis son premier assassinat, un doute le rongeait : il n'était pas certain de pouvoir recommencer. Et maintenant, il avait le poids de toute la mission de la milice sur les épaules. Qu'est-ce que ça voulait dire, pour lui ?

Digression. Alternatives. Plans de secours. Knak devait rectifier les probabilités. Locke le lui avait appris. Tu crées ta propre chance. Un des aphorismes préférés de Locke. Flinguer un flic, raisonnait Knak, et tous les urgentistes de la ville rappliqueraient. Ils avaient un lien particulier, il le savait. C'était sûr et certain. Si Archer était de service, il viendrait. Knak choisit l'endroit, sélectionna ses cibles et attendit. Archer viendrait. Obligé.

Il savait que Ray's serait un bon endroit pour hameçonner ce soir. Des jolies filles derrière le comptoir, des hot-dogs, des forces de police principalement masculines, avec très peu de temps pour manger pendant le service, à moins que ça ne soit rapide, pas cher, et que ça permette au cerveau de libérer au moins un peu de dopamine pour se sentir bien. Les flics se mettaient en file indienne le long du petit restaurant de plain-pied, de l'autre côté de la deux-voies, tournant le dos à Knak, qui s'était positionné en face, sur la colline, en surplomb, à un demi-terrain de football de distance. Il regarda dans la lunette, posa le petit point rouge sur le dos du flic penché en avant pour commander, qui faisait le joli cœur avec la jeune étudiante à la caisse. Un petit courant d'air remonta des pieds de Knak, gonfla les épaules de son T-shirt, agita ses cheveux longs, sur sa nuque.

Respire.

Knak prit une grande inspiration. Expira. Marqua une pause. Il avait attendu ce moment. Ce bref instant où tout s'arrêtait. Il y avait quelque chose, une courte interruption du temps, où la vie était comme suspendue, un éclair de mortalité, sans respirer. C'était le meilleur moment pour tuer, avait appris Knak. Retiens ton souffle, attends que ton cœur ralentisse, d'être parfaitement immobile, sans rien qui gêne la visée. Knak comprit le rapport : le meilleur moment pour donner la mort était lorsque le corps l'imitait le plus.

Détends-toi.

Il bannit toute pensée de Glen, de sa mère, de la maison, de Charlotte, de toutes ses tentatives manquées d'atteindre la grandeur. La grandeur qui était devant lui, à portée de main. L'infini domaine des données, des nombres, qui disait à Knak qu'il devait en être ainsi, ici et maintenant. Charlotte lui manquait. Lorsqu'il se détendait, le chaos de son esprit battait en retraite derrière un mur. Il ressentait la perte de Charlotte et voyait avec une clarté absolue que sa cause était juste. Archer devait payer parce que si personne ne payait pour tout ça, Charlotte était morte pour rien et si elle était morte pour rien, cela détruisait Knak.

Vise.

Le point rouge de son viseur laser dessinait un huit approximatif sur le dos du flic à cause des battements de son cœur, qui faisaient bouger le bout du canon. Il voyait les plis de la chemise, qui lui indiquaient les bords du gilet pare-balles. Son corps était transporté de l'autre côté de la rue. Il pouvait sentir l'odeur de la sueur du flic et de son après-rasage, et il voyait la manière dont son sourire pouvait être menaçant. Le point rouge vadrouilla.

Appuie doucement…

Le fusil sauta en l'air avec une détonation qui résonna dans tout le voisinage, avec les rangées d'immeubles, les commerces au rez-de-chaussée et les appartements au-dessus, remplis de familles qui étaient venues d'ailleurs ou de gens qui n'avaient jamais pu s'extirper d'ici. Knak n'avait pas remis le silencieux lorsqu'il avait monté son arme, il avait senti que son poids avait fait dévier son tir sur le clochard. Pas de beaucoup, mais Knak faisait attention aux moindres millimètres.

On entendit l'écho dans toute la ville. Les pigeons s'envolèrent à nouveau du toit de la mairie. Une douzaine de voitures de police avec des détecteurs de coups de feu se mirent à sonner et les flèches sur les écrans électroniques pointèrent vers la position exacte de Knak sur la colline. Mais lui n'entendait que des cloches après que le bord de la visée électronique l'avait frappé au front, à cause du recul qu'il n'avait pas réussi à maîtriser. Le sang qui coulait de son nez dans sa moustache et dans sa bouche avait un goût de cuivre, de fer, de cheeseburger et de nachos.

Il s'agenouilla, secoua la tête pour chasser la douleur et surveilla la scène en contrebas. La demi-douzaine de flics sur le parking, pistolet à la main, se jetèrent à couvert et balayèrent du regard les alentours. L'écho du coup de feu pouvait faire croire qu'on leur avait tiré dessus au canon, de n'importe où. Un flic roula à terre, en criant et en tenant son pied gauche à deux mains, et même de l'autre côté de la rue, Knak pouvait voir le sang qui jaillissait entre ses doigts. Malgré tout son entraînement, Knak n'avait jamais réussi à maîtriser le recul. Tant et tant de ses tirs avaient fini comme celui-ci, vers le bas et sur la droite. La jolie caissière avait disparu. La fenêtre des plats à emporter était un carré noir et vide.

Il avait raté sa cible – la poitrine du flic, au-dessus du gilet pare-balles. Il faudrait qu'il y réfléchisse, mais il savait qu'il avait bougé le fusil vers le bas pour anticiper le recul. Malgré tout, il avait quand même dégommé un flic. Il ferait mieux la prochaine fois.

Knak attrapa son fusil et dévala le versant opposé de la colline, jusqu'à son pick-up, garé derrière la baraque en brique qui abritait la pompe. Il avait raté son coup. Encore. Mais de pas grand-chose. Ça ne lui laissait pas un sentiment d'échec. Plutôt de progrès. Il n'avait pas touché un civil. Il avait cogné au cœur du système – il avait eu un flic ! Ce n'était pas Archer, mais c'était un bon début. Archer viendrait. Il le savait. C'était énorme. Il était encore plus déterminé. Alors qu'il démarrait sur les chapeaux de roues, Knak tapa du poing contre le toit et hurla de joie.

Eamon Conroy était debout sous le château d'eau, et regardait en bas, vers le Ray's.

Un ancien collègue à qui Conroy filait régulièrement des billets pour aller voir jouer les Patriots lui avait laissé jeter un coup d'œil, écouter les témoins, parcourir la scène de crime comme s'il faisait toujours partie de la police. La fille à la caisse lui raconta qu'elle avait vu le flash du canon sur la colline en face, en plein milieu des herbes folles, et ensuite qu'elle avait vu un homme qui tenait quelque chose qui ressemblait à un fusil. Elle dit qu'il portait un T-shirt blanc. "Il était vraiment vieux, dit-elle. Dans les cinquante, probablement. Et chauve, genre, tout en haut. Il s'est enfui sans que je puisse bien le voir. C'était franchement effrayant." Elle dit qu'il avait l'air triste et perdu, et que peut-être il lui avait fait signe de la main avant de se retourner et de partir en courant.

Conroy trouva un seul étui, s'assura que personne ne regardait, et l'empocha. Un petit filet de sang menait au chemin en terre en contrebas. Des traces de pneus se dirigeaient vers le haut et vers l'ouest. Conroy pensa au coup de feu, envisagea la possibilité qu'une opportunité se présentait à lui. Il y avait eu ce truc dans le centre, un peu plus tôt. Il avait entendu ce qui se disait sur le scanner, un clodo claqué au pied de la tortue, une balle dans la poitrine. Rien de surprenant, sauf que personne n'avait vu le tireur. Deux fois la même nuit ? Trop grosse coïncidence.

— Le service des eaux a une caméra sur le réservoir, dit une voix derrière lui.

Il se retourna et vit Pete Demonti, un inspecteur titanesque qui avait commencé sa carrière au même poste que lui, dans Jefferson Village. Ces jours-ci, Demonti faisait partie de l'équipe secrète de Conroy. Il ne voulait pas d'argent, ni de pouvoir. Abreuvé de billets pour les événements sportifs et de bouteilles de Maker's Mark, Demonti renvoyait l'ascenseur en donnant des informations.

— Tu as déjà vu la vidéo ? demanda Conroy.

Demonti secoua la tête.

— Ils regardent ça de l'autre côté de la rue.

La vidéo était grisâtre.

— Quoi ? C'est pas de la haute def ? demanda un des inspecteurs.

— Trop cher, dit un autre.

— L'image est merdique.

Sur le film granuleux, Conroy distingua l'homme au fusil gravir la colline en rampant, vu de haut, là où la caméra était perchée, sur la partie inférieure du château d'eau. Un groupe d'inspecteurs et d'officiers se penchèrent sur l'écran.

— Quelqu'un connaît cette ordure ?

— On n'a pas de meilleur angle ?

— Pause ! dit Conroy.

Arrêt sur image. L'homme était arrivé au sommet et avait roulé pour se mettre à plat dos, regardant le ciel, ou la caméra ou Dieu sait quoi. Il était face à l'objectif. Il portait un T-shirt blanc avec un slogan écrit au marqueur : MERDE AUX IMPÔTS. PAYEZ PAS LE FISC.

Quelque chose fit tilt. Le Dinger. Murdock, l'agent du fisc, qui racontait des anecdotes, dont une à propos d'un type qui déposait des tas de plaintes, protestait contre les impôts, un cinglé du coin, qui avait abandonné ses chiens dans un parc, foutu le feu à sa maison et qui avait disparu après un simple entretien au sujet de menaces sur Internet et une pancarte dans son jardin. C'est la pancarte qui avait attiré leur attention, et ils l'avaient suivi jusque dans des salons d'armes à feu. *Merde aux impôts. Payez pas le fisc.*

Conroy sourit et s'éloigna. Sur le parking, les techniciens de la police scientifique mesuraient et peignaient des lignes jaunes autour des taches de sang là où l'agent Thomas Doran avait été touché à la cheville au lieu de la poitrine. Conroy composa un numéro sur son téléphone portable.

— Ira Murdock, répondit une voix pâteuse.

Soit il s'était réveillé en plein rêve, soit il avait déjà entamé son samedi soir et sifflé quelques verres de scotch.

— C'est Eamon.

— Va te faire foutre.

— Seulement avec ta mère, parce que ta sœur est trop chère, dit Conroy en rigolant. Question.

— Quelle heure est-il ? (Une télévision à l'arrière-plan, un orchestre de talk-show nocturne, genre Dave ou Leno jouait pour amener la publicité.) Il est tard. Ça doit valoir le coup.

— Tu te souviens de ce connard complètement taré dont tu me parlais l'autre soir ? Le mec qui proteste contre les impôts à Monticello, le mec avec le flingue et la bière, celui qui a abandonné ses chiens dans un parc et foutu le feu à sa baraque ?

— Comment je pourrais l'oublier ?

— Tu te souviendrais pas de son nom, par hasard ?

20

Repas de quartier, 4 juillet 1986

Le repas trouvait toujours spontanément sa géométrie. Les femmes se rassemblaient sur des chaises en plastique sur le patio du bas, derrière la maison des McCarthy, qui dominait une petite pièce d'eau, près du quinzième trou du Red Hill Country Club – un parcours de golf municipal qui longeait le nord de ce quartier avec ses rangées de pavillons aux pelouses bien entretenues. L'autoroute ronronnait dans une ravine un peu plus au sud, suffisamment loin pour que la plupart des résidents aient rapidement cessé d'y faire attention. Les femmes parlaient des exploits sportifs de leurs enfants, de la chaleur de l'été, de ce qui s'était passé entre June Hargrove et le prof de gym. Olivia McCarthy remplissait les verres de thé glacé Long Island.

— On est tellement fiers de Lu, dit-elle. Elle veut être journaliste. Dave dit que c'est une très bonne idée. Une branche stable. Les informations, vous voyez ? Les gens auront *toujours* besoin des informations.

Olivia oublia le verre de Martha Archer dans sa rotation.

Deux fois.

— Où sont passées mes bonnes manières ? dit-elle.

Les hommes étaient debout autour du barbecue, dans l'allée à l'avant de la maison. Ils admiraient la nouvelle Harley de Davey McCarthy, le nouveau revêtement parfaitement lisse de l'allée, la manière dont il retournait les steaks. Ils étaient par-dessus tout impressionnés par la Thunderbird bordeaux avec son toit ouvrant en cuir, lui-même d'une nuance de bordeaux un peu plus foncée. Ils étaient d'ailleurs d'accord pour dire que les décorations en forme de clef de sol sur les fenêtres latérales étaient très sympas.

C'était habituel. Le théâtre Kabuki des banlieusards. Les hommes connaissaient leur place, en demi-cercle autour du barbecue, d'une manière à peu près aussi spontanée et improvisée que le débarquement sur une plage de Normandie pendant la Seconde Guerre mondiale. Sylvester Archer évoluait à proximité mais ne se joignait pas aux autres. Il était appuyé contre une gouttière à côté de la porte du garage et fixait la Thunderbird bordeaux. Davey McCarthy souriait en regardant l'assemblée. Jusqu'à ce qu'il voie Sylvester Archer.

Tout le monde admirait Davey McCarthy, et il s'en repaissait. C'était bon, se disait-il, d'être le directeur de la concession Ford-Lincoln-Mercury. Son visage s'étalait sur les panneaux publicitaires géants au-dessus de l'Interstate 290. Les gens lui faisaient confiance. Il était costaud, il avait le visage rouge et il entrait partout avec l'assurance d'un conquérant. Il était chez lui partout, comme s'il possédait tout, et il possédait tout. Dans son magasin, il répondait à la confiance qu'il inspirait aux clients en leur donnant l'illusion qu'ils faisaient l'affaire de leur vie, même quand il les arnaquait – *surtout* quand il les arnaquait. McCarthy adorait séparer les gens de leur argent, et les laisser le remercier pour ce privilège.

Davey McCarthy était de cette ville autant qu'il était possible de l'être, et il en était fier. Il était né et avait grandi dans le quartier où il régnait aujourd'hui en maître. Il était aussi à l'aise quand il descendait des bières aux *tailgates** du stade de Salve Mater que lorsqu'il sifflait des whiskeys dans des bouteilles emmaillotées de soie bleue. Il parlait fort, donnait des grandes tapes dans le dos et pleurait aux rediffusions de *Fidèle vagabond***, pour que tout le monde sache que Davey McCarthy n'était pas qu'un type viril, qu'il avait aussi un côté sensible.

— Bordeaux, c'est la couleur la plus difficile à trouver, pour la Thunderbird, dit-il. (Il retourna rapidement quelques steaks, apprécia le grésillement qui confirmait qu'il faisait du bon travail.) Celle-ci vient de Des Moines. Ça m'a pris un mois pour la dégoter. Mais Olivia aime le bordeaux, et ce qu'Olivia veut, elle l'a.

Les hommes rigolèrent.

Sylvester Archer fixa le dos de Davey McCarthy.

— On dirait que c'est la politique de la famille, dit-il.

Les hommes autour du barbecue trouvèrent des choses à regarder, ailleurs. Au fond de leurs gobelets en plastique.

* Les *tailgates* sont une tradition typiquement américaine qui consiste à aller en avance au stade pour les matchs, à s'installer sur le parking, ouvrir le coffre arrière ou la porte cargo de son pick-up, d'installer tables, chaises et glacière, et pique-niquer, boire des bières, partager avec ses voisins un moment en attendant le match, et parfois après aussi.

** *Fidèle vagabond* (*Old Yeller*), film américain de Robert Stevenson, récit de l'amitié entre un garçon et un chien errant, production Walt Disney.

À l'autre bout du jardin. Deux ou trois se prirent d'un intérêt soudain pour la partie de basket que disputaient la fille de McCarthy, Lu, et le petit Tom Archer, avec un panier cloué à un poteau téléphonique, sur le trottoir.

Davey McCarthy regarda Archer, puis se retourna vers le barbecue.

— C'est la politique de la famille, dit-il. Tout le monde a ce qu'il veut, surtout s'ils ne peuvent pas l'avoir ailleurs.

Sylvester Archer marcha jusqu'à une brouette, dans le garage, remplie de glace, de bouteilles de bière et d'alcool. Il prit lentement les bouteilles, les inspecta, puis les remit dans la brouette une par une.

— Toute ta bière, là, elle est américaine.

— Qui n'aime pas la Bud ?

— C'est fade.

— Qu'est-ce que tu dirais d'un whiskey, suggéra Pete.

Sylvester secoua la tête. Davey McCarthy se pencha davantage sur le grill.

— Tout ce que j'en dis, dit Sylvester, c'est que c'est la facilité. Tu vois, tu vas au *packie**, et il y a toutes ces bières devant toi. Des bières de partout. Allemagne, Belgique. Mexique. Japon, putain. Et que choisit Davey McCarthy ? Budweiser.

Archer rigola. Davey McCarthy se figea, tournant toujours le dos à Archer.

— Budweiser, dit Archer. La bière la plus banale qui soit. Une bière qui est, eh bien, à deux pas, où que vous soyez. Même pas besoin d'aller au *packie* pour en trouver. Il

* *Packie* : terme d'argot américain pour magasin d'alcools, faisant référence à l'emballage dont on entoure les bouteilles aux États-Unis, où il est en général interdit de boire de l'alcool ouvertement dans les lieux publics.

y a combien de Buds dans nos frigos ? Tout ce qu'il avait à faire, c'était de demander. Il aurait économisé quelques dollars. Mais je parie que Davey avait déjà plein de Bud dans son propre frigo, pas vrai Davey ?

Le demi-cercle d'hommes pivota, une sorte d'instinct de groupe leur disant qu'il était préférable de tenir Sylvester Archer à distance.

— Tu sais ce que je voudrais ? dit-il.

McCarthy haussa les épaules et continua de fixer le grill.

— Arrête un peu, Syl, prévint une voix dans la foule.

— Non, Pete, il n'y a pas de problème, dit Archer. Je viens juste de réaliser ce que je veux. Ce n'est pas dans le garage, là.

Dans la rue, la jeune Lu McCarthy attrapa un rebond et garda le ballon. Elle sentit de gros nuages d'orage menaçants du côté du barbecue. Elle le devinait à la façon dont son père baissait les épaules, comme pour économiser l'énergie, avant de se battre. Elle l'avait vu assez souvent, sur les terrains de softball, de foot, les courts de basket, les gradins lors de matchs de hockey sur gazon au lycée – tous les endroits où son père avait déclenché des bagarres avec d'autres pères, généralement son équivalent dans l'autre équipe, grande gueule et provocateur.

Tom Archer demanda le ballon. Lu ne le lui passa pas. Il suivit son regard vers l'allée, vers la tension qui montait entre leurs pères.

— Qu'est-ce qu'il se passe, là-bas ? demanda Tom.

Lu secoua la tête.

— Rien de bon.

En bas de la rue, quelqu'un alluma des feux d'artifice. Il y eut le staccato des crépitements puis le sifflement d'une fusée lancée depuis le porche arrière d'une maison en direction de l'autoroute. C'était comme si la guerre avait été déclarée, penserait un peu plus tard Tom.

Dans l'allée, Sylvester Archer avait déjoué les stratagèmes du demi-cercle d'hommes nerveux. Il s'essuya les mains sur sa chemise de bowling blanche. Son sourire inquiéta la foule. C'était le sourire de quelqu'un qui savait tout et rien à la fois.

— Ce que je veux, dit-il, c'est un thé glacé Long Island.

Il planta un doigt dans le dos de Davey McCarthy. Trois fois.

Fort.

McCarthy fit volte-face.

Sylvester Archer s'approcha encore, leurs nez se touchaient presque. Pete Miller passa un bras entre eux.

— Allez, les gars, dit-il. Je crois que tout le monde a bu un coup de trop.

Archer écarta le bras de Miller.

— T'es bourré, dit Davey McCarthy. Tu tiens pas l'alcool. Comment tu peux vendre des outils ? Vendre, c'est pour les *hommes*.

— Tu crois que ta femme me donnerait quelque chose à boire ? demanda Archer. Je crois que oui. Je crois qu'elle me verserait un grand verre. Toi, tu t'es servi de ton outil un peu partout, pas vrai, Davey ? Sauf chez toi.

Davey McCarthy cogna Archer dans le nez, puis lui sauta dessus. Les autres hommes se précipitèrent pour les séparer. Archer avait la bouche pleine de sang, et il riait et criait le nom de sa femme. Les épouses accoururent dans l'allée depuis le porche. Deux hommes tenaient McCarthy par les bras, tandis que Pete Miller poussait Archer au milieu de la pelouse.

— Ça va, ça va, c'est fini, dit Miller.

Archer avait sa chemise et le visage en sang. Son nez était tordu vers la gauche. La chemise de Davey McCarthy était déchirée, les boutons arrachés.

— C'est pas fini ! hurla McCarthy.

Olivia McCarthy et Martha Archer se retrouvèrent ensemble, sur le gazon, entre leurs maris. Les voisins sortaient pour regarder.

— Pourquoi, Martha ? dit Archer. Dis-moi pourquoi ? Pourquoi avec cette grosse merde ?

— Grosse merde ! cria McCarthy, puis il essaya de se libérer. Je vais te montrer qui est une grosse merde ! Vendeur d'outils qui ne sait même pas s'en servir ! Tu es une blague, Syl, une putain de blague !

Au bout de l'allée, Tom Archer regarda Lu et se demanda ce qu'il devait faire. Est-ce qu'il fallait qu'il lui colle une droite ? Elle était plus âgée. Plus grande. Plus forte. Est-ce qu'il était dans l'obligation d'agir ? Ils n'étaient pas amis, mais Tom l'aimait bien. Tous les garçons du quartier aimaient bien Lu. La bagarre entre leurs pères semblait terminée. Tom n'avait que treize ans, quand même. Les problèmes des adultes le dépassaient.

— On devrait se tirer d'ici, dit Lu à Tom. C'est nul. Viens, on va au Tastee-Freez. Je t'invite.

Tom obéit.

— Bonne bagarre, n'empêche, dit Lu tandis qu'ils s'éloignaient. (Elle sourit à Tom.) Nos pères sont vraiment des connards, tu trouves pas ? On sera mieux, quand ce sera notre tour.

Sur la pelouse, la paix était revenue.

— Est-ce qu'on peut parler de ça plus tard ? dit Martha. S'il te plaît ?

Davey McCarthy hocha la tête.

— C'est un jour de fête. On devrait tous bien s'entendre, dit Olivia. C'est la fête de l'Amérique, pour l'amour de Dieu.

Elle passa par le garage pour regagner le porche, les mains sur les yeux.

Pete Miller lâcha Sylvester Archer, lui tapa dans le dos, arrangea sa chemise. Il tendit à Archer une serviette pour qu'il s'essuie le visage. Davey McCarthy retourna à son barbecue.

— Et merde, dit Archer, puis il traversa la rue en direction de sa maison.

Pendant quelques minutes, personne ne dit rien. Toute conversation était devenue impossible. Les gobelets furent remplis. Les femmes qui étaient encore là repartirent dans la cour à l'arrière de la maison. Les hommes entourèrent le grill. Le grésillement de la viande reprit. Quelqu'un se plaignit des Red Sox. Des rires prudents flottèrent dans la chaleur de l'été.

— Qui veut des cheeseburgers ? dit Davey McCarthy, dont la voix retrouva un peu de sa légèreté passée. Les gars, est-ce que je vous ai raconté comment j'ai roulé les minables de Des Moines quand j'ai acheté la T-Bird ?

Pendant que McCarthy racontait l'histoire, un grincement et un toussotement mécanique leur parvint du garage de chez Archer, en face. Puis un autre. Puis un troisième, et le bruit d'un moteur deux-temps qui démarrait, comme une tronçonneuse, mais en plus gros. Sylvester Archer surgit, tenant une énorme disqueuse. Il traversa la rue, faisant monter le moteur en régime alors que le disque tournait.

Archer s'engagea dans l'allée et les hommes reculèrent, sauf Davey McCarthy, qui restait debout, figé dans une attitude de défi. Archer sourit comme un cinglé. Il approcha la disqueuse à quelques centimètres du ventre de McCarthy, et fit vrombir le moteur. Le disque tourna à plusieurs milliers de tours par minute.

— Qu'est-ce que c'est que ça, putain ? cria McCarthy.

Il leva sa spatule comme si elle pouvait servir de protection mais recula.

— C'est la X-200, avec une lame en diamant de dix-huit pouces, dit Archer. La disqueuse de Toledo Power qui se vend le mieux. On la vend aux pompiers. Ça découpe le béton. Les poutres en acier. Les toits et les charpentes. (Son sourire s'élargit.) Et les voitures !

— Non ! dit McCarthy.

Archer s'approcha de la Thunderbird, en gardant la lame qui tournait entre lui et McCarthy. De sa main gauche, il ouvrit la portière côté conducteur et mit la lame sur les charnières, augmenta la vitesse, et coupa. La portière tomba par terre. Davey McCarthy poussa un gémissement et s'assit sur l'herbe.

Archer passa du côté passager et répéta la procédure. Puis les montants des portières. Et du pare-brise. Quand il en eut terminé, il traça une ligne au milieu du toit, dans le cuir bordeaux et à travers l'acier de même couleur, jusqu'au vilain métal marron au-dessous, puis repoussa le toit comme le couvercle d'une boîte de thon.

Sylvester Archer éteignit la disqueuse. Il regarda la foule, puis tomba à genoux et vomit partout sur le beau revêtement tout neuf et parfaitement lisse de l'allée des McCarthy. Lorsqu'il se remit debout, il ne souriait plus.

— Je comprendrais si tu appelais les flics, dit-il. S'ils me cherchent, je serai chez moi. À me saouler la gueule.

Puis il mit la disqueuse sur son épaule et retraversa le rue en titubant, monta la petite allée craquelée et parsemée de touffes d'herbe jusqu'à son garage, où il disparut.

Ils annulèrent la fête annuelle du quartier, pour la fête du Travail, deux mois plus tard.

Olivia McCarthy et Sylvester Archer partirent peu de temps après. Elle rejoignit sa sœur à Hollywood, en Floride, où elle obtint sa license d'agent immobilier, gagna bien sa vie en vendant des appartements dont les piscines dominaient l'océan.

Archer prit un appartement à Gardner et se mit à boire énormément, ce qui s'avéra bénéfique pour sa carrière, puisqu'il concluait la plupart de ses contrats de vente autour de manhattans, toujours dans le même box, au fond du restaurant Stockhouse. L'alcool détruisait son corps, mais il devint le responsable des ventes pour toute la Nouvelle-Angleterre, chez Toledo Power.

Davey McCarthy ne déclara jamais la destruction de sa T-Bird à la police.

Martha Archer et Davey emménagèrent dans la maison des McCarthy, vendirent le vieux pavillon de l'autre côté de la rue, et finirent par se marier. Lorsque la concession Ford-Lincoln-Mercury ferma ses portes un an plus tard, Davey McCarthy découvrit qu'il s'était brûlé les ailes, et qu'il n'était pas le bienvenu chez les autres concessionnaires. Il devint employé de base chez South End Motors. Il lavait des voitures, rechargeait des batteries, s'occupait des formalités administratives pour les nouveaux clients. Il vendit sa Harley. Ils eurent besoin de l'argent pour que Lu puisse continuer ses études.

Tom Archer s'installa dans la chambre libre chez les McCarthy. Lorsque Lu McCarthy rentra de l'université, quelques années plus tard, Tom et elle n'avaient que très peu de choses à se dire. Et très vite, plus rien du tout.

21

Une semaine après la mort de LD et une centaine d'appels plus tard : la réunion. Archer savait que les nouvelles ne seraient pas bonnes. On était samedi soir et les avocats voulaient qu'il interrompe son service pour lui parler du bébé et de sa plainte contre O'Toole. Rien de bon à l'horizon. Rien de bon à attendre d'un avocat un samedi soir.

Archer se gara près du quartier général des ambulances sur Booth Street, dans un parking en contrebas de l'usine désaffectée Nilsen Bread. Les locaux étaient minables. Bâtiment industriel. Des fondations en béton d'un mètre cinquante d'épaisseur surmontées de murs en tôle ondulée gris et d'un toit lui aussi en tôle ondulée.

Le bâtiment était un parfait reflet de la vie d'un paramed en ville. Trop froid en hiver, étouffant en été. L'odeur des pots d'échappement s'accumulait dans les toilettes et tachait de marron les porte-savons jaunes en forme de coquilles Saint-Jacques. Tandis qu'il restait assis dans son ambulance à l'arrêt, Archer réfléchit à ce qui l'attendait à l'intérieur, et tout cela ne présageait rien de très positif.

Pas de Julio ce soir. Il s'était fait porter pâle. Malade. Archer avait un nouveau collègue, Nate quelque chose. Il finirait bien par retenir son nom. Mais pas dans l'immédiat. Ils restèrent assis près de la porte d'entrée latérale, le moteur diesel ronronnant et la radio de la police bourdonnant déjà des péripéties de la nuit.

Archer dessina des smileys dans la buée qui se formait sur la vitre côté passager, près de la ventilation par laquelle l'air froid de la climatisation rencontrait l'humidité de la suffocante nuit d'août dans une confrontation fatale, seulement séparés par la fine vitre.

— Est-ce que c'est fréquent ? demanda Nate.

— Quoi donc ?

Nate haussa les épaules.

— Les réunions mystérieuses au bureau en plein milieu du service. Je veux dire, il y aura qui, là-dedans ?

— Une réunion spéciale un samedi soir ? Peut-être le pape. Ou Jésus-Christ lui-même. Ou, si c'est vraiment très important, peut-être le maire.

Archer regarda l'armada de voitures sur le parking, repéra qui travaillait cette nuit. Une série de petites Accord et de Camry appartenant à des parameds à temps complet avec femme et enfants occupaient les emplacements les plus proches. Arrivés les premiers, ils s'étaient pris les meilleures places. Une poignée de pick-up, les préférés des employés à mi-temps, en général des pompiers du coin qui bossaient comme ambulanciers pour arrondir leurs fins de mois, étaient un peu plus loin. Ceux-là n'étaient pas pressés. Ils se garaient là où ils pouvaient. Saupoudrées parmi ces deux populations se trouvaient les Harley-Davidson et les Subaru WRX et autres voitures de sport et motos appartenant aux médecins encore jeunes et célibataires, ou aux plus âgés dont les enfants étaient partis à l'université et au-delà, ou bien à ceux qui étaient fraîchement divorcés.

Archer stoppa ses observations à la benne à ordures, où une Lincoln Town Car noire était stationnée, incongrue. Sa carrosserie lustrée luisait à la lumière jaune de l'unique réverbère. Un mince filet de fumée blanche sortait de son pot d'échappement. De l'eau coulait sous le moteur. La clim devait tourner à fond, se dit Archer.

Il pensa à Julio. Julio ne se faisait jamais porter pâle. Surtout quand il était malade.

— Je me demande à qui appartient ce truc ? dit Archer, en montrant la Lincoln du doigt.

Nate se pencha en avant et haussa les épaules.

— Si ma femme appelle, viens me chercher.

Nate opina et se cala contre la fenêtre. Il ronflait déjà quand Archer sortit.

Ils se rencontrèrent dans le petit bureau de Prentice. Archer sentit l'odeur de désinfectant du sol et des mégots dans le cendrier – le fond évidé d'un obus pour Howitzer. À côté était posée une grenade avec une étiquette en plastique rouge arborant le numéro 1 et un message : BUREAU DES PLAINTES. PRENEZ UN NUMÉRO S'IL VOUS PLAÎT. Un bureau en métal, une lampe avec un abat-jour conique en aluminium argenté posée dessus, un siège lui aussi en métal doté d'accoudoirs rembourrés vert foncé, et quelques fauteuils un peu partout dans la pièce.

Archer fit un pas en avant et eut soudain envie de s'enfuir, de retrouver Nate et de lui dire “Et merde, foutons le camp”, puis de prendre tous les appels de la régulatrice, tant et si bien que les autres équipes auraient des fourmis dans les jambes à force d'attendre, à se demander ce que foutait P3 ce soir. Prentice lui fit signe d'approcher avec deux doigts.

— Fermez bien derrière vous, dit-il.

Archer vit deux autres hommes dans la pièce, assis sur des fauteuils. Un qu'il ne connaissait pas, un gros, la petite cinquantaine, les cheveux noirs avec une raie sur le côté, quelques nuances de gris sur les tempes. Il portait un costume noir et avait un plâtre blanc sur sa jambe droite, qu'il lui mit carrément sous les yeux. L'autre : Eamon Conroy. Il dévisagea Archer à travers la fumée de sa cigarette, le menton tendu, pointé vers le plafond. Archer frissonna de froid et de solitude.

— Il faut que nous parlions de l'appel de Kansas Street, en début d'année, commença Prentice. Vous vous rappelez ?

Archer fit signe que oui. Le gros se pencha en avant et tendit la main droite.

— Vous m'excuserez de ne pas me lever, dit l'homme avec un sourire qui ressemblait à un rictus, et qui ne dépassa jamais sa lèvre supérieure. Petit accident domestique. Bref. Je m'appelle Edward Lagrange, et je suis au service juridique de la ville. Ce qui signifie que je suis l'avocat de la ville, mais je veux que vous sachiez que, dans une certaine mesure, je suis aussi le vôtre. Je ne sais pas si vous avez déjà eu le plaisir de rencontrer mon collègue ici présent, Eamon Conroy. M. Conroy est un, eh bien, un conseiller spécial, qui travaille pour M. le maire. Vous pouvez compter sur le fait que ce que vous dit M. Conroy, c'est exactement ce que le maire vous dirait.

Archer fit de nouveau oui de la tête.

— M. Conroy et moi, nous avons un passif.

— De l'histoire ancienne, dit Conroy. C'est oublié, en ce qui me concerne.

— Pas si ancienne.

— D'abord, merci d'avoir pris le temps de venir à cette rencontre, alors que vous avez, j'en suis sûr, une nuit très chargée, intervint Lagrange.

— Ce n'est pas comme si j'avais eu le choix, dit Archer.

— En tout cas, nous apprécions. Dieu sait que je respecte ce que vous faites chaque jour et chaque nuit pour protéger les citoyens de cette ville. Moi, je ne pourrais pas. (Il désigna son plâtre en riant.) Vous voyez ce qui arrive quand j'essaie de faire ne serait-ce qu'un petit peu de jardinage ?

Archer resta calme. Il s'enfonça dans le fauteuil, croisa les mains sur son ventre et attendit.

— Ainsi que vous le savez, les témoignages et les dépositions doivent avoir lieu ce lundi, dans le cadre de votre plainte concernant le maire et sa supposée relation avec une employée administrative de la mairie nommée Daisy Fontana. Il y a également la question du bébé de cette Mme Fontana. C'est malheureux, bien évidemment, très triste, et le maire m'a demandé de clarifier les choses et voir comment nous pouvons régler cette affaire sans ameuter la presse. Nous pensons que cela serait dans l'intérêt de tout le monde. Cet entretien est tout à fait crucial, dans cette perspective. M. O'Toole, comme vous le savez, est candidat pour être gouverneur, et il a besoin de régler ce genre d'affaires avant le début de la campagne. Il est très désireux de trouver une solution.

Archer fit encore une fois oui de la tête.

— Donc, j'ai pensé que nous pourrions commencer par poser certaines bases. Puisque les questions de fond procèdent de ce qui s'est passé ou non l'hiver dernier sur Kansas Street, pourquoi ne discuterions-nous pas de ce dont vous vous souvenez, commençons par là, d'accord ?

Lagrange fit cliquer son style bille.

— Ceci posé, nous pourrons alors aller plus loin. C'est le problème avec la loi. C'est un peu comme un porte-avions. Une fois qu'il est en marche, il lui faut des dizaines de kilomètres et des moteurs d'une puissance incroyable pour modifier sa course. Plus vite nous déterminerons une trajectoire, mieux nous pourrons éviter ce qui pourrait se trouver sur notre chemin.

— J'ai rempli un long rapport, dit Archer.

Prentice s'éclaircit la voix.

— C'est vrai, dit Lagrange. C'est. Absolument. Vrai. Je l'ai ici avec moi. Je me demandais si vous pourriez expliciter certains de ses aspects techniques.

— Il dit que nous avons été envoyés sur Kansas Street pour une femme qui accouchait, mais en arrivant nous avons trouvé une femme de vingt-six ans qui venait d'accoucher. Le nouveau-né était en détresse respiratoire et la mère souffrait énormément, elle avait perdu beaucoup de sang.

Lagrange se replongea dans ses papiers.

— Peut-être, mais si personne d'autre que vous ne peut comprendre ceci, comment pouvons-nous espérer savoir ce qui s'est vraiment passé ?

Il lui tendit le rapport.

— Lisez vous-même, dit-il, puis il se tourna vers Conroy. Moi qui trouvais que le droit constitutionnel à la fac, c'était coton…

— Vous devriez voir les rapports de police, dit Conroy. C'est encore pire, n'est-ce pas, monsieur Archer ?

Archer jeta un coup d'œil à Conroy, qui souriait. Il lut :

—"Nous sommes arrivés sur les lieux, et nous avons trouvé la patiente. La patiente déclare que les contractions ont commencé plusieurs heures plus tôt, et a demandé à son mari d'appeler les urgences au numéro qui lui avait été fourni par une agence externe..."

Lagrange l'interrompit.

— "Une agence externe" ? Quelle agence ?

— Aucune idée. Je crois que M. Conroy en sait plus là-dessus que moi.

Conroy sourit et écrasa sa cigarette dans une tasse de café à proximité.

— Continuons, dit Lagrange.

— "La patiente déclare que les contractions sont devenues de plus en plus intenses, de même que le besoin de pousser. Des hommes non identifiés sont arrivés sur les lieux approximativement deux heures avant nous et ont pratiqué un accouchement à la maison dans la chambre de la patiente. Qualifications et aptitudes inconnues. États respiratoire, hémodynamique ou neurologique de l'enfant inconnus, de même que le score d'Apgar", lut Archer.

— Apgar ? demanda Lagrange.

— C'est un acronyme*, pour évaluer les fonctions vitales du nouveau-né. Rien n'est facile quand il s'agit de venir au monde.

Lagrange regarda Conroy. Archer détecta un très léger haussement d'épaules. Il se tourna vers Archer.

— Continuez, je vous en prie, dit Lagrange.

* Du nom de Virginia Apgar (1909-1974), médecin anesthésiste américaine. Les lettres de son nom ont servi de moyen mnémotechnique : Aspect, Pouls, Grimace, Activité, Respiration.

— “Le bébé se trouvait sur le lit de la patiente, froid, immobile, avec une mauvaise perfusion centrale et périphérique”, ce qui veut dire que ses bras, ses jambes et sa poitrine étaient tout bleus, signe de mauvaise oxygénation, “et encore mouillé, sans aucune tentative de le réchauffer ou de le sécher. Le cordon ombilical avait été clampé avec des menottes flexibles et coupé à une longueur correcte. La délivrance du placenta avait déjà eu lieu et celui-ci avait été recueilli dans un plat en verre qui se trouvait au pied du lit. Il était évident qu’il y avait eu une hémorragie importante.”

Lagrange tourna une page de son bloc note jaune pour en entamer une nouvelle. Il fit cliquer son stylo plusieurs fois en se mordant la lèvre inférieure.

— Que voulez-vous dire, quand vous écrivez “menottes flexibles” ?

— Celles dont les flics se servent pendant les manifestations pour arrêter des tas de gens à la fois. Vous voyez ? Des comme ça.

— C’était efficace ?

— Tout à fait.

De l’autre côté de la vitre, un train de banlieue passa dans un éclair. Archer avait envie de tendre la main et de le toucher. Il entraperçut les passagers, l’image tremblotant comme dans un vieux film d’information, des couples d’adolescents qui partageaient des écouteurs, une femme qui tapait sur son ordinateur, un vieux type seul à l’arrière d’un wagon.

Lagrange retira ses lunettes et se pinça le nez entre deux doigts. Il se gratta la nuque, puis pointa un doigt vers le plafond.

— Vous dites que cette agence externe était impliquée ? Qu’est-ce qui vous fait dire ça ? Selon la déposition de

Mme Fontana et de son petit ami (Lagrange consulta son dossier), Rigo Mejia, leur premier appel de la soirée, quel que soit le destinataire, a été pour le 911, et votre collègue et vous avez été les premiers sur les lieux.

Archer entendit une sonnette à l'arrière de sa tête. Le sang battit dans ses tempes.

— C'est un mensonge.

— Comment le savez-vous ?

Archer montra Conroy du doigt.

— Il était là quand je suis arrivé.

Conroy secoua la tête presque imperceptiblement.

— Le témoignage de M. Conroy lors de sa déposition dit qu'il est arrivé après que vous aviez procédé à l'accouchement, et que vous avez menacé de le frapper avec une lampe-torche s'il ne s'en allait pas.

— Mensonge.

— Qui a effectué l'accouchement, monsieur Archer ?

— Je ne sais pas.

— Êtes-vous sûr ? Êtes-vous sûr que c'était un fantôme que personne d'autre n'a vu ? Comment pensez-vous que cela sera perçu lorsque la mère du bébé dira que c'est vous qui l'avez accouchée et que vous nierez l'avoir fait ? Croyez-vous que cela sera crédible ?

— M. Conroy était là.

— Il a déjà reconnu cela.

— Avant moi.

— Il l'a nié.

— Pourquoi ne le laissez-vous pas parler ?

— Il n'est pas ici pour témoigner, monsieur Archer. Vous vous rendez compte que j'essaie de vous aider, n'est-ce pas ? Vous avez mis en cause le maire en exercice, futur gouverneur du Commonwealth*, en l'accusant de vouloir étouffer des choses terribles faites à un bébé – pire, en insinuant que le maire entretenait une relation avec une employée de la mairie. Ça fait beaucoup. Vous rendez-vous compte dans quoi vous vous êtes engagé ?

— Je sais que c'est ridicule.

— Ridicule, c'est une possibilité. Mais je ne crois pas que ce soit le mot que vous cherchez. Je crois que le mot que vous cherchez, c'est : dangereux. Êtes-vous réellement en position de prendre de tels risques ? Qui paie pour le traitement de votre fils, à Boston ? Vous ? Ou la ville à laquelle vous tournez le dos ?

Archer regarda Prentice, qui regarda Lagrange.

— Vous êtes entre Scylla et Charybde, dit Lagrange.

— Entre quoi et quoi ? demanda Prentice.

— Entre le marteau et l'enclume. J'ai sorti plein d'employés de la ville du pétrin. Mais la première règle ? La première règle, c'est : vous devez être honnête avec moi.

— Je suis honnête avec vous.

Il pensa au train. À s'enfuir. Il mesura dans sa tête la distance jusqu'à la porte, se demanda si quelqu'un essaierait de l'arrêter s'il se levait.

— Donc, en reprenant votre version des événements, mettons les choses à plat. Tout le monde dit que vous avez accouché un bébé, y compris la mère elle-même, mais vous maintenez que vous ne l'avez pas fait, que quelqu'autre mystérieuse personne avec des connaissances médicales se trouvait dans les parages à trois heures du matin ce jour-là, et que cet

* Nom officiel de l'État : Commonwealth du Massachusetts. Héritage de la domination anglaise. Commonwealth dans cette acception est synonyme d'État.

étranger, donc, a deviné que Mme Daisy Fontana, au 33 bis Kansas Street, dernière porte au fond à gauche, deuxième étage, était à cet instant exactement en plein travail, et a simplement décidé d'entrer dans l'appartement et de l'accoucher, puis de repartir sans dire un mot à quiconque ? Est-ce bien ça ?

— Prends la parole quand tu veux, connard, lança Archer à Conroy.

Conroy souffla un nuage de fumée vers le plafond.

— Demandez à mon collègue, dit Archer. Julio Tavares. Il était là. Il vous le dira.

— Nous avons parlé avec M. Tavares. Ce matin. Cela vous intéresse-t-il de savoir ce qu'il nous a dit ?

— Je sais ce qu'il vous a dit.

— Vous pourriez être surpris.

Conroy hocha la tête et sourit.

Lagrange parcourut quelques pages.

— Comment se porte votre fils ?

— Ça vous regarde pas.

— Le cancer, chez un jeune enfant. Toujours une tragédie. Cela doit être particulièrement difficile pour la famille.

Archer ne dit rien.

— Et vous ? Comment ça va ? Avez-vous recours aux diverses techniques qu'ils enseignent à Westminster pour faire face ? Ou bien est-ce que je suis à côté de la plaque ? Le dossier semble indiquer que vous avez passé un peu de temps à la New Start Academy.

Archer sentit une vague de chaleur monter de son abdomen. Elle enveloppa l'arrière de son crâne un instant, puis redescendit le long de sa colonne vertébrale. Il ne pouvait pas cligner des yeux. Lagrange le regarda par-dessus son dossier.

— Superbe travail, qu'ils accomplissent là-bas, avec vous tous, dit-il. Toutes ces âmes brisées.

Conroy ricana.

— C'est un dossier confidentiel, dit Archer.

— Il n'y a pas à avoir honte, dit l'avocat.

— Allez vous faire foutre.

— Une chose que j'aimerais savoir, quand même, c'est ce qui vous a amené là-bas.

— Je ne crois pas que…, dit Prentice.

— Habituellement, c'est, quoi ? Le stress ? L'alcool ? Les problèmes conjugaux ? Les médicaments, peut-être ?

— Allez vous faire foutre.

— Bien sûr, parfois… (Lagrange souriait, maintenant, tout en caressant le dossier sur ses genoux.) Parfois c'est un peu de tout ça en même temps, n'est-ce pas ? Tout va de travers et vous, vous vous retrouvez à faire ce boulot, au contact, jour après jour, nuit après nuit, des endroits où plus rien ne fonctionne, où l'ordre social est défaillant, où les gens ne sont plus adaptés à la société, et quelqu'un doit venir et nettoyer ce cloaque oublié de Dieu. C'est éprouvant, n'est-ce pas ?

Archer se leva, les poings serrés.

— Peut-être que vous vous mettez à boire, peut-être que certains médicaments disparaissent, peut-être que vous frappez votre femme une nuit et vous vous faites arrêter, mais elle vous pardonne et le juge se montre magnanime à cause d'un putain d'appel horrible avec une petite fille qui s'est noyée, et après ça vous disparaissez une semaine et ils vous retrouvent ivre mort dans un terrain vague à côté d'un entrepôt de rails de chemin de fer, alors vous allez à New Start et le dossier est confidentiel, sauf que…

Archer se rassit. Lagrange spéculait, mais il n'avait rien. Il cherchait une faille, le défaut de la cuirasse, mais il ne savait pas qu'Archer ne connaissait même pas Elaine lorsque Evangeline était tombée dans la piscine, et qu'il était encore moins marié. Ils le testaient. *Alors ça ressemble à ça, un coup monté*, pensa-t-il.

— Je n'étais pas marié quand je suis allé à New Start. Je ne connaissais même pas ma femme.

— Bon, eh bien, comme vous avez dit, ces dossiers sont confidentiels. Sauf peut-être qu'ils ne sont peut-être pas assez protégés, dit Lagrange en prenant des notes. Ce rapport déontologique que vous avez déposé, ce n'est pas la seule fois où vous avez exprimé votre opinion au sujet du maire et de sa relation avec Mme Fontana et son bébé.

— Je n'ai fait que ce seul rapport.

Lagrange sortit une feuille de papier de l'arrière de son dossier.

— Et la dernière réunion du syndicat des parameds ? dit-il en regardant Archer par-dessus ses lunettes. Ou bien niez-vous avoir accusé le maire d'être le père du bébé de Mme Fontana, d'avoir même fait des blagues graveleuses au sujet de sa relation avec elle ?

Archer haussa les épaules. Prentice s'éclaircit la voix.

— Et ça ? continua Lagrange, en tenant un autre document, sorti de son épais dossier. Au Ding Wa, à de multiples occasions, au cours des derniers mois, de nombreuses personnes ont entendu vos commentaires au sujet de M. Conroy, de l'incident que vous avez eu il y a une dizaine d'années, avec votre collègue de l'époque, M. Moonandowski, et d'être à l'origine de la plainte qui finirait par aboutir aux ennuis d'alors de M. Conroy avec la justice.

— Il est allé en prison.

— Techniquement, c'est exact, oui. Mais la cour a été très claire sur un point : M. Conroy n'a été condamné que pour entrave à la justice. Quelques coups de fil, une ou deux conversations mal avisées avec des témoins qu'il aurait mieux valu ne pas approcher, toutes choses pour lesquelles M. Conroy a assumé son entière responsabilité. Il a payé sa dette. Vous, au contraire, vous vous êtes démené pour diffamer et salir ces deux hommes, sans parler de Mme Fontana, dont vous avez malheureusement maltraité le bébé…

— C'est ce putain de taré qui l'a maltraité ! dit Archer, en montrant Conroy.

— Des tas de gens vous ont entendu. Impossible de revenir en arrière, maintenant. Une rumeur se répand, et elle commence à enfler. Le maire n'aime pas ça. Le maire aimerait que vous cessiez. Il aimerait aussi que vous sachiez qu'il y a beaucoup de très bonnes raisons pour que vous cessiez. Aussi bien, c'est dans l'intérêt du maire que vous ne salissiez pas son nom, et il voudrait que vous compreniez que c'est également dans votre intérêt.

Conroy le fixait, en hochant légèrement la tête.

— Je n'ai rien dit sur le maire.

— En tout cas, vous avez dit tout un tas de choses sur le bébé Fontana, et sur M. Conroy ici présent.

— Nous avons un passif. Vous voulez que nous en parlions ? De ce psychopathe, sociopathe…

— Ce n'est pas nécessaire, dit simplement Conroy.

Calmement.

Silence dans la pièce, que Lagrange rompit en riant.

— Eh bien ! C'est tendu, tout à coup. Mais c'est un bon conseil. Croyez-moi. Et si par le passé toutes les routes menaient à Rome, le maire craint que vous n'en créiez une qui mène tout droit à lui et qu'il ne mérite pas. Dont il ne veut pas. Pas maintenant. Il ne reculerait devant pas grand-chose pour mettre un terme à tout ça. Dans le respect de la loi, bien entendu.

Lagrange laissa la menace faire son effet. Il se tourna vers Prentice.

— Voudriez-vous nous laisser un instant ? demanda-t-il.

Un deuxième train de banlieue passa dans un fracas épouvantable. Prentice hésita à se lever, puis se dirigea vers la porte. Il s'arrêta près d'Archer.

— Je suis juste à côté.

Archer hocha la tête.

Une fois qu'ils furent seuls, Lagrange rangea le dossier dans son attaché-case. Il ajusta sa cravate, puis fit glisser son siège tout près d'Archer et se pencha suffisamment pour qu'il puisse voir le grain de beauté sur sa joue, avec une croûte, là où il s'était probablement coupé en se rasant.

— Je crois que nous devrions pouvoir trouver un terrain d'entente, dit-il en chuchotant presque. Si vous étiez disposé à, disons, admettre une version de ce que vous avez fait, et à retirer votre plainte, aider à ce que tout ceci disparaisse, je crois – et sachez que je ne peux pas m'exprimer en son nom – que le maire verrait cela d'un très bon œil. Il a beaucoup d'amis. Des amis qui ont des moyens tels qu'ils pourraient s'occuper de certaines factures médicales et les faire, vous savez, disparaître. Des gens qui peuvent aussi faire apparaître de l'argent. Vous êtes un type intelligent, monsieur Archer. Ne m'obligez pas à tout vous dire. Il faut que tout ceci cesse. Quelqu'un doit assumer la responsabilité de ce qui est arrivé au fils de Mme Fontana. Toute cette affaire est déjà allée bien trop loin pour que cela reste impuni. On vous a déjà fait une grande faveur. La plupart de vos collègues dans votre situation se seraient déjà fait suspendre sans salaire, en attendant l'issue de l'enquête. La plupart des gens ayant le même passif que vous avec Eamon Conroy auraient fini de bien pire manière. Faites ce qu'il faut, maintenant, et nous nous occuperons du reste.

Archer regarda Lagrange en premier, puis Conroy. Conroy lui fit un clin d'œil.

Il claqua la portière de l'ambulance, sortit Nate de son coma.

Nate démarra et traversa le parking. Archer ramassa le journal, puis le reposa. Il sentit sur ses épaules le poids d'un monde qui venait de s'écrouler sur lui. Se rendre semblait la seule issue. Avouer quelque chose qu'il n'avait pas fait. Accepter de se voir reprocher une tragédie qu'il n'avait pas causée. Des hommes invisibles détenant un pouvoir invisible, entièrement dirigé contre lui. Lui qui avait commis l'erreur, des années plus tôt, de choisir de se mettre au service du public.

Il devait trouver Julio. Il devait parler à Lu. L'ennemi se dévoilait. Il était resté seul trop longtemps.

22

Cavalry Arms était une résidence un peu à l'écart, sur Cohasset Street. L'odeur agressa les narines d'Archer à cinq pas de la porte de l'appartement. Il y était préparé. Au cours de la semaine qui avait suivi son entretien avec Lagrange, une chaleur accablante s'était abattue sur la ville, refusant obstinément de céder. Une horreur sans répit. La puanteur était le lot quotidien des parameds de la ville, mais la touffeur la rendait encore pire. L'appartement surchauffé empestait la pisse et l'ammoniaque chaude, avec une note de beurre d'amandes.

C'était la première fois qu'Archer travaillait avec Julio depuis la réunion. Le silence entre eux confirmait ses craintes. Le silence signifiait toujours la culpabilité. Archer n'arrivait pas à imaginer ce que son ami avait dit à l'avocat. Il repoussa ces pensées, se concentra sur le désagrément qui l'attendait de l'autre côté de la porte. Ils venaient là deux ou trois fois par semaine. Archer avait besoin de ça. Il avait besoin de banal.

Archer frappa à la porte en métal une troisième fois.

— Red ! Ouvre la porte, Red. Ce sont les urgences.

À l'intérieur, il entendit des pieds qui traînaient sur le linoléum, des bouteilles en verre qui s'entrechoquaient. Des marmonnements.

— Défoncé, déjà, dit Julio.

Archer frappa de nouveau à la porte.

— Red, c'est ton équipe d'ambulanciers préférés. Ouvre.

D'autres marmonnements, chantonnant sur de la musique, le son sans relief d'une radio. Quelque chose de rapide, avec des paroles incompréhensibles.

— On ne partira pas, dit Julio. Tu continues d'appeler, alors nous on est obligés d'entrer. Sinon, on appelle les pompiers et ils défoncent la porte. Rappelle-toi la dernière fois le temps que ça t'a pris pour avoir une nouvelle porte.

Bruits de bouteilles. Porcelaine brisée.

— Merde !

Crescendo final, puis la musique s'arrêta. Une autre chanson commença, encore plus rapide, encore plus incompréhensible, comme quelqu'un qui hurlerait par-dessus un million de kazoos.

Archer appuya sur la poignée. C'était ouvert. Il poussa la porte. Red était vautré sur un canapé, ses longues jambes écartées et pointées dans des directions opposées. Les morceaux d'une assiette blanche brisée à ses pieds. Son pantalon humide à l'entrejambe, jusqu'aux genoux. Une mèche de longs cheveux blancs sortait de son crâne et s'étalait par-dessus le dossier du canapé comme le sommet du mont Everest. Dans une main, il tenait une bouteille de Wild Turkey presque vide. L'autre battait la musique, dans le vide.

— Vous écoutez jamais cette nouvelle station albanaise ? demanda Red. Je comprends pas un mot, mais j'adore.

Archer et Julio posèrent leur équipement.

— Chouette morceau, Red, dit Archer en souriant.

— Et pas qu'un peu, jeune homme. Pas qu'un peu.

Archer observa l'appartement. Plus propre que d'habitude. Une pièce avec un canapé et une télévision, l'unique fenêtre, couverte de poussière, au-dessous du niveau de la rue, une procession constante de chaussures fournissant la seule indication quant au temps qu'il faisait dehors. Une cuisine exiguë à l'écart avec une table ronde en bois couverte de cadavres de bouteilles d'alcool. Un petit couloir qui menait à la chambre. Archer alla jusqu'au réfrigérateur et l'ouvrit. Dedans, il n'y avait qu'un pack de Narragansett. Le congélateur était vide, il n'y avait rien à manger dans les placards. Des crottes de souris parsemaient le plan de travail.

Archer retrouva Julio près du seul meuble en à peu près bon état de l'appartement, une vitrine avec trois niveaux, remplie de trophées, de médailles et de coupures de journaux encadrées de Red, jeune – grand, en pleine santé, athlétique – avec le maillot de l'équipe de basket de l'université, sautant vers le panier, la tête au-dessus des épaules de ses coéquipiers, devant une foule en adoration, un sourire enthousiaste, les restes d'un filet de panier autour du cou.

Trois étaient des photos d'un Red plus âgé, en costume et col roulé, une chaîne en or autour du cou, accroupi au milieu d'un groupe de basketteurs adolescents, expliquant la tactique, le panneau derrière lui montrant un score à égalité et trente secondes restantes. Il était concentré, calme, pas le genre de type à se pisser dessus et à passer la nuit au téléphone à bafouiller avec les réceptionnistes des urgences.

Red Bowen était une légende, le plus grand joueur et entraîneur de basket de l'histoire de la ville. Son meilleur ami était Johnny Wazchuck – *le* Johnny Wazchuck, du NBA Hall of Fame, mais ici, ce genre de célébrité ne comptait pas. Provinciale jusqu'au bout des ongles – ou peut-être simplement protectrice de ses enfants – cette ville ne verrait jamais Wazchuck que comme un second couteau, derrière Red Bowen, le meilleur arrière de l'histoire de Commerce High, l'entraîneur qui avait baigné dans la gloire du basket lycéen pendant trois décennies. Aujourd'hui encore, saoul la plupart du temps, ivre tous les soirs, même comme ça, lorsque Red entrait quelque part, c'était un événement. Et il y avait des années qu'il n'avait pas payé au restaurant.

Archer n'éprouvait plus depuis bien longtemps la moindre nostalgie pour cette ville qui n'était plus qu'un vaisseau brisé, mais il avait toujours de l'affection pour les hommes comme Red, une affection vacillant telle la flamme d'une bougie fondue, pour ces vieux types qui avaient grogné et râlé dans tous les restos, les bouges sales, aux comptoirs des bars, des types qui étaient allés à la guerre, avait amassé des fortunes et les avaient perdues, avaient acheté de grandes maisons et élevé des familles nombreuses et bruyantes, et à la fin, la seule chose dont ils se souvenaient vraiment et pour laquelle on se souvenait d'eux, c'étaient des parties de football, de base-ball ou de basket qui dataient de soixante ou soixante-dix ans. Ils s'accrochaient tout le reste de leur vie à des prouesses, une force et des talents qui avaient été à leur apogée quand ils avaient dix-huit ans. Red était le mâle alpha de cette ville. Il était vénéré par les hommes comme par les femmes, par les garçons comme par les filles, la plupart même pas assez vieux pour se souvenir de l'époque où les exploits sportifs de Red Bowen étaient encore frais dans les esprits. Il était devenu un véritable mythe. Mais cela ne suffisait visiblement pas.

Archer et Julio se tenaient debout devant ce totem contenant la preuve de la place de Red Bowen dans l'histoire de cette ville, qui n'avait pas d'histoire au-delà des huit collines qui l'entouraient. Et tandis qu'ils regardaient, Red s'arracha du canapé et se leva, tanguant, derrière les deux parameds.

— Celle-là ? dit Red en montrant du doigt. C'est quand j'entraînais les gars pour la finale de l'État, en 1971. Orofineo a marqué un tir en extension à cinq secondes de la fin, et on a battu Newton South pour remporter tout le putain de truc. Le plus gros coup de toute l'histoire de la ville. Eddie O'Toole était le maire, à l'époque, il m'a donné une médaille et les clefs de la ville. Ça, c'était un maire. Pas comme son connard de fils.

Red pivota vers la gauche et fit un pas en arrière en direction du canapé.

— Ça remonte à quand, la dernière fois que vous avez mangé, Red ? demanda Archer.

— Je mange tous les jours, dit-il, écartant largement les mains et en tournant lentement pour dessiner un cercle. Je mange tout ça. Mon existence est ma nourriture. Eddie O'Toole. Il ne s'est jamais présenté pour devenir gouverneur. Mais c'était une autre époque. Les gens se préoccupaient des autres. On avait le sens des convenances, ici.

Red cessa de tourner, tituba vers le canapé, prit une rasade de whiskey avant de s'y écrouler.

— Vous avez beaucoup téléphoné, ce soir, dit Julio.

— Je leur ai dit que je n'avais besoin de personne, putain.

— On sait que vous vous sentez seul. Mais vous ne pouvez pas faire le 911 toutes les dix minutes juste pour le plaisir, même si vous êtes l'ami intime de Johnny Wazchuck.

— J'emmerde Wazchuck! (Red jaillit du canapé et pointa un doigt vers Julio.) Il n'était même pas digne de porter mon slip, et tout le monde dans cette ville le savait! Red Bowen était meilleur. Red Bowen était le meilleur. Quiconque vous dira autre chose est un con. (Il regarda Archer.) Qu'est-ce que vous avez, vous autres, les Irlandais?

Archer haussa les épaules.

— Je ne suis pas irlandais.

— Dommage, Archer. Peut-être que tu l'aurais vu venir.

— Vu quoi venir?

Red fit un geste comme pour le chasser de la main. Il soupira. Il se gratta l'entrejambe, et le bouton sur son menton.

— Je suis qu'un poivrot. Je le sais bien. Mais j'ai toujours des amis. De ce qu'ils me disent, et de ce que je lis dans le journal, on a une chose en commun.

— Quoi donc?

— Pas quoi, mais qui. (Il bâilla, ferma les yeux.) Qui.

Archer s'approcha de Red. Le vieil homme était dur d'oreille et avait du mal à rester debout.

— Comme qui?

— T'inquiète donc pas, jeune homme. T'inquiète pas. Red Bowen, c'est un nom qui compte encore, même si le bonhomme lui-même, non. Tu as été gentil avec moi, toutes ces années. Je ferai disparaître tout ça. Je fais des tours de magie tout le temps.

Il s'écroula dans le canapé et mit les bras par-dessus son visage.

— On sait, dit Archer.

— Ce sale petit merdeux de Conroy, ton pote, il s'est pas mal remué ces derniers temps, il m'a apporté de quoi boire, il s'inquiétait de savoir comment j'allais. L'homme à tout faire de John O'Toole. Il veut que je participe à sa campagne, dans le coin. J'ai dit que j'y réfléchirai. Conroy a dit que le maire se faisait défoncer dans les journaux à cause de cette histoire de bébé à qui un ambulancier a fait du mal. J'ai vu le journal. Je sais additionner 2 et 2. Je connais Eamon Conroy depuis très longtemps.

— Donc vous le connaissez ?

Conroy faisait maintenant partie de sa vie, de son corps, un cinquième membre gangrené qui menaçait de le tuer. Archer savait qu'il ne pourrait pas se débarrasser de Conroy. Il était partout, même dans le salon de Red Bowen.

Red opina.

— Je peux pas le prouver, mais ce merdeux m'a coûté mon boulot à Commerce. Il a mis de la came dans ma bagnole parce qu'il avait tabassé un de mes joueurs pour conduite en état de négritude et je n'ai pas voulu que le gosse retire sa plainte. Conroy n'était qu'un flic de base, à l'époque, mais ça se voyait qu'il irait loin. Tous les autres flics le détestaient. C'est comme ça qu'on reconnaît ceux qui ont un avenir, les prometteurs. La plupart des flics en uniforme veulent simplement maintenir la paix dans leur secteur. La sécurité. Les types comme Conroy, ils veulent remuer la merde, se faire un nom. Pas la recette de la po-pu-la-ri-té. Mais bon pour les affaires.

— Pourquoi vous lui parlez, alors ?

— Qu'est-ce que je peux faire d'autre ? On ne peut pas rester fâché, dans cette ville. Il n'y a pas assez d'alternatives. Pour un mec comme moi, c'est à peu près comme si le reste du monde n'existait pas. Cette ville ? C'est tout ce qu'il y a. J'y suis coincé, comme dans un trou noir. Rien n'en réchappe. Les inimitiés ne durent pas longtemps, ici. C'est comme ça. Nous ne sommes pas assez nombreux. Pas assez nombreux. La rancune, c'est un luxe.

Red ferma les yeux et, en un rien de temps, se mit à ronfler. Archer avait envie de le réveiller, de le faire parler davantage. Conroy. Qu'avait dit Conroy à son sujet ? Archer prit une profonde inspiration et sentit les boules anti-mites des placards, l'alcool rance renversé sur le lino jaune de la cuisine, le bas de pyjama de Red, tâché d'urine, qui sentait presque la banane pourrie. Un des cercles de l'enfer. Était-il proche ou loin du centre ? Il n'avait aucun moyen de le savoir. Mais il savait qu'il avait peu d'espoir de s'en échapper.

Julio mesura le taux de glycémie de Red et vérifia ses paramètres vitaux. Archer regarda de plus près l'autel dédié à Red Bowen et repensa à sa mise en garde. Les exploits héroïques au basket de Red à l'époque de Commerce Highschool, les années d'université, puis encore les décennies à Commerce, comme entraîneur. Était-ce une mise en garde ? Sur l'étagère du bas, il y avait un cadre jaunissant d'un article du *Courier* : Red serrait la main d'une femme en tailleur. Ni l'un ni l'autre ne souriait. Red se détournait de l'objectif, incliné en arrière comme s'il voulait s'adosser au mur derrière lui. Le titre : "La légende de la ville et entraîneur adoré prend sa retraite".

— Qu'est-ce qui a bien pu lui arriver, à ce mec, bordel ? dit Julio.

— Mon père l'a eu, à Commerce, à l'époque. Il disait qu'il n'y avait pas meilleur mec que lui, dit Archer. Prof génial. Tout le monde adorait coach Red.

— Qu'est-ce que c'étaient que toutes ces conneries qu'il disait ?

Archer grimaça.

— Je pourrais te poser la même question.

— Je me demandais combien de temps ça mettrait.

— Tu comprends pourquoi je me fais du souci.

— Ça fait combien de temps qu'on est amis ?

— Tu t'es fait porter pâle pour la première fois en je sais pas combien de temps. Et après j'apprends par l'avocat de la ville qu'ils t'ont appelé. Tu pouvais pas me le dire toi-même ? Je commence à croire qu'on n'est pas sur la même longueur d'onde.

Julio remonta la fermeture Éclair de son sac. Il regarda les pieds d'Archer en parlant.

— Ils m'ont appelé à la dernière minute. Et j'étais vraiment malade. Les gosses ont rapporté un truc de la crèche. J'ai eu l'estomac sens dessus dessous toute la semaine. Je ne leur ai rien dit d'autre que ce que nous nous sommes dit, toi et moi.

Archer crut Julio. Il n'était pas soulagé, pas vraiment. Mais peut-être que c'était la stratégie de Lagrange. Les diviser, pour que l'un d'eux se rende, balance, même s'il n'y avait rien à balancer. Ils avaient dit la vérité à Lagrange. Chercher une autre version était voué à l'échec, mais cela ne réconfortait pas Archer. Serrez et roulez bien fort, et même le tube dentifrice vide finit par donner quelque chose.

— C'est juste pour dire. Ça avait l'air bizarre.

— Ben, calme-toi. Tu sais ce que Maria me ferait si jamais il t'arrivait un pépin ?

Archer secoua la tête. Il regarda de plus près une photo agrandie de Red allant vers le panier, pendant un match, à

Commerce, le ballon bien bas sur sa gauche, hors de portée du défenseur qui cherchait à l'atteindre désespérément, forçant sur son épaule droite. Les yeux du défenseur étaient écarquillés, furieux, déterminés. Red était calme comme la mort, sauf pour ses yeux. Eux, ils étaient bien vivants.

Le panier était à un mètre au-dessus de Red, juste au-dessous d'un des spots ronds et éblouissants, au plafond. L'objectif cadrait le panier, comme auréolé d'une couronne lumineuse, et plus Archer regardait, plus il se convainquait que Red ne visait pas tant le panier qu'il cherchait à s'élever dans la lumière.

Archer avait dans l'idée que la lumière n'allait pas purifier Red, qu'il n'y avait pas de rédemption au bout d'un quelconque tunnel, pas de parents morts pour l'accueillir, pas de grande table dressée avec un festin sans fin, pas de chansons, pas d'anges dansants, ni non plus de fauteuil pour lui, à la droite de qui que ce soit. Rien de tout cela n'attendait Red, ni Archer, ni le bébé en mort cérébrale, ni Evangeline – rien de tout ce dont les frères de St John's avaient parlé pendant les cours de catéchisme au lycée. La lumière était la fin. Au-delà, il y avait quelque chose, mais rien de bien, juste quelque chose qui pouvait amener les négligents et les malchanceux dans un endroit comme celui-ci – qui pue la pisse, où on est seul, à se traîner dans un entresol merdique.

— Qu'est-ce que tu veux faire ? dit Archer.

Julio regarda Red, endormi.

— À quel sujet ?

— Red. On ne peut pas le laisser comme ça.

— Je sais.

Julio alla dans la chambre et en revint avec un pantalon de survêtement et un T-shirt.

— Je crois que c'est propre. Plus ou moins.

— Pas de pisse.

Ils enfilèrent des gants en latex violets et déshabillèrent Red, empilant les vêtements souillés par terre près du canapé. Ils humidifièrent une serviette qu'Archer trouva dans la cuisine et lavèrent Red comme ils le purent, puis l'habillèrent. Julio attrapa Red sous les bras et Archer le souleva par les jambes, ils le transportèrent dans la chambre, et ils l'allongèrent sur le lit. Red dormit tout du long. Archer retourna dans le salon et mit les vêtements sales dans un sac-poubelle, y scotcha un bout de papier sur lequel il écrivit RED, et le jeta devant la porte d'entrée de l'appartement d'en face.

Lorsque Archer revint, Julio jetait les dernières bouteilles d'alcool dans la poubelle de recyclage.

— Tu as donné les fringues à Mme Konsciencszy ?

— Il est tard. Je les ai mises dans un sac devant sa porte avec le nom de Red dessus. Elle s'en occupera.

Julio hocha la tête.

— Comme à chaque fois qu'on vient ici. Cette femme est une sainte.

Ils réunirent leur matériel et se préparèrent à franchir la porte. Archer était sur le point de la refermer lorsqu'il stoppa net, alla ramasser le téléphone de Red près du canapé, suivit son fil jusqu'à la prise, dans le mur. Archer enroula le fil autour de sa main, puis tira d'un coup sec, comme s'il démarrait une tondeuse à gazon. Le fil s'arracha du mur, explosa la protection en plastique, et laissa un vilain trou plus ou moins carré dans le plâtre. Il ouvrit la fenêtre, balança le fil dans les buissons qui se trouvaient entre la fenêtre et le trottoir. Il retourna à la porte, jeta un dernier coup d'œil à l'appartement. Il fit jouer la serrure de la porte d'entrée pour la verrouiller, éteignit la lumière du salon et sortit.

23

Des années auparavant

Archer respira profondément et envoya autant d'oxygène dans ses poumons que le masque le lui permettait. Le sac d'un litre de liquide intraveineux branché à son bras gauche était presque vide. Le mélange stérile d'eau et de sel rétablissait un semblant d'équilibre en lui ; il se sentait capable d'encaisser une autre nuit d'été en ville.

Cet été-là avait été particulièrement chaud. Une douzaine de vieilles dames étaient mortes dans le Midwest pendant le week-end, et le président Bush avait déclaré l'état d'urgence nationale, ordonné l'ouverture de refuges climatisés dans des villes comme Chicago et Boston. Julio monta à l'arrière de l'ambulance avec un sac-poubelle transparent plein de matériel. Il souriait en remplissant les étagères.

— Qu'est-ce qui te rend si heureux ? demanda Archer.

— Maria est fâchée après toi, *amigo*. Tu as sauté le déjeuner.

— Ta femme n'est pas ma mère.

Si elle l'était, pensa Archer, elle lui aurait dit de ne jamais mélanger bière et alcool fort. Encore moins de la bière premier prix et de l'alcool fort bas de gamme.

— Elle t'avait fait ton plat préféré.

— J'étais occupé.

— Je sens ça.

Archer retira le masque à oxygène de son visage et se pencha sur la petite poubelle au bout du banc sur lequel il était assis. Archer vomit trois fois, s'essuya la bouche, remit le masque à oxygène sur son visage. Julio lui tendit une compresse de gaze carrée.

— Mets-toi ça sous le nez et respire. Ça chassera la nausée.

— C'est un truc à l'alcool.

— Fais-moi confiance, il n'y a rien de mieux pour soigner la nausée que de respirer dans un de ces trucs. Je l'ai lu dans le journal, donc ça doit être vrai.

Archer fit un doigt d'honneur à Julio mais prit la gaze et commença à inspirer. Il n'avait pas envie de le dire à Julio, mais son estomac se calma et la nausée disparut.

— Toi et tes putains de journaux.

Julio rigola.

— Je savais que tu te sentirais mieux.

La radio ressuscita.

— Ambulance 3 à l'écoute ? dit la régulatrice.

Julio appuya sur le micro accroché à son épaule.

— Ambulance 3 à l'écoute, équipe de nuit, Tavares et Archer.

— Ambulance 3, appel prioritaire, 141 South Florence Street, près de la piscine à l'arrière, un enfant, possible noyade.

Le trajet sembla durer une éternité. Pas de bavardages, pas de blagues. Sérieux à mort. En lui-même, Archer priait que ce soit comme d'habitude, un gosse qui s'était retrouvé en difficulté dans la piscine, des parents paniqués qui avaient crié à la noyade. Ça arrivait tout le temps. Archer écartait l'autre réalité de son esprit – quelquefois, chaque été, l'appel correspondait exactement à ce qu'il décrivait. Il vérifia les doses de médicaments, les tailles des tubes et des lames, et il pensa à qui il allait dire quoi sur place.

La petite fille était allongée sur le patio en ciment, à côté de la piscine. Les pompiers de la caserne du bout de la rue et deux policiers en uniforme étaient présents. Le jardin était clairsemé – propre, le gazon bien coupé, un petit portique avec une balançoire à côté d'un bassin avec des carpes koï. Des arbres longeaient une vaste pelouse entourée de murs de brique bas. Tandis que les pompiers se relayaient pour prodiguer un massage cardiaque à la petite fille, de l'eau coulait de son nez et de sa bouche. Archer s'efforça de ravaler la bile qui lui montait dans la gorge, la nausée le submergeait à nouveau à l'idée de se concentrer.

— Petite fille de quatre ans. Sa mère est allée à l'intérieur une minute pour répondre au téléphone, elle est revenue et l'a retrouvée dans la piscine, dit un des pompiers, haletant en même temps qu'il appuyait. Pas de pouls, pas de respiration.

Julio s'agenouilla près du pompier qui envoyait de l'air dans les poumons de la petite fille avec un masque à oxygène. Il ouvrit sa mallette d'urgence, sortit un rouleau de toile, le déroula par terre, et commença à réunir son équipement. Archer colla deux grands électrodes sur la poitrine de la petite fille, alluma le moniteur et regarda une longue ligne plate s'étirer en travers de l'écran.

Archer fit signe de la tête et les pompiers massèrent de plus belle la poitrine de la petite fille tandis qu'Archer lui posait la perfusion intraveineuse et lui injectait de l'adrénaline. Julio introduisit une sonde d'intubation dans la trachée, et commença à ventiler.

Deux autres pompiers arrivèrent avec le brancard de l'ambulance. Un policier tapa sur l'épaule d'Archer et lui tendit le nom de la petite fille et sa date de naissance, qu'il avait obtenus de la femme qui se tenait debout à proximité, à se tordre les mains en silence.

Le flic hocha la tête en direction de la femme.

— C'est la maman.

Archer s'y connaissait en parents écrasés par la douleur. Il savait tout des variétés de silences. Parfois, si le patient avait souffert longtemps et beaucoup, Archer savait que le silence pesait bien plus lourd que l'acceptation. Il signifiait que la mort serait la bienvenue, qu'elle libérerait de la douleur. Archer avait vu des silences dus à la culpabilité, comme lorsqu'un enfant qui pleurait trop s'était fait défoncer le crâne contre le mur en béton et que le petit copain qui jouait les baby-sitters comprenait qu'il allait en prendre pour très longtemps.

Et puis il y avait la douleur de la mère. Celle qu'Archer connaissait le mieux. Il l'avait vue lors d'overdoses, d'accidents de voitures mortels à deux pas du domicile de la victime, lors de pendaisons ou après des blessures par arme à feu à la tête, si récente que l'odeur de cordite flottait encore dans l'air.

Et lors de noyades, habituellement une ou deux par été. C'était le silence d'une douleur si lourde qu'elle excluait de parler. C'était le silence qui accompagnait une vie qui ne serait jamais, la perte de quelque chose qui n'avait jamais été mais qui avait semblé non seulement atteignable mais assuré.

Julio supervisa le déplacement de la petite fille du sol sur une longue planche de fibre de carbone puis sur le brancard. Archer donna davantage d'adrénaline et alla voir la mère. Elle le regarda en face, ni implorante ni en colère, avec un air nouveau, qu'Archer n'avait jamais vu. Archer avait une douzaine de discours prêts pour ce genre de cas, mais ceci était inattendu. Il n'aurait pas réussi à le formuler, mais il avait l'impression de parler à un membre d'une nouvelle tribu, comme s'il établissait pour la première fois le contact avec une ancienne civilisation ayant vécu sur une île du Pacifique pendant un millier d'années sans jamais communiquer avec personne.

— Madame, dit Archer.

— Ann, dit la femme.

Ses yeux étaient bordés de rouge et de larmes.

Archer hocha la tête.

— Ann, Evangeline est dans un état critique. Nous faisons tout ce que nous pouvons, mais vous devez savoir que, pour l'instant, elle n'a pas de pouls et ne peut pas respirer seule.

— N'abandonnez pas, dit Ann, dont le calme mit Archer mal à l'aise.

Il y avait des traces de la douleur et de la terreur habituelles, ainsi que l'aveuglement calme qu'il avait déjà vu chez les gens aux fortes convictions religieuses. Mais Ann était différente. Elle était les deux à la fois – apeurée et certaine qu'un ordre surnaturel quelconque était à la manœuvre – et en même temps sûre de rien.

— Nous faisons absolument tout ce que nous pouvons, elle reçoit les meilleurs soins possibles. Je voulais simplement que vous sachiez qu'elle va très mal, et qu'elle pourrait ne pas survivre…

Ann se raidit. Elle tendit quelque chose à Archer pour qu'il le regarde, les bras tremblants, comme si elle portait quelque chose de très lourd. Un chapelet.

— Je viens de le retrouver, dit-elle. (Ses yeux s'agrandirent et lorsqu'elle les leva vers Archer, on aurait dit qu'il lui fallait contraindre chaque cellule de son corps à coopérer. Quand elle parla, elle semblait être à des milliers de kilomètres.) Je n'y avais plus pensé depuis des années. Pourquoi est-ce que je le retrouve maintenant ?

— Archer, le pouls est revenu, dit Julio.

Archer hocha la tête, puis regarda de nouveau la mère. Il sentit son propre cœur qui s'emballait.

— On a aussi de la pression, dit Julio. Elle mord le tube.

— Il faut vraiment que j'y retourne, dit Archer.

Ann tendit le chapelet vers Archer comme un enfant montrerait un coquillage qu'il aurait trouvé sur la plage.

— Ça doit vouloir dire quelque chose, dit-elle.

Julio et les pompiers soulevèrent le brancard et allèrent vers l'ambulance. Ils stoppèrent devant Archer. Ils savaient que c'était son truc. Il arrêtait toujours les enfants malades ou blessés suffisamment longtemps pour que leurs parents les embrassent, leur caressent la main. Il regarda l'électrocardiogramme, sentit un pouls fort dans le coude et le poignet de la petite fille.

— J'ai dû lui donner un petit sédatif, dit Julio.

— Elle va quand même très mal, dit Archer à Ann. Vous pouvez l'embrasser sur la joue et lui parler un instant.

Ann se pencha, caressa le dos de la main droite d'Evangeline, lui chuchota quelque chose à l'oreille.

Archer dit à Julio d'aller à l'ambulance, qu'il arrivait tout de suite.

— Il y a de l'amélioration, dit-il à Ann, mais Evangeline est toujours très, très mal.

— Elle vivra, dit Ann. Je le sais.

Ann prit Archer dans ses bras, serra la main d'Evangeline, puis tomba à genoux et pleura.

— Vous pouvez rester avec elle ? demanda Archer au flic le plus proche, qui accepta.

Rien ne changea durant le trajet pour l'hôpital. Le cœur d'Evangeline continua de battre. Sa pression sanguine se stabilisa. Archer appuya sur le sac d'oxygène et Julio promena une lampe stylo sur les yeux de la petite fille. Il secoua la tête.

— Pupille droite foutue. Sans réaction.

Archer regarda le visage de la petite fille. Pas de blessure, pas de signe de destruction derrière ses yeux, qui indiquerait qu'une partie de son cerveau était déjà mort à cause de la privation d'oxygène. Il appuya de nouveau. Aucune bataille n'est jamais vraiment gagnée, pensa-t-il. À l'intérieur de lui, le barrage déjà fragile céda. Les choses qu'il se répétait nuit après nuit lorsque le système était défaillant, lorsque la médecine était défaillante, lorsque lui-même était défaillant – tout cela l'ensevelissait, à présent. Cette petite fille n'avait rien de spécial, et, en soi, c'était déjà effrayant. Toutes ces tragédies, petites et grandes, et Archer, qui ne pouvait rien y faire, jamais. Cela passa en un clin d'œil, et quiconque l'aurait vu à cet instant précis n'aurait rien remarqué. À l'extérieur, Archer faisait ce qu'il avait à faire. À l'intérieur, il était lessivé. Il n'en pouvait plus.

Ils le retrouvèrent cinq jours plus tard. Julio et Knuckles l'avaient cherché en dehors de leurs heures de boulot. Tout le service avait parcouru la ville. Ils avaient demandé partout. Ils avaient passé la ville au peigne fin, les flics avaient questionné tous les SDF et tous les voyous sur qui ils avaient pu mettre la main. Archer avait disparu.

Ils le retrouvèrent dans les buissons entre l'usine abandonnée de la Healy Machine Works et Dooley Pond, allongé en travers de rails qui n'avaient pas vu de trains depuis une bonne centaine d'années. Knuckles arriva le premier, un jeudi matin. Ils avaient reçu un tuyau d'un client régulier, selon lequel Archer était par là-bas, qu'il était ivre mort depuis des jours, qu'il s'était bagarré avec les occupants habituels des lieux, qu'il s'était peut-être fait planter par un mec de la Posse. Knuckles l'allongea sur un sac de couchage à l'arrière de son pick-up et le conduisit à l'appartement de Julio.

Ils le traînèrent tous les deux dans la salle de bains de Julio et découpèrent ses vêtements. Maria lui donna un bain. Quand Archer se réveilla, Maria lui tendit une serviette et sortit. Quelques minutes plus tard, Archer émergea et Maria lui montra un coffre au pied du lit. Il s'assit dessus et elle lui donna une pile de vêtements de Julio.

— Tu vas aller là-bas, dit-elle.

— New Start ? Hors de question.

— Ce n'était pas une question. Tu y vas.

Elle s'agenouilla devant lui, posa ses mains chaudes sur ses genoux.

— Mes enfants t'aiment. Julio t'aime. Je t'aime. Tu y vas.

— J'allais bien. Il y a eu des cas difficiles. Et puis il y a eu la mère de cette petite fille…

— Ce boulot fout en l'air les gens. Je supplie Julio de retourner à l'école, de travailler dans les ordinateurs. Ce travail, c'est mauvais pour toi, pour vous tous. Un jour, tu vas rencontrer quelqu'un et te marier, peut-être que tu auras des gosses. Tu veux être comme nous ? Tu veux bosser cent heures par semaine juste pour pouvoir payer l'appareil dentaire de tes enfants et mettre à manger sur la table ?

— Tu connais ce sentiment, en été, quand il pleut toute une semaine et que tu arrives à un point où tu te dis que ça ne va jamais s'arrêter, que ça va être comme ça à jamais et que le soleil ne réapparaîtra plus, que plus rien ne sera jamais sec ? C'est ce que je ressens tous les jours.

— Habille-toi, dit Maria. Après manger, Julio t'emmènera là-bas. J'ai déjà préparé tes affaires.

Elle se mit debout, l'embrassa sur la tête, et sortit de la pièce.

Plus tard, en voiture, Julio dit que c'était pour le mieux, que cela faisait un moment que ça devait arriver, et qu'ils ne supportaient pas de le voir se tuer à petit feu. Archer ne dit rien. Julio lui dit que ce n'était que pour un mois, qu'il avait entendu dire beaucoup de bien de New Start, qu'Archer reviendrait d'attaque pour affronter les rues avec la tête claire et le cœur solide.

Archer se tourna vers Julio.

— Moonie et moi, une fois, avant que tu sois là, on a eu ce type, qui s'était fait épingler à un mur avec une machette. C'était un mec avec un masque de hockey, comme dans *Vendredi 13*, qui lui avait fait ça. En pleine poitrine. On ne pouvait plus rien pour lui, pas vrai ? Mort inévitable. Il m'a demandé de ne pas le laisser mourir, et puis il est mort. J'ai l'impression qu'il ne peut pas y avoir de nouveau départ pour moi.

— Tu as besoin d'un peu de temps. Loin de tout ça. De cette merde et de la merde que tu fais pour évacuer toute cette merde. Tu verras.

Ils entrèrent dans le parking d'une vaste maison de plain-pied au milieu des bois. Ils n'avaient pas croisé une seule voiture depuis une demi-heure. Un immense lac d'un violet sombre dans la lumière du soleil couchant disparaissait au loin derrière la maison. Une porte latérale s'ouvrit et un homme de haute taille, costaud, les cheveux et la barbe gris, fit signe de la main à Julio et Archer.

— Merci de m'avoir accompagné, dit Archer.

— Tu veux que je sorte ton sac ?

— Je m'en occupe.

— Tu es sûr ?

— Il faut que j'y aille seul. Je te passe un coup de fil quand je peux.

— Remets-toi en forme, mec.

Ils se prirent dans les bras. Archer descendit de voiture et ne se retourna pas. Il monta sur le porche, puis disparut.

24

Elle s'installa dans le box avec son nom gravé sur la table en bois. Lu déguisa son anxiété sous de la nonchalance. Elle savait que Conroy pensait qu'ils se voyaient pour parler d'Archer et de l'article du lendemain. C'était son plan, à l'origine, et c'était toujours le cas, d'une certaine façon. Ils parleraient. Mais les choses ne se passeraient peut-être pas comme Conroy s'y attendait.

Lu regarda son nom. C'était dans une autre vie, pensa-t-elle. Commerce High, trente ans et des poussières. Lu avait gravé un L.M. plein de fioritures avec les ciseaux à cuticules de Susie Windmere. Elle l'avait fait à un endroit très convoité, dans le coin près du distributeur de serviettes en papier – le R.B. simple et sobre de Red Bowen était juste à côté.

Le Riverside était un morceau d'histoire vivante. Cela faisait quatre-vingts ans maintenant que les garçons et les filles de la ville venaient dans cet endroit suranné et ses compartiments en bois cabossés pour un soda, un hot-dog à la sauce secrète Riverside (l'ingrédient secret, avait-elle appris depuis, c'était le chili sans haricot en conserve du

Barker's deli), et qu'ils gravaient leurs initiales sur les tables en bois, sur les parois entre les box, et même sur les panneaux des toilettes. L'endroit lui-même respirait le siècle précédent, un ersatz des registres d'Ellis Island retraçant les vagues d'humanité qui s'étaient brisées ici.

Lu mangea un hot-dog, but un soda, et attendit.

Elle n'aurait pas pu trouver meilleur endroit. Personne le soir pendant le week-end, à part des poivrots, des ados et des familles de banlieue en quête de sensations, désireux de faire partie d'une des institutions officieuses les plus célèbres de Worcester. Les gens d'influence allaient au Dinger ou au Sole, ou même au Rosetta's Steakhouse ou à une douzaine d'autres adresses. Le Riverside était résolument à l'écart.

Conroy se faufila sur le banc en face de Lu et balaya la pièce du regard.

— Vous ne commandez pas de hot-dog ? demanda-t-elle.

Conroy secoua la tête.

— Cet endroit n'a rien de mythique pour moi. En tout cas pas au point d'y manger.

— Quelques kilos de plus ne vous feraient pas de mal.

— Vous n'avez pas lu les études ? Chaque kilo supplémentaire est comme une année de moins à votre espérance de vie, ou un truc dans le genre.

— Vous essayez d'être immortel ?

— Quand j'étais flic, vous savez combien de vegans j'ai tiré de sous un bus ? Tous ces gens qui vivent dans le déni. Perte de temps. On ne peut pas gagner une seconde de vie de plus que ce qui nous a été donné le jour de notre naissance. Ceci dit, je ne cherche pas non plus à écourter.

Une voiture de police passa dans la rue, sirènes hurlantes, et disparut. Lu fit tourner son assiette en porcelaine vide avec son doigt et regarda un serveur se débattre avec un plateau en plastique couvert d'assiettes et de couverts, et le lâcher. Le fracas pétrifia les conversations dans la pièce, une adolescente poussa un cri. Conroy réagit à peine. Il fit glisser une grande enveloppe en papier kraft sur la table.

— C'est une lecture intéressante. Ça en dit long sur votre copain, Archer.

Elle remarqua le sceau de la ville en relief, le nom d'Archer en lettres inégales tapées à la main sur une de ces vieilles machines à écrire IBM sur lesquelles la bureaucratie municipale travaillait encore.

— Impressionnant.

Conroy sourit.

— Les gens veulent que John O'Toole leur doive des renvois d'ascenseur. C'est bien mieux que des bons du Trésor.

McCarthy ouvrit le dossier, lut la fiche personnelle d'Archer. Vit son salaire et la liste de ses médailles et récompenses. Pas de service militaire. Un diplôme d'ingénierie électrique de Tech. Une femme, Elaine. Un enfant, Michael. Quatre ans. Des tas de factures de l'assurance sociale de la ville au sujet de “demandes pour état de santé critique”, pour le petit garçon. Hospitalisations à Boston. Chimiothérapie, opérations chirurgicales, des millions de dollars de factures, ventilées entre ce que l'assurance prenait en charge et ce qu'Archer devait payer. Il doit être fauché comme les blés, pensa Lu en regardant les documents.

— Regardez à la fin, dit Conroy, en jetant un coup d'œil par-dessus son épaule. Au dos de la feuille rouge.

La feuille rouge était marquée CONFIDENTIEL. Lu la tourna et lut.

Une chose attira son attention. Cela remontait à dix ans. Archer avait commencé à venir au boulot ivre. Avait donné un coup de poing à un collègue. Avait dit qu'il faisait des cauchemars, qu'il voyait des hommes avec des trous dans la poitrine qui le suppliaient de vivre mais qu'il ne sauvait jamais. Insomnies. Absences pour maladie. Puis des absences non justifiées. Suspension d'une semaine sans maintien de salaire, menacé de renvoi. C'en était trop, et on l'avait envoyé dans un endroit appelé New Start Academy pendant un mois.

— C'est quoi, New Start Academy ?

— C'est là qu'on va quand on est une chochotte. Les camés, les alcoolos, les cauchemardeux, ce genre de conneries. On n'est envoyé là-bas que si on n'arrive pas à s'en sortir, si on n'a aucune force mentale, si on n'est pas capable de supporter le stress d'un boulot comme celui-là.

Elle haussa les épaules.

— Et alors ? C'était il y a longtemps. Des tas de gens ont des problèmes au travail. Ces gens-là – les flics, les parameds, les pompiers –, ce sont des boulots durs. Qu'est-ce que ça peut faire s'ils ont besoin d'une pause de temps en temps ?

— C'est pas ça le problème. Ce mec-là, Archer, a déjà montré qu'il ne résistait pas au stress. Il a l'habitude de picoler quand il est sous pression. Il a eu des problèmes bien avant cette histoire avec le bébé.

Lu mangea une frite, réfléchit à l'argument de Conroy.

— Daisy Fontana n'a pas l'air de lui en vouloir.

— Vous avez de la bouteille. Vous savez qu'il y a des choses que les gens ne disent pas facilement.

— C'est vrai. J'ai de l'expérience.

Elle pensa à sa voiture en feu au milieu de la foule, sa dernière nuit comme employée du journal. Un sacrifice. Elle était sûre qu'ils l'auraient brûlée, elle aussi, si les choses s'étaient passées autrement.

— Vous savez ce que j'ai fait quand j'ai eu fini de parler avec elle ?

— Je suppose que vous avez appelé la police pour votre voiture.

— Pas du tout. Je suis rentrée et j'ai lu tous mes articles au sujet de votre procès, celui qui vous a coûté votre boulot. Il y avait des détails intéressants, que j'avais oubliés.

— Pourquoi faire une chose pareille ?

— C'est une règle que j'ai. "Si ta mère te dit qu'elle t'aime, vérifie." Donc je lisais ça. C'est du lourd. J'avais complètement oublié votre escouade de free-lances. Qui se serait douté qu'autant d'anciens de l'École des Amériques vivaient à Worcester ?

Conroy se redressa, trempa le coin d'une serviette en papier dans le verre d'eau de Lu et essuya une tache de Ketchup entre eux deux.

— Archer était le témoin principal contre vous, n'est-ce pas ?

— Vous le savez bien.

Lu opina, tapa du bout de l'index sur la table pour marquer le coup.

— Et nous voilà aujourd'hui, vous venez ici, vous dites que le maire veut se débarrasser d'Archer, faire le ménage, éviter des questions potentiellement gênantes, et moi je me dis que c'est réglo, après tout, c'est une motivation tout à fait légitime pour un type comme John O'Toole, quoi. Mais là, je commence à me poser des questions. Je me demande si ça concerne vraiment le maire. Est-ce qu'il est au courant que nous avons cette conversation ?

Conroy dévisagea Lu en silence, cherchant à la décontenancer. Elle observa ses traits changer alors qu'il restait parfaitement immobile. Ses joues se creusèrent, ses yeux bleus devinrent un peu plus pâles. Ses sourcils se froncèrent et la mèche rousse qui lui tombait en plein milieu du front s'éclaircit.

— Que voulez-vous que je vous dise ? C'est une petite ville. Il y a forcément des coïncidences.

— Peut-être. Mais certaines coïncidences ont l'air d'être vraiment très "coïncidentelles", si vous voyez ce que je veux dire.

— Est-ce qu'il y a une question derrière tout ça ? Je vais devoir y aller.

Lu haussa les épaules, regarda le dossier.

— Je peux garder ça ?

— Dix minutes pour prendre des notes, c'est tout. Je dois le rendre ce soir ou bien je me transforme en quelque chose de bien pire qu'une citrouille.

— Je peux prendre une photo ?

— Non. Les photos ont la mauvaise habitude de traîner à droite et à gauche, et moins il y a de miettes pour remonter jusqu'à nous, mieux je me porterai. C'est papier et crayon ou rien.

Lu se mit au boulot. Elle se sentait comme un moine copiste, recopiant des pages de la sainte Bible avant que les Vikings n'arrivent et brûlent tout. Elle remplit la moitié des pages de son carnet d'une écriture penchée, effaçant certains mots quand sa main gauche passait là où l'encre n'était pas encore sèche. Lorsqu'elle eut terminé, Conroy ramassa le dossier et le mit sur ses genoux. Elle rangea son carnet dans la poche intérieure de son manteau, puis massa sa main contractée comme une griffe.

— Qu'est-ce que vous en pensez ? demanda-t-il.

— C'est faisable. C'est sûr qu'il y a de quoi faire un article avec tout ça. "Des sources proches du maire" ?

— Trop près. "Des sources à la mairie", peut-être ?

— Très bien.

— Il faut qu'on organise le prochain versement.

— Du cash.

— C'est ce qu'on se disait. Pourquoi laisser des traces ?

— Une question, quand même.

— Bien sûr.

— Pourquoi seulement Archer ? Pourquoi pas aussi attaquer son collègue ? Ils étaient ensemble sur cet appel. On dirait une porte délibérément laissée ouverte.

— J'en sais rien. Moi, j'arrange les choses. Je les fais disparaître. Quand le maire dit qu'il a besoin que quelque chose soit fait, je suis le mec qui le fait. C'est une vie simple. Je bosse cinquante semaines par an, je passe quinze jours à Dennis Port chaque été avec ma femme, pas de problème. J'essaie de ne pas trop réfléchir à tout ça. Les mecs comme le maire, ils passent leurs nuits à jouer aux échecs dans leur tête. Moi ? Je dors comme un mort.

— Donc Archer est le problème du maire, pas le vôtre ?

— Pourquoi est-ce que ça vous tracasse maintenant ? Vous ne vous posiez pas tant de questions au début, quand on vous a demandé d'écrire sur ce gars-là. Vous avez pris notre argent sans rien demander.

— C'est vrai. Mais vous savez ce que je n'ai jamais vu de toute ma vie de journaliste ? Un dossier de la ville. Et ça, c'est du sérieux. Je n'en ai pas vu en 1999 quand le surveillant général de l'école s'est fait choper dans cet hôtel avec cette fille. Je n'en ai pas vu en 2005 pour le lieutenant de police et cette histoire de machine à poker. Je n'en ai pas vu non plus sur aucun de mes autres sujets. Et puis là, soudainement, me voilà dans un bouge à hot-dogs un samedi soir avec l'homme à tout faire du maire, à lire le Saint des saints sur un paramed à qui John O'Toole a l'air de beaucoup en vouloir.

Conroy tapota un coin du dossier et regarda autour de lui. Il se passa la langue sur ses lèvres.

— C'est très important. John veut que tout ça s'arrête. Le Commonwealth ne peut pas se voir priver d'un homme de l'envergure de John O'Toole, futur gouverneur, juste parce qu'un minable employé de la ville a fait un rapport. Cet idiot d'Archer a merdé, mais il fait tout un plat de ce chiard du ghetto avec ses lésions cérébrales et il essaie d'entraîner le maire là-dedans. Plainte déontologique. Sérieusement ! De qui se moque-t-il ? La campagne des primaires démarre dans un mois, et les chefs du parti pensent que le très populaire maire de la deuxième plus grande ville de l'État ferait un bon cheval sur lequel parier. John O'Toole vous demande de l'aider, et il saura bien vous en récompenser.

— De quoi parle-t-on, en fait ? Qu'est-ce que Son Excellence me propose, exactement ?

— Vous connaissez les termes du marché.

— J'en viens à me dire que je suis toute seule à nager contre le courant et à prendre tout un tas de risques.

— C'est exact. Et c'est exactement pour ça qu'on vous a choisie. On savait que vous seriez à la hauteur.

Il se leva et glissa le dossier sous son bras. Il tapota la table de son index.

— Faites le boulot pour lequel on vous paie et assurez-vous de bien planter le dernier clou dans le cercueil de Thomas Archer. John O'Toole est un homme de parole, et il a derrière lui des gens qui ont de très gros moyens. Qui paie mon salaire, d'après vous ? Vous n'allez pas me voir apparaître sur les listes des employés de la mairie. Quand il sera gouverneur et que vous vous ferez cent mille dollars par an à écrire des communiqués de presse, tout ça (Conroy fit un large geste circulaire, embrassant les gens éclairés par les néons), tout ça sera comme un rêve, un rêve médiocre dont vous vous serez réveillée, le portefeuille bien épais, et toute cette histoire n'aura été qu'un simple petit détour, et vous aurez la conscience parfaitement tranquille.

Lu hocha la tête, but une dernière gorgée de soda puis balança sa canette dans la poubelle de recyclage à proximité. Elle avait voulu l'entendre. Elle avait voulu l'entendre dire que tout était verrouillé.

Il n'avait pas pu.

Lu dut se rendre à l'évidence et accepter ce qu'elle savait en fait depuis le début, depuis le jour où elle était allée dans le bureau de Kittredge, mais qu'elle avait voulu ignorer : il n'y avait rien de prévu pour elle. Rien du tout. Ni ici, ni maintenant, ni jamais, ni de sa vie entière. Elle avait toujours été seule, quelle que soit la personne qui lui promettait d'être à ses côtés. Le comprendre faisait moins mal que l'autre vérité : elle avait cru pouvoir être sauvée. Cela faisait un moment qu'elle était allée à l'église, et maintenant elle se souvenait pourquoi elle avait arrêté. Elle posa ses mains à plat sur la table.

— Je ne sais pas, Eamon. Je crois que je laisse tomber.

Conroy se rassit.

— C'est un peu tard pour ça, vous ne croyez pas ?

— Il n'y a rien pour moi après, pas vrai ?

— Tout est prévu.

— Alors comment ça se passe ? Le téléphone arrête simplement de sonner ? Plus de bavardages au Ding Wa ? On refuse de prendre mes appels ? Peut-être que vous venez chez moi, au milieu de la nuit, et je disparais aussi. Quelque chose comme ça ?

— Lu, si vous ne faites pas confiance à un ancien flic corrompu, à qui allez-vous faire confiance ?

— Alors dites-moi juste qu'il y a un boulot.

Il hésita.

— Presque assurément.

— Combien vous avez payé Kittredge ? Est-ce qu'il y avait vraiment un plan de licenciements ?

— Votre boulot a vraiment disparu. On ne peut pas dire que Kittredge ait beaucoup négocié.

Elle avait envie de s'étouffer avec tout ça. Des décennies à bouffer de la merde, à être reçue par tous les minables en costard froissé de la ville comme si c'était une audience avec le pape. À devoir s'incliner et faire la révérence pour glaner une citation à mettre dans la dernière édition de la journée, puis à noyer son amertume dans d'interminables séances de beuveries, avec de l'alcool bon marché, au Ding Wa, comme si quoi que ce soit pouvait faire une différence, et en sachant très bien ce que l'avenir réservait à tous ces connards : un nouvel appartement avec du marbre dans la cuisine et dans les salles de bains, et aux murs des plaques gravées avec des préceptes du Kiwanis ; ou bien un palace médiocre sur la côte en Floride, où ces voleurs se coucheraient au soir de leurs vies, sous une brise légère et des crépuscules roses, poseraient leur tête près de celle de leurs épouses endormies, qui passaient leurs journées à faire du shopping en pantalon de survêtement à motif floral bon marché comme si c'était un uniforme obligatoire, qui dormaient avec leurs bigoudis, le tout financé par des carrières entières passées à escroquer les contribuables, l'homme de la rue, la populace, quiconque avait de l'argent devant être plumé. Ils les volaient comme si c'était une affaire familiale, et les gens comme Lu laissaient tout cela se produire – rendaient tout cela possible, et pour quoi ? Pour qu'à la fin elle puisse être forcée, pour trente malheureuses pièces d'argent, à jeter aux orties la seule chose qu'elle possédait vraiment dans tout ce merdier : son nom – et pour qu'un putain de dégénéré comme Eamon Conroy puisse régler deux ou trois dettes en cours de route, dans son inexorable ascension ?

— Nous sommes quittes, et je ne marche plus, dit-elle en se levant, et elle s'éloigna.

25

Été 2004

Lorsque Maria fit le plan de table pour le dîner de mariage, il y eut une heureuse coïncidence : tout le monde était marié ou en couple. Sauf deux. Thomas Archer, le témoin, et Elaine Trifolo, la demoiselle d'honneur. Tous les deux célibataires. Tous les deux disant qu'ils ne cherchaient pas. Maria était ravie. Archer rechigna.

— Elaine est parfaite pour toi.

— Je ne peux pas sortir avec une infirmière. Il n'en reste pas une en ville qui ne me déteste pas.

— La faute à qui ?

— J'ai eu une mauvaise passe.

— Elle n'est pas infirmière.

— Thérapeute respiratoire ? Kiné ? Je t'en prie, pour l'amour de Dieu, pas une autre paramed ?

Elle haussa les épaules.

— Elle est juriste, en fait. Elle travaille chez Bowman machinchose. Je ne me souviens plus. Vous iriez très bien ensemble. C'est une grande fan des Red Sox.

Maria arrangea une rencontre.

— Ce n'est pas un rendez-vous galant. Donc ne t'avise pas de me faire faux bond.

Ils se retrouvèrent au Cactus Jack's, avec Julio et Maria. Elaine correspondait à Archer à tout point de vue même s'il aurait été incapable de l'exprimer. Il la trouva très jolie. Ses cheveux bruns ramenés en queue-de-cheval, ses yeux verts, ses taches de rousseur sur le haut du nez. Un visage qui respirait l'honnêteté. Maria et Julio essayèrent d'entretenir la conversation, puis lachèrent l'affaire et se recroquevillèrent dans leur propre cocon, se donnèrent à manger du calamar frit, entrecroisèrent leurs bras pour boire leur bière.

— Maria m'a dit que tu étais juriste, dit Archer. Ça doit être intéressant.

— Tu rigoles, n'est-ce pas ?

— Quoi ?

— Quelqu'un dit "juriste", et toi tu associes ça à "intéressant" ?

Archer but une gorgée de bière. Jeta un coup d'œil au bar. Vide. Mangea un calamar.

— Je ne sais pas. Je me suis dit que travailler dans le cadre de la loi, ça doit être intéressant.

— C'est emmerdant à mourir. Mais je mentirais si je ne disais pas que ça m'a amusée. Ce n'est pas vraiment dans le cadre de la loi, mais j'ai l'occasion de voir comment ça marche de l'intérieur. Et toi alors, paramed ? Ça doit être *intéressant*.

Archer haussa les épaules. D'habitude, il se la jouait faussement modeste avec les femmes, le mec qui en a vu et sauve des vies. Mais avec Elaine, il y avait quelque chose de différent. Il ne pouvait pas se résoudre à ne pas lui dire la vérité.

— Il y a de bons moments. Mais la plupart du temps, c'est des conneries. Des tas de pochetrons, de cinglés et autres débiles avec des problèmes mineurs. Quatre-vingt-dix pour cent des gens qu'on emmène à l'hôpital n'en ont pas besoin. De temps en temps, quand même, on en fait un bien. Et ça nous fait tenir des semaines. Heureusement, parce que parfois, il faut attendre des semaines avant d'avoir un appel qui vaut à peu près le coup d'aller bosser.

Elaine se gratta le front. Fronça les sourcils en direction d'Archer, de l'autre côté de la petite table, et rigola.

— Qu'est-ce que ça a de drôle ?

— Dis-moi que ce n'est pas ton baratin de drague habituel ?

Archer aimait quand elle riait, la façon dont cela rendait ses yeux verts encore plus verts.

— Non, en général j'invente des conneries.

— J'espère bien. C'est pathétique.

— C'est un bon boulot, simplement, ce n'est pas aussi excitant que les gens le croient.

Elle montra du doigt la télévision, au-dessus du bar. Archer se tourna.

— Les Sox jouent.

Archer déplaça son siège à côté du sien. Ils regardèrent le match, pratiquement sans parler, partagèrent un pichet de Sam Adams, mangèrent bol de pop-corn sur bol de pop-corn, et ne remarquèrent pas que Julio et Maria étaient partis. Le batteur titulaire des Red Sox, David Ortiz, finit la partie en marchant avec un *homerun* à la fin de la neuvième manche. Archer et Elaine hurlèrent de joie, se tombèrent dans les bras, dans l'excitation du moment, et firent un peu traîner avant de se séparer.

Sur le parking, plus tard, après que le restaurant avait fermé, ils parlèrent du match. Lorsque vint le moment de se quitter, aucun des deux ne savait comment s'y prendre.

— Alors, je suppose que je te verrai au mariage, dit Archer.

— Je suppose.

Ils se firent au revoir de la main. Elaine monta dans sa voiture, et tandis qu'Archer marchait jusqu'à la sienne, il entendit un bruit, comme un clic, au lieu du son habituel d'un moteur qui démarre. Il s'arrêta. Elaine frappait son volant, puis sortit de sa voiture.

— Tu as des câbles ? demanda-t-elle.

— La batterie est morte ?

— Non, je veux juste vérifier si tu es à jour pour les mesures de sécurité, dit-elle en souriant.

Archer approcha le nez de sa voiture de la sienne, ouvrit le capot. Il sortit une paire de câbles de démarrage, qu'Elaine lui prit des mains.

— Démarre ta voiture quand je te le dis, dit-elle.

Il s'assit derrière le volant et regarda Elaine brancher les câbles sur chaque batterie. Elle lui fit signe en levant le pouce. Il mit le contact, fit ronfler son moteur, puis entendit l'Impala ressusciter. Elaine retira les câbles et les jeta dans le coffre d'Archer.

— J'espère ne pas être trop cavalier, mais si ça te dit, j'adorerais t'inviter à dîner un de ces soirs.

— Tu as de quoi noter ? demanda-t-elle.

Archer ramassa un ticket de chez McDonald et le lui tendit. Elle écrivit dessus.

— C'est mon numéro. Appelle-moi un de ces jours. Peut-être qu'on pourrait aller voir un match des Sox, par exemple.

— Ça me plairait bien, dit Archer.

Elle l'embrassa sur la joue et s'en alla. Archer resta assis au volant de sa voiture pendant au moins vingt minutes, sur le parking désert du Cactus Jack's, sentant le poids du monde qui se dissolvait parmi les étoiles au-dessus de lui.

26

Archer et Julio ne croyaient pas aux coïncidences. Kansas Street. Cette nuit. Aucune chance que ça en soit une.

Le feu ravageait le toit d'un immeuble de deux étages – un incendie de plus sur Kansas Street – et projetait des braises d'un bel orange vif, comme autant de lucioles. Pas n'importe quel immeuble, pas n'importe quelle rue. Archer regarda par une fenêtre à l'intérieur du bâtiment en flammes tandis qu'une poignée de pompiers s'attaquaient au plafond du deuxième étage.

Le bâtiment s'était complètement embrasé. De plus en plus de pompiers luttaient contre la chaleur et la fumée pour y entrer. Ils cherchaient le départ du feu – Archer se souvenait du terme d'une formation qu'il avait suivie. Cela faisait référence à l'endroit où le feu avait pris et où les pompiers avaient besoin d'aller pour l'éteindre.

Ils étaient arrivés vingt minutes plus tôt et s'étaient installés de l'autre côté de la rue, au poste de commandement où le chef de district Walter Loman régnait en maître. Archer et Julio amenèrent leur brancard chargé de tout leur équipement jusqu'à la Suburban de Loman.

Loman, en combinaison blanche tachée de noir d'avoir vu tellement de feux qu'il finissait par ressembler à un ramoneur de l'époque victorienne, fit un signe de tête à l'équipe, son regard s'attardant sur Archer un peu plus longtemps. Archer lui tourna le dos pour observer l'incendie.

— Dure semaine pour vous, dit Loman à Archer, criant par-dessus le vacarme.

— Encore un abonné au *Courier*, je vois, dit Archer.

Loman était sur le point de dire quelque chose, mais s'arrêta net. Sa paupière gauche tressauta. Il avait entendu quelque chose. Ou quelqu'un. Archer reconnaissait cette attitude. Il jeta un coup d'œil pour voir ce qui irritait Loman.

C'était Reading, son chauffeur.

Reading se tenait près de la portière du Suburban. Son travail consistait à récupérer les missives électroniques noyées dans la confusion des messages radio et des conjectures, et de les transmettre à Loman – comme par exemple les pompiers demandant davantage d'eau, moins de fumée, où garer les véhicules qui arrivaient tardivement. Reading écoutait tout cela sur une radio portable qu'il tenait devant lui comme s'il était Frank Sinatra avec son micro, mais il écoutait surtout le match des Red Sox sur la radio de la grosse Chevrolet, par la portière ouverte.

Loman était distrait par le dégoût que lui inspirait son chauffeur. Au début, il n'avait pas entendu l'urgence confuse qui s'était répandue sur le réseau, les voix qui hurlaient au sujet du corps.

— Je me demandais, et pour le camion-cantine ? dit Reading.

— Quoi ? s'indigna Loman, une veine saillant sur le côté de son cou.

Archer pensa que Loman devait adresser à Reading le même regard que les serviteurs à Néron pendant que l'empereur jouait de la musique alors que Rome brûlait. Sauf qu'au lieu de violon, Reading exultait au son du match entre les Red Sox et Tampa Bay.

— C'est sympa de te voir ici, dit une voix féminine à côté d'Archer.

Lu.

— Les feux attirent les gens les pires, dit Archer.

Quelque part au milieu du fracas et du sifflement des jets à haute pression et du vrombissement des tronçonneuses, une voix sortit des radios. Un corps. Quelque chose au sujet d'un corps, pensa Archer. Pas un corps, une victime. Encore vivante, peut-être. Il regarda Julio, qui dépliait déjà le brancard. Puis il l'abaissa et détacha les lanières.

— Si tu veux toujours avoir une conversation, je suis partant.

— Les choses ont changé. Je ne veux pas de déclarations. Donne-moi juste cinq minutes. Elle fit un signe de tête à Julio, qui continuait de préparer le matériel, seul.

— Le camion-cantine, dit Reading. Les gars auraient bien besoin d'un bon café. Peut-être quelques beignets. Vous savez, après tout ce dur labeur.

Loman jeta son feutre effaçable par terre, s'approcha de Reading, lui arracha la radio des mains et la jeta aussi loin qu'il le put dans l'obscurité.

— Pourquoi vous avez fait ça ? demanda Reading.

— Parce qu'entre tes mains, une radio est une insulte.

— Qu'est-ce que j'ai dit ?

— Le camion-cantine ? J'ai cinquante gars qui se crèvent le cul, et toi, tu veux des putains de beignets ?

— Accorde-moi juste une minute, dit Lu à Archer. Qu'est-ce que tu dirais de maintenant ?

— Je n'ai pas une minute. Ils sont en train de sortir quelqu'un de là-dedans.

— Qu'est-ce que tu dirais du Bully ? Vers minuit. Quand tu peux. Je t'invite.

— Garde ton argent. Si on n'est pas occupés, j'y serai.

Lu s'éloigna, bavarda avec un flic qui empêchait les badauds d'approcher. Archer et Julio firent rouler le brancard jusqu'au camion de pompiers le plus proche de l'immeuble en flammes. Une rumeur parcourait la foule, la poignée de chasseurs d'incendies avec leurs scanners ayant relayé aux curieux qu'un appel d'urgence avait été envoyé par radio. *Ils ont trouvé quelqu'un. Une victime. Il y a quelqu'un de vivant à l'intérieur.*

Leurs silhouettes se découpant dans le feu qui faisait rage derrière eux, trois pompiers coururent vers le poste de commandement de Loman. Ils étaient en tenue complète ; l'air qui sortait des bouteilles à oxygène sur leur dos pour aller dans leur masque sifflait. Le plus grand courait devant et portait quelque chose sur son épaule droite. Ils allèrent tout droit vers Julio et Archer, et posèrent leur chargement aux pieds des parameds.

— On l'a trouvée dans la cuisine du deuxième étage ! cria le pompier le plus grand, la voix étouffée par son masque. Elle était dans un frigidaire ! Jonesie s'est cogné contre, la porte s'est ouverte, et elle est tombée !

Archer reconnut la forme d'une femme. Ses vêtements étaient noircis par la chaleur et la fumée. Ses cheveux un enchevêtrement de marron et de suie. Des traînées noires coulaient de ses narines. Son visage était gonflé et brillant.

Elle ne respirait pas. Archer sentit de fortes palpitations dans son cou.

Archer mit un masque sur le visage de la femme et commença à pomper de l'oxygène dans ses poumons. Julio découpa ses vêtements avec une paire de ciseaux, à la recherche de blessures. Archer pensa que les contours de son visage étaient bizarres, comme disjoints. Il lui fallut un petit moment pour évaluer le gonflement, l'oreille gauche à moitié arrachée, ses yeux noircis par les hématomes plus que par la fumée de l'incendie.

— Quelqu'un lui a foutu une sacrée branlée, dit Archer.

Julio était du même avis.

— Pas trop brûlée. Mais des tas de trucs cassés.

— Putain de merde, dit Reading.

Archer introduisit une tige droite en métal le long de la langue de la femme, sur la droite, puis souleva, vers la gauche. C'était rouge et enflé. Avec des traces noires comme de la suie ici et là. Rien n'était comme ce devait être. Ses voies respiratoires étaient gonflées et se bloquaient. Elle ne pouvait plus respirer et il ne pouvait pas le faire à sa place.

Archer jura à mi-voix, fouilla dans son sac et en sortit un scalpel.

— Qu'est-ce que vous allez faire avec ça ? demanda Reading.

Sa voix tremblait. Le cercle des hommes autour d'eux fit silence. Même Loman sembla oublier l'incendie l'espace d'un instant. Il resta debout, immobile, les yeux écarquillés, et silencieux. Archer se mordit la lèvre inférieure, identifia un endroit dans le cou de la femme, et incisa.

Une pellicule pâle, couleur perle, apparut sous la peau coupée et le gras. Du sang coula de part et d'autre du cou de la femme. C'était le pire moment pour Archer. Le point de non-retour était dépassé depuis longtemps, et le succès n'était pas encore garanti. Il réprima la panique, l'envie de lâcher le scalpel et de lever les mains en signe de reddition. Au lieu de quoi il perça la peau, retira le scalpel, le fit tourner, avant d'enfoncer le manche du scalpel dans le trou qu'il élargit en tournant encore.

— Putain de merde, répéta Reading et il s'évanouit, sa tête cognant avec un bruit mou contre le pare-chocs en plastique noir du Suburban avant de toucher le sol.

Archer introduisit le tube respiratoire flexible dans l'orifice, attacha le sac à oxygène, et nota avec soulagement que la poitrine de la femme se soulevait et s'abaissait chaque fois qu'il pompait de l'air dans ses poumons.

— Je prends ma retraite la semaine prochaine, dit Loman à personne en particulier. Le Maine. Wells Beach. Dieu merci, putain.

Reading gémit, et Loman lui donna un petit coup de pied dans les côtes.

Julio et Archer s'occupaient de la femme tandis qu'un pompier les conduisait à l'hôpital. Le pire était passé. Archer regarda de plus près en même temps qu'il prodiguait les soins d'urgence – poser une nouvelle intraveineuse, donner des sédatifs pour être sûr qu'elle ne sentait rien de tout cela, revérifier les paramètres vitaux. Il nettoya la suie et vérifia s'il n'y avait pas d'autres blessures, pensant que Julio pompait de l'air dans ses poumons.

Archer distingua les traits du visage, comprit rapidement qu'il s'agissait d'une jeune Latina. Il était difficile de dire où commençaient les ecchymoses et où s'arrêtaient les brûlures, mais Archer savait une chose : cette femme s'était fait frapper violemment à de multiples reprises. Un petit pendentif en forme de papillon sur une chaîne s'était incrusté dans sa chair, sur son épaule gauche, laissant un renflement dont Archer se dit que cela ressemblait à une marque.

Archer continua son examen : des bras cassés, des jambes cassées et des côtes cassées. Des yeux gonflés et fermés. Le nez était tordu et à moitié arraché. Des dents manquaient. Dans la poche de son jean, Archer trouva une carte en plastique. Une carte d'identification professionnelle en partie fondue mais encore lisible. La femme travaillait à la mairie. ASSISTANTE ADMINISTRATIVE. Archer lut le nom.

DAISY FONTANA.

Archer tendit la carte à Julio, qui la lut avant de la rendre à Archer.

— Je n'en veux pas. Tiens cette merde loin, très loin de moi.

À l'hôpital, le personnel attendait l'ambulance. Quand ils sortirent le brancard, Archer vit que Lu était parmi les badauds. Elle était pâle et se tenait sur la pointe des pieds pour voir la victime.

Après avoir laissé Daisy avec l'équipe chargée des polytraumatisés, Archer vit que Lu était toujours là, debout, à la même place.

— C'était elle, n'est-ce pas ?

Archer ne répondit rien, s'aspergea les mains de gel hydroalcoolique.

Une pensée lui trottait dans le crâne. Un nom. Toujours le même. En boucle. Archer regarda Lu.

— Tu sais qui lui a fait ça. C'est ce qu'il a toujours fait.

— Je sais. Retrouve-moi au Bully dans une heure. Viens sans ton collègue.

27

EAMON Conroy tournait autour du lourd sac de frappe, à l'Ionic. Les coups métronomiques étaient comme la bande-son de ses pensées des deux dernières semaines. Minuit était son heure favorite pour faire de l'exercice, le club de gym caverneux complètement désert, rien d'autre que le grésillement des néons fluorescents et le bruit mat des impacts des gants sur le sac. Il se servait de ces séances pour réfléchir, pour passer en revue la façon dont les choses avançaient. Et comment tout pouvait encore s'écrouler.

Direct. Direct. Pas de côté. Esquive.

Il y était presque. Le dernier acte dans une pièce de théâtre. Le rayon de soleil après l'orage. Il avait anticipé tous les risques. Les gamins problématiques étaient exactement là où il voulait qu'ils soient. Le coup de grâce était inévitable. Il devait juste faire en sorte que tout le monde soit là.

Lorsque Daisy avait révélé sa grossesse à O'Toole, Conroy avait plaidé en faveur de l'accouchement à la maison pour une évidente question de discrétion. O'Toole défendait les valeurs familiales, après tout. Elle n'était pas d'accord, insistait pour avoir une césarienne au Memorial, mais Conroy savait que les saloperies qu'elle ne pouvait s'empêcher de s'enfiler dans les bras y étaient pour quelque chose. Le bébé se pointa trois semaines en avance. Rien n'était prêt.

Au moins, elle l'avait appelé, lui, en premier, lorsqu'elle avait perdu les eaux. Il avait fait de son mieux, mais il avait été complètement dépassé, et quand le bébé était arrivé, ramollo et bleu et respirant à peine, il avait temporisé. Daisy l'avait supplié d'appeler une ambulance. Conroy lui avait dit d'attendre, avait arpenté la cuisine, avait mis son plan au point. Le plus simple : les flinguer tous. S'inquiéter plus tard des détails. S'acheter du temps.

Et puis à peine Conroy avait-il quitté la pièce que Rigo avait tout embrouillé en appelant le 911. Ça n'était que du business, pour Rigo, super à l'aise avec tout – absolument tout, même l'histoire entre Daisy et O'Toole, juste une autre sorte de business, pour lui – jusqu'à ce qu'il voie le bébé.

Et quand Conroy avait entendu la voix d'Archer à la radio, se signalant comme l'ambulance qui prenait en charge l'appel de Kansas Street – la voix de son procès, celle qui avait emporté la décision du jury, mettant un terme à sa carrière, le privant de sa liberté – il avait souri.

Un nouveau plan. Satisfaisant. Le problème du jour résolu, tout un soldant un vieux compte.

Ça avait été si facile de l'isoler. Un coup de fil à la police en se faisant passer pour le patron du district, pour ordonner que tous les flics et les pompiers qui avaient répondu soient rappelés. L'ambulance s'en occuperait seule.

Conroy avait prévu de s'éclipser avant que l'ambulance n'arrive. Laisser Archer payer l'addition, à essayer d'expliquer ce qui était allé de travers pendant l'accouchement de Daisy Fontana. Mais Rigo n'avait pas voulu partir, avait donné les papiers au type. C'était une complication, mais qui serait réglée bientôt.

McCarthy avait beau ne plus être de la partie, avec tous les articles qu'elle avait déjà écrits, Archer serait bientôt de l'histoire ancienne et, cerise sur le gâteau, Conroy n'avait eu que Kittredge à payer. Il sourit à la plus plaisante des conséquences imprévues des articles : comment ils avaient fait sortir du bois ce cinglé de Knak. Il allait sans doute laisser Knak faire un peu de tir, mais la vraie raison de sa présence était de servir de bouc émissaire, si son plan échouait.

Il n'en revenait toujours pas que Lu ait refusé le deuxième paiement. Le dernier type qui avait rendu l'argent à cause de la culpabilité, c'était Judas. Et comment ça s'était terminé ?

Direct. Direct. Pas de côté. Esquive.

Tavares, forcé de balancer son partenaire en échange d'une maison en banlieue – un vrai miracle. La logique était imparable, mais il n'était pas sûr qu'il marcherait, jusqu'à la visite de la maison. Tavares n'avait pas été facile à faire céder, mais les mecs comme lui ont trop besoin de croire à une vie meilleure. De croire que c'est possible, dans cette Amérique, malgré toutes les preuves du contraire, que travailler dur payait. Qu'une vie meilleure est là, à portée de main, sans comprendre que quelqu'un d'autre doive donner la permission. C'était le secret dont personne ne parlait. Mais Conroy comprenait ce désir, et comptait dessus.

Il se félicitait de n'avoir jamais été assez stupide pour espérer quoi que ce soit.

Il n'y avait pas de vie meilleure à l'horizon, sauf si on se la créait, sauf si on était prêt à être aussi impitoyable que les forces qui se mettaient en travers de votre chemin.

Il ne fallait pas seulement conquérir. Il fallait en plus pratiquer la politique de la terre brûlée, pour être sûr que personne ne viendrait essayer de la reprendre.

Il frappa encore, esquiva, puis envoya des directs du droit et du gauche, le sac oscillant sur des orbites différentes, virevoltant à contre-temps de Conroy.

Une-deux. Esquive. Une-deux. Esquive.

Il savait qu'améliorer sa vie, c'était un jeu à somme nulle. Pour que lui gagne, il fallait que quelqu'un perde. Le sentiment de culpabilité était un luxe, et le luxe rendait faible, pensait-il. Et personne ne l'avait jamais accusé d'être faible.

Le dilemme auquel il était confronté cette nuit, c'était un peu comme faire un puzzle de mille pièces qu'un sale gosse aurait dispersé alors qu'on était sur le point de le terminer. O'Toole voulait que cette histoire de bébé soit étouffée. Il n'avait jamais été pour donner des réponses si on pouvait faire disparaître la question. Si tout se passait comme prévu, O'Toole lui offrirait la seule chose qu'il voulait vraiment, en dehors de l'argent bien évidemment.

Les maires font des promesses.

Les gouverneurs font des trucs.

Une grâce du gouverneur O'Toole rétablirait Conroy à sa juste place : inspecteur de police. Là où était le pouvoir, et où il ne se voyait pas. Un inspecteur qui savait que l'herbe était plus verte dans certains endroits de la ville à cause de ce qui était enterré au-dessous – c'était ça, un homme de pouvoir. Mieux que d'être élu. Mieux que tout ce qui peut s'acheter.

Sa mère aurait approuvé. Elle avait passé toute sa carrière au bureau du receveur des impôts de la ville, avant de prendre sa retraite comme directrice adjointe. Margaret Conroy avait dit à son fils que la condition humaine n'était jamais autant à nu que lorsqu'il était question d'impôts. Les impôts n'achetaient rien mais payaient pour tout, et les gens se conduisaient de drôles de façons quand les enjeux étaient aussi importants.

Elle lui avait appris qu'obéir aux règles ne suffisait pas. Les règles étaient fluides. Les règles pouvaient vous foutre dedans. Les règles, disait-elle, sont pour les gens sans imagination. Ceux qui n'aiment pas le risque.

— Les moutons, disait-elle. Ils ne peuvent s'en prendre qu'à eux-mêmes lorsque les huissiers sonnent à leur porte.

Eamon avait retenu la leçon et s'en était servi pour faire progresser sa carrière au sein de la police. De son premier jour à l'école de police aux premières années de service, il s'était aliéné ses collègues et ne s'était fait aucun ami, à cause de son approche toute personnelle et agressive du boulot.

Mais ça lui convenait.

Ses collègues étaient des pères et des mères de famille. Ils patrouillaient dans leur secteur, accomplissaient leurs devoirs et élevaient des nichées nombreuses et turbulentes qu'ils emmenaient à Cape Cod, Disney World ou Hampton Beach. Ils achetaient des maisons à Uxbridge ou Grafton, quittaient la ville pour la campagne tranquille et ses résidences sécurisées, menaient des vies ennuyeuses et efficaces de bons citoyens qui allaient à l'église le samedi soir, entraînaient les équipes de base-ball de leurs enfants, faisaient partie des associations de parents d'élèves et rêvaient de prendre leur retraite à West Yarmouth ou peut-être dans le Maine.

Conroy ne voulait rien de tout ça. Il avait grandi en ville, ne supportait pas l'idée d'en partir. Il n'avait jamais connu son père. Margaret Conroy avait toujours refusé d'aborder le sujet, jusqu'à sa mort. Au contraire, la ville l'avait élevé, lui avait enseigné tout ce qu'il avait eu besoin d'apprendre sur la survie, sur comment s'en sortir, sur le pouvoir.

Il transpirait maintenant, en frappant sur le sac et en se souvenant de comment tout avait commencé, son voyage jusqu'au cœur battant de la créature vivante qu'était cette ville. Ça avait démarré avec de l'extorsion. Hector Alizondo. La Woodland Lane Bodega. Quatre ans que Conroy arpentait son secteur, impatient d'intégrer le corps des inspecteurs, mais il devait montrer qu'il en avait l'étoffe. Hector était un de ses arrêts habituels. Conroy avait droit à des bouteilles d'eau gratuites en été, et des cafés quand il faisait plus frais.

Un jour, Alizondo lui dit que des jeunes du quartier volaient des voitures. Qu'ils les vendaient en pièces détachées à des garages dans l'East End. Alizondo prétendait qu'il s'en foutait des bagnoles, ou des jeunes, mais il pensait que Conroy devait en être informé. Et aussi parce que c'était mauvais pour ses affaires, ces vols.

— Ça fait fuir mes clients.

— Vous avez un nom ?

— Benny Tomaiolo. Il traîne avec une bande de gamins d'Orion Street, de East Park.

— Je vais me renseigner.

— Je pourrais aider. (La bodega était vide. Hector s'était penché par-dessus la caisse et avait chuchoté :) J'ai du… savoir-faire… dans ces domaines-là.

— Je n'ai pas besoin d'aide.

Hector mit les mains en l'air.

— D'accord. Je comprends. Mais quelques-uns d'entre nous, des mecs avec qui je travaille ici et aussi comme taxi, on partage un… comment dire… une lignée commune. On a des talents à offrir, et on vous connaît. On vous a regardé travailler. On est *simpatico*. Je crois qu'on pourrait faire de bonnes affaires ensemble. Vous n'êtes pas comme les autres flics. Vous comprenez des choses que les autres ne comprennent pas.

Un adolescent entra. Hector et Conroy cessèrent de parler pour se regarder pendant que le garçon se choisissait une glace dans le congélateur. Hector s'éloigna le temps d'encaisser le garçon. Après qu'il fut sorti, Hector verrouilla la porte et mit l'écriteau FERMÉ. Il fit signe à Conroy de le suivre derrière, dans un petit bureau, où ils s'assirent face à face autour d'une table en métal vert cabossée.

— Il y a un potentiel inexploité, ici, commença Hector. On pourrait s'associer avec un policier. Laissez-moi vous dire un petit peu qui nous sommes et ce que nous avons à offrir.

Trois nuits plus tard, trois heures du matin. Benny Tomaiolo était scotché à une chaise dans la remise d'Hector. Hector et deux autres – Raul, un chauffeur de taxi de la Orange Cab, et Luis, un couvreur que Conroy reconnaissait pour l'avoir déjà vu aux parties de dominos qui avaient l'air d'avoir lieu en permanence chez Hector – travaillaient Tomaiolo au corps avec des tuyaux en caoutchouc et des seaux d'eau.

— Qui vous paie pour les bagnoles que vous volez ? demanda Hector.

— Allez vous faire foutre.

Une baffe dans la gueule avec un tuyau. Un coup de pompe dans les couilles. La chaise basculée en arrière, un seau d'eau balancé au visage de Tomaiolo.

— On peut continuer comme ça toute la nuit, Benny, dit Hector. Et toi ?

Le soleil pointait au-dessus des collines avant que Benny Tomaiolo retrouve ses esprits et accepte le plan proposé par Hector. Conroy autoriserait Benny et son équipe à continuer leur trafic de voitures, mais vingt pour cent des gains leur serait rétrocédés. Et Benny dirait à Conroy tout ce qu'il apprendrait au sujet de qui volait quoi à qui dans la ville.

Ça n'avait pas été une pilule facile à avaler pour Benny Tomaiolo, se souvenait Conroy, mais quelques décharges d'une batterie de voiture raccordée à ses testicules avaient achevé de le convaincre.

En un rien de temps, Conroy avait toute une écurie de talents, une myriade de gars du Honduras, du Salvador et du Panama, qui tous avaient reçu un entraînement dans une école secrète de Fort Benning, et qui s'étaient retrouvés en ville après que les conditions dans leurs pays d'origine respectifs étaient devenues défavorables, quelques années plus tard. Des types aux méthodes pas du tout sophistiquées. Mais quand il s'agissait d'infliger de la douleur, ils étaient sans peur et sans limite, et Conroy les respectait. C'était une de ces choses que très peu de gens comprennent – faire mal faisait mal. Pour y parvenir, il fallait accepter de se transformer en quelque chose de moins qu'humain, une force dépourvue de morale et de principes, un esclave de sa mission. Sinon, comment envoyer le jus ?

Son équipe en place et les derniers restes de tout scrupule effacés, la carrière d'Eamon Conroy décolla pour de bon.

La chose dont il se défiait à tout prix, c'était la cupidité. L'argent qu'ils extorquaient aux petits criminels de l'East Side suffisait. Il refusait de se développer ou d'en impliquer d'autres dans leur clique. Davantage de gens signifierait davantage d'attention. Il décida que le pouvoir s'accumulait mieux de manière invisible.

Conroy utilisa également sa nouvelle équipe sur des enquêtes légales, élucidant affaire après affaire, plus que n'importe qui d'autre au sein de la police, l'élevant au rang de vedette. Il ne claquait pas la plupart du fric qu'ils gagnaient, sa seule grosse dépense étant une petite maison à Dennis Port qu'il acheta en liquide et au nom de sa femme. Cette maison était un refuge, un endroit où il pouvait s'évader de la ville, et aussi un endroit où faire ses affaires loin des regards indiscrets.

L'argent roulait aux pieds de Conroy comme des vagues. Il était devenu inspecteur. Il s'était tellement isolé de ses collègues qu'il travaillait seul. Ce qui lui allait très bien. Personne pour le dénoncer aux Affaires internes. Personne pour voir les dizaines de milliers de dollars qu'il se faisait chaque mois sous le manteau. Personne pour lui dire d'arrêter.

Il était le monarque d'un royaume invisible, et c'était exactement ce qu'il avait toujours voulu.

Si seulement Raul n'avait pas paniqué quand ils avaient dépassé les bornes pendant cet interrogatoire dans le frigo. Ce n'était pas la première fois qu'un suspect succombait à leur "traitement". Ils avaient une procédure en place. Pas besoin de paniquer. Mais Raul avait perdu son sang-froid, et avait appelé une ambulance. Même la découverte du cadavre de Raul dans une décharge municipale quelques mois plus tard ne compensait pas le fait qu'un malheureux coup de fil avait mis un terme à la carrière de Conroy et l'avait envoyé en taule. Le procureur n'avait pas hésité une seconde à demander trente ans, et avait eu l'air déçu lorsque Conroy n'avait écopé que de dix.

Direct. Direct. Pas de côté. Esquive.

Il avait réglé son compte à Raul, après s'être assuré qu'il n'avait parlé à personne d'autre – cette partie-là du boulot, il s'en était occupé lui-même, pour éviter à Hector et les gars de se taper cette corvée avant de quitter le pays. Ils savaient qu'ils se feraient expulser s'ils attendaient que la police les arrête.

— Vaut mieux qu'on s'organise nous-mêmes plutôt que le ministère des Affaires étrangères nous livre à nos ennemis, dit Hector la nuit de leur départ.

Conroy avait tout perdu. L'argent. La carrière. Le pouvoir et l'influence. On aurait dit qu'un glas avait sonné, à l'époque. Mais assez pleuré. Il était sur le point de tout récupérer. Exactement comme il savait qu'il le ferait un jour.

Direct. Direct. Pas de côté. Esq…

— Ça doit être sympa d'avoir tout l'endroit pour soi.

Son poing se figea en l'air. Il prit le sac dans ses bras pour arrêter son oscillation. John O'Toole se glissa entre les cordes et sur le ring.

— J'aime avoir mon intimité, dit Conroy.

— C'est ta plus grande qualité.

Conroy but de l'eau, s'essuya le front avec une serviette.

— On avait rendez-vous ? demanda-t-il.

— Je n'arrivais pas à dormir.

— Ma mère disait toujours, tu pourras dormir autant que tu veux quand tu seras mort.

— L'été est presque fini.

Conroy laissa la phrase en suspens.

— Tu te souviens quand on s'est parlé en février ? dit O'Toole.

— On y est presque.

— Où en est McCarthy, là-dedans ? On dirait bien qu'elle ne fait plus partie de l'équipe.

— McCarthy ne sera pas un problème.

— Elle en est déjà un. Tu ne la paies pas ? Pourquoi est-ce qu'elle pose des questions sur Daisy partout en ville ?

— Je vous assure qu'elle ne posera pas problème.

— Mais si ! Je ne veux pas savoir ce qui s'est passé avec cet incendie. La façon dont tu règles tes affaires, c'est tes affaires. Mais McCarthy pose des tas de questions. J'ai des gens qui me prennent à partie tout le temps, qui me parlent de ça.

Conroy jeta sa serviette par terre et prit une profonde inspiration.

— Il y a eu un contretemps avec McCarthy.

— Je le savais !

— Je ne voulais pas vous embêter avec ça. Elle nous a déjà donné tout ce dont nous avions besoin. Les choses sont claires. Quoi qu'il se soit passé avec le bébé Fontana, ça retombe sur Archer, peu importent quelles plaintes il dépose auprès de qui.

— Les tests ADN ?

Conroy secoua la tête.

— On a des gens à nous dans tous les bureaux des procureurs, quelques juges aux bons endroits et des amis bien placés dans la police, qui nous garantissent que rien ne se passera. J'ai bien dépensé votre argent.

O'Toole agrippa la corde du haut et tendit ses bras comme pour la pousser.

— C'est pas bon, dit-il.

— Tout est sous contrôle.

— Vraiment ?

Silence. O'Toole lâcha la corde.

— Il faut qu'on revoie un peu certaines choses. On a besoin de plus de clarté. Tu sais où j'étais ce soir ? Dans le club de sport d'une école, pour lever des fonds. Quelques milliers de mes plus fervents sympathisants. Et des contributeurs. Red Bowen était l'invité d'honneur. Tu sais la question que Red m'a posée, sur l'estrade, entre vieux potes ?

Conroy leva sa jambe gauche et retira un morceau d'adhésif blanc de la semelle de sa chaussure de boxe. Il froissa l'adhésif et le jeta hors du ring.

— Il voulait savoir si j'avais entendu dire qu'Eamon Conroy était de retour en ville, et que tout un tas d'histoires dingues circulaient sur l'accouchement qu'avait pratiqué ce “putain de connard”.

— Red Bowen est un poivrot sans importance.

— Dans cette ville, Red Bowen est assis à la droite du bon Dieu. Dans cette ville, peu importe la manière dont ta vie évolue, si tu as été à un moment un gagnant, les gens t'écouteront, peu importent le nombre de bouteilles que tu as descendues ou les inepties qui sortent de ta bouche !

Conroy savait ce qu'O'Toole pensait.

— Je pourrais m'occuper de Red aussi. Mais souvenez-vous, plus il y aura d'éclaboussures, plus il y a de chances que quelqu'un comprenne tout.

O'Toole balaya du regard le club de gym plongé dans l'obscurité. Il écrasa du bout du pied un petit morceau de craie sur le sol du ring.

— Souviens-toi de quand tu es venu me voir, juste après ta sortie de prison, après qu'on t'a fait sortir. Tu te souviens de ta promesse ?

Conroy se pencha vers le sol, baissa la tête.

— Tu m'as promis que je ne regretterais jamais le moindre penny que je t'ai payé. Tu te rappelles ? Tu as dit que tu étais décidé à faire en sorte que les choses arrivent, et que tout tenait au fait de vouloir régler ce dont les autres ne voulaient pas s'occuper.

O'Toole recula d'un pas et se pencha à son tour afin de regarder Conroy dans les yeux.

— Je crois que le moment est venu de le prouver. Plus de diversions. Plus de conspirations et de manipulations. Tu sais ce que tu dois faire. McCarthy. Archer. Red Bowen. Tu as mis des gens à la morgue pour moins que ça. Chaque minute où tu ne t'occupes pas de ça est une minute supplémentaire où nous, toi et moi, nous pouvons tout perdre. Tu es prêt à recommencer tout le cirque ? Tu es prêt à retourner en prison ? Tu es prêt à repartir de zéro encore une fois ? Parce que je vais te dire un truc : moi, pas du tout.

28

Les enveloppes et les gens, pensa Julio. Les trucs importants étaient toujours à l'intérieur. Il retourna l'enveloppe en papier kraft dans ses mains. Une bosse rectangulaire au milieu. Elle ressemblait à n'importe quelle autre enveloppe en papier kraft, à part la bosse. La bosse faisait toute la différence.

Conroy avait attendu dans l'allée pendant une heure que Julio rentre de son service de nuit, appuyé contre la portière de sa Crown Vic, dans son costume noir froissé, sa tête nimbée de la fumée de sa cigarette. Julio avait ouvert lentement la portière de sa vieille Hyundai pour que la charnière qui grinçait ne réveille pas Maria. Il ne voulait pas qu'elle le voie avec Conroy ou qu'elle lui pose des questions auxquelles il n'avait pas envie de répondre.

— On ne peut pas faire ça quand je suis au boulot ? avait dit Julio.

— Je me suis dit que ce serait mieux que personne nous voie.

Il avait écrasé sa cigarette et tendu l'épaisse enveloppe.

— Votre témoignage a été bien reçu, avait dit Conroy en retirant l'enveloppe. Ça devrait vous faire plaisir.

— Vous savez bien que non.

— C'est toujours bien d'avoir le prochain gouverneur comme ami.

— Je n'ai pas besoin d'ami.

Conroy avait jeté l'enveloppe à Julio.

— Vous ne devriez pas perdre d'énergie à vous faire du souci pour Archer. Ça lui pendait au nez, avec ou sans vous. Pourquoi est-ce que vous n'en profiteriez pas ? Une belle maison dans Northborough ? Avec votre salaire de para-med ? C'est mieux que la loterie.

Assis dans son canapé, Conroy parti depuis belle lurette, Maria et les enfants endormis à l'étage, Julio soupesait l'argent. Il avait vidé son épargne et emprunté tout ce qu'il avait pu à tous les membres de sa famille pour payer l'acompte de la maison. Cet argent rembourserait ces prêts ainsi que le loyer du mois prochain. La maison était si proche qu'il la sentait presque. Il imaginait ses enfants jouant sur la pelouse bien entretenue dans un quartier où personne ne fermait sa porte à clef la nuit, où les écoles n'avaient pas de détecteurs de métaux à l'entrée, où aucun flic ne patrouillait dans les couloirs.

Et pourtant.

Même si cet argent pouvait offrir une vie meilleure à sa famille, il n'arrivait pas à chasser le petit fanal qui clignotait dans les recoins les plus sombres de son cerveau, ce labyrinthe de pièces et de couloirs qui lui permettait de compartimenter et de ne jamais ramener de démon chez lui. Les pires d'entre elles lui hurlaient ce que l'argent de Conroy était aussi susceptible d'acheter. Il avait trahi son meilleur ami, et pour beaucoup moins qu'il l'aurait cru.

Il croyait avoir surmonté ses réticences, mais c'était un Rubicon qu'il ne voulait plus franchir. Le poids de l'enveloppe était bien léger comparé au fardeau qu'il lui faudrait porter pour toujours. Il croyait être capable de tout pour sa famille, mais une cohorte de doutes se frayait un chemin au plus profond de lui-même. L'avenir, une vie meilleure pour Maria, pour les enfants, était à portée de main, et pourtant, tout cela lui semblait désormais sans valeur et incompatible avec la responsabilité d'être un mari, un père, un collègue.

Dehors, le soleil montait dans le ciel. Les oiseaux se réveillaient. Un camion-poubelles démarrait sa tournée, les couvercles des bennes qui claquaient rompaient la tranquillité. Les voisins dans l'appartement d'à côté s'engueulaient. Le premier avion de la journée décolla et vira au-dessus de leur immeuble pour entamer son ascension, en route pour Orlando, Julio le savait. Toujours Orlando. Il aurait bien voulu être dans cet avion.

Maria entra dans la pièce, rajusta sa robe de chambre et s'assit à côté de Julio. Elle regarda l'enveloppe.

— Qu'est-ce que c'est ?

Il avait prévu de cacher l'enveloppe avant que Maria ne se réveille. Il ne lui avait jamais parlé de la proposition de Conroy, de ce qu'il devait faire pour avoir l'argent.

— C'est rien. (Il glissa l'enveloppe sous lui.) Tout le monde a bien dormi ?

— Ne change pas de sujet. Qu'est-ce qu'il y a dans cette enveloppe ?

— Cent mille dollars.

Maria rigola.

— Ne plaisante pas avec ça.

— Je ne plaisante pas.

Il lui tendit l'enveloppe. Elle l'ouvrit, en sortit les liasses de billets, des coupures de cent. Les fenêtres de l'appartement vibrèrent au rythme d'une ligne de basse qui sortait des haut-parleurs d'une voiture qui passait en bas. Quelqu'un cria. Un voisin traîna une grosse poubelle jusqu'au coin de la rue, le plastique raclant contre l'allée en ciment fissuré.

— C'est pour la maison.

— Où t'as trouvé ça ?

Il enfouit son visage dans ses mains, se frotta les yeux.

— Je ne crois pas que je puisse le garder.

— Tu l'as volé ?

— Bien sûr que non.

— Explique.

— J'ai vu ces mecs, les avocats du maire. Ils voulaient que je leur raconte, pour le bébé, celui dont ils n'arrêtent pas de parler dans le journal. Ils voulaient que je déforme la vérité, que je dise que c'est Tom qui a fait l'accouchement, et qu'il a merdé. Ils veulent que Tom disparaisse ou se tienne tranquille, ou juste… Je ne suis pas sûr, mais tout ce que j'ai à faire, c'est de signer une déclaration, et ils nous donneront assez d'argent pour l'acompte.

Il alla dans la cuisine, se versa un verre de jus d'orange.

— Je lui ai dit, je l'ai supplié de ne pas faire ce putain de rapport.

Julio aperçut par la fenêtre de la cuisine deux camés qui faisaient les poubelles. Tout le monde avait sa propre version de la survie, et il avait choisi la sienne. Du moins le croyait-il. Il regarda les deux épaves renverser les poubelles et fouiller dans les détritus, et il se sentit nauséeux. Non parce qu'ils le dégoûtaient, mais parce qu'il se dégoûtait lui-même. Incapable de subvenir aux besoins de sa famille, il avait sacrifié son ami le plus proche.

Puis les mots se déversèrent.

— Il aurait dû m'écouter. Mais il voulait jouer les héros, comme s'il se sentait coupable des années qu'il avait perdues à boire, ou de la maladie de son fils. Je lui ai dit que ça ne marcherait pas. Et maintenant, ils veulent qu'il disparaisse, et ils ont besoin de moi pour conclure l'affaire, et j'ai cru que j'étais d'accord, que je pouvais assumer ma décision, le marché que je devais passer, et Archer peut se tirer une balle dans son putain de pied, il n'a pas besoin de m'entraîner avec lui, mais bordel, nous sommes partenaires et avant, ça voulait dire quelque chose. Cette enveloppe, là, c'est le marché. Notre billet pour quitter ce taudis. C'est la seule façon dont nous pouvons réunir l'acompte pour la maison de Northborough. Ce que je ne sais pas, par contre, c'est quel genre d'homme je serai quand on sera là-bas.

Maria fixait l'enveloppe. Il l'observait, imaginant qu'elle pensait à ce qu'elle contenait. Un avenir meilleur pour ses enfants. La vie dans une banlieue résidentielle. Tranquille. Du vert. Le poids de tout cela était trop lourd pour ses épaules, et cette indécision était décidément insupportable.

— Je crois que tu as raison, dit-elle.

— Sur quoi ?

Maria secoua la tête. Reprit son souffle.

— On ne peut pas le garder.

— Mais on ne peut pas avoir cette maison sans ça.

— Est-ce que tu seras en paix si c'est comme ça que nous l'obtenons ? Est-ce que tu pourras encore regarder les gosses en face ? On risque de le regretter toute notre vie. On aura toujours à l'esprit la façon dont on l'a eue. Je préférerais rester ici mille ans que vivre un seul jour dans un château acheté comme ça.

Il secoua la tête.

— C'est peut-être trop tard.

— Je ne veux pas de cette maison. Je n'en veux pas, je ne supporterais pas si ne serait-ce qu'une poignée de porte est achetée avec cet argent. Rends-le. Et appelle cette journaliste. Raconte-lui ce que tu as fait. Dis-lui la vérité. On verra après pour le reste.

Il vida son jus d'orange d'un trait, puis s'assis à côté de Maria.

Elle prit les mains de Julio entre les siennes, sentit les tendons entre ses doigts qui tremblaient. Elle lui avait dit un jour que la plupart des hommes étaient trahis par leurs visages. Pas lui. La fenêtre de son âme, avait-elle dit, c'étaient ses mains. Elles s'ouvraient de plaisir, étaient fortes quand ils faisaient l'amour, douces quand elles touchaient les cheveux des enfants, comme si elles manipulaient des œufs.

— Ce Conroy, c'est celui qui était policier, avant ?

Il fit signe que oui de la tête.

— Il s'est fait virer ?

— C'est un méchant. Complètement cinglé. Il était en cheville avec ces gars de l'East Side. Hector Alizondo et les autres. Il a tué des gens. Il a fait tuer des gens. Il sait où nous habitons. Il est venu à la maison de Northborough pendant que Jacob et toi étiez à l'intérieur, en train de la visiter. J'ai peur. J'ai pris son argent, c'était stupide, mais ce qui m'effraie le plus c'est ce qu'il serait capable de faire si j'essayais de le lui rendre.

— Tu dis qu'il travaillait avec Hector Alizondo ?
— Tous ces mecs-là.
— Alors il connaît mon oncle Timo.
— Timo ?
— Oncle Timo, bon, en fait, ce n'est pas vraiment mon oncle, mais pas loin. Il était là à notre mariage. Tu te souviens de l'assortiment de savons à la lavande ? C'était de la part de Timo. Il bossait à la sécurité d'un centre commercial.
— Et alors ?
— Il faisait partie de cette bande, à l'époque. Quand ce flic, ce Conroy, s'est fait arrêter, ils ont tous foutu le camp. Je ne sais pas trop où il a atterri, mais mon père saura comment le trouver. Oncle Timo saura comment s'y prendre avec lui.
— Ça ne me plaît pas trop.
— Quelques coups de fil.
— Je suis déjà dans la merde jusqu'au cou.
— Trois coups de fil, max. Si je ne le trouve pas, s'il dit non, tant pis. On laisse tomber.
— Pourquoi est-ce si compliqué d'avoir une vie de famille décente ?

29

Locke décrocha à la deuxième sonnerie. Knak exultait à cause de la fusillade du stand de hot-dogs.

— Ne m'appelle plus, dit Locke. Pas cette nuit. Ils savent que c'est toi, je ne sais pas comment. Ton nom est sur le scanner.

Knak coinça le téléphone contre son épaule, étala la carte de la ville sur la porte cargo abaissée de son pick-up. Il était au bord du fleuve, sur le parking de Dunedin Street, et la brume s'élevait des rives de boue noire jonchées de pneus. Les lumières fluorescentes du parking conféraient à l'endroit une sorte de patine grise crayeuse, comme si elles absorbaient toutes les couleurs. La non-lumière plaisait à Knak, le protégeait.

— J'ai besoin de ton avis, dit Knak.

— Tu as été identifié. Tout le système est à ta recherche.

Knak fut tout d'abord ébahi, puis effrayé. Puis excité.

— Ils connaissent mon nom ?

— Ils savent tout. Je les ai entendus parler de la maison. Est-ce que tu as tiré sur un flic depuis un château d'eau ?

— Je l'ai eu au pied.

— C'était un mauvais choix. Depuis le World Trade Center, il y a des caméras partout sur ces trucs-là. Le système protège son eau. Ils t'ont vu, et identifié, d'une manière ou d'une autre.

Knak réfléchit à ça. Il n'aimait pas l'idée qu'il était grillé, mais maintenant que son nom était connu, il était ravi. Il se sentait validé, comme si on lui avait donné la permission de venger la mort de Charlotte. Il serait célèbre. Nul juge ne pourrait plus se cacher derrière la statue de marbre de Salomon. Ils savaient que Gerry Knak était quelque part, et ils avaient peur de lui. Charlotte aurait été fière, pensa Knak.

— J'ai besoin d'un conseil, dit Knak.

— Je t'ai donné tous les conseils que je pouvais, Gerry. Je suis désolé que tu n'aies pas réussi à être plus efficace. On ne peut plus se parler.

— Attends, attends. S'il te plaît ! Ne m'abandonne pas maintenant ! Je veux juste te parler de deux ou trois endroits d'où tirer.

Locke souffla bruyamment.

— Tu as mis en mouvement quelque chose que tu ne peux plus arrêter, et je te félicite pour ça, mais nous – mes amis et moi –, on est d'accord. Si je continue à t'aider, le mouvement tout entier pourrait être mis en danger. Le système est méthodique. Ils vont t'attraper et après ils nous choperont, et il n'y aura plus personne pour défendre le camp du bien. On ne peut pas laisser faire ça. Tu ne survivras pas à cette nuit, mais accomplis ton devoir et souviens-toi que tu occuperas toujours une place spéciale dans nos cœurs, à nous tous, dans le mouvement.

Et il raccrocha.

Knak garda les yeux rivés sur l'écran de son téléphone une minute.

— Merde.

Knak frappa des deux poings sur le capot du pick-up. Il voyait comme en plein jour, tout à coup. Trahi, mais ça ne datait pas de cette nuit. Locke l'avait vu arriver à des kilomètres. Il aurait dû comprendre. Locke n'avait jamais de temps pour lui quand il était marié avec Charlotte. Jusqu'à ce qu'il vienne à lui, perdu sans Charlotte, en colère, telle une arme chargée prête à être pointée dans la bonne direction.

— Et merde.

Il retourna à sa carte. *Distance*, décida-t-il. Locke l'avait entraîné à chercher de la hauteur et de la distance par rapport à ses cibles, pour pouvoir mieux s'échapper.

Cibles d'opportunité. Il attaquerait le système, et Archer se montrerait à un moment ou un autre, dans un futur proche, et lui serait là, à l'attendre. Mais s'il n'était pas prudent, cela se terminerait par un chaos aléatoire qui s'abattrait sur la ville, sans rime ni raison, sans qu'il puisse en revendiquer le résultat. C'était dangereux, il le savait. Des tonnes de données, sur les prévisions et la sécurité. Le chaos était la némésis des données. Mais Knak ne voyait pas quoi faire d'autre. Et il ne pouvait pas arrêter maintenant.

Il conduisit dans la ville. Un orage arrosa les rues, qui semblèrent plates et propres l'espace d'un moment. Knak savait que c'était un mirage, une oasis dans le rêve enfiévré d'un nomade du désert. Il n'y avait pas d'oasis, ici. Rien que de la soif, sans une once d'ombre. Il vit des voitures de police qui fonçaient sur Main Street, gyrophares allumés. Les casernes de pompiers étaient fermées à cause de la pluie et de la nuit.

Les ambulances. Il trouva la fréquence de la régulatrice sur son scanner, et commença à suivre les appels.

“Homme à terre sur Front Street.” Knak arriva à temps pour voir deux ambulanciers mettre un poivrot sur leur brancard. Pas de flics en vue. Knak était curieux.

“Malaise à Richmond Place.” L’ambulance devança Knak de deux minutes. Il vit deux hommes aider une adolescente à descendre l’escalier d’une grande maison victorienne et monter à l’arrière du véhicule. Un flic était là. Il ne descendit pas de sa voiture, et repartit sans attendre l’ambulance. Knak prit note.

Puis quelqu’un tapa à la fenêtre, côté conducteur. Knak leva la tête, vit un rouquin au visage émacié couvert de cicatrices, avec une chevalière de l’université Salve Mater. L’homme lui fit signe de baisser sa vitre, comme s’il voulait lui poser une question.

À la moitié, l’homme glissa le bras par la portière, suffisamment près de lui pour que Knak puisse sentir l’après-rasage et le tabac, et d’un seul et même mouvement, il tourna et enleva la clef du contact avant que Knak ait eu le temps de protester. L’homme ouvrit la portière. Knak vit un pistolet sous son aisselle gauche.

— Reste calme, Gerry. Allons faire un tour, discuter de deux ou trois trucs.

— Vous êtes un flic ? demanda Knak, estomaqué.

L’homme sourit.

— Si j’étais flic, est-ce que tu crois que je serais aussi poli ?

— Je ne vais pas n’importe où avec n’importe qui.

— Appelle-moi monsieur Conroy.

Ils montèrent dans la Vic Crown de Conroy et allèrent jusqu’à un immeuble de trois étages en brique sur Freeland

Street qui donnait sur des abattoirs abandonnés depuis longtemps et des chambres froides. L'ascenseur hors service évitait aux résidents de se regarder dans le blanc des yeux quand ils se croisaient, et Knak regretta de ne pas avoir au moins un pistolet sur lui, mais Conroy ne lui en avait pas laissé l'occasion. Knak avait tout d'abord pensé qu'il se faisait arrêter, qu'ils avaient tout compris, mais désormais il en doutait.

L'appartement était spartiate. Une cuisine avec une petite table ronde recouverte de linoléum et une poignée de chaises dépareillées. Un vieux réfrigérateur Electrolux ronronnait dans un coin, et la cuisinière était maculée de traces de nourriture, de spaghettis séchés et d'auréoles de poêles. Il y avait un téléviseur sur un plateau dans le salon, du genre avec une antenne qui se déplie et qui ne capte plus aucun signal hertzien. Les deux petites chambres étaient vides.

Knak s'assit à la table de la cuisine, Conroy ouvrit le frigo et en sortit deux canettes de Guinness. Il en tendit une à Knak.

— De la Guinness en boîte, dit Conroy. Tu y crois, à ça ? Mais bon, de la Guinness en boîte, c'est mieux que pas de Guinness du tout, n'est-ce pas ?

Knak hocha la tête, décapsula la canette et but une gorgée. Conroy s'assit en face de lui. Knak se sentit jaugé. Il en avait l'habitude. Il faisait partie de ces types à qui personne ne semblait pouvoir se fier au premier abord, dont l'apparence donnait l'impression qu'il cachait quelque chose. Comme s'il appartenait à un genre à part. Pire que normal, pensa-t-il. Du moins, c'était comme ça que ces regards inquisiteurs le faisaient se sentir.

— Tu y étais presque, dit Conroy.

Knak but et s'essuya la bouche du revers de la main.

— De quoi ?

— J'étais flic, avant. Plus maintenant. J'ai laissé tomber. Bon, en vérité, j'ai été encouragé à laisser tomber de la manière la plus énergique. Avec pertes et fracas. Abandonner ou se faire virer, peut-être aller en taule. Pas vraiment un choix, en réalité.

— Vous êtes pas mal convaincant, en flic.

— Tu trouves ?

— Je suis ici, non ? Aucune chance que ça ait pu arriver si je n'avais pas cru que vous étiez flic.

— Tu n'as peur que de la police ?

— Je suis supposé avoir peur de vous ?

— Ce n'est pas la peine, mais ça me paraîtrait parfaitement raisonnable.

Knak gonfla la poitrine, étira ses épaules en arrière.

— Alors, vous êtes qui ?

Conroy tendit la main.

— Eamon Conroy. Je travaille pour John O'Toole. Chargé de sa sécurité, officiellement, et parfois aussi de manière moins officielle.

— Vous êtes une sorte de casseur de genoux ?

Knak ignora la main tendue de Conroy.

Conroy rigola. Knak ne pouvait pas s'empêcher de fixer les dents de Conroy. C'était comme s'il n'avait que des incisives, toutes pointées dans des directions différentes, et des trous à la place des canines. Une bouche terrible, qui respirait le manque de soin et la colère. Impitoyable. Knak se dit que Conroy devait être capable de broyer à peu près n'importe quoi. Ou n'importe qui.

— Casseur de genoux n'est pas exactement la manière dont je définirais mes attributions. Mais tu n'es pas très loin du compte non plus. Si on me cherche.

Knak entendit la pluie qui fouettait la fenêtre de l'autre côté des stores baissés. Des rafales de vent, les gouttes qui tintaient comme les stalactites qui tombaient de la gouttière de chez lui, l'hiver. Avant.

— C'est étonnant, non ? dit Conroy. Cette rencontre. Ce truc que nous partageons.

— Vous devez savoir quelque chose que je ne sais pas.

Conroy but et rota.

— Tu ne m'as pas demandé comment je connais ton nom.

— Je n'y ai pas pensé.

— Vraiment ? Un type au hasard tape sur ta fenêtre et toi, quoi ? Tu te dis et alors ? Ça arrive tout le temps ?

Knak remua sur son siège. Conroy s'enfonça dans le sien, fit craquer les articulations de sa main gauche, une à la fois.

— Je ne peux pas me permettre de faire un scandale, dit Knak.

— Ça, c'est vrai. J'étais à la fac avec ce type, qui travaille pour le fisc, en ce moment. Je crois que tu le connais. Ira Murdock.

Les yeux de Knak s'écarquillèrent. Il regarda la porte, calcula ses chances, s'il essayait de prendre la fuite. Une partie de lui commençait à comprendre que sa place dans l'univers était absolument minuscule, insignifiante. S'ils pouvaient le faire disparaître d'un claquement de doigts, de quoi d'autre étaient-ils capables ?

— Ne t'inquiète pas pour ça. Ils te cherchent, mais tu es un cas parmi cent. Une fois qu'ils auront fait le rapprochement entre toi et ce pauvre flic qui s'est fait tirer dans le pied cette nuit, tu grimperas tout en haut de la liste.

Knak haussa les épaules.

— Je suis aussi au courant pour les armes, et pour la fusillade. Je suis au courant pour Charlotte. Je suis au courant pour notre… ami… commun.

Knak prit une longue lampée de bière.

Dix ans plus tôt, expliqua Conroy, il était inspecteur de police, la nuit. Super boulot. Le meilleur. Il était intouchable. Qui allait le faire chier, pas vrai ? Il avait passé des années à se le construire, son petit empire, d'abord pour Eddie O'Toole, et ensuite pour son successeur, John O'Toole, le fils maire. Conroy dit qu'il avait bossé pour Eddie, fait des trucs, avait résolu des problèmes, s'était débrouillé pour que les erreurs de jeunesse de John restent ignorées et, par extension, n'apparaissent pas dans les pages du *Courier*.

Et une nuit, ils avaient chopé un mec, un gamin, en vérité, ce Hondurien ; il était en ville pour conclure un marché et vendre pour quelques millions de dollars de cocaïne. Il se répandait partout dans Main South pour dire qu'il voulait ouvrir une franchise ici, qu'il avait un pipeline de bonne came à un prix raisonnable et qu'il était prêt à négocier.

John O'Toole en avait entendu parler et s'en était inquiété. Autant d'argent, ça déstabilise les choses. Les acteurs locaux se feraient éjecter, et puisque John O'Toole les tenait tous bien fermement par les couilles, leur extorquant des tonnes de fric, pour ses campagnes électorales et autres activités officieuses, ce n'était pas une perspective acceptable.

— J'avais cette équipe de mecs, des free-lances, des Salvadoriens, deux Honduriens, d'anciens militaires, très doués, pas chers – ce qui est important, dans la mesure où c'est moi qui les payais, sourit Conroy. Mais très bons. Efficaces. Alors une nuit, on chope le gamin à la sortie d'une boîte, le Tropigalactica, on le balance dans une voiture banalisée, et on va dans un appartement qu'on avait pour discuter de sujets sensibles. Cet appartement-ci, en fait. Dans cette même pièce où nous nous trouvons maintenant. Les choses ne se sont pas bien passées. Ce gamin était un dur, impliable. Aucun des trucs habituels ne marchait. Les coups de poing dans les reins. Les coups avec des tuyaux de caoutchouc pleins de sable. La baignoire. À un moment, on a même essayé le plus vieux truc du monde – la batterie de voiture branchée sur les testicules.

Conroy rit à ce souvenir.

— Et comme ça n'a pas marché ? Eh bien… On a sorti les grands moyens.

Knak sentit que ses mains posées sur la canette froide chauffaient. Conroy restait calme, posé. Le mal ordinaire, pensa Knak. Là, juste devant lui.

— Et après, ça a mal tourné. Deux de mes gars ont exagéré, l'ont frappé à lui faire perdre conscience. Un d'eux est devenu nerveux – apparemment, il s'inquiétait pour sa carte verte, et il a appelé le 911, sans rien dire à personne. J'ai réussi à annuler la descente de police à l'appartement, mais pas l'ambulance. Ils n'ont pas reçu le contrordre. Deux mecs se sont pointés. Tout ce que j'ai pu faire, c'est nettoyer l'endroit pendant qu'ils attendaient à l'extérieur.

Knak toussa.

— J'ai eu presque le temps. Presque. Mais je n'ai pas pu enlever les menottes au gamin sur la chaise. Il avait dû arrêter de respirer juste avant que je ne laisse les secours entrer.

Finalement, il est mort. Un des ambulanciers a fait un rapport. Il y a eu une enquête. J'ai perdu mon boulot. Et ma retraite. J'ai été accusé d'homicide.

Conroy termina sa bière, broya la canette et la balança à la poubelle. Knak s'étonna de la force de Conroy pour sa faible constitution, de la manière dont il avait aplati la canette d'un mouvement de poignet et en appuyant la paume de sa main si vite qu'il n'avait pas vu le mouvement.

— Au procès, cet ambulancier a tout déballé. J'étais foutu. J'allais en prendre pour longtemps, à cause de ce connard. Heureusement, il y a eu une intervention divine – tu vois ce que je veux dire – et j'ai échappé aux chefs d'inculpation les plus graves. J'ai pris que dix ans pour entrave à la justice.

Conroy sourit à Knak.

— On a dépensé beaucoup de fric, pour ça.

Knak avait arrêté de boire. L'histoire en elle-même le terrifiait moins que la manière dont Conroy la racontait. Comme s'il racontait une bonne partie de pêche. Détaché. Amusé par des choses qui devraient faire trembler tout être humain. Knak vit l'ironie de la situation : lui, en pleine mission meurtrière – et qui avait réussi, une fois –, mal à l'aise à cause de l'histoire d'un homme qui en avait tué beaucoup. Mais on ne pouvait rester insensible, même quand on était prêt à tuer. Ce Conroy, pourtant, pensa Knak, y était prêt, et il ne ressentait rien.

— Je sais ce que tu penses, dit Conroy. Tu penses, merde, pourquoi est-ce qu'il me raconte toute cette histoire ?

Knak acquiesça, évitant de croiser le regard de Conroy.

— Eh bien, voilà le truc. Je crois qu'on peut s'aider mutuellement. Tu as flingué un flic, Gerry. Ils ne laisseront jamais passer ça. Dans le meilleur des cas, dans l'heure qui suivra le moment où tu sortiras de cet appartement, tu seras mort. Moins que ça si je passe un coup de fil et que je leur dis où tu es. Merde, peut-être que je leur épargnerai ce tracas et leur dirai directement où trouver ton cadavre. Peut-être. Sauf que je pense qu'on a le même objectif. J'ai besoin que tu t'occupes de cet objectif, et d'un autre. Aide-moi et je ferai disparaître tous tes problèmes.

Knak s'éclaircit la voix. Se gratta la narine.

— Qu'est-ce que vous avez besoin que je fasse ?

— J'ai besoin que tu t'occupes de Thomas Archer comme tu le prévoyais.

Knak ouvrit la bouche pour parler, trop choqué pour dire quoi que ce soit.

— Tu penses que je ne pouvais pas piger ça ? Crois-moi, je pige. J'attends depuis longtemps de régler son compte à Thomas Archer. Je le surveille tous les jours. Et je sais que toi aussi.

Conroy sortit deux nouvelles canettes de Guinness du réfrigérateur, en tendit une à Knak.

— Ne t'inquiète pas, je ne t'en empêcherai pas. Je vais même t'aider à t'approcher pour que tu le fasses. Mais j'ai aussi besoin que tu t'occupes de régler un autre problème de la même façon. Est-ce que tu lis le *Courier* ? Est-ce que tu sais qui est Lu McCarthy ?

30

— Ils disent qu'il y a cent mètres de profondeur.

Lu se gratta le front et regarda de plus près les eaux noires et calmes. Gong Pond était au sommet de la plus petite colline de la ville, ce qui voulait dire, si Rigo avait raison, que toutes les maisons et tous les immeubles d'habitation de cette enclave à la lisière du centre, étaient construits sur une fine croûte au-dessus de rien d'autre qu'un vide rempli d'eau.

— Je n'avais jamais entendu parler de ça, dit-elle.

Trois heures du matin. Son accord avec Conroy, mort depuis longtemps. Daisy Fontana, morte. Mais elle ne voulait pas abandonner, pas trop sûre d'où cela la mènerait, ni si quelqu'un lirait jamais son histoire, mais certaine qu'elle ne pouvait pas renoncer. Ils se trouvaient derrière la casemate couverte de graffitis de l'autre côté de l'étang, loin de la circulation sur Landover Street. Loin des regards curieux des habitants de Holmgren Estates juste à côté, l'énorme zone résidentielle qui encerclait la partie arrière de l'étang comme une digue, protégeant cette petite oasis de tranquillité de la ville en contrebas.

Quand Rigo l'avait contactée, Lu avait eu peur qu'il s'agisse d'un traquenard. Elle connaissait les liens de Rigo avec la Posse de Grand Street. Et ceux de Daisy, aussi. Pour quelle raison lui en voudraient-ils ? Peut-être que son lien de parenté avec Archer avait été révélé. Le coup de fil de la veille au soir avait été très précis. Gong Pond. Trois heures du matin. La casemate. Seule.

— Des tas de problèmes finissent au fond de cet étang, dit Rigo.

Elle opina. Souffla dans ses mains. Malgré la chaleur de l'été, elle avait froid. Elle avait froid parce qu'elle avait peur, et aussi parce qu'à cette heure de la nuit, le corps est programmé pour se mettre en pause, ralentir, bien au chaud sous des draps et dans une pièce sombre, et dormir pour oublier les cauchemars comme celui-ci.

— J'ai travaillé sur quelques-uns d'entre eux, dit Lu.

— J'imagine.

— Rigo, il faut que je pose la question…

— Quand on a su que Daisy était enceinte, c'était… Je veux dire, je me suis senti comblé. J'aurais élevé Miguel comme mon fils. Daisy et moi, ensemble. Je m'en foutais complètement de savoir qui était son père. Je m'en foutais d'O'Toole. Daisy m'avait dit que ça datait d'avant. On allait quitter Kansas Street. On avait une maison à Southbridge en vue. On allait être comme une vraie famille.

Lu essaya de réfléchir plus vite que Rigo. Un vieux truc de survie. Prendre l'adversaire de vitesse. Elle se dit qu'il valait mieux, même si elle n'était pas complètement persuadée que Rigo était son adversaire. Plus il parlait, et moins elle comprenait.

— Il n'y a rien de mieux qu'une famille, dit-elle. On ne peut compter sur personne d'autre.

— Exactement !

Rigo enfonça ses mains dans sa veste militaire, donna un coup de pied dans la terre. Il n'avait pas encore regardé Lu dans les yeux.

— La famille, dit-il. Je n'en ai plus du tout, maintenant. Ils ont pris Miguel, m'ont dit que je ne pouvais pas le voir.

— Daisy a dit que vous étiez parti.

Ça lui avait échappé. Elle ne connaissait pas Rigo, mais elle connaissait des tas de types comme lui. Elle savait que si elle le provoquait, elle ne pourrait pas revenir en arrière. Quelle que soit la raison pour laquelle il l'avait appelée, jusque-là, ça n'était pas parti en vrille.

Rigo n'avait pas l'air fâché, plutôt blessé.

— C'est ce qu'elle disait à tout le monde. Ça fait mal. J'aime Miguel, même s'il n'est pas de moi, du moins par le sang. Quand ils l'ont emmené dans cette ambulance, c'est comme s'ils me l'avaient volé.

Lu regretta d'avoir laissé son carnet dans la voiture. Elle allait devoir tout mémoriser.

— Alors, vous n'êtes pas parti ?

Rigo cracha par terre, fit une grimace.

— Bon Dieu, non ! J'étais à Pigtown, à faire profil bas, à me planquer. Mais je n'ai jamais quitté Worcester. Quand ce connard s'est mis à venir, à offrir à Daisy des trucs pour qu'elle se taise. Quand t'es dans la Posse, tu sais tout de Conroy. Tu sais ce qu'il fait. Et quand Daisy est morte, je savais que c'était lui.

Lu essaya de contrôler son rythme cardiaque. Mais c'était comme lorsqu'elle était au journal et qu'une intuition se vérifiait. Elle avait la nausée, son cœur se mettait à battre de plus en plus vite, au point que même le fait d'essayer de se calmer aggravait le mal.

— La nuit où Miguel est né, qui a réellement pratiqué l'accouchement ?

— À votre avis ?

— Qu'est-ce qu'il va lui arriver, maintenant que Daisy est… partie ?

— C'est pour ça que je vous ai appelée. J'ai lu tous vos articles. Je me suis dit qu'on pouvait conclure un marché.

— Ça dépend de ce que vous avez à offrir.

— Simple. Je vous dis tout ce que vous voulez savoir, vous pouvez citer mon nom. Le mettre dans le journal. Je m'en fous. Je dirai au monde entier qui est vraiment le père de ce bébé et qui a vraiment fait du mal à Miguel. Je peux faire face à ce que ça déclenchera. Je ne veux qu'une seule chose, de vous.

Lu attendit.

— La Posse et moi, on veut rembourser la dette. Vous faites partie du système, vous savez où les pontes comme Conroy sont.

— Pas aussi bien que vous le croyez, dit-elle.

— Peut-être. Peut-être que non. Mais c'est le marché. Je vous dis tout, mais la prochaine fois que vous verrez Eamon Conroy, vous me passez un coup de fil. On veut avoir une conversation avec lui.

31

Hier matin

Un appel international apparut sur l'écran du téléphone portable jetable de Conroy. Il pensa l'ignorer, mais Hector Alizondo voulait lui parler, et on n'ignorait pas Hector Alizondo, quelle que soit la distance à laquelle il se trouvait. Et surtout, Conroy se doutait que ce n'était pas un appel de courtoisie.

— Ça fait une paie, Eamon, dit Hector, sa voix montant et descendant comme une vague, comme s'il était à l'autre bout d'un très long tube en carton.

— Quel plaisir d'entendre ta voix, dit Conroy.

Alizondo rigola.

— On sait tous les deux que ce n'est pas vrai.

Conroy était debout dans l'entrée de l'hôtel Fleetwood. Dans la grande salle de bal, John O'Toole participait tant bien que mal à une réunion de collecte de fonds. L'incapacité du candidat à tenir le public inquiétait Conroy. Il se souvenait du vieux O'Toole, le père – lui, c'était un vrai orateur. Son fils n'avait pas hérité de son don. Conroy savait que plusieurs spécialistes s'en occupaient, une demi-douzaine de types envoyés par le bureau national, en avion, pour corriger la manière dont il s'exprimait et son manque de charisme. Pour l'instant, l'investissement n'avait pas été amorti.

— Comment peux-tu dire ça ? Après tout ce que nous avons vécu ensemble ? dit Eamon.

— Je te connais. Je connais les types dans ton genre. Tu sais ce que j'ai dans la tête. Tu préférerais que je sois près de toi, suffisamment près pour pouvoir me contrôler, ou agir à ta guise.

— Après tout ce temps sans se voir, c'est comme ça qu'on va se parler, tous les deux ?

Un de ces spécialistes sortit de la salle de bal. Grand, une petite trentaine d'années. La même putain de barbe qu'ils portaient tous, en ce moment, nota Conroy, comme si l'alternative à leur boulot confortable de col blanc – en général dans le marketing, à se vendre des trucs merdiques les uns aux autres, à avoir des idées pourries déguisées en révélations inspirées, qu'ils n'appelaient pas de la vente mais du "marketing contenu", chacun essayant de convaincre les autres de sa sincérité, tous baratineurs et parfaitement conscients de l'être – était bûcheron ou soudeur.

Conroy savait que le barbu était un expert en manipulation. Lui était de la vieille école. Le truc dont avait besoin ce gusse, pensa-t-il, c'était d'une bonne droite dans la gueule.

Le barbu se frotta les yeux, sortit sur le parking pour se griller une cigarette.

— Nous avons un problème, dit Hector.

— Tous les problèmes ont une solution.

— Je ne crois pas que tu apprécies celui-ci.

— Ça dépend de la solution. Les problèmes, j'en ai treize à la douzaine.

— Tu as quelque chose en route avec un ambulancier, là-bas ?

— Tu as entendu parler de ça ?

— Peut-être. L'un d'eux, Tavares. Julio Tavares. Ce nom te dit quelque chose ?

Conroy attendit un instant. Hector parla le premier :

— Donc inutile de perdre du temps. Bien. Les appels internationaux coûtent toujours fort cher, même avec mon forfait.

— Laisse-moi deviner. Tavares a un lien de parenté quelconque avec toi.

— Pas exactement. Timo Tejeda.

Conroy jura dans sa barbe.

— Et alors quoi, qu'est-ce qu'il y a, avec ce putain de Timo Tejeda ?

— Ne te fâche pas contre moi ! Je t'ai déjà dit ce que nous aurions dû faire à ce sujet.

— Tu n'étais plus au Honduras. On ne pouvait quand même pas semer des cadavres à chaque fois qu'il y avait des désaccords au sein de l'organisation.

Hector prit une profonde inspiration.

— Timo est au Costa Rica. Il s'occupe d'un bateau de pêche au gros pour touristes, à Jacó. On se parle, de temps en temps.

— Ah ouais, eh bien, dis-lui d'aller se faire foutre de ma part, la prochaine fois.

Hector rigola.

— Je le ferai. Et je vais déjà te rendre ses salutations, Eamon. Tu connais ses sentiments.

— J'aurais mieux fait de t'écouter. Ça m'a coûté un paquet de fric, en plus. Et des maux de crânes.

— Et des soucis. Un demi-million de dollars de ton argent et tout un tas de tes secrets. Timo Tejeda pourrait être un cauchemar pour toi. Mais il y a pire.

Conroy sortit de l'allée circulaire de l'hôtel. Le barbu fumait à côté de la Lincoln Town Car d'O'Toole. Conroy s'assit au bord de la fontaine en marbre au milieu du rond-point.

— Pire ?

— Alors ton pote Tavares, tu lui as donné de l'argent ?

— Peut-être.

— Bon. La femme de Tavares, Maria. Timo, c'est le cousin de sa mère. Ou son oncle. Un truc comme ça. Je me souviens pas. En tout cas, ils sont suffisamment proches pour qu'elle ait appelé Timo, qui m'a appelé, et maintenant toi et moi, on se parle.

— Pourquoi est-ce que Timo s'intéresserait encore à quoi que ce soit ici ?

— Timo s'en fout pas mal, de ce qui se passe ici, mais quand Maria Tavares a appelé et qu'il a entendu ton nom, c'est devenu le truc le plus important de sa vie.

Conroy se massa les tempes. Il cracha sur les pierres blanches entre ses pieds. L'eau frémissante dans la fontaine derrière lui, supposée distiller paix et tranquillité, rappelait plutôt à Conroy qu'il était dans une petite oasis, et que même là, la saleté du monde pouvait l'atteindre.

— Que veut Tejeda ?

— Il dit que tu as donné au mari de Maria cent mille dollars en échange d'un témoignage.

— Peut-être.

— Timo dit que le mari va se rétracter. Et que tu vas laisser la famille Tavares garder les cent mille dollars. Timo dit que si tu fais ça, il est disposé à rester au Costa Rica et à garder certaines choses pour lui.

— Et si je lui dis d'aller se faire voir ?

— Pourquoi est-ce que tu veux jouer à ça ? C'est pathétique. Tu sais ce que Timo ferait. C'est comme ça que ça se passe. Je ne peux pas avoir éternellement recours à des métaphores. C'est très simple. Ils gardent le fric. Tu les laisses tranquilles. Tu trouves un autre moyen de baiser ceux que tu allais baiser avec l'aide de Julio Tavares, sauf que maintenant, pas de Julio. Sinon, Timo passe un coup de fil. Le FBI envoie un jet privé à Jacó, et tu retournes en taule. Je peux difficilement être plus clair que ça.

— Pourquoi tu me dis ça ?

— Timo te hait trop pour t'appeler lui-même.

— Et donc tu fais ça par gentillesse ?

— Bon Dieu, non. Il paie bien. Je n'ai pas spécialement envie de te parler non plus, pour être tout à fait sincère.

Eamon se mit debout. Le barbu près de la porte parlait tout seul. Il remuait les bras. Il renifla et roula des yeux. Conroy remarqua l'écouteur dans son oreille gauche, et le téléphone dans sa main droite.

— Je suppose que tu vas me dire de bien me tenir ?

— Même pas en rêve. Je savais qui tu étais quand on travaillait ensemble. Timo aussi. Je ne te demanderais jamais de te tenir bien, parce que tu n'as pas la moindre idée de ce que ça veut dire. À la place, je dirais, agis intelligemment. Fais une croix sur les cent mille dollars. Passe à autre chose. Oublie Julio Tavares.

En retournant à l'hôtel, Conroy passa devant le barbu. Il lui tournait le dos. Il agitait les mains furieusement. Il criait, mais Conroy ne le comprenait pas, comme s'il parlait une langue étrangère. Il donna un unique coup de poing à l'homme, dans la nuque. L'homme tomba par terre, inconscient. Conroy ajusta sa cravate et passa les portes automatiques.

32

L'EMBARCADÈRE était calme. Archer avait l'endroit pour lui seul. Julio faisait un petit somme dans l'ambulance garée un peu plus loin sur le parking, à l'autre bout duquel, du côté des boutiques, fermées à cette heure-ci, une Toyota cabossée aux fenêtres embuées remuait dans tous les sens. De petites vagues lapaient le bas de la rampe de béton incrustée de pierres qui menait au lac Pakachoag, et les lumières des immeubles de luxe sur le flanc de la colline voisine ressemblaient à une flotte nombreuse, prête à appareiller.

— Il dort, plus ou moins, chuchota Elaine.

Archer trouvait sa femme distante, ce soir. Il espéra que c'était une question de couverture réseau, mais savait que ce n'était pas ça. Archer travaillait la nuit parce qu'il ne supportait pas de beaucoup dormir. Quand il posait sa tête sur l'oreiller, il devait affronter la vérité. Elaine et lui avaient peut-être emprunté des chemins trop différents. Ils se parlaient, mais ils auraient aussi bien pu écouter le vent.

— Est-ce qu'il a eu ses piqûres ? demanda Archer.

— Pourquoi ? Tu ne me fais pas confiance ?

— J'ai eu une dure nuit.

— En quoi est-ce différent de n'importe quelle autre nuit ?

— Pas vraiment. Juste un peu pire.

— Les choses ne vont pas très bien ici non plus.

Archer marcha jusqu'au bord de l'eau. Cela semblait tellement facile d'y entrer. Le lac était profond, on était au printemps.

— La mère du bébé, la déposition que je dois faire lundi.

— Tu te fais toujours du souci pour ça ?

— C'est peut-être une coïncidence, mais j'ai l'impression que quelqu'un nous suit, tu vois ce que je veux dire ? Tu apprends à sentir quand quelqu'un te colle au train, ou quand tu vois souvent la même voiture. (La peur rompait la digue. Archer ne parvenait pas à s'arrêter.) Une Crown Vic noire. Partout où nous allons ce soir, elle est là. Ça a l'air dangereux. Comme un prédateur. J'ai… c'est pas grave.

Elaine soupira.

— Elle était vraiment près ?

— J'ai parlé à Lu McCarthy.

— Tu lui fais confiance ? Tu n'es pas en position en ce moment de te disputer avec des gens qui pourraient être de ton côté.

— Tu es de mon côté ?

Elaine marqua une pause. Le cœur d'Archer s'arrêta.

— Oui, dit-elle.

Ils les avaient prévenus, à l'hôpital, la première fois que Michael avait été diagnostiqué. Les enfants malades pouvaient faire exploser les couples, aggravant les dégâts. C'était paradoxal. Archer croyait au fait de se rapprocher pendant une crise, tout le monde sur le pont, tout le monde tire dans le même sens. Mais il arrivait que les parents d'enfants malades se déchirent, aveuglés par la peur.

— Comment est-ce qu'on s'y prend ? demanda-t-il.

— Tu es un homme bien.

Il s'accroupit, comme un joueur de base-ball prêt à attraper la balle de son lanceur, et se massa la nuque alors que des acouphènes l'assaillaient, une aiguille qui s'enfoncerait, noyant ses pensées.

— Quand est-ce que c'est trop ? Je passe mon temps à attendre que ça aille mieux, mais ça n'arrive jamais, et je ne t'ai pas vue depuis des semaines et nous sommes si loin l'un de l'autre, et maintenant y a ce taré de cette histoire avec Moonie, il y a longtemps, il est revenu, et il en a après moi, et je ne sais pas quoi faire. Si je ne peux pas te parler, à qui est-ce que je peux…

— Je n'ai pas assez d'énergie pour me disputer avec toi. Je voudrais t'aider. Je voudrais que tout aille bien, mais je ne le peux pas. Tout ce qu'il me reste de forces, je m'en sers pour tenir le coup, jour après jour, ici.

Archer comprenait. Il était d'accord. S'ils devaient choisir entre perdre leur fils ou perdre leur mariage, Archer savait ce que chacun déciderait.

— Je voudrais être là, dit-il.

— Tu fais ton boulot.

— J'aimerais juste qu'on ait de petits problèmes, comme avant. Pourquoi on ne peut pas juste s'inquiéter de rembourser notre emprunt, de payer l'appareil dentaire, d'aller à Disney World, les petits problèmes, comme tout le monde ?

Elaine pleurait. Archer l'entendit dans le téléphone. Il eut honte. La même conversation, deux ou trois fois par semaine. Petits problèmes. Gros problèmes. Ils n'étaient pas les seuls, une douzaine d'autres familles au même étage de l'hôpital avaient la même conversation. Archer le savait. Sauf que d'une manière ou d'une autre, même dans ce monde-là, il sentait qu'il était en échec. Même le monde de ceux qui souffrent lui échappait.

— C'est pas…

La voix d'Elaine était hachée, la ligne était mauvaise.

— Elaine, qu'est-ce que…

— C'est pas grave.

— Qu'est-ce qui n'est pas grave ?

— Un jour, tu comprendras. Il faut que j'y aille. L'infirmière vient d'entrer.

La communication fut coupée.

Archer recomposa le numéro plusieurs fois. Chaque fois il tomba directement sur la boîte vocale. Archer avait envie de crier, mais il n'avait plus d'air dans les poumons, plus de feu dans la poitrine. Il retourna à l'ambulance. Tout change, mais rien ne change. Les choses auxquelles il tenait tant lui glissaient entre les doigts. Pire, il glissait avec elles.

Ils allèrent en haut de la colline, au Bully, un vieux wagon-restaurant perché dans ce qui avait autrefois été le quartier italien. Maintenant, c'était l'endroit où vivaient ceux qui en avaient les moyens. L'ancienne usine d'embouteillage, à côté, qui employait autrefois des milliers de personnes, avait été reconvertie en lofts haut de gamme. Les truands de la vieille école qui avaient l'habitude de mener leurs affaires dans les compartiments en bois abîmé du Bully n'y faisaient plus dorénavant qu'une apparition de temps en temps, avec des cannes et des déambulateurs, se plaignant du prix des piles pour leurs appareils auditifs, et se pinçant les joues les uns des autres. Des yuppies en provenance de Oliver's Tavern, juste à côté, entraient en titubant les soirs de week-end, le pas mal assuré et la diction approximative. Ils commandaient des œufs et des pommes de terres sautées pour écraser un peu la tequila Patrón et la vodka Grey Goose et tout ce qu'ils avaient déjà ingéré d'autre.

Ils trouvèrent Lu dans un compartiment du fond. Le *diner* était vide, à part elle. Archer et Julio s'assirent. Une serveuse apporta deux tasses de café. Archer commanda une omelette au jambon et au fromage, des pommes de terre sautées. Julio demanda des œufs brouillés. Lu but du café.

— Est-ce qu'on peut parler seuls ? demanda-t-elle à Julio. Ne le prenez pas mal.

Julio regarda Archer, qui ne dit rien. Julio ramassa ses couverts, se replia à l'autre bout du resto.

Lu et Archer se dévisagèrent un petit moment, comme des boxeurs s'observent, mais aucun des deux ne semblait d'attaque pour se battre.

— J'avais besoin d'argent, dit-elle. Ils m'ont pris mon boulot. L'argent qu'ils me donnaient. C'était trop pour refuser, mais je l'ai fait. Ou la moitié, en tout cas.

Archer remua la crème et le sucre de son café.

— Je m'en fous.

— Ce qui veut dire ?

— Je m'en fous. Je m'en fous et pour la première fois depuis des mois, je me sens bien. C'est fantastique comme le monde est beau quand on n'en a plus rien à foutre de rien. Pendant tellement longtemps, tout m'inquiétait. Est-ce que je suis un bon mari, un bon père, un bon paramed, un bon être humain ? Terminé. Je ne peux pas me battre contre tout et tout le monde à la fois. Écris ce que tu veux. Je m'en fous, désormais.

Lu but son café. Le Bully sentait la friture et les pancakes et le café du percolateur en inox près du grill. Les rares fenêtres rectangulaires du vieux *diner* s'embuaient en hiver, la chaleur de la petite salle à manger tenant à distance le froid mordant du Massachusetts. Même les nuits fraîches d'automne, ils ouvraient les fenêtres, les épaisses parois de verre forçant sur les charnières et laissant la brise froide de la ville entrer par des moustiquaires en métal gris.

— Le truc, dans tout ça, c'est que c'est exactement comme ça que j'ai procédé pendant les dernières, je ne sais pas, peut-être les dix ou quinze dernières années, dit-elle. Tellement facile. Comme de l'eau sur les plumes d'un canard. Présente, détachée, déconnectée. Un type escroque son voisin très âgé ? J'écris un article, et je passe à autre chose. Un peintre en bâtiment viole la vieille dame qui l'a embauché comme homme à tout faire, la bat presque à mort et met le feu à sa maison ? J'écris, et je passe à autre chose. Toute la merde que j'ai vue et sur laquelle j'ai écrit. J'en avais rien à foutre. Comment faire autrement ? Comment est-ce qu'on peut voir tout ça, en rendre compte, le toucher, le sentir, s'y vautrer, et… quoi ? Tout oublier à la fin de la journée pour pouvoir avoir un semblant de vie normale ? Je n'y arrivais pas. Je n'arrivais pas à déconnecter, alors je… J'ai simplement décidé de ne plus me brancher.

— C'est l'instinct de survie.

— Je ne t'ai jamais aimé, dit-elle. Je tiens à être franche. Ni quand nous étions petits ni maintenant. Ce truc, avec nos parents. J'ai toujours pensé que c'était la faute de ta mère. C'était injuste, mais j'avais besoin d'un ou une responsable. J'avais trop peur de mon père pour le détester. J'ai choisi ta mère à cause de sa faiblesse, et toi parce que tu étais lié à elle.

Les lumières bleues d'une voiture de police illuminèrent l'intérieur du restaurant. Pas de sirène. Des pneus mouillés sur le goudron et le bourdonnement de la vitesse de la voiture en maraude. Une cloche tinta et trois vieux entrèrent. Lu remua son café, laissa tomber sa cuiller sur la table. Haussa les épaules.

— Surtout après leur mariage et le déménagement de ma mère en Floride. Je te détestais, mais ce n'était pas vraiment toi. Quand tu as commencé à bosser comme paramed, je me suis dit que tu étais un peu comme un cow-boy. Quand les articles sur Evangeline Vacca mentionnaient systématiquement ton nom comme celui du héros qui l'avait sauvée, je n'arrivais pas à le croire. J'avais même insisté auprès de mes supérieurs pour qu'ils me laissent creuser la question, à l'époque. Je voulais te démonter, mais mes patrons ne m'ont pas laissée faire. Je voulais que tu saches ça, aussi. Je crois que je reprochais à ta mère d'avoir fait éclater ma famille. Mais en vérité, vraiment, je crois que c'est parce que tu me faisais penser à mon père. Tu lui ressemblais plus que moi. Et je ne le supportais pas. Au moins, jusqu'à ce que je réalise quelle saloperie c'était. Un peu le genre de saloperie que je suis devenue.

Archer déplia une serviette sur ses genoux. La serveuse déposa son assiette devant lui. Il mit du poivre sur ses œufs, les mélangea, y ajouta une giclée de Ketchup.

— Encore un truc qui ne me fait ni chaud ni froid, dit-il. Quand mon père a découpé cette putain de Thunderbird, j'étais mort de trouille. Je veux dire, j'étais un gosse. Je suis vite passé à autre chose. Toi et ton père, vous pouvez bien aller en enfer, pour ce que j'en ai à foutre.

Lu s'adossa pendant que la serveuse remplissait leurs tasses.

— Alors tu dois comprendre que lorsque je te dis que je suis ici dans une démarche de vérité, ça me coûte beaucoup. À plein de niveaux. J'ai beaucoup réfléchi à tout ça. Le maire a tout fait pour étouffer l'affaire du bébé, mais je n'arrivais pas à comprendre pourquoi. Et pourquoi juste toi ? Le nom de Julio Tavares n'a pas été mentionné une seule fois, alors qu'il était avec toi tout le temps.

— J'ai encore mieux pour toi. L'avocat de la ville dit que Julio a peut-être témoigné contre moi.

— Quoi ?

— C'est ce qu'il m'a dit quand je les ai rencontrés. Conroy était là. En gros, ils m'ont dit de retirer ma déclaration contre le maire, sinon…

— Tu dois te poser la question, pourquoi est-ce que le maire en aurait quelque chose à foutre du bébé d'une petite employée de la mairie ?

— Le bébé est de lui.

McCarthy acquiesça.

— Tu bosses pour Conroy, toi aussi ? demanda Archer.

— Oui. Jusqu'à ce que je laisse tomber.

Archer secoua la tête.

— J'aurais dû m'en douter. Il est partout. Je m'attends à ce que ma femme m'appelle et me dise qu'il lui a rendu visite à l'hôpital. Ce mec veut me tuer. Il ne me l'a pas dit, mais on le sait bien. C'est ce qu'il fait. Je pense à aller au boulot avec un flingue. J'ai déjà un .45 sous le siège de ma voiture.

— Je n'ai plus de boulot. Conroy m'a payée pour m'en prendre à toi, il m'a dit que le maire me trouverait un travail à la mairie, après. Rien de tout ça n'était vrai. Ils se sont servis de moi. Pire, j'étais au courant et j'y suis quand même allée. Mais c'est fini. Terminé. Je vais tout foutre en l'air. J'ai rendu la moitié de l'argent.

— Quoi ? Ne jamais rendre l'argent. C'est la règle numéro 1.

— Je me suis acheté une vieille Saab avec une partie du fric.

Il pensa à son fils, peinant à respirer dans une chambre d'hôpital de Boston, son cœur battant dans sa poitrine, telle une cage de perruche, transparente, sa peau comme du papier pelure.

Respirations. Battements de cœurs. La ville vibre, un cancer en son sein, dans l'air qui l'entoure.

Et pour quoi ? Pour gravir un nouvel échelon, pour que quelques personnes puissent monter, dans une ville qui ne va nulle part. Chacun se protège, a des conversations furtives dans des bars en bois sombre et des boîtes de strip-tease cubiques en béton et des matchs de hockey au War Memorial, conçus pour clouer quelqu'un au pilori, quelqu'un d'une autre tribu, dans ce village industriel en déliquescence, dont personne ne voudrait jamais mais pour lequel certains étaient prêts à tout.

— Tu sais ce que c'est, le méconium ?

— Non.

— C'est de la merde. De la merde de fœtus, et une fois de temps en temps, les nouveau-nés en ont dans la bouche pendant l'accouchement. C'est pas grave, sauf si on n'y fait rien. Sauf si on reste les bras ballants et qu'on ne l'aspire pas, qu'on ne fait pas respirer le bébé. Dans ce cas-là, le nouveau-né ne respire pas ou, s'il le fait, il inhale le méconium et contracte une pneumonie. Après que le petit garçon était né mais avant que le copain de Daisy n'appelle le 911, Conroy a recueilli le placenta. Il était dans un plat, au pied du lit, plein de sang et de liquide amniotique. Et plein de méconium, j'en avais jamais vu autant. Demande au copain. Il te le dira. Il était mort de trouille.

— Je l'ai retrouvé. Il est prêt à témoigner officiellement, et avec la même histoire. Mais il n'est disposé à aider que si je lui promets de l'appeler quand je trouverai Conroy.

Elle laissa l'information faire son chemin.

— Alors tu sais ce que ça veut dire. Tu es dans la même merde que nous.

— Le plus dingue, c'est : quand est-ce que ça a commencé ? Le seul qui avait du souci à se faire, c'était toi.

— Et maintenant ? demanda-t-il la bouche pleine de pommes de terre et d'œufs dont il ne sentait plus le goût.

Elle haussa les épaules.

— Et maintenant, je ne sais pas très bien qui est le plus dans la merde : toi… ou moi.

33

La maison sur South Florence était entourée de voitures, mais Archer n'apercevait aucune lumière à l'intérieur, pas même les décorations de Noël qui encadraient la baie vitrée par laquelle on voyait Evangeline. À l'exception des semaines pendant lesquelles Evangeline était en tournée, Archer n'avait jamais vu l'endroit plongé dans l'obscurité.

Ses visites avaient été moins fréquentes ces derniers temps, surtout depuis qu'Evangeline avait attiré l'attention du Vatican. On parlait de canonisation, et tout un tas de prêtres bizarres avec des accents étrangers faisaient le déplacement, à la recherche de la même confirmation que les milliers de pèlerins qui venaient la voir. Comme Archer.

Si on vit suffisamment longtemps dans un monde où Dieu a l'air d'être silencieux, raisonnait-il, soit on plonge soi-même dans le silence, soit on cherche des signes de communication ou de n'importe quoi d'autre.

Il regarda devant la maison et constata qu'il n'y avait pas beaucoup de voitures. Dans l'allée, l'énorme car dont la famille se servait pour transporter Evangeline était là, tel un obélisque renversé, noir dans la nuit noire.

Archer et Julio marchèrent jusqu'à la porte d'entrée. Archer sonna. Personne ne vint. Il sonna encore. Toujours rien. Ils allèrent jusqu'à la baie vitrée. Les stores étaient baissés. Archer ne distinguait toujours aucune lumière à l'intérieur. À un moment, il pensa avoir entendu des murmures dans la chambre d'Evangeline, mais lorsqu'il frappa à la vitre, personne ne vint. Ils firent le tour de la maison.

— Est-ce que quelqu'un d'autre a emmené Evangeline un peu plus tôt ce soir et nous avons raté l'appel ? demanda Julio.

Archer était debout sur le patio en ciment près de la piscine. Il secoua la tête.

— Non.

— Ça ne t'arrive jamais de te sentir tout petit à côté de ces statues ? demanda Julio. Elles ne sont pas grandes, mais elles représentent de grandes idées. Des gens prêts à mourir pour leur foi. Tous ces martyrs. Je ne sais pas si j'admire ou si j'ai pitié de ce genre de dévotion.

Archer plongea un orteil dans l'eau d'une petite fontaine surmontée d'un chérubin.

— J'ai grandi dans la foi catholique, dit-il. Catéchisme, enfant de chœur, équipe de jeunes de basket. C'est le mystère, qui ne marchait pas pour moi. Je n'ai jamais trouvé les costumes et l'or impressionnants. J'ai toujours détesté l'odeur de l'encens. Mais Evangeline ? Presque de quoi croire à nouveau.

Ils retournèrent à l'ambulance. Archer ne voulait pas admettre ce qu'il savait. Elle était tellement malade, la dernière fois qu'il était venu… Mais si Evangeline pouvait mourir, si quelqu'un comme elle, qui avait une ligne directe avec ce que Dieu était ou n'était pas pouvait mourir, quel espoir restait-il pour tous les autres ? Pourquoi ne pouvait-elle pas se guérir elle-même ?

Archer sortit son portable de sa poche pour appeler sa femme. Boîte vocale. Il retenta avec le numéro de téléphone de la chambre de son fils. Archer raccrocha après quinze sonneries sans réponse. Il appela le bureau des infirmières. L'employé de service dit que tout le monde était trop occupé avec une urgence à l'étage pour lui parler pour l'instant.

Julio s'inséra dans la circulation.

— L'orage approche, dit-il.

— Ce sont les prévisions.

Archer regarda par la fenêtre, silencieux.

— Tu avais raison, dit Julio. Au sujet de Conroy. Ce qu'ils voulaient que je fasse.

Archer hocha la tête.

— Tu n'imagines même pas l'argent qu'ils m'ont donné, juste pour signer un bout de papier. Je voulais simplement déménager avec Maria, les enfants, sortir de la ville. Alors Conroy s'est pointé, m'a offert assez d'argent pour que ce soit possible. Facile. Il ne me demandait pas de faire quoi que ce soit, il me mettait plutôt au défi de ne rien faire.

— C'est pas grave. Ils viendront me chercher avec ou sans toi.

— Ce sera sans moi.

— Tu ne l'as pas rendu, j'espère ?

Julio se gratta le menton.

— Je me suis rétracté, mais on n'a rien fait avec l'argent pour le moment. J'ai dit aux avocats que j'avais tout inventé. J'ai dit que notre déclaration originelle suffisait. Maria m'a obligé. Elle a dit qu'elle ne pourrait pas vivre dans une maison achetée avec ton sang. Pour être tout à fait honnête, moi, j'y étais prêt.

Archer secoua la tête.

— J'aurais compris.

Il se rappela Julio et Maria, qui avaient été là pour lui des années plus tôt, quand il avait perdu les pédales, quand il buvait. Une partie de lui se sentait redevable. Une autre était simplement trop fatiguée pour être en colère, trop épuisée pour se sentir trahie.

Julio se tordit le cou pour vérifier la circulation dans le rétroviseur tout en changeant de file, ses jointures blanches sur le volant.

— C'est pas comme si je t'avais pas prévenu, dit-il.

— Je sais.

— Tu nous as mis dans la ligne de mire, mec. Conroy, les types comme lui. Ils font ce genre de trucs depuis le commencement du commencement. Et nous, on est qui ? Il a été très clair sur ce qui pouvait arriver si je ne marchais pas. J'ai eu peur, mec. J'ai eu peur que ce taré me prenne tout ce que j'avais eu tellement de mal à avoir, ou, pire, tout ce que ma famille pourrait jamais avoir à l'avenir. Pour être honnête, j'étais aussi en colère contre toi. Je t'avais supplié de ne rien dire.

— Je sais.

— Je t'avais supplié de ne pas faire de vagues. Peut-être bien que j'ai été lâche, mais je suis fatigué, mec. Fatigué. Des semaines de cent heures. Tout me fait mal, tout le temps. J'ai besoin de dormir, j'ai besoin d'un bon repas, j'ai besoin de croire que les quarante prochaines années me réservent autre chose que cent appels d'urgence chaque week-end. Je n'y arriverai pas. On n'y arrivera pas.

— On n'est que deux parameds minables.

— On fait le ménage. On a nos serpillières. On nettoie cet endroit, on déplace la misère d'un endroit à un autre.

Ils roulèrent en silence. Archer le rompit en premier.

— Qu'est-ce qu'on fait, maintenant ?

Julio haussa les épaules.

— On continue de faire ce qu'on fait. Des services. On dort. On mange. Et on recommence. Maria et moi on a toujours l'argent. J'allais le rendre à Conroy le week-end dernier, mais elle m'a dit d'attendre. Elle se demande si le rendre n'est pas encore plus dangereux que de le garder. Elle cherche à savoir si on peut le rendre en toute sécurité.

— Moi, je pense prendre mon flingue au boulot.

Julio cria.

— T'es cinglé ?

— Presque.

— Si tu te fais choper avec ça… En plus, je t'ai déjà vu tirer. Tu me toucheras sûrement avant Conroy.

Archer vit une berline noire dans le rétroviseur, qui semblait glisser sur la route derrière eux et les suivait à bonne distance. Un requin, suivant sa proie dans un courant chaud, dans l'océan. *Toujours seul, et toujours traqué.* Archer se persuada que le froid venait de l'air conditionné. Il ferma l'aérateur, mais le froid demeura.

— Tu vois cette voiture ? demanda-t-il.

Julio regarda dans son rétroviseur. Il serra le volant plus fort. Éteignit la radio.

— Ouais. Je connais cette voiture. Et toi aussi.

— Il doit être désespéré. Troisième fois que je le vois ce soir.

— Conroy, désespéré ? Jamais. Je dirais plutôt, il cherche.

— Nous ?

Julio secoua la tête.

— Toi.

34

CONROY suivait l'ambulance d'Archer de suffisamment loin, pensant que le paramed ne le remarquerait pas. Knak était sur le siège passager, son Kimber dans un holster sous son coude droit. Il touchait du bout de son pouce gauche les encoches sur le chien du pistolet. Ça le calmait. Il justifiait le pétrin dans lequel il s'était fourré, ravalait son amertume, en se souvenant d'un simple fait : il allait tuer Thomas Archer.

Céder à Conroy améliorait ses chances, pensait-il. Peu importaient les intentions cachées, les arguments de Conroy étaient logiques. Tuer Archer, tuer cette journaliste, McCarthy. Tout ça, c'était la même chose, au service de l'intérêt supérieur. Conroy était comme Charlotte, de ce point de vue. Pragmatique. Un penseur de l'ombre. Knak avait toujours quelque chose à apprendre de quelqu'un.

Malgré tout, il y avait une idée qui le perturbait, à laquelle il ne pouvait échapper. Charlotte, Avis, Conroy. Un point commun. Même s'il l'avait voulu, Knak ne pouvait empêcher qu'ils lisent en lui comme dans un livre ouvert.

Conroy appuyait son poignet droit sur le volant tout en conduisant, une cigarette dans sa main gauche, qui pendait par la fenêtre ouverte. La Crown Vic aplanissait les rues, glissait sur les bosses et effaçait les nids-de-poule. Conroy avait mis le chauffage au maximum. Son costume était constellé de cendres. Knak était sûr de voir des taches de sang séché sur les boutons de manchettes blancs de sa chemise, avec EC gravé sur chacun d'eux.

Un talk-show bourdonnait en fond à la radio, une émission qui relayait des théories complotistes émanant de groupes de cinglés, chaque pensée retranscrite comme des faits indiscutables. C'était le programme préféré de Knak.

— Est-ce que je peux monter le son ? demanda-t-il.

Conroy fit signe de la main. Knak tourna le bouton.

"Hank Dembrel au micro, et vous écoutez l'Heure de l'Hélicoptère Noir, diffusée en direct depuis Mount Hurricane, quelque part dans le Midwest américain", dit le présentateur.

Conroy alluma une cigarette avec ce qui restait de la précédente puis jeta le mégot par la fenêtre, dans une pluie d'étincelles. Ils avaient quitté South Flagg Street, suivi l'ambulance d'Archer jusqu'à Pine Lane et retour dans le centre-ville. Ils avaient regardé l'ambulance s'arrêter devant le Bean Machine, vu Archer descendre et entrer. Une radio de la police montée sous le tableau de bord crépitait assez rarement, avec des détails et questions, et une blague de temps en temps. "Hank, Hank, écoutez-moi, la zone euro sera une zone de guerre avant la fin de l'année, dit un auditeur mâle énervé. L'euro est foutu, et on doit convertir tout notre argent en or, et on doit le faire hier, Hank. Hi-er !"

Knak rigola.

— L'euro, c'est trop un truc de l'année dernière. L'euro se porte très bien. Ces putains de politiciens qui dévaluent le dollar américain ? Ça, c'est un vrai problème.

Conroy se frotta le front, se redressa dans son siège.

— T'es sûr que t'es capable de faire ça ? Tu dois te concentrer. Le moment venu, tu vas devoir bondir quand je te le dirai.

Il fit oui de la tête.

Conroy suivit l'ambulance à travers une intersection tout près du centre hospitalier, puis sur la bretelle d'accès à l'Interstate. "Ils ont rôdé au-dessus de ma maison toute la nuit", dit une auditrice. Une petite voix de femme, peut-être même une jeune fille. Hésitante. Peut-être à moitié endormie. "Ces hélicoptères noirs, et ils ont jeté des tracts dans nos jardins, par milliers." "Et qu'est-ce qu'ils disaient, ces tracts ?", demanda Dembrel. "Ils disaient 'leur pied glissera le moment venu'", dit la fille. Knak se pencha et tourna le bouton du volume à fond. "Qu'est-ce que ça veut dire ?", demanda Dembrel à l'auditrice. "Je ne sais pas, dit-elle. Je veux dire, je prends beaucoup de Xanax, ces temps-ci. Beaucoup."

— "En vérité, tu les mettras sur un terrain glissant", dit Knak.

— Quoi ? dit Conroy.

— Cette fille. Ce dont elle parle. Ma mère était très religieuse, j'ai passé beaucoup de temps à l'église. C'est dans les psaumes. "… pour les précipiter vers la ruine. Soudain, quel ravage ![*]"

Conroy éteignit la radio.

— Ça suffit. Concentre-toi.

Knak sortit le pistolet de la poche de sa veste, éjecta le chargeur, s'assura qu'il avait suffisamment de balles, fit jouer

* Psaume 73:18-19.

la culasse d'avant en arrière, puis remit le chargeur dans l'arme.

— Je suis prêt.

Knak le voyait bien : Conroy était en mode combat, chargé à bloc. Il s'était plaint un peu plus tôt de son nerf sciatique, la douleur foudroyante dans sa fesse gauche jusque dans sa jambe – qui lui disait, avait-il affirmé, que tout était prêt. Il enchaînait les cigarettes, écrasait la pédale de frein, allumait puis éteignait la radio.

L'embuscade était mouvante, expliqua Conroy.

— Tout est en place. La seule chose dont nous avons besoin, c'est d'un bon endroit. Exactement comme au Panama.

La radio sous le tableau de bord crépita. Appel d'ambulance. Vérification d'état de santé. Cavalry Arms.

— Comme d'habitude, dit la régulatrice.

Devant la Crown Vic, les gyrophares d'Archer se mirent à tournoyer.

Conroy sourit.

— Parfait.

— Vous savez où ils vont ?

— Au même endroit depuis des années. Allons les y rejoindre.

35

Red avait remis ça. Même la régulatrice avait eu l'air exaspérée. Personne malade. Cavalry Arms. Archer était soulagé. Julio et lui n'étaient pas sur la même longueur d'onde. Cet équilibre qu'ils avaient toujours eu, la collaboration facile, la manière dont ils avaient à peine besoin de se parler pendant les appels difficiles tant ils se connaissaient bien, mieux que des époux, mieux que des frères – cela avait disparu. Il allait leur falloir du temps pour le retrouver. Un appel simple comme celui-ci, laver Red et dégager – c'était parfait.

— Tu crois qu'ils vont envoyer une voiture de patrouille ? demanda Archer.

Il avait écouté la radio de la police, il savait que l'ambulance y allait seule.

— Les flics et les pompiers sont sur un grand incendie à l'autre bout de la ville. On y va en solo.

— La Crown Vic est toujours là ?

Julio vérifia.

— Depuis qu'on est partis de chez Evangeline.

Julio écrasa l'accélérateur. Les lampadaires avaient un halo d'humidité et émettaient un petit claquement mat tandis que l'ambulance fonçait dans les rues désertes. La ville était allée se coucher. Julio pila devant Cavalry Arms et signala leur position à la régulatrice. Archer attrapa son sac, le balança sur son épaule. Il peina sur la petite colline entre la route et la porte de chez Red.

Red ouvrit à la troisième sonnerie. T-shirt blanc, slip blanc, l'aine humide et jaunie. Des cheveux de savant fou. Des yeux troubles. Sa carrure de joueur de basket sur le déclin, voûtée et tordue comme une vieille sorcière de comptine pour enfant. Des effluves d'alcool bon marché et d'urine.

— Tu fais chier, Red, dit Archer.

Red cligna des yeux. Il commença à parler, s'arrêta, hocha la tête, et retourna dans le salon. Archer et Julio le suivirent, fermant la porte derrière eux.

Conroy s'arrêta le long du trottoir juste derrière l'ambulance. Il fit signe à Knak. Knak descendit de voiture, marcha jusqu'à la porte en fer rouge. Il regarda vers la Crown Vic mais ne put rien voir au-delà du reflet des lampadaires sur le pare-brise. Conroy avait dit qu'il aiderait Knak à s'approcher. Il était à quelques mètres, maintenant. Il sentait la proximité d'Archer, il était tout près de l'objet de sa haine.

Le mal de dents, il pouvait l'ignorer – une douleur aiguë, à la dent de sagesse en bas à droite, qui s'était déclarée dès que Knak avait compris que l'instant était venu. Plus de prévisions. Plus de préparations. Knak fit monter une balle dans la chambre du pistolet.

Il sonna à la porte.

— Est-ce que tu viens de sonner à la putain de porte ? dit Conroy depuis sa voiture.

Il ne faisait pas confiance aux initiatives de Knak, il aurait voulu faire le boulot lui-même, avec Knak seulement là pour endosser la responsabilité.

Knak haussa les épaules, hocha la tête vers la sonnerie.

— Vous voulez qu'ils nous laissent entrer, non ?

Une lumière s'alluma dans un appartement du deuxième étage.

— Au moins, tu n'as pas sonné chez eux, dit Conroy en regardant en l'air la lumière allumée, soulagé de ne pas y voir de visage. Enfonce la putain de porte. Magne-toi.

Plus Knak s'attardait sur les marches de ciment et attendait pour assouvir sa vengeance, pour refermer la boucle sur ce qui avait été la raison de tous ses faits et gestes ces dernières années – les armes et les plans et le Super Oxygen Factor, sa maison qu'il avait brûlée et ses chiens, ses pauvres chiens –, et moins il avait envie de tirer. Une faiblesse le submergea. Il avait été poussé par une haine féroce qui l'avait privé du reste de sa vie. Son âme était échaudée, Knak le savait, et le seul remède se trouvait de l'autre côté de cette porte. Il leva son pied pour enfoncer la porte, perdit l'équilibre, tomba contre le mur sur sa gauche.

Conroy s'impatientait. Il sortit de la voiture, grimpa la petite colline.

— Qu'est-ce que tu attends ? Ils sont là-dedans. Enfonce cette putain de porte.

Knak leva les mains et frotta le canon de son arme contre sa joue. Des visages apparurent dans les carrés jaunes des fenêtres au-dessus d'eux, virent le flingue et la Crown Vic, et disparurent. Ici et là, les stores d'autres appartements descendaient derrière des fenêtres pleines de poussière. Personne n'avait rien vu. Personne ne voulait rien savoir. Les habitants de Cavalry Arms comprenaient ces deux rôles bien mieux que les saintes Écritures.

— Donne-moi une seconde, dit Knak. Donne-moi juste une minute. Je ne sens plus mes mains.

— Tu n'es bon qu'à rêver. Il y a une grande différence entre tuer un homme et vouloir tuer un homme.

Conroy poussa Knak contre le mur, dégaina son arme.

Chez lui, Red était assis sur le canapé, la tête dodelinant d'avant en arrière, synchrone avec sa respiration. Archer était assis en face de lui sur une ottomane fatiguée. Dans la cuisine, Julio mettait de vieux emballages de bouffe à emporter à la poubelle.

— Pourquoi est-ce que tu continues à faire ça, Red ? demanda Archer.

Red haussa les épaules.

— Quand tu deviens vieux comme moi, tu réalises qu'il reste moins de toi que tu ne crois. Quand tu es jeune, tu compartimentes. Tu es un entraîneur de basket, un joueur, un mari, un père. Tu es tout ça à la fois. Mais avec le temps, tu ne deviens rien de tout ça. Tu réalises que tu n'es que toi. Et c'est ce avec quoi il te faut vivre.

— Il nous faut davantage de serviettes, dit Julio. Je vais en chercher à l'ambulance.

— Et soit tu peux vivre avec toi-même, soit tu ne peux pas.

Julio ouvrit la porte de l'appartement et s'engouffra dans la nuit.

— Et pour certains d'entre nous, il n'y a rien à faire, ils ne peuvent pas.

Sur les marches à l'extérieur de chez Red, Julio tomba sur Knak, vit l'arme dans sa main, fit immédiatement demi-tour. Conroy s'interposa entre Julio et la porte. Il leva son .45.

— Passe le bonjour à Timo pour moi.

Julio se raidit.

Conroy pressa la détente.

La balle s'écrasa contre le front de Julio. Il resta un instant suspendu en l'air, comme la mince volute de fumée qui s'incurvait au bout du canon du pistolet de Conroy. Puis il s'écroula par terre.

Conroy se tourna vers Knak.

— Tu vois ? Est-ce que c'est si compliqué ?

Conroy poussa la porte, vit Red sur le canapé à l'autre bout de la pièce. Une petite fenêtre derrière le canapé était grande ouverte, un rideau voletait nonchalamment dans la brise. Conroy aperçut au loin une forme qui courait dans la rue sous les cônes jaunes de lumière électrique des lampadaires. Archer. Il disparut sur un trottoir derrière une petite rangée d'arbres. Conroy pointa son arme vers la poitrine de Red.

— Tu étais un sale gosse déjà à l'époque, dit Red. C'est pour ça que je ne t'ai jamais pris dans l'équipe.

Conroy tira deux fois, les deux balles en pleine poitrine. Red toussa une fois, puis s'effondra dans le canapé.

Dans la Crown Vic, avec Knak qui s'était enfui à la voiture dès le premier coup de feu, Conroy roula dans le quartier, espérant apercevoir Archer. Il écouta la radio de la police. Rien pour l'instant, mais ça changerait quand quelqu'un trouverait l'ambulance vide et les deux cadavres. Il n'y avait plus beaucoup de temps. Conroy conduisait vite.

Archer courut. Trois pâtés de maisons plus loin, sans aucun poursuivant en vue, il s'arrêta, vomit dans une allée derrière une laverie vietnamienne. Il essuya ses larmes et le vomi de son visage. Dans l'appartement de Red, il avait regardé par la fenêtre de devant après le coup de feu, avait vu Julio étendu par terre. Un réflexe de paramed – ne jamais entrer dans une pièce d'où on ne peut pas sortir : Archer avait sauté par la fenêtre derrière le canapé et s'était enfui le long du trottoir. La chose qui l'avait traqué depuis des mois, la chose qui le cherchait l'avait trouvé, mais c'était Julio qui avait payé le prix.

Il pensa à allumer sa radio, à lancer un appel de détresse, une centaine de flics arriveraient sur les lieux et Eamon Conroy se ferait arrêter. Ce n'était pas une solution. Conroy était déjà ressorti de prison une fois. Il recommencerait. Archer cessa de courir devant St Patrick's. Il trouva un cabanon avec des outils, se faufila à l'intérieur, et composa un numéro.

Elle répondit à la deuxième sonnerie.

— Je suis dans la merde, Lu. Viens me chercher.

— Pourquoi t'as pas appelé les flics ? demanda Lu.

Archer et elle étaient blottis dans le cabanon, Archer couvert de sueur et frissonnant à cause du froid, essayant toujours de reprendre son souffle. Il secoua la tête.

— C'est sans fin. S'il se fait coffrer, ça ne s'arrêtera jamais. Ça continuera encore et encore. C'est un fantôme. Ça ne fait que dix minutes. J'en ai encore vingt avant que la régulatrice nous appelle pour savoir où on en est. Elle sait que généralement, chez Red, ça dure une heure. On n'a pas beaucoup de temps.

— Qu'est-ce que tu veux que je fasse ?

— Je ne sais pas, dit Archer, de plus en plus paniqué. Je pensais que peut-être tu connaîtrais quelqu'un. Il n'y a pas des gens pour ce genre de situation ?

— Quel genre de situation ?

— Je ne sais pas ! (Il donna un coup de pied dans une brouette.) C'est pas ton truc ? C'est pas ce que tu as fait pendant toutes ces années ?

Lu secoua la tête.

— Je ne suis pas…

Et puis, l'illumination, dans le cabanon moisi, qui sentait la tondeuse à gazon et l'huile.

— Je connais un type, dit-elle.

Lu sortit son téléphone, fit défiler les contacts, en choisit un.

— Ça pourrait marcher.

Trente minutes plus tard. Silence radio, constatait Conroy avec soulagement. Personne à Cavalry Arms n'avait trouvé le courage d'aller voir ce qui s'était passé chez Red. Cette nuit pouvait encore se terminer comme prévu. Moins propre, sans doute, mais les objectifs seraient atteints. Le coup de fil de Lu McCarthy l'avait surpris, mais tout bien considéré, Conroy comprit qu'il n'avait pas eu besoin de se faire de souci. McCarthy ne portait pas Archer dans son cœur.

— Je n'aime pas ça, dit Knak. Cette journaliste sort de nulle part et elle nous apporte Archer sur un plateau ?

Conroy sourit.

— Lu McCarthy n'est pas une femme forte, dit Conroy. Si tu trouves son point faible, elle fera n'importe quoi.

Quand elle avait appelé, il s'était tout d'abord méfié. Mais après tout, c'était logique. Archer s'était enfui de l'appartement de Red Bowen, l'avait probablement appelée. Elle avait vu une opportunité. L'argent commençait à peser de plus en plus lourd, maintenant qu'elle avait perdu son boulot. La morale, c'était la morale, mais les factures restaient les factures. Il fallait les payer, sinon, le château de cartes s'effondrait.

Il s'était mis à bien aimer Lu, et il était presque triste d'avoir à la tuer en même temps qu'Archer. Mais Conroy était contre les témoins. Conroy ne voulait plus entendre parler de témoins.

La Crown Vic entra dans les restes en ruine d'une usine de conditionnement de Pigtown, le secteur abandonné des abattoirs de la ville. Une succession d'énormes bâtiments en brique rouge, vides, le long de rues sombres, maintenant pleins de squatteurs et de junkies. La voiture s'engagea dans une large cour fermée par des murs décrépits troués d'étroites allées pavées.

— Comment est-ce qu'elle l'amène ici ? demanda Knak.

— Elle lui a dit qu'elle connaissait des gens qui pouvaient l'aider.

Il était obligé d'admirer le stratagème.

La nuit était perdue, pensa Knak. Il avait tout foiré. S'il descendait Archer, il savait qu'il lui faudrait tuer cette journaliste, et Conroy aussi. Silence. L'organisation ne validerait pas autant de dommages collatéraux.

— L'argent pèse plus lourd que les liens familiaux, surtout si on n'est pas du même sang, dit Conroy. On n'a pas autant besoin d'amour ou de sexe que d'argent, parce que l'argent peut aussi acheter tout ça. On va terminer le boulot et on va foutre le camp d'ici. Réfléchir aux prochaines étapes. Elle a dit qu'Archer serait ici dans une demi-heure.

— Et s'il s'enfuit ? S'il nous voit et fout le camp ?

Conroy haussa les épaules.

— Les gens croiront ce qu'ils ont envie de croire. Archer pense que McCarthy l'aidera. C'est la plus vieille ruse du monde. Regarde le Rwanda. J'y étais en tant qu'observateur, pendant les élections de 1994. Tous ces gens massacrés dans les files d'attente pour voter. Quelqu'un leur avait promis qu'ils seraient en sécurité. Leur avait promis la démocratie. À la place de quoi, ils eurent les machettes. Par centaines de milliers.

Une lumière pâle vacilla contre le mur d'un immeuble de l'autre côté de la cour. Conroy et Knak descendirent de la Crown Vic et traversèrent la cour. D'autres lumières vacillantes apparurent dans les allées. Knak faisait les cent pas, tapant des pieds et soufflant dans ses mains pour se réchauffer.

— Tu t'occupes de l'ambulancier, dit Conroy.

— Je veux juste en finir.

C'était pas ça, tout foutre en l'air. C'était pas ça, la liberté. Aucun système n'était attaqué. Seulement un système qui attendait d'avaler l'autre. Être avec Conroy – une prison qui ne disait pas son nom. Ils n'avaient pas attaqué le système, cette nuit, Knak le savait. Il n'était même pas sûr que tuer Archer vengerait la mort de Charlotte. Et il s'en foutait.

Les allées de Pigtown luisaient d'une lumière orange pâle qui grandissait au fur et à mesure que les bruits de pas sur les pavés approchaient.

Il lui fallut un petit moment pour voir. Trop de lumières. Des lampes de poche et quelques torches. Ils étaient des douzaines, obstruant toutes les allées. Ils débouchèrent de toutes parts dans la cour, des hommes jeunes en chemises de flanelle et T-shirts sans manches, des bandanas sur la tête et autour de leurs cous, des visages sérieux. Et ils le regardaient.

Knak retourna à la Crown Vic, se cogna contre Conroy, resta au contact un petit peu trop longtemps. Conroy le repoussa, puis fit volte-face vers la foule qui avançait.

— Je n'aime pas ça du tout, dit Knak.

Il continua son chemin vers la voiture. Conroy, lui, marcha vers la foule, plissa les yeux à cause des lumières, à la recherche de visages connus.

C'était comme si toute la ville était après lui. Tous les suspects qu'il avait tabassés, tous les témoins qu'il avait intimidés, tous ces serments qu'il avait trahis, tout refaisait surface maintenant.

— Vous savez qui je suis ? cria Conroy.

Il n'y eut pas un bruit, à part le tremblement des flammes des torches, sous les rafales de vent qui venaient du réservoir.

Un homme sortit de la foule.

— J'ai une meilleure question, dit Rigo. Est-ce que tu sais qui nous sommes, nous ?

Conroy se souvint que la dernière chose que les gens qui se noient éprouvent est l'euphorie. La mort était mieux que n'importe quelle drogue dure. Mais d'abord, la terreur. Elle submergea Conroy.

— Qui sont ces types ? demanda Knak.

Il avait ouvert la porte côté conducteur de la berline. Lentement. Silencieusement.

Gerry Knak flottait au-dessus de la voiture à cause d'une peur totalement inédite, et se vit lui-même.

Petit.

Effrayé.

Seul.

Il n'avait jamais été un héros.

Il n'avait jamais été un incompris.

La vie avait toujours été parfaitement claire, et maintenant il la voyait comme une carte menant à sa propre destruction. Il regarda Conroy et vit quelqu'un d'une autre espèce, inconnue. Conroy était sombre et il n'avait pas besoin d'hypnotiseur ou d'élixirs pour lui donner du courage.

La mission de Knak s'évapora de sa poitrine, tel un moineau blessé au-dessus des ruines de Pigtown, invisible et furtif.

— C'est la Posse, dit Conroy, le dos tourné à Knak et à la voiture. C'est Rigo, là. Lui et moi, on a des affaires ensemble.

— C'est exact, dit Rigo.

Derrière Conroy, le moteur de la Crown Vic rugit. Il palpa ses poches à la recherche de ses clefs, qui n'étaient plus là. Knak appuya sur l'accélérateur et disparut dans une allée dans un panache de poussière. En passant, Knak balança le scanner de la police par la fenêtre, qui atterrit devant Conroy.

Le fracas et les dérapages de la Crown Vic évanouis, le silence complet se fit sur la cour.

Conroy bougea les pieds. Mit ses mains sur ses hanches. Les laissa tomber le long de son corps, puis les remit sur ses hanches. Il claqua des lèvres, comme un charpentier qui examinerait un boulot difficile.

— Je suis désolé qu'on en arrive là, Eamon, dit une voix qui sortit de l'obscurité, au-delà du cercle formé par les membres de la Posse.

Un trou s'ouvrit dans leur ligne. John O'Toole s'avança dans le cercle.

— Je croyais que ça marcherait, mais Rigo, ici présent, me dit que tout a complètement foiré.

Conroy se balança d'un pied sur l'autre.

— Sans blague ?

— J'ai essayé d'être patient, Eamon. J'ai vraiment essayé. Je crois que je t'ai demandé d'être trop de choses.

— Je suis en train d'y arriver.

— Ce n'est pas ce que j'ai entendu. J'étais déjà partagé à ton sujet. J'ai dépensé beaucoup d'argent pour te faire sortir de prison, ça m'a coûté pas mal de renvois d'ascenseurs. Je crois que tu es un investissement qui n'est pas rentable.

Conroy montra Rigo du doigt.

— Vous lui avez dit ce que vous m'avez ordonné de faire à sa copine ?

— Rigo et moi, nous avons passé un accord.

— Je me demande, Mme O'Toole a-t-elle la moindre idée de votre conception des vœux de fidélité dans le mariage ?

O'Toole se frotta les mains l'une contre l'autre, comme s'il les lavait avec de l'air.

— C'est terminé. Rigo, lui au moins, va me donner ce qui m'a été promis.

O'Toole regarda Rigo, le salua, puis s'enfonça au milieu de la ligne, et disparut dans l'obscurité de Pigtown.

Conroy la ressentit. La joie. L'exultation. Un noyé, loin du rivage.

— Et merde, dit-il, en cherchant à prendre son pistolet glissé dans son dos.

Rigo vit le mouvement et abattit sa machette au moment où la main de Conroy s'avançait avec son arme. Le coup de feu claqua, en l'air, inoffensif, vers les étoiles.

Rigo s'acharna sur lui avec sa machette. Coup après coup. Dans la lumière vacillante, Rigo était comme le vent : une force de la nature qui révélait le vrai visage de la haine, parce que, Conroy le savait, c'était un miroir au reflet parfait. Sa version à lui manquait de quelque chose, il s'en rendait compte trop tard. Tiède et incomplète, elle l'avait amené à ce coin mort et oublié de Pigtown. Il savait qu'elle ne le mènerait pas plus loin.

La Posse massacra le corps de Conroy, le traîna au centre de la cour, et y mit le feu. Quand ils partirent, les immeubles de Pigtown vibraient à la lueur des flammes qui dansaient contre eux comme une marée jaune pâle. Ils se débarrassèrent de leurs armes dans le réservoir et se dispersèrent, comme une bande d'esprits émanant des usines elles-mêmes.

Rigo parcourut quelques blocks, puis composa un numéro sur son téléphone portable.

— Compris, dit Lu McCarthy, puis elle raccrocha.

Elle se tourna vers Archer.

— C'est fini.

Archer pensa qu'il ne respirerait jamais plus librement qu'à cet instant.

— Est-ce que tu peux me ramener à ma voiture ? Je dois aller à Boston.

36

Ce fut la meilleure nuit de sommeil que Gerry Knak avait eue depuis des années. Pas de cauchemars. Pas de réveil et d'errance dans la maison, à la recherche de choses qu'il ne pouvait pas nommer, persuadé que quelqu'un épiait les couloirs, ou à regarder par la fenêtre de derrière dans le petit jardin, se servant de sa vision périphérique pour guetter des mouvements dans les longues ombres projetées par les rayons de la lune qui filtraient à travers les arbres, par-dessus la cabane, baignant les tracteurs et les tondeuses à gazon éparpillés sur l'herbe. Charlotte soulevait les couvertures quand il retournait au lit, à moitié endormie, lui demandant si tout allait bien.

Lâcher Conroy avait été le prolongement naturel de son instinct de survie. Il avait connu le désespoir sur les marches de chez Red. Tuer pour une cause, c'était une chose, mais il refusait de se voir lui-même comme un criminel. Un patriote, oui. Un veuf. Un homme chargé d'une mission qui nécessitait de prendre des résolutions opérationnelles, oui. Mais Conroy s'était révélé être un petit homme, incapable du genre d'actes grandioses que le fantôme de Charlotte Knak méritait et exigeait.

Il savait qu'il aurait dû être stressé. Il savait que laisser Conroy comme ça aux prises avec la Posse lui causerait des problèmes. Son cerveau était en surchauffe et il s'était attendu à des insomnies. Mais le sommeil était venu quelques instants seulement après que sa tête s'était posée sur l'oreiller. La ferme de poules pondeuses d'Avis Locke lui faisait toujours cet effet-là. Probablement l'air du New Hampshire, comme il venait des collines. L'odeur de la fiente ne l'avait jamais gêné.

Il était arrivé à la ferme peu après une heure du matin et il s'était mis au lit, dans le vieux lit où il dormait autrefois avec Charlotte, vers deux heures. La bande de lumière était apparue sous la porte à 3 h 48. La lumière l'avait réveillé, son fin rayon directement sur ses yeux. Knak savait l'heure exacte parce qu'il avait regardé sa montre. Les ombres de pieds qui faisaient les cent pas de l'autre côté de la porte avaient commencé cinq minutes plus tard. Il savait qu'il aurait dû se lever, aller voir ce qui se passait, mais à la place, il mit la tête sous la couverture, revécut le triomphe qu'avait été sa soirée, et essaya de chasser la pensée obsédante que la lumière de l'autre côté de la porte n'annonçait rien de bon.

Subtiliser les clefs de la Crown Vic avait peut-être été la plus grande satisfaction professionnelle de toute sa vie. Il avait attendu des années pour essayer, depuis qu'il avait acheté *L'Art du pickpocket, du plongeon dans les bennes à ordures et de la vie hors du système* à une foire aux armes à feu, à Tilton, il y avait des années. Les livres, c'était ce qu'il préférait acheter dans les salons de *preppers* et de survivalistes. N'importe qui pouvait posséder un flingue ou un couteau. Mais pour la vraie subversion, Knak savait que rien ne valait un livre.

C'était ce que plein de ces gars-là ne comprenaient pas. Au bout du compte, une balle ou une bombe ne provoquaient qu'une perturbation de courte durée. Les balles qui manquaient leur cible suivaient la courbure du globe, finissaient par tomber par terre à cause de la gravité. Les ondes de choc des bombes s'atténuaient, le shrapnel infligeait des dégâts, mais jusqu'à un certain point seulement. Les mots, les livres, eux, dégommaient tout, à l'infini.

Knak avait rencontré l'auteur, un homme mince et grisonnant avec un bouc blanc et des cheveux raides et blancs qui lui descendaient jusqu'aux fesses. Il signait ses bouquins la tête penchée sur la page. Aucune chance de croiser son regard. Knak avait fait la queue pendant une heure. L'auteur avait pris le livre de ses mains, l'avait signé, et le lui avait rendu sans jamais lever la tête.

Knak regarda ce qu'il avait écrit : *SIC SEMPER EVELLO MORTEM TYRANNIS*.

— Ça veut dire quoi ? demanda Knak. (L'écrivain leva enfin la tête, le dégoût lui déformant le visage.) Sans vouloir être impoli.

— Si vous posez la question, finit-il par dire, peut-être que vous n'êtes pas prêt pour ce qu'il y a dedans.

Il avait lu le livre une douzaine de fois, avait mémorisé les chapitres sur comment faire du compost et siphonner les réservoirs d'essence exactement comme il avait mémorisé la Bible, dans une des églises où allait sa mère.

La nuit dernière avec Conroy, pour la première fois, il avait mis en pratique son chapitre préféré – les pickpockets – sur une vraie cible. Tout était dans la distraction, l'agilité de la main, ou, dans ce cas, l'agilité du corps. Cogner la hanche de quelqu'un avec sa propre hanche, toucher son épaule de sa main gauche pendant que la droite attrape son portefeuille. Simple. Il avait mis trop de temps à attraper les clefs, avait buté sur un pli auquel il ne s'attendait pas, mais Conroy n'avait rien remarqué. Il n'oublierait jamais son expression, d'abord quand il avait réalisé que ses clefs avaient disparu, puis quand il était parti avec le seul et unique moyen que Conroy avait d'échapper à son sort.

Après avoir quitté Pigtown, la destination de Knak avait été évidente. Il fallait qu'il s'éloigne de la ville, des gens qui allaient se mettre à sa recherche, si ce n'était déjà le cas. Il voulait retourner à la ferme de Locke, le lieu de sa seconde naissance, de sa vraie conversion, celle qui avait duré. Là où il avait appris les dures lois de l'ordre naturel, dans un endroit où le souvenir de Charlotte était quelque chose qu'il pouvait sentir et goûter. Avis Locke saurait quoi faire. Avis Locke l'aiderait.

Knak avait envoyé un texto à Locke pour le prévenir qu'il était en chemin. La route du New Hampshire lui avait pris presque deux heures, et lorsqu'il était arrivé Locke l'attendait au portail en fer de la propriété. La lune de minuit était pleine et ronde et donnait aux collines autour de la ferme une teinte argentée ; des ombres profondes engloutissaient les bâtiments.

— Tu ne peux pas amener cette bagnole ici, dit Locke.

— Personne ne la cherche.

— Pour l'instant.

— Pas avant longtemps. On peut la planquer dans le hangar à tracteurs un moment, et la détruire plus tard, à la casse.

Locke posa ses mains sur le haut du portail, cracha par terre, et écrasa du bout du pied le gros mollard.

— Ça ne s'est pas passé comme prévu ce soir, n'est-ce pas ?

— Non. Mais j'ai beaucoup appris. La prochaine fois, impossible que j'échoue.

— Tu aurais pu faire du tort à notre mouvement. Un tas de braves gens sont en train de faire le ménage maintenant. Ils s'inquiètent que tu aies attiré la lumière sur nous avant que nous ne soyons prêts. À cause du lien entre toi et eux tous. De bons patriotes. C'est partout aux informations. Les Feds, la police d'État, le système tout entier. Ils ne vont pas te lâcher, jusqu'à ce qu'ils te chopent. Les gens dans l'organisation s'inquiètent que les recherches pour te retrouver n'amènent le système jusqu'à eux.

— Je suis votre meilleur espoir. J'ai été dans le ventre de la bête. J'ai plein de bons renseignements à donner. Le groupe a besoin d'entendre ce que j'ai à raconter. Avis, je t'en prie. Tu ne peux pas me rejeter maintenant. Alors qu'on est si près de tout ce dont on parle depuis toutes ces années.

Knak entendait les cris nocturnes des renards près des voies ferrées, à l'autre bout de la propriété de Locke. Il ne s'y était jamais habitué, ni aux grognements dans la nuit.

— Il y a des fantômes, là-bas, Avis.

Locke tourna la tête vers les bruits.

— Tu crois ?

— Quand j'essaie d'imaginer comment c'était quand les rebelles criaient, lors de la charge de Pickett à Gettysburg ou je sais plus quoi, c'est ça que j'entends. C'est comme si tu avais des fantômes de sudistes, des esprits errants trop loin au nord.

Le téléphone de Locke vibra dans sa poche. Il le mit très près de son visage, puis l'éloigna.

— J'ai oublié mes putains de lunettes.

Locke tapota plusieurs fois sur le clavier et rangea le téléphone. Il appuya sur une narine pour la fermer avec un pouce et éjecta de la morve sur le sol derrière lui.

— On dit que le bruit exact s'est perdu avec le temps, dit Knak.

Il imaginait quelques milliers de Confédérés, le ventre vide, sans chaussures, puisant leurs forces aux tréfonds de leurs âmes, en chargeant à travers des champs où du métal brûlant fondait sur eux comme des rideaux de pluie. Les sudistes qu'il avait rencontrés dans leur cercle avaient leur Cause perdue. Knak avait la sienne, lui aussi.

— Tu te laisses distraire, parfois, Gerry. C'est tout ce que je dis. Il faut que tu te concentres, que tu te préoccupes moins des fantômes.

— Je peux entrer ? Laisse-moi me reposer un peu. Je t'expliquerai tout demain matin.

Locke hésita, puis hocha la tête.

— C'est probablement le mieux. Dégage cette bagnole de la route avant que les Feds débarquent et nous embarquent tous.

Ils cachèrent la Crown Vic dans le grand hangar, avec les tracteurs de Locke, une pelle mécanique, un chariot-élévateur, et un petit pick-up. Locke la recouvrit d'une bâche en toile crasseuse. Knak sentit une distance entre eux.

— Je sens que je t'ai déçu, dit Knak pendant qu'ils regagnaient la maison.

Locke se gratta le dos avec un bâton tout en marchant.

— Ce n'est pas que je suis déçu. Je suis juste… perplexe. Tu avais une occasion de marquer le coup, d'accomplir quelque chose d'important, beaucoup de gens comptaient sur toi, beaucoup de gens étaient de ton côté, ne serait-ce qu'en pensée, et, quoi ? Tu es parti, tu as pris la fuite.

Knak s'arrêta, mit une main sur la poitrine de Locke.

— Je n'ai pas pris la fuite. C'était un repli tactique. Non, attends, pas un repli. Une avancée dans une autre direction. Ce qui s'est passé ce soir, ce n'était pas ce que nous voulions. Ça n'aurait pas fait progresser notre cause. Nous sommes des patriotes, pas des criminels.

— Tu as eu l'ennemi en face de toi, et tu t'es enfui. Ça ne va pas plaire à quelques-uns dans le groupe. C'est tout ce que je dis.

Le visage de Locke s'adoucit. Il posa une main sur le bras de Knak.

— On parlera de tout ça demain matin, tu as raison, dit-il. Rentrons à la maison. Tu peux prendre la chambre où Charlotte et toi aviez l'habitude de dormir.

À 4 h 02, Knak remarqua d'autres pieds derrière la porte. Il entendit des voix d'hommes, qui parlaient bas. Il s'assit dans le lit.

— Qui est là ?

Une paire de pieds s'arrêta au milieu de la bande lumineuse.

— J'ai dit, qui est là ?

Plus fort.

Knak regarda sa montre.

4 h 03.

La porte s'ouvrit d'un coup. La lumière du couloir aveugla Knak. Il leva le bras pour la bloquer. Une silhouette imposante avec une cagoule noire entra dans la chambre, pointa un pistolet jaune vers la poitrine de Knak. D'autres personnes cagoulées s'approchèrent. Knak sentit deux piqûres dans sa poitrine.

— Taser ! cria un homme.

Et le monde explosa.

Ses yeux ne parvenaient pas à faire le point. Il savait qu'il était assis, mais il ne pouvait bouger ni ses bras ni ses jambes. Il y avait des gens dans la pièce, mais il ne pouvait distinguer personne. L'un d'eux s'approcha sur la droite, une forme floue portant une boîte qu'il leva au-dessus de la tête de Knak. L'eau fut comme un coup de poing glacé au visage.

— Soldat Knak, dit une voix d'homme. Vous êtes réveillé ?

La pièce cessa d'être floue. Il reconnut la remise à outils, un entrepôt caverneux en métal rouillé et en béton, à l'écart du reste des installations de Locke, à l'extrémité d'une éminence qui le cachait de la route de campagne devant chez lui.

Knak était assis sur une chaise en métal au milieu de l'espace de travail ouvert. Des projecteurs à halogène sur pieds avaient été installés autour de lui. Leur chaleur lui brûlait le haut du crâne et les épaules. Ses poignets étaient attachés ensemble avec des liens en plastique, tout comme ses chevilles. Ils lui avaient mis les bras derrière le dos et s'étaient servi d'épaisses cordes en nylon pour ligoter sa poitrine et ses jambes à la chaise.

Il se trouvait devant une table pliante, sur laquelle s'étalait le drapeau orné d'une montagne et des lettres MMM. Trois personnes cagoulées étaient assises face à lui. Au milieu, un homme mince en costume sombre. Sur la droite, un homme corpulent en salopette et pull gris sale. Celui sur la gauche était large de poitrine et portait des vêtements militaires noirs de la tête aux pieds ; plus grand d'au moins quinze centimètres que les deux autres, les manches de sa veste tendues contre ses biceps.

— Edson, Mike, Rollie, enlevez ces putains de cagoules, dit Knak. Je sais que c'est vous.

Aucun ne parla.

Sur la droite de la table, il y avait un pupitre. Knak ne reconnut pas l'homme qui se tenait debout derrière, en jean bleu, chaussures de cuir noires, chemise blanche et veste de sport marron. Knak pensa qu'il ressemblait à un professeur.

— Je suis désolé, soldat Knak, mais comme vous le savez, nous conduisons cet interrogatoire avec une certaine confidentialité, de manière à ce que le jury puisse rendre sa décision dans un total anonymat, dit l'homme.

— Anonymat ? Jury ?

— Sinon, les sentiments personnels, bons ou mauvais, pourraient entacher l'administration d'une justice vraie et objective. Et la justice, après tout, est ce que chaque homme présent dans cette pièce recherche.

Knak parcourut la pièce du regard. Dans l'obscurité, il distingua des dizaines de formes qui observaient, dans l'ombre.

— Je vous connais tous ! Détachez-moi, je suis des vôtres, bon sang. Je peux vous expliquer.

L'homme au pupitre ouvrit un dossier de papier kraft et lut une feuille de parchemin jaunie.

— En accord avec les lois et les règlements de la Mount Marne Militia, et par les droits libres et souverains de ladite, soyez tous informés que ce tribunal est réuni pour statuer du cas de la triple M contre le soldat Gerald Knak, qui est accusé et subséquemment inculpé devant cette cour pour lâcheté face à l'ennemi, pour des actions préjudiciables au bon ordre de la Mount Marne Militia, abandon volontaire de son poste face à l'ennemi et trahison par la pensée, par la parole et par l'action. Je suis le juge souverain Milton Q. Talmedge, qui préside. Tous ceux qui souhaitent témoigner, veuillez approcher.

Knak tira sur les cordes. Mais se débattre ne faisait que resserrer les liens. Avis Locke sortit de l'ombre et se plaça à la droite de Knak, faisant face aux trois hommes assis à la table.

— Veuillez décliner votre nom au jury, dit Talmedge.

— Avis Locke.

— Et quels sont vos rang et fonctions, s'il vous plaît ?

— Je suis colonel dans le First Front Battalion, au bureau de la logistique et de l'organisation.

— Et depuis combien de temps êtes-vous membre de la Mount Marne Militia ?

— Depuis sa création en 1986. Je suis un des fondateurs.

Talmedge fouilla une pile de dossiers. Knak regarda Locke, qui regardait droit devant lui. Le juge sortit une feuille de papier. Il s'éloigna du pupitre et la tendit à Locke.

— Pouvez-vous me dire ce qu'est ceci ?

— C'est un acte de mariage de la milice pour le mariage de ma fille et de l'accusé.

— Et est-ce votre signature, ici, comme témoin ?

— Ça l'est.

— Colonel Locke, vous êtes conscient de la gravité des accusations qui pèsent contre l'accusé ?

— Oui.

— Pouvez-vous dire à cette cour, s'il vous plaît, quelles sont les peines qui pourraient être infligées ?

Locke se balança d'un pied sur l'autre. Knak cessa de se débattre. Il ne parvenait pas à reprendre sa respiration.

— Je veux un avocat, dit Knak. J'ai pas droit à un avocat ?

Talmedge tapa sur le pupitre.

— Colonel, s'il vous plaît ? dit Talmedge. Quelles sont les peines encourues dans un cas comme celui-ci ?

— Normalement, une simple réprimande, une rétrogradation, peut-être l'exclusion, si c'est vraiment grave.

Talmedge posa ses coudes sur le pupitre. Sa voix résonna dans toute la pièce.

— Colonel, cette organisation n'a jamais vu trahison comparable à la lâcheté dont le soldat Knak a fait preuve. Chaque homme et chaque femme du mouvement est maintenant en danger. Des décennies de travail sont détruites en ce moment même à cause de l'accusé. Je vous repose la question, monsieur. Quelles sont les peines encourues pour un échec aussi lamentable ?

— Vous n'y étiez pas ! Ça n'aurait pas servi le mouvement ! J'ai préservé notre nom pour la vraie mission !

— Tu n'aurais pas dû venir ici, chuchota Locke, puis il se retourna vers Talmedge.

— La mort, dit Locke. Peine automatique.

Talmedge traversa de nouveau la pièce et reprit l'acte de mariage des mains de Locke. Il le déposa sur la table, devant le jury encagoulé.

— Je présente cet acte de mariage comme la preuve numéro une. Bon, colonel Locke, quand vous avez signé cet acte, vous avez admis le soldat Knak dans l'organisation, n'est-ce pas ?

Locke acquiesça. Knak savait qu'il aurait dû se battre contre ce qui se passait, mais il n'avait jamais vu Locke comme ça. Il n'aurait jamais cru que cela arriverait un jour. Il n'aurait pas cru Locke capable d'avoir peur. Et pourtant, c'était le cas.

— J'étais son parrain, oui, dit Locke.

— Et connaissez-vous les règles qui concernent la peine capitale infligée à un parrainé ?

Locke baissa la tête. Il respira profondément, comme au terme d'une longue ascension. Des émanations de diesel et de sciure saturèrent la pièce. Il hocha la tête.

— Je suis responsable.

— Responsable de quoi ?

— C'est des conneries ! cria Knak. C'est pas comme ça que fonctionne un tribunal. Où sont les preuves ? Pourquoi est-ce qu'on parle de peines ? Vous devez prouver que j'ai fait quelque chose de mal, en premier. Je ne suis pas un lâche. Je ne suis pas un lâche !

— D'exécuter la peine, dit Locke.

— Quelle peine ? J'ai rien fait de mal ! L'ex-flic, Conroy, c'est lui qui a tout fait foirer. J'ai rien fait de mal !

Talmedge se tourna vers le jury.

— En application de l'Ordre de la Mount Militia General, article 105, sous-section 4, paragraphe 1, révisé en 2014, je demande au jury de rendre un jugement au sujet des accusations détaillées dans l'acte d'inculpation et de rendre une ordonnance de culpabilité contre le soldat Gerald Knak.

— C'est pas comme ça que ça marche ! s'exclama Knak. C'est pas de la justice ! C'est un meurtre !

Les trois jurés cagoulés débattirent à la table, puis l'homme en costume se leva et lut une unique feuille de papier.

— Dans l'affaire de la Mount Marne Militia contre le soldat Gerald Knak, nous, le Jury Sanctifié de la Justice Secrète…

— T'es un putain de comptable, Rollie ! cria Knak.

— … affirmons ici que l'accusé est coupable et qu'il encourt les peines correspondant à l'acte d'accusation et à l'ordonnance de culpabilité.

— Le jury est-il unanime dans sa décision ?

Les trois hommes cagoulés firent signe que oui.

Il ne lui restait plus que quelques minutes, mais Knak n'avait pas peur de mourir. Rien ne défila devant ses yeux. Au contraire, il regarda les larmes couler sur les joues d'Avis Locke, et une pensée horrible lui vint. À quel point il s'était trompé.

Locke sortit un pistolet Beretta neuf millimètres de son holster de ceinture.

— Je ne peux pas faire appel ? demanda Knak, que la panique commençait à gagner.

Locke engagea une balle dans la chambre.

— Cela semble équitable, dit Talmedge. Dites-moi que vous souhaitez faire appel de ce jugement.

— Je fais appel ! dit Knak. Je vous en supplie. Ayez pitié.

Locke plaça le canon contre la tempe de Knak.

— Appel…

— Je suis vraiment désolé, Gerry, dit Locke.

— … rejeté.

37

Il y avait tellement de choses dont ils voulaient qu'elle parle, ces temps-ci. Ce n'était pas facile, pour une femme qui avait passé toute sa vie à écrire. Ils voulaient lui parler de Conroy, du bébé, des rumeurs selon lesquelles il y aurait un lien entre le gouverneur fraîchement élu et cet ex-flic décédé. Ils demandaient si elle écrivait un livre. Ou un scénario de film. Il y en avait toujours un pour poser une question sur Archer, pour savoir s'ils restaient en contact.

Lu raconta l'histoire tellement souvent qu'elle aurait presque été capable de le faire en pensant à sa liste de commissions, ou au temps qu'il lui faudrait pour aller à l'aéroport, ou encore à la personnalité de la télévision qui lui avait glissé son numéro de téléphone après une émission, et si elle devrait l'appeler ?

Mais la plupart du temps, Lu pensait à Archer. Lorsqu'ils se parlaient, c'était en général tard la nuit. Lu l'insomniaque, qui travaillait comme pigiste pour une agence de presse nationale, composait son numéro dans une chambre d'hôtel de troisième zone, quand elle était en déplacement, et qu'un Archer tout aussi insomniaque répondait alors que les murs de chez lui se refermaient. Archer semblait soulagé, léger, lui disait que sa vie était un désastre financier, qu'il avait perdu son boulot, mais qu'ils n'avaient jamais été aussi heureux. Elle proposa d'aider, Archer refusa.

— C'est ton histoire, dit-il. On a connu pire.

Ce soir était une soirée importante pour Lu. Sa première conférence à Worcester. Après que ses derniers articles étaient parus dans le journal dissident – le *Courier* avait été trop occupé à se dépatouiller du désastre Kittredge, et les avocats du journal avaient conseillé d'écarter Lu et son ancien patron et de les passer par pertes et profits – de nouvelles lignes de fracture avaient été tracées en ville. On était soit pour O'Toole, soit contre. Le maire lui-même restait silencieux, après que des auditeurs s'étaient saisis de ses comptes de campagne et qu'un grand jury avait été désigné, avant même qu'il ait prêté serment.

Lu était une célébrité, maintenant, au moins à Worcester. Le public de ce soir était majoritairement contre O'Toole, mais pas entièrement. Lorsque Lu s'approcha du micro pour parler, une voix isolée cria du fond de l'auditorium :

— Balance !

L'homme fut conspué et expulsé de la salle. Elle haussa les épaules et sourit.

— Tout le monde a une opinion, dit-elle.

Lu regarda ses notes, puis de nouveau la foule. Tous ces visages. Impatients, prêts à dévorer les sordides détails comme de la malbouffe, à la recherche de quelque chose qui libérerait la dopamine de leurs cerveaux pour qu'ils se sentent mieux, sans se soucier de qui avait payé quoi pour souffrir, pour survivre à l'expérience dont la relation illuminerait la journée d'un millier d'étrangers qui n'en avaient sinon rien à foutre.

C'est le contrat, pensa Lu.

C'est le contrat qu'on passe avec les démons tout autour de soi.

Elle se pencha sur le micro.

— Je n'ai qu'une règle cardinale. Si votre mère vous dit qu'elle vous aime… (Lu but une gorgée d'un verre d'eau posé sur le pupitre.) Si votre mère vous dit qu'elle vous aime ? Vérifiez.

Archer n'était pas sûr de ce qui avait sauvé son fils, la science ou la foi. Certains dons étaient comme ça, pensa-t-il. La nature mystérieuse, la grâce sous d'innombrables formes. Il ne parvenait pas à comprendre, et il s'était finalement contenté d'accepter, plein de gratitude pour un cadeau qui était arrivé sans emballage ni aucun nom d'expéditeur. Il y avait tant de possibilités.

Ils avaient soumis Michael à des rayons, à la chimiothérapie, et opération après opération, pas à pas, ils avaient tenu le bon bout. Les scanners montrèrent une amélioration. La tumeur rétrécit. Puis disparut. Lien évident : traitement et guérison.

Mais Archer avait aussi appliqué avec foi l'huile d'Evangeline sur la tête de Michael, tous les soirs. Après Cavalry Arms, ses superviseurs avaient écarté Archer de l'ambulance, le temps que les choses soient réglées. Au bout d'un moment, il avait décidé qu'il ne voulait pas y retourner. C'était la première fois qu'il arrêtait aussi longtemps de travailler depuis l'adolescence.

Sans Julio, ça ne valait plus le coup. Il ne comprenait toujours pas la trahison de son ami, mais ils auraient pu avoir le temps de régler cette question-là. Julio avait été le seul collègue grâce auquel ce boulot avait un sens. Il avait des principes, dans un métier qui nécessitait de s'adapter sans arrêt. Il avait permis à Archer de garder le cap, lui avait rappelé qu'il y avait un intérêt à déplacer toute cette peine d'une partie de la ville à une autre. Mais si ce boulot avait le moindre sens, il était mort en même temps que Julio sur les marches de Cavalry Arms. Archer ne pouvait pas y retourner sans lui.

À la place, il dormait dans son lit la nuit, prenait son dîner à la table de la cuisine avec Elaine et Michael, comme une vraie famille, comme un banlieusard dont le train était enfin arrivé chez lui. À l'heure de se coucher, il mettait encore un peu d'huile sur son pouce, puis dessinait des lignes perpendiculaires sur la tête de Michael tandis que le petit garçon dormait, en signe de croix. Certaines habitudes qu'il n'était pas du tout prêt à abandonner.

Archer dormait mieux. Perdit du poids. Cessa de hurler, libéré d'une fureur impuissante, après les voitures qui allaient trop lentement devant lui, ou contre les politiciens à la télévision. La colère en lui se dissolut si vite qu'il ne le remarqua tout d'abord pas, comme une cuillerée de sucre dans l'océan. La nuit, il s'asseyait dans le fauteuil à bascule, dans la chambre de Michael, tandis que le petit garçon dormait, et il appréciait le silence. Pas de bips, pas de messages, personne pour vérifier les paramètres vitaux toutes les heures. Encore mieux, pas de sirènes, pas d'odeur de diesel, pas de pièces enfumées ou de parents hurlant, pas de coups de fil le matin de Noël, pas de repas sautés, tout ça appartenait au passé.

Elaine et lui emmenaient Michael sur la tombe de Julio le week-end, même si Archer savait que ça ne durerait pas. Il ne voulait pas que ces visites deviennent une corvée, ou une routine. Quand il cesserait de souffrir, Archer savait qu'il ne viendrait plus, au moins pour un temps. C'était comme ça, le chagrin. C'était une vapeur dangereuse, qui monte jusqu'à ce qu'il y en ait trop et qui explose. Ne restait plus qu'une douleur sourde et aucun espoir de soulagement. Pire que la douleur originale, cette douleur qui ne pouvait être ni soulagée ni partagée.

Archer prenait souvent des nouvelles de Maria. La nouvelle maison de Northborough était magnifique, disait-elle, mais ce n'était pas pareil sans Julio. Elle disait qu'elle ne le tenait pas responsable de la mort de Julio ; il n'était pas sûr de la croire. Il n'était pas sûr de le croire lui-même, mais il essayait. C'était le plus beau cadeau qu'il pouvait faire à son ami, ces temps-ci.

Archer se mit à aller à l'église. Il les essaya toutes – catholique, protestante, une congrégation évangélique qui louait les locaux de son ancienne école élémentaire. Aucune ne lui convenait, tout le monde semblait être sur une fréquence radio que son poste à lui ne pouvait pas capter. Mais il y allait quand même, souriait, mettait un dollar ou deux dans la corbeille de la quête.

Archer se disait que cela faisait partie de ses devoirs, pour rendre une grâce qu'il avait reçue ou pas, d'un Dieu qui existait ou pas. Il avait tendance à penser qu'il y avait un Dieu, mais que la chose qu'Il avait créée à Son image n'était qu'un reflet inconsistant de Lui, dans le meilleur des cas.

Dans une église, les fidèles se donnaient la main en récitant la prière au Seigneur. Quand ils eurent fini, Archer s'éclipsa par l'arrière et jura de ne jamais revenir. Il ne cherchait pas à participer. Il voulait s'asseoir au fond, s'imprégner de tout, et traîner à la périphérie, comme un fantôme.

Un patient dont Archer avait fait redémarrer le cœur lui avait dit qu'il avait tout vu d'au-dessus, qu'il était mort pendant quelques minutes et qu'en flottant il avait regardé Archer s'occuper de lui sur le brancard de l'ambulance. L'homme avait eu peur, parlait comme s'il avait vu un fantôme, que le fantôme, c'était lui, et Archer enviait quiconque pouvait se détacher et regarder le monde sans que celui-ci attende quoi que ce soit de lui.

Les semaines suivantes, la bougeotte de ses jeunes années le reprit, sauf que maintenant, Archer arpentait la ville et ses collines. Parfois, il emmenait Michael avec lui. Monter, descendre et traverser de bons et de mauvais quartiers. Archer conduisait souvent pendant des heures, faisant signe de la main aux ambulances qui fonçaient d'appel en appel.

— C'était toi, avant, papa, dit Michael un jour, peu de temps après son retour de l'hôpital de Boston.

— On passait beaucoup de temps dans les hôpitaux tous les deux, dit Archer.

— Je suis content que ça soit fini, dit Michael.

Il encaissa son épargne salariale, amena du café à des flics qui bossaient dans la rue, des pizzas aux pompiers dans leur caserne, des boîtes de pâtisseries à ses anciens collègues. La journée, Archer mangeait au Bully et regardait les mafieux à la retraite se pincer les joues, étudiait l'architecture de la ville, acheta un passe annuel pour le musée, s'inscrivit à des cours de littérature et de poterie à l'université publique, mais abandonna les deux. Il n'était pas aussi prêt à changer qu'il le croyait.

Archer se souvint du vieux couple qui se pressait sous la fenêtre d'Evangeline, en quête de guérison, incapables de toucher la jeune fille mais certains qu'être proches d'elle, du miracle auquel ils croyaient, qu'une telle proximité avec Dieu ou Sa représentante pourrait défaire les années qui s'accumulaient dans les corps et les esprits des humains et les rendaient courbés et brisés et suppliants devant la fenêtre d'une petite fille dans le coma. Archer apporta ses propres offrandes, lui aussi, non pas dans l'espoir d'un miracle, mais pour la remercier lors de ses visites sur sa tombe des choses qu'il avait vues chez elle, des choses qui pouvaient ou non avoir été miraculeuses. C'était sa pénitence à lui, et son évasion à lui. Il ne serait plus jamais l'un d'entre eux, mais il ne serait jamais tout à fait libéré d'eux, non plus.

Un jour, il s'arrêta au bazar sur Leary Square, sans rien chercher de particulier. Il trouva un tableau d'un phare du Maine, qui montait la garde au-dessus d'une côte arrondie, frappé de plein fouet par des vagues blanches furieuses. Quelque chose dans ce tableau, dans son cadre en bois fatigué, écaillé et griffé, peint à la feuille d'or, attira l'attention d'Archer. Il paya les quinze dollars, rapporta la peinture à la maison, l'accrocha au-dessus du lit de Michael.

Tard la nuit, alors que Michael dormait et prenait de longues et profondes inspirations, Archer regardait le tableau et s'enfonçait dans le coussin du fauteuil à bascule en bois. C'était un bon endroit où rester. Il était parti suffisamment longtemps.

REMERCIEMENTS

En premier lieu, je voudrais remercier ma famille pour son amour, son soutien, ses encouragements pendant les années que j'ai passées à écrire ce livre : mon épouse, Jen, nos fils, Brendan et Kevan, et notre fille, Ainsleigh. Je vous aime tous très fort, je n'aurais pas pu écrire ceci sans vous.

Je remercie aussi Jim Baker, qui a été un père pour moi, plus longtemps que le mien, et Andy et Megan Baker, de même que mes nièces, Molly et Abby. Rien n'a plus d'importance pour moi que la famille, et je n'aurais pu rêver mieux !

Merci aussi à Julie Stevenson, agent extraordinaire, qui a cru en ce livre depuis le début et dont les encouragements ont été tellement importants, tout du long. Je ne te remercierai jamais assez, Julie !

Ben Leroy est un éditeur dont j'admirais le travail depuis longtemps, bien avant d'avoir la chance de travailler avec lui sur ce livre. C'est une des figures majeures dans l'édition, et j'ai appris énormément en travaillant avec lui. Si quelque chose dans ce livre résonne en quelqu'un, il est plus que probable que ce soit grâce à Ben.

Je tiens également à remercier Wiley Cash pour ses efforts acharnés afin de m'aider à raconter cette histoire comme je le voulais. Sans Wiley, ce livre n'aurait tout simplement jamais existé. Personne ne pourrait espérer meilleur défenseur, professeur, et être humain que Wiley Cash, et je lui suis à jamais redevable pour tout ce qu'il a fait afin que ceci devienne réel.

J'ai eu beaucoup de chance d'avoir eu l'opportunité de travailler avec de nombreux écrivains qui m'ont soutenu et permis de m'améliorer. Je dois une gratitude éternelle à Mark Sundeen, Leslie Jamison, Merle Drown, Ann Garvin, Jo Knowles, Ben Nugent, Lydia Peele et Craig Childs pour leurs conseils, non seulement pour ce roman mais aussi sur comment être un écrivain dans le monde d'aujourd'hui.

Avoir de bons mentors pour réussir à devenir écrivain : il faut aussi des *compadres*. Des voyageurs qui suivent les mêmes routes. Des premiers lecteurs qui seront honnêtes même quand vous voulez qu'ils vous mentent et vous disent que tout ce que vous écrivez est génial. Et surtout, des oreilles bienveillantes qui fêtent votre succès et qui protestent avec véhémence lorsque vous échouez. Je suis honoré et chanceux de pouvoir compter sur l'amitié du romancier John Vercher, et je le remercie d'être cette présence dans ma vie.

Il y a des douzaines et des douzaines d'autres personnes que je devrais remercier. Des portions de ce livre ont été écrites au fil des années à bord d'un avion, à l'hôpital pour enfants de Boston pendant un blizzard, dans des ambulances et, pour une partie d'une scène, à l'arrière d'un hélicoptère. Trouver du temps et de l'espace pour écrire est en soi un art à part entière, et au cours des années, j'arrive à plutôt bien me débrouiller pour créer ce temps et cet espace.

Je termine ces remerciements avec un mot pour tous ceux qui liront ce livre et qui se battent pour écrire tout en travaillant à d'autres choses. C'est simple, mais le livre que vous tenez dans vos mains est la preuve que parfois la décision la plus simple est la bonne : n'abandonnez jamais.

DERNIÈRES PARUTIONS

Edward Hoagland, *Journal d'un siècle disparu*
Julia Glass, *En ces temps de tempêtes*
Corrado Fortuna, *Le Dernier Loup*
Dennis Lehane, *Le Silence*
Kim Zupan, *Trop loin de Dieu*
Maren Uthaug, *Une fin heureuse*
Erin Swan, *Parcourir la Terre disparue*
Tess Gunty, *Écoutez-moi jusqu'à la fin*
Doug Peacock, *Itinéraire d'un éco-guerrier*
Peter Farris, *Le Présage*
Henning Ahrens, *Les Péchés des pères*
Andy Davidson, *La Fille du batelier*
Jennifer Haigh, *Mercy Street*
William Boyle, *Éteindre la Lune*
Cedar Bowers, *Astra*
John Gierach, *Debout dans la rivière*
James Crumley, *La Contrée finale*
Craig Johnson, *Le Cœur de l'hiver*
Paul Tremblay, *Le Chant des survivants*
Barry Lopez, *À ciel ouvert*
Lizzie Pook, *La Fille du pêcheur de perles*
Andrew J. Graff, *Le Radeau des étoiles*
Piergiorgio Pulixi, *L'Illusion du mal*
Joe Wilkins, *La Montagne et les pères*
Tiffany McDaniel, *L'été où tout a fondu*
Larry McMurtry, *Adieu Cheyenne*
Peter Swanson, *Chaque serment que tu brises*
Jake Hinkson, *Rattrape-le !*
Gregory Brown, *Les Jours sombres*
Jenny Lund Madsen, *Trente Jours d'obscurité*
Aldo Leopold, *Almanach d'un comté des sables*
Chris Offutt, *Les Gens des collines*
Giulia Caminito, *L'eau du lac n'est jamais douce*

Cet ouvrage a été imprimé sur du papier
dont les fibres de bois proviennent
de forêts durablement gérées

IMPRIM'VERT®

CET OUVRAGE A ÉTÉ COMPOSÉ PAR ATLANT'COMMUNICATION (VENDÉE)

ACHEVÉ D'IMPRIMER SUR ROTO-PAGE
PAR L'IMPRIMERIE FLOCH À MAYENNE
EN MAI 2023
POUR LE COMPTE DES ÉDITIONS GALLMEISTER
13, RUE DE NESLE
75006 PARIS

DÉPÔT LÉGAL : JUIN 2023
1re ÉDITION
N° D'IMPRESSION : 102484
IMPRIMÉ EN FRANCE